新装〈私家版〉青春デンデケデケデケ

芦原すなお
Ashihara Sunao

作品社

新装〈私家版〉青春デンデケデケデケ——目次

Part I　1965・3—1966・3

Part III　1967・4―1968・3

新装〈私家版〉青春デンデケデケデケ

Part I

1965 • 3—1966 • 3

1　It's like thunder, lightnin'!

（どんどろはんじゃ、稲妻じゃ！）

——*Eddie Floyd*；《*Knock On Wood*》

一九六五年、春三月のある昼下がり——

……内径六尺はあろうかという大きなゴムのタイヤの内側にのっかって、ぼくはやっと海辺までたどりついた。

タイヤの中でハツカネズミのように懸命に駆けてきたので息がきれた。切り分ける前の巨大な粘土のかたまりのように手足が重かった。おまけに砂浜に入ったので、もう一回転もできない。でもいいのだ。ここから先は海だ。相手もこれ以上逃げられやしない。

そうではなかった。ぼくのいとしい恋人をさらった黒衣の怪人は、すでに船首、船尾が三日月のように突き出した船に乗り込んで、とうに岸を離れていた。夏の真青な海に浮かんだその船の中に、薄いブルーの絹のターバンをつけた恋人の後ろ姿が見える。

ぼくはタイヤから下りて砂浜に立ち、大声で恋人の名を呼んだ——つもりだったが声が出ない。うすうす気づいていたが、やっぱりこれは夢だな、とぼくはそのときはっきり悟った。

夢だと判っても悲しいものは悲しい。ここで恋人と離れ離れになったら以後五十年間は会うことができないからだ。おまけにぼくはまだ彼女の顔さえ見たことがない。ぼくは泣きながら腕をふり回して地団駄を踏んだ。

恋人と怪人を乗せた三日月形の船は青い海の上をどんどん遠ざかる。やがて黒衣の怪人がぬーっと立ち上がり、かがめた身体をするすると伸ばした。馬鹿げた背の高さだ。十メートルくらいはありそうに見える。そして、どこやらうちの仏壇の奥に掲げた絵の阿弥陀《あみだ》さんを想わせる顔に、気色の悪い笑みをにたあっと浮かべて、長い長い左の腕を軽く曲げて半月刀のように右胸の前に構えるや、草をなぎ払うように右から左にさっと打ち振った。映画《ジャイアンツ》のジェット・リンク得意の動作を思い出す。と見るや、雲一つない青空が一瞬にして黒ビロードの緞帳の如き闇夜に変り、それを大きなカミソリで切り裂くように稲妻が走った。

デンデケデケデケ〜〜〜！

ぼくはまいまい（つむじ）から爪先に電気が走るのを感じてはっと目覚めた。「電気が走る」といっても別に覚醒剤とは何の関係もない。電気《エレクトリック》ギターのトレモロ・グリッサンド奏法がぼくに与えた衝撃のことを言っているのだ。机の上の棚に置いたラジオからベンチャーズの《Pipeline《パイプライン》》が流れていた。心臓がそのベースに合わせて、ドッ、ドッ、ドッ、ドッ、と高鳴っている。なぜだか股座《またぐら》がふぐふぐする。

それは何とも言えない感覚《センセーション》だった。その何とも言えんところを無理に何とか言ってみれば、歯医者に歯の神経をつんつんやられるような、身もだえしたくなるような感覚もごくかすかに伴っていたが、幼いころ、どこかのきれいないい匂いのするお姉さんに、うっかりどすんとぶつかったときのような、強烈な快感にぼくは包み込まれていた。と同時に、このベンチャーズの曲にそのような強烈な快感を味わったことが、我ながら不思議でならなかった。

ぼくは十五歳で、その時は春休みだった。四月から近くの香川県立観音寺《かんおんじ》第一高等学校に進学することが決まっていたので、ぼくはほんとにのんびりと休みを過ごしていた。

たまたま家に兄がいじっていた古いバイオリンがあったので、しばらく前からぼくは教則本や初級用のバイオリン・ピースを買ってきて独習していた。「シロジニアカク、ヒノマルソメテ」や、「ぶんぶんぶん、はちが飛ぶ」などの歌は一応卒業していて、そのときは《ホフマンの舟歌》にかかっていた。ゆくゆくはチャイコフスキーの《アンダンテ・カンタービレ》や、ブラームスの《ハンガリー舞曲第五番》も自在に弾きこなすようになる予定だった。

《ホフマンの舟歌》にかかっていた、と述べたが、これは練習している本人が眠くなるような曲である。ぼくは一時間ほど微妙な音程に苦労したのち、長椅子に腰を下ろし、ひざの上にバイオリンを置いて、ラジオから流れるラテン・ピアニスト、ペペ・ハラミジョ奏するところの《The Breeze《そよ風》 And I《と私》》を聞くともなしに聞きながら、いつしか居眠りをしていたのだった。

ベンチャーズの《パイプライン》を聞いたのはその時が初めてというわけではなかった。当時毎週土曜日の深夜に『タマル・ポピュラー・リクエスト』という番組があって、ぼくはその熱心なリスナーの一人だった。(「タマル」というのはこの番組を提供している高松の大きなレコード店の名前だ。

やはり熱心なリスナーの一人だった友人が後に教えてくれたところでは、このいささか奇妙な店名は、旧約聖書に登場するソロモン王が荒野に建設した町の一つ、「Tamar《タマル》＝Tadmor《タデモル》」に由来するのだぞうだが、その真偽についてはいまだにぼくはよく知らない。）

であるからして、ぼくはベンチャーズのみならず、オリジナルのシャンティーズの《パイプライン》もすでに聞いていた。当時爆発的に人気が高まりつつあったビートルズの曲だって何曲も知っていた。もちろんアストロノーツの《Movin'《太陽の彼方に》》も知っていた。先にも述べた如く、ぼくは熱心なリスナーだったのだから。

しかしぼくは、ポピュラー・ミュージックは所詮ポピュラー・ミュージックに過ぎない、とも、それまでは考えていた。なるほど、楽しいのは楽しい。だが、それだけだ。音楽の本当の楽しみはクラシック音楽にこそ求めるべきで、ポピュラーは若いうちは楽しめても、大人になれば飽きてしまう。その点クラシックは八十歳になっても楽しめる。本当の芸術とはそういうものだ——なんてことを、ぼくは考えていたのだった。十五歳の魂の中にもわらうべき俗物根性は確として存在し得るということの、これは一つの例証である。

だが、このときの「デンデケデケ」はきいた。きき上げた。あほな俗物根性はきれいさっぱり吹き飛ばされてしまった。ラジオの曲はすでにアダチアキラ（正確な表記法を知らんので、申し訳ないがこのように片仮名で書いておく）の《女学生》に代わっていたが、（当時はこんな無茶苦茶な選曲をする番組がよくあったのだ）、ぼくの頭の中は《パイプライン》がくり返し、くり返し流れていた。

なぜこのとき、《パイプライン》がかくまで強烈な印象を与えたのか、結局ぼく自身にもよく解らない。先述の妙な夢がもたらしたメランコリックで甘美な気分に関わりがあるのかどうか、自分でもよく解らない。よく解らないが、足をセメントで固められて海中に投じられたような、これはまさに取り返しのつかない体験なのだった。

「ああ、どうしょうに！」と、ぼくは切ないためいきとともにつぶやいた。大きくなった股座はさらにふぐふぐする。

ぼくはバイオリンを取って《パイプライン》のメロディーをなぞろうとしたが、うまくいかなかった。手を放すと、バイオリンはだらりと顎から垂れ下がった。

実を言うと、ぼくは少し前から自分はバイオリンに向いていないのではないかとひそかに恐れていた。そもそもぼくは、教則本の指示するように顎骨の左下と左鎖骨で楽器を固定することができないのだ。左手で支えなくとも、バイオリンは体とほぼ直角にピンと前に突き出ていなければならない。しかるにぼくのバイオリンは、陰萎者《インポテンツ》の陰茎のようにだらりと垂れ下がったままなのだ。ロバート・レッドフォードのように、と言って厚かましければ、ネバ鯒《ごち》のように、いくぶんエラが張っているせいかと思うが、とにかく、ぼくは自分がバイオリン演奏における骨相学的陰萎者ではあるまいかと、ひそかに恐れていたわけなのであった。

ぼくはバイオリンをウクレレのように抱えて、G弦を親指の腹でトレモロした。

ポンポコポコポコポコ……

ぼくはバイオリンを敷きっ放しの布団の上に放り出して叫んだ。

「やっぱり電気ギターでないといかん！」
かくしてぼくは電気的啓示《エレクトリック・リベレーション》を受け入れたのであった。

一九六五年といえば、いわゆるエレキ・ブームが、津波のように押し寄せて、ペストのように日本中に広がりつつあった年である。

ところで、エレキとか、エレキ・ギターという言葉がぼくはあまり好きではない。エレクトリック・ギターが長ったらし過ぎるなら、電気ギターと呼べばいい。しかし、ぼくの友人たちにとっては、電気ギターという語の響きは「電蓄」同様古めかしくて滑稽らしく、誰もそんな呼び方はしなかった。だからぼくは誤解の可能性のないときは電気ギターを単にギターと呼び、アコースティック・ギターの方は単に「生ギター」と呼ぶことにした。（考えてみれば、「生ギター」というのも奇妙な呼び方である。）が、まあ、そんなことはどうでもよろしい。

さて、デンデケデケデケの啓示を受けてその道を志し、晴れて高校一年生となったぼくだが、なにはともあれ、ギターとアンプを手に入れなければならない。楽器なしでは話にならない。

ジョー・コッカーという歌手はテニスのラケットでギターの練習をしたそうだが、彼のことはこの当時は知らなかった。知っていたとしても、ぼくはテニスのラケットも持っていなかったのでどうしようもない。

現在の高校生だったらさっさとアルバイトでもして欲しいものを買うのだろうが、当時のぼくのような田舎の町の高校生だと、アルバイトをするのもなかなか大変なのである。

第一、仕事がない。マクドナルドもミスター・ドーナッツも、ぼくの町にはなかった。（今もない。）

あるのはうどん屋とお好み焼き屋くらいで、そういった店はたいていおっさんとおばはんが、あるいはその一方が切り盛りしている。坊主刈りの男子高校生のアルバイトが働いているのは見たことがない。いたとしても、みんな「あれ、なんじゃろ？　きちゃなー」と思うだろう。ぼくだって思う。

第二に、親も学校の先生も、高校生がアルバイトをするのを快く思っていない。ぼくの入った高校は至極《しごく》のんびりしていたが、けっこう進学希望者の多い学校すなわち、いわゆる進学校で、相談を持ちかけたところで答はどうせきまっている。

――そなな暇があったらこじゃんと（しっかりと）勉強せんか、あほたれ！

そして当時は、「おじさま」や「おばさま」と「おつきあい」して「お小遣い」をいただくという方法も、全然一般的ではなかったし、また、ぼくも思いつきもしなかった。夜中に楽器店に忍び込んでギターとアンプを失敬する、などということがやれるほどの度胸もぼくにはなかった。また、遺産をたんまり残して死んでくれるブラジルの伯父なんていう気のきいたもんも、ぼくにはいなかった。

当時のぼくの小遣いは月々二千円と定められていて、貯金など全然ありゃしなかった。結局、夏、冬、あるいは春の長期の休みに、なんとか口をみつけて、（先生と親を丸め込んで、）アルバイトするしかなさそうである。啓示をお垂れ下さった電気の神様には悪いけど、しばらくはどうにも動きがとれそうにない。啓示だけじゃなくて、ついでにお金も垂れてくれりゃよかったのに、とぼくは思った。説教だけして金は貸してくれない先輩みたいなもんだ。

その代り、と言っちゃなんだけどぼくは髪を伸ばし始めた。ロック・ミュージシャンが坊主刈りでは様にならん、と思ったからだ。

おっと、申し遅れましたが、ぼくの名前は藤原竹良《たけよし》といいます。工業高校で生物を教えている親父が考えた名で、なんでも「竹のようにまっすぐに伸びるのが良い」のでそうつけたらしいけど、ぼくは嫌い。ほんとにセンスが無いと思う。そして竹良の「竹」の音読み、つまり「ちく」から、「ちっくん」というニックネームが小学校四年のころにできて、以後高校を出るまで親しい友人にはそう呼ばれた。ともあれ、以後ひとつよろしくお見知りおき下さい。

それで、とにかく髪を伸ばし始めたのだけれど、担任の臼田先生が、毎朝ホームルームで出席を取る度にぼくの頭を見て、いつも同じことを言う。

「こら、藤原よ、お前はどこのへんど（こじき）の子ぉぞ?」

最初のうちぼくはこのつまらない冗談につきあって、「有明《あんりやけ》のへんどの子ぉです」と素直に答えていたが、そのうち馬鹿々々しくなって何とも答えなくなった。（「有明」というのはぼくの住んでいた地区の名称である。この町、すなわち観音寺では、ルビで示した如く、「あんりやけ」と発音する人が多い。観音寺の方も、正式には「かんのんじ」ではなくて「かんおんじ」だが、実際には「かおんじ」と発音する人も少なくない。

また、英文法の寺内先生は、教室を歩き回って授業するのだが、横を通るたびにぼくのうなじの毛を軽くひっぱる。野道を行く人が何の気なく草の葉をちぎる、といった感じだ。別にそうやって注意しているつもりでもないらしい。

「——ちゅう具合《ぐわい》にの、仮定法いうんはぁ、ウソのことなんぞ。きゅっ（↑ぼくのうなじの毛をひっぱる音）。ほんでからにぃ（それで）、わがの（自分の）目ぇでこじゃんと見たホンマのことはぁ、直接法で言うのんがぁ、おまえ、英語の文法じゃがい」

と言って寺内先生は黒板のところに戻り、左から右いっぱいを使って、

「仮定法＝ウソ、直接法＝ホンマ」と大書した。

寺内先生の授業は解りやすいというので生徒の間で評判がよかった。解りやすいと言やあ、解りやすいんだろうが、その解りやすさは、細かいことや例外やなんかをきれいさっぱりぶっとばす益荒男《ますらお》ぶりの上に成立している解りやすさなのであった。誰も文句を言わなかったのだからそれでいいのだろう。

さて、ヒゲや髪を伸ばす途中というのは見苦しいものだ。近頃ではお相撲の新弟子の中には、マゲが結えるようになるまでに髪にパーマをかけたりする者もいるらしい。自分でも見苦しいと思うからなんだろう。しかし当時のぼくはちっともそんなことは思わなかった。前髪が伸びて指でひっぱれば眉に届くころになると、もう嬉しくて、一日に何度鏡を見ても飽きなかった。鏡を見ながら右を向いたり、左を見たり、笑ってみたり、顔をしかめたり。風呂で髪を洗った折にも、髪をぴったりなでつけてみたり、むく犬よろしく、ぶるぶる頭をふるわせて水気をきった後にじっと鏡をのぞき込んだり……。いや、娘さんだけではない、息子さんだって憑《つ》かれたように鏡を見る時期があるのだ。

これほど毛のことが気になったのは、陰毛が生え始めた頃以来のことだ。御婦人方は知るまいが、陰毛の生えかけた少年のざっと七十パーセントは、マッチ棒で一本一本押さえながら、嬉しそうに毎日陰毛の数を数えるのである。このつぎ毛のことが気になるのは、きっと禿げかけた頃だろう。

「お父ちゃんなあ」と、母が夕食時に父に向かって言った。（「なあ」というのは、呼びかけの折に語尾に付す語なり。）「竹良っちゃ、こないに（近頃）色気づいてしもて、しょんがないんどな（しょうがないのですよ）」

ぼくはぎょっとして顔面に血がのぼるのを覚えた。

「ほうや。どしてや」というのが、そら豆の皮をぷっとお菜皿の横に吐き出して後の父の返事。

「このごろ毛ェ伸ばしてから、一日中《いちんち》鏡見よらい」と母。

「ほうや。ふふふ」と父。どういう意味の「ふふふ」だろうか、これは。

ぼくは、自分が鏡を見るのは「色気づい」たためではなくて、もっと高邁な目的のためなのだ、と抗弁しようと思ったが、できなかった。頭に血がのぼっていたし、母の言うことにも確かに真理が含まれていることを否定できなかったし、なにより、この頃ぼくは家ではほとんど口をきかなかったからである。別に家庭内がぎくしゃくしてたというのではない。この年頃の日本の男の子はだいたいそんなもんだろう。

それで、抗弁する代りにぼくは五口分ほど残っていた飯を一気にかき込んで、「ごっつぉ」と言って食卓を立ち、二階の自分の部屋に引きとった。小さい頃は親をまねて「ごっつぉさん」と言っていたが、このごろは「さん」抜きだ。そのうち全部なくなる。男とは年を取るほどに行儀が悪くなってゆく生き物なのかしらん。

当時飽きずに眺めていたものが自分の頭髪以外にもあった。それは、学校近くの商店街にある、「神戸屋」という洋菓子屋みたいな名前の楽器店のショウ・ウィンドウだった。ちょっと前に、何のコマーシャルだったか忘れたが、マイルス・デービスを子供にしたような男の子が、ぺたりとウィンドウにくっついて、中のトランペットを一心に見つめている、なんて場面をテレビで見た。あの子の気持はよく解る。痛いほど解る。

ただぼくの見ていたのはトランペットではなくて、もちろん電気ギターとアンプだった。ウィンドウの奥の壁には、電気ギターが三本、荷造り用のひもで首吊りみたいな恰好にぶら下げてあり、その下にはアンプが二台置いてあった。ギターのうちの一本はテスコ社製のもので、残りの二本はグヤトーン社のものだった。いずれにもぴかぴか銀色に光り輝くトレモロ・アームが付いている。（これはビブラート・アームともいう。あの、グィーンと音を半－全音上げ下げするレバーだ。）

今にして思えばどれもひどく垢ぬけしない型だったが、ぼくは魅惑された。いくら見ても飽きなかった。自分の頭髪を見る以上に夢中になった。何て美しいものがこの世にはあるのだろう、と思った。今にもその三本のギターが一斉に「デンデケデケデケ」と鳴り出しそうだった。

それからぼくは下に置いてあるアンプを眺めた。黒い小型の方はこれまたテスコ社製で、もう一台のサンゴ色の方は（こんな色のアンプもあったのだ）ビクター社の製品だった。今はとんと見かけないが昔はビクターもギター・アンプを作っていたのである。

これらを代る代る眺めながら、買うとしたらどれかなあ、と、自転車に乗ったまま片足を地面について、ぼくはしきりに思案していた。ギターはこのグヤトーンのやつがええな。アンプはテスコの方じゃな。ビクターの方は色がなあ……

ついでながら、ウィンドウの中には他に古びたクラシック・ギターが二本、サキソフォンとトロンボーンがそれぞれ一本、そして祖父の箸箱みたいな模様の大正琴が一つ置いてあったが、それらの楽器には大して興味はなかった。

しばらく眺めた後、気が向けば店の中に入って行ってレコード売場をのぞく。当時はまだまだ貧弱で、LP、シングル合わせて三、四百枚程度しか置いてなかった。ぼくの見るのはもちろん「ポピュラー・コーナー」と書かれたセクションで、そこにはベンチャーズにアストロノーツ、ビートルズ、デイブ・クラーク・ファイブ、アニマルズなどのレコードがあった。見るだけで買いはしない。金もないし、買ったとしても家にプレーヤーがないから仕方がない。ジャケットを楽しく眺めるだけである。

――ベンチャーズの使うとるギターはかっこええなあ。アストロノーツのんもええなあ。ジョン・レノンの持っとるのもええなあ……（後に、それぞれモズライト、フェンダー、リッケンバッカー社の製品だと知った。）

この頃になると、神戸屋の親父の目がだんだん険しくなってくるような気がするので、ぼくは店を出て、また自転車に乗り、カチャーン、カチャーンと家路をたどる。カチャーン、カチャーンというのは、左のペダルのはしっこがチェーン・カバーに当たって立てる音である。その際、カチャーンという音が、丁度口笛で吹いている曲の（たとえばベンチャーズの《Walk Don't Run》《急がば廻れ》の）一拍目にくるように、リズムをとって自転車をこいだ。

うんと後になってブルーノ・ワルターの回想録を読んだが、彼は若い頃三連符のタイミングを体に刻みつけようとして、往来を歩く折にも、二歩進むと同時に「一、二、三」と大声で数えたり、三歩進む間に「一、二」と数えたりしたのだそうだ。げに熱意あふれる若き音楽家にとっては、歩行であれ、具合の悪い自転車であれ、修業の助けとならぬものはないのである。

夕食後、十一時か十二時に床に就くまで、学課の予習や復習をやる――ということにしてはいたが、実のところぼくは友人に借りた《平凡パンチ》のヌード・グラビアを凝視したり、《週刊実話》などのすけべな記事を熟読したりしていた。この友人は、観音寺の町を流れる財田川の上流から三十分もかけて通学していた合田富士男という男で、お寺の子だったが、昼休みにたまたま二人ともポピュラー・ミュージックが好きだということで口をきいた折に、ぼくがセックスの方面でからきし無知だったのを知って親身になって心配してくれ、次々に雑誌を貸してくれたのだった。（「タマル」のことを教えてくれたのもこの男だ。）

　ぼくが貸りた本を翌日返すと、

「今度はこれ読めや」

といって新しいのを貸してくれる。なんだか親切な先輩に次々と参考書を借りているような気分になった。

　だけど、「すけべもん」ばっかりでは飽きてしまう。飽きると仕方なく机に向かって教科書とノートを開く。勉強もすぐに飽きる。いつの間にかノートや教科書のあちこちに、いろんな電気ギターの絵を描《か》いている。さーっとクロッキー風に描いたものもあれば、入念に細密描写を試みたり、色エンピツやボールペンで彩色を施したのもある。

　あるとき、数学の授業中に隣の席の女生徒がぼくのノートをのぞき込んで、

「うわ、けっこいいなあ（まあ、奇麗ですわね）」

と言った。

　ぼくは得意になってノートをぱらぱらめくって見せてやった。

「けっこいいなあ」を内村さんは小声で連発していたが、やがて「あたしのんにも描いて」と言って、彼女のノートをそっとぼくの方に突き出した。

　ぼくはありったけのテクニックを動員してリッケンバッカーのギターの絵を描いてやった。糸巻も、フレットも、ピック・ガードも、ポジション・マークも正確に描き込み、後光までおまけした。授業の後半をまるまる費やした。女生徒らしいきちょうめんな字の数式の間で、リッケンバッカーはさん

ぜんと輝いていた。我ながらいいできばえである。

内村さんはまた「うわっ」と小さな叫び声を上げた。

これが英文法の時間なら、「こら、おどれ、なっしょんぞ！（何をしているのだ！）」と、寺内先生に益荒男《ますらお》ぶりでどなられたろうが、数学の川崎先生はおっさんながら手弱女《たおやめ》ぶりで、と言うか、偏屈の老婆のような人で、ひたすらぶつぶつと黒板と対話しながら、えんえんと数式を書き連ねるだけで、絶対に生徒の方は向かないのだ。

「え？　ほうな、ほんならここに$x+y$を代入してみたらどうじゃろ？　な、具合ようういった。それではと、Ａの値は何じゃったかな？　そうじゃ、８じゃから、結局$f(x)$は………」

川崎先生のあだ名が「おばあ」だったのはまことにもっともなことである。

ノートを返しながらぼくはとてもいい気持だった。そして、「ファン第一号じゃ」と、胸の中でつぶやいた。「わしの音楽活動の前途は、真夏の夜明けのように明るいど！」

2 Strummin' my pain with his fingers

（わしの胸のせつなさをあいと《あいつ》はちろちろ爪弾いて）

――*Roberta Flack*；《*Killing Me Softly With His Song*》

この章では、ぼくと白井清一との出会いについて書く。

彼とぼくは会ったその日に意気投合してバンドを結成した。ぼくにとって彼は仲間というだけではない、音楽の、特にギターの指導者であり、精神的支えであり、なにより、かけがえのない親友であった。ここしばらく会う機会がないが、会わなくたって今なお親友である。

彼と会った日のことをぼくはいまだによく覚えている。梅雨の晴れ間のくそ暑い日で、おまけにぼくは朝から下痢気味だったからとてもしんどい思いをした。十五歳の田舎の少年にとってはけっこういろんなことがあって、ぼくはうんざりしたり、感心したり、落胆したり、狂喜したりしたのだが、最後が狂喜なのだからとてもいい日なのだった。歴史的一日と言っていいくらいだ。

さてその日は中間テストの最終日で、試験終了後、午後一時に全校生徒はむりやり体育館に集められた。ありがたいことにブラスバンド部が新入生歓迎コンサートをやってくれるというのである。

流れる汗をＹシャツの袖でぬぐいながら、うんざりした気持で待っていると、やがてブラスバンド部員が次々にステージに出てきて、並べた折りたたみ椅子の席についた。

様々な楽器の音が聞こえてくる。ぴーとか、ぷーとか、どんどんとかいった音がする。ひゃらひゃらひゃらと、器用に音階練習をする音も聞こえる。

どうやら全体のキーも合って、そろそろかな、と思ったところが、いきなり冬の制服、つまり黒い学生服を着たのがぞろぞろステージの前面に現われて一列横隊になると、真中のひときわ人相が悪くてずんぐりしたのが、扇のようなラッパズボンの裾をひるがえして一歩前に進み出るや、四十のおっさんのような胴間声でどなった。

「これからァ、ブラバンの諸君の協力を得てェ、校歌と応援歌の手拍子の練習を挙行いたしまーす。オッス！」

居並ぶ他の応援部員も声をそろえて、

「オッス！」

何が「オッス」じゃ、これではだまし討ちでないか、とぼくは思った。生徒の間からざわめきがもれる。ぼくと同じ気持の者がずいぶんいたのだろう。

そのざわめきを吹っ飛ばさんとする如く、応援団のリーダーは胴間声をきしませてどなった。

「教頭先生とォ、生徒指導の先生からア、了解をとってありまーす。静粛にー！　協力をお願いしまーす。オッス！」

「オッス！」

やがて高校野球の夏の大会の県予選が始まるので、その応援の準備なんだろう。母校の健闘を祈るにやぶさかではないがこのくそ暑い日に体育館にぎゅうぎゅう詰めにされて、むりやり手拍子の練習をさせられるのはかなわない。しかもうちの高校の野球部は横暴なわりには野球が弱くて弱くて、昨年の大会だってたしか県予選の第一試合で負けて戻ってきたはずだ。どうせ今年も高松商業か坂出商業あたりが甲子園に行くのだろうから、手拍子の練習をしてもはりあいがない。したところであんなに弱いのが急に強くなるとも思えない。しかし、壇上に居並ぶ応援団はみな恐ろしい顔の人たちばかりだから、席をけって出て行く者は誰もいない。

「全員、きぇりぇーつぁ！」と、ずんぐり団長が号令をかけた。「起立」のことらしい。

それから三十分あまりもブラバンの伴奏で校歌や応援歌を歌わされ、三、三、七拍子などをやらされた後、やっと応援部はステージを下りた。期せずして盛大な拍手。

ぼくたちはまた腰を下ろした。今度こそコンサートなんだろう。

確かに今度こそコンサートだった。しかし、まあ、何というか、そりゃブラスバンドの演奏は校歌や応援歌よりはよかったが、ぼくはすぐ飽きてしまった。《軽騎兵序曲》、《クワイ河マーチ》、《タロイモ河マーチ》、《ナントカマーチ》、《カントカマーチ》、そして、《ハコネノヤマハテンカノケンマーチ》などが続いた。やれやれ、こんなんばっかしかしら、と、汗を袖でふきふき胸の中でぼやいたとき、それまで指揮していた生徒が引っこんで、入れ代りに黒いタキシードを着た音楽の先生が現われた。

女生徒たちが歓声をあげて一斉に拍手した。

「うわっ、佐藤先生じゃ、佐藤先生じゃ」などと、口をぱくぱくさせて言っとる。

佐藤先生は東京芸大出身のクラリネット奏者で、生まれも東京だそうだ。なんでこんな田舎の高校に赴任してきたのか、この時点ではぼくはよく知らなかったが、本人は校長にだまくらかされて連れてこられたのだと言っていた。校長はブラスバンド部がどうやらお気に入りだったから、うまく手を回して有能なる佐藤先生をさらってきたのかもしれない。

とまれ、佐藤先生は女房子供はいるが若々しくて、ちょっとにやけてすけべったらしい感じもするが、すっきり垢ぬけしたハンサム・ボーイで、性格もすこぶるきさくで陽気だから男女を問わず生徒に人気がある。

ぼくも音楽の授業をとっているから、先生の顔は毎週見る。先生はときどき教科書をぱらぱらめくっては、「つまんねえ歌ばっかり」と顔をしかめて独り言を言う。そう言えば、タイトルも作者の名も忘れたが、教科書に、「かんぴょう、かんぴょう、かんぴょう干してる、あの空、この空、かんぴょうは白いネー」という合唱曲があった。作者がどんなつもりでこの歌をこさえたのか、あるいは、この教科書をつくった人がどんな意図でこの歌を載せたのか、ぼくはいまだに解らない。教師と生徒を愚弄するつもりだったんだろうか。

佐藤先生はピアノはあまり得意じゃないらしく、しょっちゅう間違えては、「コンチキショー」と叫ぶ。そんなところも女生徒たちは大いに気に入っているらしい。たしかに、かっこいい先生ではあった。

そのかっこいい先生が、やや太りかけてきた体を黒のどすきんのタキシードにぴしっとくるんで、いつもは構わない頭髪をぺたっとなでつけてステージに立ったところは、実に何と言うか、色気たっぷりで、また、どこやらいかがわしくて、田舎高校の音楽教師をさせておくのが惜しいような、そのままアメリカのショー番組に出てもおかしくないような、もう立派な芸人の風情だ。学生時代、さんざんキャバレーやクラブでアルバイトしたということだけのことはある。

佐藤先生は余裕たっぷりに笑みを浮かべて客席に向かって一礼した後、右手をさっと横に上げた。すると、舞台の袖から坊主刈りの男生徒がうやうやしくサキソフォンを抱えて走り出てきて、先生に手渡した。気障な演出である。このくそ暑いのにタキシードを着こんでいることといい、先生、多少おっちょこちょいの、ええかっこしいなのかもしれない。

「ありゃりゃんりゃん」と、ぼくの近くに座っていた合田富士男が言った。「あれ、岡下じゃ。あいと（あいつ）、ブラバンに入っとったんじゃの、にきびいっぱいこさえてからに」

いかにもこの男生徒はぼくらのクラスメート、岡下巧《たくみ》君であった。

先生は軽くうなずいてサックスを受けとり、ストラップを首にかけると、なんだか投げやりな感じで吹き始めた。とてもゆっくりしたけだるいメロディーだ。そのメロディーが十何小節かで消え入るようにとだえたかと思うと、突然ぼくの知ってるメロディーが流れ出した。そして後ろのブラスバンドが一斉に伴奏を始めた。小便をしおえたときのように思わず体がぶるぶるっときた。《I Left My《霧の》 Heart In San Francisco《サンフランシスコ》》だ！

先生は次にクラリネットに持ちかえて《Moonlight Serenade《ムーンライト・セレナーデ》》を演奏した。ときどき吹くのをやめてバンドの方に向き直り、クラリネットを振り回して指揮をする。

そして最後に《Sing, Sing, Sing《シング・シング・シング》》をやった。

生徒たちの拍手があんまり大きかったので、いったん引っ込んだ先生はまた舞台に登場し、再びサックスを持ちかえてぼくの知らないアップ・テンポの曲をやった。このアンコールの曲は初めて聞く曲だったが、とてもきれいなメロディーなので強烈に印象に残った。（それから何年も後に、ＦＭラジオを聞いていて偶然そのタイトルを知った。ジョニー・ソマーズが可愛らしいハスキーな声で歌っていた。《My Heart Belongs To Daddy《私の心はパパのもの》》だったのだ。）

ぼくは感動した。もし例の電気的啓示を受けてロックに目覚めていなかったら、即座にブラスバンド部に入部していたかもしれない。しかし、とにかく、バンドはいい。生はいい。

ぼくは楽器を片づけている岡下のところにふらふらと歩いて行った。なるほど、にきびがいっぱいある。

「おう」と、岡下はシンバルと小太鼓を運びながら言った。

「ごっつう（大変）よかったわ。ブラバンもやるのう」と、ぼくは賛辞を呈した。

「そやろ」岡下は嬉しそうだった。

「お前はラッパ吹かんのか？」

「わしはまだへたくそじゃきにの。二年になったら大太鼓叩かしてもらう」

「ええのう」ぼくはうらやましそうに言った。

「お前も入らんか？　え、入れや」

「いや、わしはロックをやるんじゃ」ぼくは少し胸をそらして言った。

「ロックかあ。バンド作っとんか？」

「いや、まだ楽器も持っとらん。はよ作りたいけどの」

「ほんなら、軽音に入らええ」

「ケーオン？」

「軽音楽部じゃ」

「そんなん、あったんか？」

「あるある。四階のブラバンの隣の部室じゃ」

ぼくは軽音楽部の部室めざして駆け出した。

なるほど、あった。しかし、まあ、ブラスバンド部の部室とくらべて、何とみすぼらしいこと。ほこりだらけのガラス戸に、「軽音」と画用紙にマジックで書いてはりつけてある。がらがらと戸を開けると、中は薄暗くて、運動部の部室のようなにおいがした。帰ろうかな、と一瞬思ったが、思い直して中に入り、またがらがらと戸を閉める。

「ごめん下さい」と言ってしまってから、妙な挨拶だなとふと思う。

「はい」と、奥から細い声がする。やっと目が暗いのに慣れてきた。

「あの、軽音楽部の部室はここですか?」と、また間の抜けたことを言った。

「はい、そうですけど」と、読みかけの雑誌をわきの段ボール箱の上に置いて答えた人物は、四角い黒縁の眼鏡をかけたやせっぽちの血色の悪い少年で、Yシャツの衿に「I・5」とバッジをつけているから、ぼくの隣のクラスだ。(ぼくは一年六組。)

「あの、ぼく、入部しょうかと思うて来たんじゃけど」と、ぼくは言った。

「二年生も三年生もまだ来とりません。今日は四時から練習があるけど」と、黒縁眼鏡は女の子のような声で言った。まだ三時前だ。

「練習見せてもろてもええやろか?」

「そらええやろけど、あんまり見てもしょうがないのんちがうかな」

「なんで?」

「そら、見てもろたら解るわ」と、黒縁眼鏡は冷や水を浴びせるようなことをやさしい声で言う。

「あんたはどういう音楽やろうとて来たん?」

「ロック」ぼくは誇らしげに答えた。

「ロック?」少年はかすかに苦笑した。「そら、あかんわ」

「どして?」

「先輩らはロックが何か、いうのもよう知らんの違うかな」

「ほんまに? ほんなら、どんなんやっとるん?」

「部員は全部で六人。三年生が三人に、二年生が二人、一年生がぼく一人。その六人で《アロハ・オエ》をやる」

「《アロハ・オエ》? 歌うん?」

「いや、歌はなし。みんなで合奏する。オルガン一台にコントラバスが一本、マンドリンが二本、リコーダーが一本、そしてギターが一本じゃ」

彼は旧式のオルガン、横に寝かせたコントラバス、そしてその他の楽器のケースを一つ一つ指さしながらだるそうに言った。

「他にはどなな(どんな)曲を?」

「《フニクリ・フニクラ》とか、《天然の美》とか」

「ほんまに!?」

「ほんまよ。それから、《水色のワルツ》や、《アルプス一万尺》もやる」

「信じられんなあ!」と、ぼくはあきれて言った。「今どきの高校のクラブとは思えんなあ」

「《高校三年生》もやるよ」と、彼はまた苦笑しながら言った。

「歌なしで《高校三年生》を合奏するん?」

「そう。歌なしで」

「信じられんなあ!」

「信じられんやろ。入らん方がええのん違うかなあ」

「あー!」ぼくは床に座り込んだ。何ちゅうことだろう。希望に燃えてやってきてみれば、《アロハ・オエ》!《天然の美》!《高校三年生》!

「ほんで、あんたは何やっとん?」ついでにぼくは尋ねてみた。

「ギター」

「部の活動には満足しとん?」

「全然。実を言うと今日は退部届出しに来たんよ」

「ふーん」

ぼくのがっかりした顔を見て、黒縁眼鏡は慰めるような調子で言った。

「ロックやりたいと言うたな?」

「うん」とぼくはため息をつきながら答えた。「それ以外はやりたない」

「わしも実はそうなんよ。軽音に入ったんは部長の吉田さんに『お前ギター弾けるきに』言うて頼み込まれたからやけど。従兄(いとこ)やしな。けど、もうたまらんわ」

「あんた、ギターうまいんか?」ぼくは身を乗り出した。

「うまないけど、我流でやっとる。《アロハ・オエ》くらいは弾けるわ」

「ちょっと聞かしてくれんやろか?」ぼくはいきおいこんで頼んだ。まだ実際に眼の前で人がギターを弾くのは見たことがない。

黒縁眼鏡は壁にたてかけたギター・ケースから鉄弦《スチール》を張ったクラシック・ギターを取り出して、ちょいちょいと音程を合わせた。実に手慣れたもんだ。

「何やろか？」

「ロック！　得意なやつ」ぼくはかすれた声で叫んだ。

「オッケー」

やせっぽちの少年は猛烈な速さで弾き出した。ベンチャーズの《Driving Guitars《ドライビング・ギター》》だ！ああ！　とぼくは吐息をもらして胸の中でつぶやいた。——生のギターでこの迫力じゃ。電気を通したらどうなるんじゃろ！

「どやった？」弾き終えた黒縁眼鏡が感想を尋ねた。

「バンド作ろ」ぼくは感想を述べる代りに提案した。「なあ、わしとロック・バンド作ろ！」

「オッケー」と、この黒縁眼鏡をかけたやせっぽちの少年は至極あっさり承知した。顔がいくぶん上気しているせいか、さっきよりずっと血色がいい。「作ろ、作ろ。あんたの顔見たときから、わしそう言お思っとった」

「やったあー！」とぼくは狂喜して叫んだ。「なあ、も一曲、弾いてくれ！」

「オッケー」

彼はアニマルズの《The House Of The Rising Sun《朝日のあたる家》》のイントロを弾き出した。信じられんやっちゃ！

この章の最初に述べたように、彼は白井清一という名である。

髪は伸ばしているが長髪という程でもない。それを適当に分けるともなく七・三に分けている。白いものも混じってきた現在もそうだから禿げない限りこのヘアスタイルは変らないのかもしれない。

身長は一七二センチ程だから大きくもないが、会った当時のぼくより十センチ近く高かった。

(高校の三年間がんばって、最終的にはぼくの身長は一六八センチまで伸びたが、結局目標の一七〇センチには届かなかった。たしか横尾忠則氏が、一七〇センチに二、三センチ足りなかったことに対する哀しみだか、悔しさだかについて何かの雑誌に書いていたが、その気持はよく解る。

「まあ、ええわい」と、一六八センチで成長の止まった当時のぼくはよく胸の中でつぶやいていた。アニマルズのエリック・バードンやボブ・ディランや、ポール・サイモンだって、決して長身とは言えまい。ぼくはロックン・ローラーになるので、バスケット・ボールの選手になるのではないのだ。

——話を白井のことに戻します。)

やせっぽちと書いたが、彼の体重はおそらく五〇キロそこそこだったのではあるまいか。だからこの部門《カテゴリー》では断然ぼくが上回っていた。自慢にゃならない。むしろぼくはいくぶん太り気味で、やせたい、やせたいと願っていたから、白井がうらやましかった。

ぼくがそう言うと、

「あほ言え。細身《スレンダー》にもほどがあらい」

と言って苦笑した。

それでもやはりぼくはうらやましかった。白井は深く腰かけて脚を組み、さらに上にのせた方の脚をぐるりと下の脚の回りにからめる、などという芸当が無意識のうちにやれた。何度もまねしようとしたが、ぼくにはどうしてもできなかった。ぼくの太ももは朱里エイコさんの太モモをさらにふっくらさせたように、あるいは、山上たつひこ氏の漫画の「こまわり君」の太モモみたいに、むちむちぷっくらしていたからどだい無理だったのである。ファッツ《（でぶ）》・ドミノやチャビー《（丸ぽちゃ）》・チェッカーのように肥満をものともせずに大成功を納めた例もないではないが、これは例外であって、世界にはばたく若きロックン・ローラーの卵としては、これは何とか克服せねばならぬ課題なのであった。

　なんでそんなにやせられるのかと思って、白井に食べ物の好悪《こうお》を尋ねたところ、今のところ魚以外は別に好き嫌いなく食べる、ということだった。なんで魚が嫌いかと聞けば、

「わしんとこは魚屋じゃからな。人が一生かかって食う分量は、もう小さいうちに食うてしもうた」

　と答えた。なるほど。

　結局白井の太れない理由は、もって生まれた体質にあったようである。なんでも彼は、特に病気というのではないけれど、生まれたときからあらゆる内臓の不調に苦しんできたのだそうだ。その名の如く色がやけに白かったのもそのせいかもしれない。（具合の悪いときは気味悪く感じることさえあるくらいだった。）中学校に入るころにはずいぶん丈夫になってきたらしいが、それでもあのころはしょっちゅう腹をこわしていた。

「またかい？」とぼくが案じて問えば、

「おう。この二、三日どうも調子が悪い」

　と答える。

「大変じゃの」

「なに、人が一回でやることを五、六回でやるだけのことじゃ。結果は同じじょ」

などと、なんだかストア派の哲学者みたいなことを言ってまた苦笑した。

ついでながら、ぼくは白井の苦笑するときの顔がとても好きだった。苦笑と言ったけれど、そこには皮肉や悪意の影も、拗ねているような要素もなかった。ちょっと恥ずかしげで淋しげながら、またその名の如く清らかで、キリン・レモンのようにすきっと明るい笑顔だった。

白井には七つ上の、とても元気な器量よしの姉が一人いて、その影響で彼は外国のポピュラー・ミュージックが好きになったのだそうだ。

彼女は観音寺商業高等学校を出た後、家業の鮮魚店を手伝っている——というより、もうすでに白井鮮魚店の中心人物で、大きな黒ゴム長にやはり黒のゴムの前掛けをつけ、魚をおろしたり、売ったり、太いアルトで買物客のおばはんたちに呼びかけたりするのみならず、ダイハツ・ミゼットという小型のオート三輪を運転して仕入れまでやる。白井に似てどことなく虚弱そうな父親と、のんびりした母親は、そういう娘に安心して頼りきっているといった恰好だ。

そしてこの姉ちゃんは、男まさりのちゃきちゃきの故をもって、周りの人には親しみをこめて「兄《にー》ちゃん」と呼ばれていた。以後、ぼくもそう呼ぶことにする。

「店の方は心配いらん。わたしが養子とって継いであげるから、お前は大学に行って、月給取りにでも何にでもなりな」と、兄ちゃんは魚屋になる素質に乏しい弟によく言うそうである。

「ありがたい兄ちゃんじゃの」とぼくが言うと、

「うん」と言って白井はまた苦笑した。「じゃけど、兄ちゃんにすまんでの。わしは魚屋やってもええと思とるじゃけどなあ。魚屋やっとったってギターは弾けらい」

その兄ちゃんの楽しみが、洋画とポピュラー・ミュージックだったわけだ。

兄ちゃんは「新映館」という映画館にかかる洋画はたいてい全部観る。観ないのは、《ヨーロッパの夜》とか、《491》とか、《ショック》とかいった「いやらしげな」映画で、そういうのは看板を見ただけで「げえが出そうになる」のだそうだ。（ついでながら、このぼくはこれら三つの映画が観たくて観たくてしようがなかった。あの当時のこのての映画の看板は思春期の少年に対して、凄じいばかりの吸引力を持っていた。観なかった理由はただ一つ、度胸がなかったからである。もっと根性があったら手ぬぐいでほおかむりして行ったのにと、今は悔やまれてならない。）

兄ちゃんのお気に入りの俳優は、男ならグレゴリー・ペックとバート・ランカスター、女ならビビアン・リーとオードリー・ヘプバーンだ。クラーク・ゲーブルは、「そら、けっこい（きれい）けんど、ちょっといやらしげなところがいかん」のだそうで、ジェーン・マンスフィールドなどは、「問答無用でペケ」なんだそうである。（ぼくはわりと好きだけど。）

そして兄ちゃんの好きな歌手は、と言えば、「やさしげな声」のパット・ブーン、「男らしい」ハリー・ベラフォンテ、「ええ歌ばっかし歌う」パティ・ページやジョー・スタッフォード等だが、「なんちゅうてもええのん」が、ナット・キング・コールで、特に彼の《Lonely One《ロンリー・ワン》》は「聞いとって涙が出てくる」し、《Nature Boy《ネイチャー・ボーイ》》は、「体がふわふわして、知らんまにどっか遠いところへ連れていかれそうな気になる」ということだ。そのキング・コールはこの年の二月に四十七の若さで亡くなったが、「かえすがえす残念じゃ、辛《つろ》うてたまらん」と、兄ちゃんはほんとに目にうっすら涙を浮かべて言ったから、ぼくは少し驚いた。

反対に、「よいよ（とても）好かん」のがエルビス・プレスリーで、理由は、「やかまし」だけではなくて、「色気出しすぎて、あんじゃるい（気味が悪い）」ということらしい。

要するに、この兄ちゃんという人は潔白この上ない乙女で、「色っぽいからいい」、「セクシーなところがたまんない」などと広言してはばからぬ昨今のいささかはしたなきギャルとは、およそ異質のタイプの婦人だったわけだ。

その兄ちゃんの影響で白井はポップ・ミュージックに目覚めた、と言ったが、ぼくと知り合ったころには、白井の好みは兄ちゃんとはよほど異なっていた。

まず、彼は兄ちゃんが「やかまし」の、「あんじゃるい」のと言って憎悪するプレスリーが大好きだった。そして他のロックン・ローラーたち、たとえば、ジェリー・リー・ルイスとか、ロイ・オービソンとか、エディー・コクランなども好きだった。それよりもっと好きだったのが、チャック・ベリーで、この人はおそらく白井清一の生涯のアイドルでありつづけるだろう。

新しいところでは、やはり当時の若者らしく、ベンチャーズ、クリフ・リチャードとシャドウズが大好きで、ビーチ・ボーイズ、アニマルズ、それからもちろんビートルズも大いに気に入っていた。そして、「今ちょっと気になるのが、ローリング・ストーンズじゃ」と白井は言った。

彼の話に出てくるアーチストの中には、当時のぼくの知らないのもずいぶんあった。

「なんでそなによう知っとるんや?」と、無知なぼくは感心して尋ねたものである。

「大したことないよ」と、白井は苦笑して答えるのだったが、当時の観音寺では最もポップスに詳しい人間の一人だったことは間違いあるまい。

白井の情報源は、主に《ミュージック・ライフ》と、《ティーン・ビート》という雑誌であった。両誌とも相当数のバック・ナンバーがきちんと揃えられて、机の横の本箱に入れてあった。それ以外にも外国の音楽雑誌が一ダースほどあったが、それは大阪の親戚のうちに行ったときに、古本屋で見つけて買い込んだものだそうだ。

「こんなん読んどんのか」と、ぼくは驚いて言った。「全部英語やないか！」

「字引ひきひき苦労しながら読んどる」

なるほど、ところどころに日本語の意味を鉛筆の小さな文字で書き込んである。

「おもしろいんか？」

「おもしろいもんもある」

それからうらやましいことに、白井は兄ちゃん譲りの電蓄を持っていた。回転数は七十八、四十五、三十三の三段階に切り換えられる。レコード針もＬＰ、ＳＰで切り換えられるタイプのやつだ。たしかメーカーはコロムビアだったと思う。

レコード・コレクションは大半がシングル盤で七、八十枚くらい。内容から察するに、三分の二は兄ちゃんが買ったやつで、残りの三分の一が白井の選択によるものだろう。（中に一枚、《福知山音頭》というのがあったが、こんなものがどうしてあるのか、兄ちゃんも白井も知らないということだった。）

ぼくは白井の家に行くたびに、次から次へとレコードを聞かせてもらった。

くり返し何度も聞いたのはおよそ次のようなものである。

まず何と言っても、
・ベンチャーズ《パイプライン》、《Walk Don't Run '64《ウオーク・ドント・ラン》》、《Caravan《キャラバン》》
そして、
・ビートルズ《She Loves You《シー・ラブズ・ユー》》、《I Feel Fine《アイ・フイール・ファイン》》、《No Reply《ノー・リプライ》》

あとはさまざまだ。

・ダイナ・ショア《Blue Canary《青いカナリヤ》》（このイントロは実に素晴らしい！）

・エルビス・プレスリー《All Shook Up《オール・シュック・アップ》》、《Return To Sender《心のとどかぬラブレター》》

・レイ・チャールズ《Unchain My Heart《アンチェイン・マイ・ハート》》

・リック・ネルソン《Travelin' Man《トラベリン・マン》》、そのB面の《Hello Mery Lou《ハロー・メリー・ルー》》、《Young World《ヤング・ワールド》》

・デル・シャノン《Runaway《悲しき街角》》、《Keep Searchin'《太陽を探せ》》

・ジョニー・ホートン《North To Alaska《アラスカ魂》》

・ジーン・ピットニー《The Man Who Shot Liberty Balance《リバティー・バランスを射った男》》

・ニール・セダカ《Next Door To An Angel《かわいいあの娘》》

・スティーブ・ローレンス《Go Away Little Girl《ゴー・アウェイ・リトル・ガール》》

・サーチャーズ《Needles And Pins《ピンと針》》

・デイブ・クラーク・ファイブ《Because《ビコーズ》》、《Do You Love Me《ドゥー・ユー・ラブ・ミー》》

・テリー・スタッフォード《Suspicion《サスピション》》

・ロイ・オービソン《Oh, Pretty Woman《おお、プリティ・ウーマン》》

これらの名曲はほんとに何度聞いても飽きなかった。（ちなみにこのロイ・オービソンという人は声はものすごく男前だが、顔はそれほどでもなくて、白井と同じような太い黒縁の眼鏡をかけている。「この人にあやかろと思たんか？」と問えば、「別にそういうわけではない。こなな眼鏡どこんでもあらい」と白井は答えた。なるほど、そう言えば、当時人気Ｄ・Ｊだった高崎一郎氏や、藤子不二男の漫画に登場する「ねのねのおっちゃん」も同じような眼鏡をかけている。）

ローリング・ストーンズの初期の名作、《Tell Me《テル・ミー》》や、《The Last Time《ザ・ラスト・タイム》》も聞かせてらった。前者はいい曲だなと思ったが、後者は正直言ってあまりピンとこなかった。へたな歌じゃな、などと考えていた。まだそのころはロックの感受力が充分に育っていなかったのかもしれない。（ぼくがストーンズの熱心なファンになったのは、この年の末、《Get Off Of My Cloud《一人ぼっちの世界》》を聞いてからのことである。）

さらに白井の家には、大きなオープン・リールのテープ・レコーダーがあって（当時はカセットなどというものはなかったからオープン・リールに決まっているが）、彼は岩国の米軍向け放送の音楽番組をたくさん録音していた。ラジオの性能もよかったのだろう。その中で彼が特に気に入っていたのが、チャック・ベリーの《Nadine《ネイディーン》》、《Johnny B. Goode《ジョニー・B・グッド》》、そしてウィルバート・ハリソンの《Kansas City《カンサス・シティー》》だった。（これらの曲のレコードは、あのころの観音寺では入手できなかった。）なるほど、「こーら、かっこええわい」とぼくも思った。（そして後に、三曲とも苦労してコピーして、ぼくたちのバンドのレパートリーに加えた。）

かくの如く、白井の家の音楽環境はぼくの家とくらべて段違いによかったので、ぼくはしょっちゅう白井の家に入りびたるようになった。そして音楽を聞いたり、白井にギターを習ったりした。仕事の手がすいたときなど、兄ちゃんが商売もんの焼いたアナゴをよく差し入れてくれた。（長さ二十センチほどの小ぶりのアナゴだが、味が濃くてとてもうまい。この地方では、タレをつけて焼いたのを細かくきざんでバラずしの上にちらす。）

白井のギターは前に触れた、あのスチール弦を張ったクラシック・ギターだが、彼はそれを琴弾橋のたもとの武田質店でみつけて、三千円で買ったそうだ。それを使って彼はぼくに根気よくレッスンしてくれた。

今にして思えばひどいギターだった。ガット弦でなしにスチール弦を張っていたために、ネックがかなりそっていて、十二フレットあたりでは、細いE弦で弦と指盤の間が一センチは開いていたと思う。それでも白井は《ジョニー・B・グッド》のイントロをほぼ完全に弾きこなしていたのだから、やせっぽちのくせして大した指の力である。

もちろん、そんなことばかりやっていたのではバンドになりゃしないが、まともな楽器がそろってないのだからしようがない。その楽器は夏休みに、一緒になんかアルバイトをして買おうと決めた。

そして、それまでに他のメンバーを探そうということになった。

白井は当然リード・ギター担当で、ぼくはサイド・ギターをやるということにした。残るはベースとドラムだが、この二つのパートはどのバンドも探すのに苦労するようである。なんといっても、ギター・プレーヤーが圧倒的に多いのだ。

「誰ぞええのんおるか?」と白井は言った。

「うーん、そうじゃのう……」ぼくも頭をひねった。そのとき、ふいに二人の少年の顔が眼の前に浮かんだ。これまた電気の神様「デンデケはん(さん)」の啓示かもしれない。

「なんとかなるかもしれんぞ。同時に練習場所も見つかるかもしれん」と、ぼくは言った。

「ほんまか?」

「おう」と、ぼくは胸をそらして答えた。「あいつらもしゃっちむり(むりやり)引っぱりこんでやるんじゃ!」

3 Let's have a party!

（どんちゃかやろうで！）

——Wanda Jackson ;《Let's Have A Party》

ベースマンとドラマーをいかにして引き入れたかを語る前に、ぼく自身の家のことも少し書いておこう。

先に触れた如く、ぼくの父は工業高校の生物の教師であった。

なんでも若い頃はえらく学究的な人物で、アオサやテングサなどの海藻とか、ナマコやウミウシなどの海洋動物の研究をして、せっせと論文を書いては同人研究誌に発表していたらしいが、ぼくがものごころつく頃にはすっかりやめていて、普通の人にはどうもよく解らない俳句を作るようになっていた。

ごく初期の作品には、

水ぬるむ手にはなつかしき石蓴《あおさ》かな

などという、一応俳句らしいのもあるにはあったが、しだいに難解になってきて、（あるいは、めちゃくちゃになってきて、）これが俳句ですか、とあきれるようなのばっかりになった。

磯の松、の枝。差す西陽。はねる魚かな

というのはまだいい方なんだろう。（「磯の松」とか、最後の「かな」とかに俳句らしさが残っているではないか。）しからば、こんなのはどうじゃ。

前うしろ見えんのか見えんのか浜辺のポリ容器

と、こう紹介してきて、父の句は常に海と関わりのあることに気づいた。

ともあれ、父はぼくなどよりずっと前衛的な精神の持主である。

この前衛的な精神はいつも夕食後寝ころがってテレビを観ている。一番好きなのはプロレス中継で、これは今なお変らない。ぼくが高一の頃だと、父のお気に入りのレスラーはジャイアント馬場であった。「あれは人柄がよさそうじゃから」というのがその理由である。

（ぼくは馬場のみならず猪木も好きだった、――というより、二人がディック・ザ・ブルーザーやクラッシャー・リソワスキーに、頭をかち割られて血まみれになるところが、可哀想で、可哀想で大好きだった。「プロレスやか好きなんはあほじゃ」と言いながら、母もよく一緒に観ていた。）

その母も、以前は女学校の家庭科の教員であった。職場で父と知り合って結婚したのだが、長女

（幼くして亡くなった）を産んだ三年後、長男（ぼくの兄）を産んだのが丁度新しい学制に移行する時期で、「えい、めんどくさい」と言って辞職して家庭婦人となった。

この家庭婦人はしばらく家事と子育てに専念していたが、次男のぼくが小学校に上がって手を離れたので、心得のあるお茶とお花を週に三日程度、近所のおばはんや娘さんを集めて教えるようになった。

台所の隣の日当たりの悪い四畳半をけいこ場にしたのだが、父が日曜大工で部屋の真ん中に一辺五、六十センチくらいの四角な炉をきった。そのときのことはぼくも手伝ったので、（実際は邪魔にしかならなかったろうが、）よく覚えている。

母の教えの真髄は、一にも二にも「しゃんしゃん手早く」ということで、これは解り易いからけっこう評判がよかった。茶などは袱紗《ふくさ》を手にとってからものの十秒でたててしまう。抹茶をぽい、湯をじゃー、茶筅でしゃかしゃか、はい、どーぞ、という具合だ。

確かに、実にきびきびしている母の手つきは見ていて愉快だったから、小さなぼくは最初のうち、飽きもせずによくけいこを見学していた。

あるとき、ぼくは炉に据えた釜を「ぶんぶく茶釜」と呼び、その湯を注ぐ柄杓《ひしやく》を「肥杓《こいじやく》」と呼んだ。母も娘さんたちも笑った。そして、「お前はお父ちゃんに似てしょうのないさいあがり（ふざけ屋のおっちょこちょい）じゃなァ」

と、母は言った。

ずっとけいこを見ていたわけは他にもあって、それは茶菓子をくれるからだが、いつもいつも栗まんじゅうかはくせこ（大型の落雁《らくがん》。通常桃の実、菊の花などを型どり、赤や緑で毒々しく彩色している。仏事の供え物になくてはならぬ品）だったので、小学校二年になるころにはさすがに飽きて、けいこもあまり見なくなった。

　お花も同じように「しゃんしゃん手早く」だった。うちの近くには原っぱもあったし、雑木の生い茂った小さな山もあったから、材料には不自由しなかった。

「花やかのうてもかまへん（花などなくてもかまいません）」というのが母の口癖で、そこらあたりから集めてきた松の枝やすすきなどを、ちょっきん、ちょっきん、またたくまに活けてしまうのだ。それでもけっこう見られるものができたから、子供心にもいたく感心したものである。

　あるとき、ぼくはまだ穂の出てない青々としたすすきを一抱え採ってきて、それを花びんに詰めこみ、その茎と葉をまん中あたりでちょきちょきと全部切り揃えて、上がまっ平らになるようにしたのをけいこ場に運んで行った。

「なんじゃ、それは？」と母が聞いた。

「まさいっつぁんじゃ」と、ぼくは得意そうに答えた。

　娘さんたちは大笑いした。母は苦笑して、「あほたれのさいあがり」と言った。「まさいっつぁん」というのは、近所の豆腐屋のお兄さんで、丁度ぼくの活けた作品のように、頭頂がまっ平らになるように髪を刈っていた。いわゆる角刈りである。

　みんなに笑ってもらってぼくは大得意だったが、特に笑わせようとしたのはその中の、ぼくの大好きなみちこ姉ちゃんである。

　みちこ姉ちゃんはやさしくて、よく頭をなでてくれたし、ときには、本気で逃げる気もないのに逃げるぼくをつかまえて、背後からぎゅっと抱きしめて持ち上げてくれた。

「よいしょと。あれえ、重《おも》たなったなあ、たけよっちゃん、重たなったなあ！」

いい匂いのするみちこ姉ちゃんに抱き上げられるのは、それはもう何とも言えんいい気持で、痛いくらい胸がどきどきした。そのみちこ姉ちゃんはぼくが小学校三年生のときに、縁あって丸亀の大きな呉服屋さんの長男のところにお嫁に行った。その花嫁姿を見ながら、「ムコはんはみちこ姉ちゃんの好きなベットウカオルみたいな人やろか？」とか、「ムコハンも後ろから持っちゃげて（持ちあげて）もらうんやろか？」などと考えたことを覚えている。今はもういいおばはんになっていることだろう。

母の指導方針については、ぼくはお茶もお花も素人だから、別に文句はないけれど、ただ子供心にも、あれでえんやろか（いいのだろうか）と思ったこともある。というのは、夏のけいこの折の、母の身なりのことだ。弟子の娘さんたちはちゃんとカンタン服を着ているのに、母はいつもシミズ（シュミーズ）一つで教えているのである。

だが、今振り返ってみるに、これはなんら異様なことではなかったのかもしれない。思えば、当時のおばはんにとって、シミズはごく普通の夏の普段着であって、近所へ買物に行くのもシミズ一枚でよかったのだから、家の中でお茶やお花を教えるのにシミズでいけないという法はない、ということだったのだろう。

これをもっと普遍的に、社会文化史的にとらえるならば、シミズいっちょで歩き回る恥ずかしさを克服したときに、娘さんは一人前のおばはんになる、ということになろうか。

ともあれ、このゆかしい夏の風物詩も、高度経済成長につれて田舎が都市化してゆくとともに、（母の言葉を貸りるなら「おしゃまげ《気取った》」になってゆくとともに、）しだいに失われてゆき、ぼくが高校に入るころには、いっさい身なりに構わぬ母もカンタン服を着て教えるようになった。その方が見よいけど、なんだか淋しいような気もする。

ぼくの姉はかなで「なでしこ」というおかしな名前で、二歳になる前に肺炎で死んだ。「なでしこは、そらもう、賢うて、可愛い子じゃった」と、母はいまだに目を細めて遠くを見ながら言う。「もう、辛《つろ》うて、辛うて、子供はもう産まん」と心に決めたのだが、母の母が、つまりぼくのばあちゃんが、「まあ、お前、そなんこと言わんと」と言って、根気よく説得したという。その甲斐あって、（幸か不幸か）長男の杉基《すぎもと》と、四つあいて次男の竹良、つまりぼくが生まれたわけだ。

しかし、こうして兄弟の名前を書いてみると、父の命名のセンスはやはりどうも変だと思う。それでも、「なでしこ」や、「竹良」はセンスが悪いというだけだからまだいい。可哀想なのは兄で、「杉基」はひどい。「藤原杉基《ふじわらすぎもと》」と発音してみると、苗字が二つ連らなったようですこぶる珍妙である。前衛的俳人を父に持つとこんな苦労もある。

小さいころ、友だちにからかわれでもしたものか、兄が自分の名前に文句をつけたところ、母は、

「何を言うとる、ええ名前じゃがな。どこばり（そんじょそこら）にないで」

と、笑ってとりあわなかった。

兄は、

「どこばりにあるのんがええ」

と泣いていた。

母も相当前衛的な精神の持主だったのかもしれない。

その杉基は名前にもめげず、ぼくと違ってかなり成績がよくて、すんなり東京のある大学の理学部

に入ったが、ろくに勉強もせずに麻雀ばっかりやっていたらしい。

「元気でやっとるか。わしも元気でやっとる。今月はトータルで三百以上ういた。お母ちゃんに二万円送るように言うてくれ」

という葉書は、兄が大学一年のときに、宛名の横に「親展」と書き足して、ぼくによこしたものだが、探せばいまだにぼくのうちの押入のどっかにあるはずだ。

こんなのでも四年で無事卒業した上にアメリカに留学し、ミムジー、アビー、ズズなどといった名の女友だちをいっぱいこさえて三年間楽しく過ごした後帰国して、結局現在は九州の大学で数学を教えているというからひどいものだ。

麻雀は大学四年のときにやめたらしい。麻雀であぐらばっかしかいていたために腰を痛めて、ついには歩けなくなったからだそうだ。そんなになるまで麻雀をやったんなら、基本的にはやっぱりあほな人間なんだろう。

一度、「今なんの研究しよるん?」と聞いたら、「群論じゃ」と答えた。どんな学問か解らなかったが、「ふーん」と言っただけで別に聞き返しもしなかった。どうせぼくには関係ない。

こうして書いてみると、なんだかぼくの家族はみな多少変り者のように思えてきたが、さあ、どうなのだろう。このぼくにしたって、十五の春からポップスに狂いっぱなし、二十二の年に病いは一応昂進を止めたとは言え、三十八歳の現在も古いレコードを探し出してきては独り悦に入っている……いやいや、きっとどこのうちも同じようなものなのだろう。それぞれよくよく観れば、誰だって同じように変り者なのに違いない。各人がその限られた視野のもとに行動するのをはたから観れば変り者に見える、というだけの話だろう。

とにかく、世界にはばたかんとするロックン・ローラーの卵は、かくの如き家庭環境に育った。これならどんな環境からでもロッカーは育ちそうだし、また現にそうである。

さて、ぼくがメンバーに引き込もうと思ったのは、ぼくに《平凡パンチ》や、《週刊実話》などの雑誌を次々に貸してくれた合田富士男と、あのニキビいっぱいの岡下巧《たくみ》であった。富士男は大のポップス・ファンだったし、ブラス・バンド部に入っている岡下が音楽好きなのもまちがいなかったからだ。

まず、最新号の《平凡パンチ》を返しながらぼくは富士男に言った。

「ものは相談じゃけどの」

「わかっとるっちゃ。そろそろ上級のやつも見せたる」

「上級?」

「急にものすごいん見せたらショック受けるやろ思ての、これまでは初級、中級を貸してやったんよ。明日もってきたる。こき過ぎるなよ、こら」

「エロ本のことか!」

「いっぱい恩恵うけとるくせに、エロ本、エロ本言うて馬鹿にすな。人生の宝ど。エロチック・マガジンと言え」

「そうでのうての、いや、それは是非貸してもらうけどな、そうでのうて、わしが言おとしとるんは、バンドのことなんよ」

「ほう。いよいよ作るんか」

「おう。ほんでの、お前にメンバーになってもらお思てな」

「ふーん」

「お前、ポピュラー好っきゃろ？」

「そら、好っきゃけどの、わしの持っとる楽器はハーモニカと木琴で。それでもええんか？」

「それはちょっと」

「あ、たて笛もあった」

「いや、お前にはベースやってもらおと思とんじゃ」

「ベース？」

「おう、電気ベースじゃ」

「電気ベースか！　かっこええの。ポール・マッカートニーみたいじゃの。誰ぞ貸してくれるんか？」

「いや、この夏休みにみんなでアルバイトしての、楽器買うんよ」

「歌も歌わしてくれるか？」

「歌わしたるど」

「うーん、どうしょうかの。わし、もう将棋部に入っとるしの」

「そななおっさんげなん、やめてまえ」

「別におっさんげなことはないけどの、うーん、どうしょうかの。わしが抜けるとなあ、クラブのやつら、みな弱いしなあ……」

　この合田富士男というのはまことに不思議な男で、お寺の子だとは先に述べたが、性に関する知識が豊富なだけでなく、大変な読書家で、勉強もよくできる上に将棋がめっぽう強く、おまけにポピュラー音楽についても、ぼくよりずっと詳しかった。彼の家、つまり浄泉寺《じょうせんじ》というお寺の本堂の屋根には、彼の立てたでっかいFMのアンテナがある。是非メンバーに引っぱり込みたい人材である。ぼくは熱心に説得に努めた。

「なあ、ええやろ?」

「うーん」

「なあ、なあ」

「うーん」

「なあっちゅうのに」

「う〜〜〜ん」と、声が揺れているのはぼくが肩をつかんでゆすぶっているからだ。

「なあ!」

「うーん!」

結局、数日後、富士男は将棋部をやめてバンドに入ることを承知した。それから一ヶ月ほど、将棋部の三年生が富士男を慰留しようとしてしつこく彼につきまとったけれども、彼は、「すんません、堪忍して下さい。こないには(近頃は)おやじもとんと意気地がのうなって」などと、なんだかよく解らない文句で断り続けた。これが運動部かなんかだったら、シゴキにあったのかもしれないが、「おっさんげな」文化部だったからどうやら無事にすんだ。しかし、あのときの三年生の悲しそうな、悔しそうな、そして、恨めしそうな顔をぼくはいまだに思い出す。ぼくは大変な人材を引っこ抜いたらしい。

見込み通り、富士男は運動神経がよくて、とてもいいベース・マンになった。ただ、彼のボーカルの方はちょっと困ってしまった。英語は素晴らしくよくできるのだが、発音の方がさっぱりあじゃぱあなのだった。このことについては後にまた触れよう。

ところで、バンドをやることになっても、富士男はとうとう髪を伸ばさなかった。それは単に彼がお寺の子だったから、というのではなくて、もうすでに立派な坊さんとして、病弱の父親に代わって法事くらいこなしていたからで、いわば職業上の必要によるのだった。

興味があったものだから、ぼくは一度彼の助手と称して法事について行き、その坊さんぶりを親しくこの目で見たことがあるが、いやはや、あまりに堂に入っているので驚くを通り越してあきれてしまった。

そのめりはりの利いた読経の様が見事だったというだけではない。彼は人の世の「縁《えん》」ということについて説教まで垂れたのである。そして、その後、彼とぼくは酒の席でもてなされたのだが、彼は器用におっさんやおばはんたちと猪口《ちょく》をやりとりしながら、世間話をした。(何と言っても彼はまだ未成年だから、周りの人も一応気をつかって、彼の猪口にはほんの少量しか酒はつがなかったけれども、何度もやりとりしたのだから、結局はかなり飲んだはずである。二合くらいはいったんじゃあるまいか。ぼくは助手だからなのか、一度しかついでもらえなかった。)

たとえば、松本の酒屋んとこの長男にやっと嫁が来たこと、下出《しもで》はんとこのおばあちゃんは相変らず寝たなり(寝たきり)じゃが、よう食べるということ、近々、池の尻(地名)からずーっと下ったところに大きなスーパーができるので、よろず屋のイチタロはんの機嫌が悪いということ、(ちなみにこのよろず屋の屋号は「イチタロはんき」というのだ。この「き」は徳島や高知では「く」となり、関東あたりでは「ち」となる。つまり、~の家《うち》の意)、そして、後藤為一《ためいっ》つぁんのとこは、おばはん(為一夫人)も嫁も横森農機にパートに出て、えらい銭もうけしよるから、どうやらそのうち母屋を全部サッシにやりかえるつもりに違いない、などという事柄について、合田富士男はおっさんやおばはんたちに混じって実に楽しそうに話をしたのだった。このあたりのいろんな事情について彼がこんなに詳しいとは、ぼくは思ってもみなかった。彼は時々おっさんやおばはんの記憶違い、勘違いを訂正してやりさえしたのである。

たとえば次に記すは、五十くらいのおっさんとの間にかわされた、岸本はんきの次男と三男の消息に関する会話である。

「いや、なーんしに(とんでもない)」と、この少年僧は猪口をぐいと空けて相手のおっさんに返しながら言った。「大阪へ出て行ったんは、おとご(末っ子)の方よ。次男は坂出に養子に行ったんじゃがな」

「ほやったかいな」と、おっさんは酒をついでもらいながら白のまじりかけた頭を振った。「おう、ほやった、ほやった。ほんで、その次男は《わ》ー、高等学校《こうとがっこ》の先生《せんせ》しよんじゃったかいなあ」

「いや、なーんしに。県庁に出よるがな」

「ほやったかいなあ……」

「ほうよ。わしこないだ岸本はんの新屋の方に法事に行ってきたきに、まちがいないわい」

話題はどんどん変って、とうとうある中年夫婦のけんかが話題にのぼった。

なんでも、昨田(これも地名)の高橋《たかはつ》さんは四十の分別盛りのくせして、レタスでもうけた銭をへそくって、隠れて郵便貯金しとったんを、最近流岡《ながんりょか》でけた、ある後家さんがやっとるスナックに通うて、全部使うてしもたのが奥さんのサトエはんにばれてしまったのだそうだ。
おばはんA　スナックちゃなにえ？
おっさんA　バーみたいなもんじゃろわい。
おばはんB　ほんで、どしたんな。
おっさんA　ほんで、サトエはんがごっつう（ひどく）怒ってな、「おどれがそなんことするんやったら、わたしも男に銭ばらまいてやる」言うて、もう、泣いたり言うたりしたんどな。
おばはんB　ほーら、大《おお》ごっちゃな。ほんで、もうおさまったんえ？
おっさんB　なんしんじゃい。（とんでもない。）
おばはんC　テルのやと（テルのやつ。高橋《たかはつ》さんのこと）も、「おどれ、こら、女房のくせにそなことぬかしくさるんなら――」言うてなあ。
おばはんB　追い出したんえ？
おっさんA　追ん出たんよ、わが（自分）の方から。
おばはんA　へーえ、思い切ったことしたなあ！　ほんでどこ行ったんえ？
おばはんC　出て行ったいうたって、わがとこの納屋で暮らっしょらい。
おばはんB　ごはんやか、どよんしよん？
おっさんB　めしはわがで炊いてな、おかずだけ母屋のサトエはんとこにもらいに行っきょらい。
おばはんA　おほほほ。もう、あほげな！
おばはんB　はよ仲直りすらええのに。

おばはんA　それが二人とも、いつまでも意地張りおうとるんよ。

おっさんB　おじゅっさん（お住職様、この場合は富士男への呼びかけ）、あんたが仲に入って仲直りさしてやってつか（下さい）。あら（あれでは）、子供もふが悪かろわい。（恥ずかしい思いをするでしょう。）

（ちなみに、この高橋テルヨシさんとサトエさんの長男はテルイチといって、三年生のとき、ぼくと同じクラスになった。不幸な家庭環境のせいなのか、どうなのか、しょっちゅう居眠りばかりしていた。）

少年僧　あら（あれは）ほっといたらええんじゃ。まんがに（たまに）な、夫婦げんかするんがァ、仲よにやっていくコツなんよ。ただ、テルさんも、女《おなご》に貢ぐほど銭が余っとるんなら、うちの寺に寄付してくれんかいのう。本堂の天井をやりかえたいんじゃがなあ」

大笑いのうちに高橋《たかはつ》さんきのトラブルの話は終った。

こんな話によく高校一年生が加われるものだ。おまけに話をしめくくったところの、夫婦仲に関する彼のおっさん風の意見、そして、おっさん風の諧謔の感覚！

「若ぼんさん（富士男のことだ）は、お酒も強いし、もうお父さんよりか頼りになる、いうてみな言よんぞな」

と、ぼくの隣に座ったおばはんがばらずしをほおばりながら言った。さもありなん。再び、ぼくは大変な人を引き抜いてしまったのだな、と思った。

実際、富士男はためらうことなく京都の坊さん大学に進み、卒業後、はやばやと隠居した父親の跡を継いで浄泉寺の住職となった。法名を浄空《じょうくう》といって、地元では名僧と謳われている。聞けば、彼は仏の道をほんの幼児のころに志したという。

「わし、ちんまい（小さい）頃、雷に打たれていっぺん死んだんじゃ」と、この法事の数日後、彼は真面目な顔でぼくに言った。「そこへお大師《だいっ》さん（弘法大師）が現われての、『こら、なっしょんのい。（何をしているのだね。）さっさと起きんか』と、こうやさしゅうわしの耳もとでささやいての、そんでわしは目を覚ますように息を吹き返した、っちゅうわけじゃ。これは、わしを生き返らして、仏の道を歩ませようというお大師さんのお心じゃと、わしは確信した」

「ほんまかいな！」

「その証拠にの、ほれ、ここいろてみ（さわってごらん）」そう言って富士男は頭を下げてぼくの方に突き出し、ぼくの手を取ってつむじの横の突起に触れさせた。

「お前のまいまい（つむじ）はえらい左の方にずり落ちとるの」

「そなんことはどうでもええ。どうじゃ？」

「いぼみたいじゃの」

「そこに雷が落ちたんよ。どや、ぴりぴりしょうがい？」

「短い毛が生えとるけん、ちくちくする」

「お前は救えん凡夫じゃな。ここにさわっただけで、あるも檀家のおばあは夜中にしょんべん近いんが治ったんど」

と富士男は言って、目を細めて遠くを眺めた。

さて、ドラマーにしようとぼくが思ったのは、他でもない、ブラスバンド部の大太鼓奏者を夢見る岡下巧《おかしたたくみ》君である。

ルビに示した如く、正式には「タクミ」と読むが、小・中学校時代からの友人の多くは、「コウ」ちゃんと呼んだ。姓名続けて読むと、「オカシタコウ」となるわけだが、やがて不敵にもそれを「アカシノタコ」とわざと読む者が現れた。「アカシノタコ」に漢字を当てれば、どうしたって「岡下巧」ではなくて「明石の蛸」となる。そして結局これが彼の渾名となった。

ぼくは親友の一人として断言するが、岡下君は決して「蛸」に酷似した風貌の持主というわけではない。瓜二つ、とも言えない。ただ、「わしは全然蛸にや（蛸になど）似とらへんど！」と、本人が強硬に主張したとしたら、周りの者は、「それはちょっと言い過ぎじゃ」と言って彼をたしなめただろう。――つまり、「明石の蛸」という渾名は、彼にふさわしくないとは必ずしも言い切れないものだったと、そう言っておくことにしよう。

さて、先にも触れたように、財田《さいた》川は、霧の都ロンドンを流れるテムズ川の如く、あるいは花の都パリを流れるセーヌ川の如く、うどんの都観音寺をとうとうと（実は細々と）流れて燧洋《ひうちなだ》に注いでいるのだが、その河口のあたり、海に向かって左手が漁港になっている。そしてその漁師町のはずれに明石の――ではなかった、岡下の家がある。

家業は漁業ではなく、小エビや雑魚を用いての練り物製造業である。つまり、東京あたりでチクワとか、サツマアゲとか呼んでいる品物に似た品物を作っている。わざわざ「似た品物」と断ったのは、製造上のセンスが相当違っているからだ。呼び名さえ違っている。ぼくの土地では、チクワのことをチッカといい、サツマアゲの類はテンプラと呼ぶ。材料にエビを使っていればそれぞれエビヂッカ、エビテンという。東京あたりで食べるのとどっちがうまいかと聞かれれば、チッカやテンプラの方が断然うまい、そもそも比べ物になりゃあせん、と答えたいが、身贔屓も多少混入しておろうから、声高に断言することはひかえておこう。

　ともあれ、彼はそういった品物を作る何軒ものうちの一つに長子として生まれた。聞けば、父親を亡くした幼い頃より家業を手伝ってきたという感心な少年で、しかもその人柄は温順、素直で実にやさしい。クラスの全員が彼のことを大好きだったとは思わないが、彼のことを嫌いだという者はおそらく一人もいなかったろう。

　そういう人間を説得するのに最も有効なものはなにかと言えば、それは強引さに決まっている。ぼくは新メンバーの富士男と相談して、昼休みに岡下を体育館わきの便所の裏に呼び出した。ときに、なんで便所の裏かというと、富士男が、「女呼び出すんなら神社の境内、男なら便所の裏と決まっとる」と言ったからだ。そんな決まりがあったとは知らなかったが、なるほど、そういえば便所の裏はいかにも呼び出しにふさわしいような気がしてきた。ぼくと富士男は便所のザラザラのセメント壁にもたれて岡下を待った。（白井をつれてこなかったのは、こんな場合彼は役に立たないだろうと思ったからである。）壁のぬくもりが背中に伝わってむずむずする。

　富士男がハミングしている。なかなか軽快でよさそうな曲だ。

「何ちゅう曲や？」とぼくは聞いた。

「《Black Is Black《ブラック・イズ・ブラック》》という曲じゃ」と富士男は答える。「ロス・ブラボスっちゅうスペイン出身のグループが演奏しとる」

「ええ曲じゃの」とぼくは言った。

「テープにとっとるきに今度聞かしたら（聞かせてあげようね）。この曲もバンドのレパートリーに入れよかの」

富士男も臼井と同じようにポップスのテープ・コレクションをしていた。そして後に、実際にテープを聞かしてもらったとき、この《ブラック・イズ・ブラック》が想像してたよりもさらにいい曲なのを知って、ぼくはうれしくなった。素人のハミングで聞くのよりいいのは当り前かもしれないが、あのころはそんなことでもうれしくてしかたがなかった。

「お、来た、来た、海から上がって来たど、ニキビいっぱいこさえて」と富士男が言った。

岡下がなんだか不安そうな様子でこちらに近づいてくる。便所の裏に呼び出されるのはたいていこわい用事だからだろうか。

「なにやー?」と、岡下は警戒の色を目にたたえてのっそり言った。この言葉、この口調、まさに岡下君である。考えてみればあまりロッカーにふさわしくない人柄かもしれん。しかしあの時のぼくは、岡下をドラマーにするとかたく決意していたのだ。なぜだか知らんけど。

「ものは相談じゃがの」とぼくは言った。(富士男のときのもこんなふうにもちかけたっけ。)

「銭やかもっとらへんど、わし」岡下は眉を八の字にして半べそをかいた。ぼくは以前目にしたことのある《蛸の八ちゃん》とかいう漫画を思い出し、そして思い出したことを済まなく思った。済まなくは思ったものの、似とるんじゃからしょうがないじゃないか、とも思った。

「お前にたかっりょんとちゃうど(たかっているのではないよ)」と富士男は言った。「わしは銭には不自由しとらせんきにの」

「ほんなら、なにやー?」と岡下。

「君に思いがけないチャンスをあげようと思ってね」と富士男。

「えー、チャンスっちゃなにやー?・」と岡下。なんぼ田舎の子でも、なんとかならんか、この言葉、この口調、とぼくは思った。

「要するに、お前にわしらのバンドに入ってもらいたいんじゃ、ドラマーとしての」とぼくは言った。

「えー、ドラマーや? えー」と岡下は言った。と、こんなふうにいちいち岡下の言った通りを書いていくとぼくの方もしんどいので、適当にはしょりながら書くことにする。

さて、最初岡下はこの申し出を断った。ブラスバンドで大太鼓を叩くことに決めているのだと言った。予想通りの反応である。

「ロックバンドで叩けばええでないか」とぼくは言う。「ロックバンドのドラマーは、大太鼓だけでのうて、中太鼓や、小太鼓や、シンバルも叩けるど」(この当時、ぼくは、バス・ドラムとか、スネアとか、タムタムなんていう言葉を知らなかったのだ。)

岡下は、「えー、そなにようけのうてもええ(そんなにたくさんなくてもいいよ)」と言う。「わし、大太鼓だけでええ」

「あのな」と富士男が真剣な顔で言う。「ロックバンドのドラマーになったら、絶対女《おなご》にもてるど。ブラバンの大太鼓になったら絶対にもてんど」

「そやろかー?・」と岡下。

「これだけは確かじゃ。ブラバンの大太鼓いうたら、後ろの方で、あほみたいにただドーン、ドーンやっとるだけやろ。木魚叩いとる方がまだましじゃ。ぜえーったいにもてやせん。ええ年した男のやるもんと違う」と富士男は断言した。

(ブラスバンドの大太鼓の人が聞いたらお怒りになるだろうが、ぼくらの事情を察してどうか堪忍していただきたい。）

　ぼくも富士男に賛成した。

「そうじゃ、そうじゃ。ロックバンドのドラマーは花やかでえ。位置はお前、舞台のまん中ど。ギターやベースを両脇にひかえさしてな。ドラムのソロもいっぱいあらい。バチをコンコン打ち合わして、ワン・ツー・スリー数えて号令かけるんもドラマーよ。スポット・ライト浴びてドコドコ、ドコドコ叩いてみい、そーらもうかっこええど」

「そやろかー」と大揺れの岡下。

「悪いことは言わんちゃ」と富士男。「お前この機会逃したら一生女にもてんど」

「まさかー！」と岡下は眉を八の字にして苦笑しながら言ったが、もう九割方ぼくらの言うことを信じていたろう。

「二度とないチャンスど」ぼくは追い討ちをかけた。

「女なしで生涯を終えるんど」富士男がとどめを刺した。


　かくして岡下巧君はぼくらのバンドに入り、熱心にロック・ドラムの勉強を始めた。自分のドラム・セットを手に入れるまでは、例の神戸屋からドラムの入門書とスティックを買ってきて、机や、クッキーの空き缶や、段ボール箱をうまく組み合わせて練習したのである。

　多少耳の遠いばーちゃん以外の家族はもちろんいい顔をしなかったが、彼は憑かれたように練習に励んだ。その様子を何度か目撃したことがあるが、感動的を通り越して鬼気迫ると言いたいほどだった。

彼をあれほどまでに衝《つ》き動かしていたのは何だったのだろう。

もちろん音楽へのひたむきな情熱もあったろうが、富士男とぼくの説得（あるいは脅迫）の文句が予期した以上の効力を発揮したのかもしれない。

「永遠の女なるもの、我らを高みに導いてゆく」なんてことを、たしかゲーテが《ファウスト》の中で書いていたと思うが、なるほど。

女性といえば、岡下の「太鼓熱」については彼のばーちゃんの影響も無視できないだろう。このばーちゃんというのが、神仏ならなんでも拝むという信心深い婦人で、小さい岡下をこの人は一人でお守した。そしてそのころばーちゃんはうちわ太鼓に熱中していたそうで、幼い岡下をおぶって毎朝早く琴弾山《ことひきやま》の麓にある小さなお堂に行き、他の数名のじーちゃん・ばーちゃんと一緒に、日の暮れるまで「どんつく・どんどん・つくどん」と叩き続けていたというから、とにかく太鼓の響きは岡下の血の中に溶け込んでいるのに違いない。

ついでながら坊主刈りだった岡下は、バンドに入ると同時にぼくにならって髪を伸ばす決意をした。別に強制したわけではない。白井はやや長めのぼっちゃん刈りだし、少年僧の富士男はピンセットでないとつまめないくらいの一枚刈り（バリカンの刃を一枚しかつけないで刈る刈り方。一番短く刈れる）で、髪形《ヘアードゥー》については各人の自由にまかされていたのだ。そして岡下の髪は一年生の終りごろにはぼくよりずっと長くなって、三つ編みにできるくらいになった。「食いもんをつくっとる家の息子がなんちゅうこっちゃ」と、家の人はまたまた批判的だった。

こうなれば、「明石の蛸」という渾名は自然に消滅したかと言えば、残念ながらそうではなかった。「明石のワカメ蛸」とまたもや誰かが言い出して、それが広まってしまったのである。

このことに関して富士男は、

「ある種の悪縁は生涯人について回ることがある」

などと、目を細めて遠くを眺めながら言ったことがあるが、実のところ、いずれの場合も、つまり、「明石の蛸」の場合も「明石のワカメ蛸」の場合も、言い出しっぺの「誰か」とはこの富士男だったのではないかと、ぼくはひそかに疑っている。

4 There ain't no cure for the summertime blues!

（夏のしんどさ、どっちゃこっちゃならん！）

——*Eddie Cochran ;《Summertime Blues》*

さあ、いよいよ待望の夏休みがやってきた。と言っても、ぼくたちの場合、クリフ・リチャードが《Summer Holiday《サマー・ホリデー》》で歌ったように、「太陽が明るく輝いて、海が青い」ところへ出かけて行って、カテリーナ・バレンテみたいに「ためいきの出るような」《恋のバカンス》を楽しもう、なんちゅうのでは全然ない。わざわざ出かけていかんでも、瀬戸内海に面した南国の田舎町だから、太陽はうんざりするぐらい照っとるし、青い海だって近くになんぼでもある。何万リットルもある。そんなんでない、勤労するのである。

この町では高校生向きアルバイトはあまりない、と先に書いたが、ぼくたち（白井清一とぼく）は、合田富士男のおかげで見つけることができた。つまり、富士男の口ききで、財田川の上流、観音寺の町をちょっとはずれたあたりにある「横森農機」の工場に、夏休みの間勤めることになったのである。この少年僧は手配師もやれるのだ。

なぜ白井とぼくの二人だけが工場に行って他のメンバーは行かなかったか、というと、まずその手配師の富士男の場合、夏の間はお盆の法事やら何やらで家業の坊さんがいそがしいということがあった。（また、酷暑の時期は酷寒の時期同様、けっこう高齢者が死んだりもするから、それにも備えておかねばならん。）

それに、そもそもアルバイトなどせんでも彼にはすでにたっぷり金があった。先に、岡下を説得する折に、「銭には不自由しとらせん」という彼の台詞を紹介したが、これはは ったりでもなんでもなかったのだ。不自由してないどころか、後《のち》に知ったことだけど、彼はすでに株さえやっていたらしい。ことによると、お妾さんもいたかもしれん、というのは冗談だけど、怖ろしく世なれた友人であった。

ともあれ、そんな彼の寺の檀家にたまたま横森農機のバインダー工場の長がいたので、彼は白井とぼくがアルバイトできるように、さっさと話をつけてくれたのだった。

夏休み前で授業が半ドンになったある日の放課後、富士男は白井とぼくを例の便所の裏に呼び出した。

「細かいことは工場で説明してくれるやろから、肝心なことだけ言うとくと、じゃ、まず給料やけど、日給八百五十円の計算で、最後の日にひとまとめにしてくれらい。

八月の十四、十五、十六日《じゅうろくんち》はお盆休み、それ以外は月曜から土曜まで、朝八時半から夕方五時半まで仕事。希望者はさらに残業もできるが、お前らは初級の労働者やから、残業はやらん方がええと思う。

昼飯は弁当持ってきてええきんど（けど）、社員食堂があるから、そこでうどん玉が二つ入った大盛り素うどんを食うたらええ。一杯五十五円じゃ。安かろ？　会社から補助がでとんじゃ。

それから、今回ただで仕事を斡旋してやったわしの面子《めんつ》をつぶさんように、まじめにやること。最初はしんどいかもしれんがの、一週間もしたらなれらいの。

お、それからの、工場で働いとるおばはんの中にちょいちょい（ときどき）すけべなんがおるげなから、よう気ぃつけていいたずらされんようにな。ちっくんは大丈夫やろけどの、白井は色白で可愛い顔しとるから、用心しとれよ。わかったの」

さて、もう一人のメンバー、岡下巧君は夏休みをどう過ごしたかと言えば、彼は休みの間中、家業の練り物づくりをやった。彼も横森農機に行きたかったのだが、「おどれ、そなな暇があるなら、ウチの手伝いせえ、こら」と、母親に言われたのだった。（念のためにつけ加えておけば、この人は言葉づかいよりずっと優しい人である。）

もちろん、これまでだって彼は毎日手伝っていたのだが、それをフルタイムでやることにしたのだ。おまけに配達までやった。それだけやって、彼は親から一日五百円もらうことにした。

お盆には三日休んだけど（その休みにぼくらは一緒に映画を観に行ったのだが、そのことについては改めて書くつもりだ。とても重要な映画だったから）、それ以外にこの家業に休日はない。それで、彼は夏休みの間、まるまる四十日間働いて二万円稼いだ。これに七月、八月分の小遣いを加えると、二万三千円となる。これに彼の観音寺信用金庫の預金を加えると、三万二千円余りになる。これに富士男から一万五千円だか、六千円だかを借りて、彼は初心者にしては立派過ぎるくらいのドラムの七点セット（ハイハット、シンバル、スネア、タムタム、バスタム、バスドラ、そして椅子）を買った。

あれはたしか秋分の日だったと思ったが、神戸屋から注文の品がやっと届けられるという日、岡下は朝から真青な顔をしていた。そして昼までに二度吐いて、「一緒におってくれ」と頼まれていたぼくは、その度に彼の汗だらけの背中をさすってやった。あんまり緊張しすぎると吐くこともあるらしい。

そしていよいよ神戸屋のライトバンが彼の家のある路地にその姿を現わしたとき、彼の青白い顔に、ちょうど波が砂浜に広がるように、ぶつぶつが広がった。顔にも鳥肌がたつことをぼくは初めて知った。しかも、すでに彼の顔にはぶつぶつのニキビがいっぱいあったからこれは怖ろしいことになった。単にぶつぶつになった、と書いただけでは足りない。ぶつぶつぶつぶつぶつぶつになったわけだ。

最初の段ボール箱が荷台からおろされたとき、彼は文字通り卒倒しそうになった。隣近所のおっさん、おばはん、子供らが七、八人、路地に出てきて興味深げに眺めている。「ちっか屋の息子がまた何を始めたんじゃろ」という顔つきだ。ぼくは注目を浴びてなんだか得意になった。

ぼくたちはその箱を一つ一つ、揚げ物油の煙がしみ込んで黒光りする急な階段を昇って彼の部屋に運び上げた後、二、三度深呼吸してからていねいに箱を開き、ドラム・セットを組み立てた。シンバルは発行されたばかりの五円玉のようにぴかぴか光っていた。パール社製のドラムの胴は真珠貝の内側のようにきらきら輝いていた。

組立て終わった後、岡下は用意してあった赤いネルの布で、手が触れた跡をていねいにふき取った。そしてぼくたちはセットの前に正座して、つくづくと眺めた。ドラムは無限のエネルギーを内に秘めて、威風堂々と四畳半のまん中に鎮座していた。楽器というのはどうしてこう美しいのだろうとぼくは思った。

隣に座った岡下がこぼれる涙を右腕でぬぐった。ぼくも泣いた。三割はもらい泣きで、あとの七割はぼく自身の感動泣きだった。

「これ叩いてもええんやろか（いいのだろうかね?）」と、しばらくして岡下が言った。

「どして?」

「なんか、叩くの悪いみたいな気がすんじゃ」

「ほうじゃの」とぼくは言った。彼の気持はよく解る。「真心こめて叩くんならえんとちがうか」

「ほうじゃの」と岡下はうなずきながら言った。「それやったらええやろの」

下から油の匂いのただよってくる部屋で、ぼくたちは正座のままひきつづきドラムを眺めた。


以上が岡下がドラム・セットを手に入れた顚末であるが、ぼくと白井だって、ギターを手に入れるのに、岡下に負けぬくらいの苦労はしたのだ。

いよいよ明日から夏休みという日の夕食後、ぼくは両親に申し出た。

「明日からわしアルバイトするきんな」

「なんじゃ?」と母。

「アルバイトするんじゃ」

「なんですするのいや（のかね）?」と父。「なんぞ欲しいもんがあるんか?」

「うん。ギターを買う」

「バイオリンがあるがな」と母。

「ギターでないといかんのじゃ」

「どしてや?」と父。

「ギターでないと弾けん曲がある」

「なんでも弾けるようにバイオリンをもっとけいこしたらよかろがな」と母。

説明するのが面倒くさくなった。

「とにかく、ギターがないといかんのじゃ。友達と一緒に横森農機で働くことにした。もう申し込んでしもたきに」

「親に相談もせんと勝手なことして」と母。

「学校《がっこ》には言うたんか？　アルバイトしてもええんか？」と父。

「うん。ちゃんと届け出した」生徒のアルバイトに関する規定があるのかないのか知らないが、ぼくは嘘を言った。

「ふーん」と父。

「なあ、ええやろ？」とぼく。

父と母は顔を見合わせた。

「まあよかろう」と、ややあって父がうなずきながら言ったのでぼくはほっとした。思った以上にすんなり行ったのだ。

「ほんじゃけどの、不良になったらいかんのど」父が念を押した。

「うん。ならせん」と、はきはき答えるぼく。

「しょんがないなぁ」と母。「やってもええけどな、勉強もこじゃんと（しっかり）せえや。成績下がったらそのギター取んりゃげるぞな」

「うん。下がらせん」ぼくはうきうきしながら請け合った。

「弁当はどうすん？　いるんなら作ってあげるで」と母。

「いや、社員食堂で大盛りうどん食う」

「ほんで、いつまでやるのい（やるのかね）？」と父。

「夏休みいっぱい」

「ほう」と父があきれたように言った。

「ほんまにあほげなことばあーっかししてからに」と、母もあきれたように言った。

たぶん父も母も、ぼくが途中で音を上げてやめるだろうとこのときは思っていたのだろう。が、ぼくは立派にやりぬいた。ぼくの音楽への愛は何よりも強かったのである。

白井の場合はもっと簡単に話がついたらしい。いつも家にばかりいるような子だから、アルバイトするのもいいかもしれない、と両親は思ったようで、反対したのは姉――つまり兄《にー》ちゃんだった。しかし、反対といっても、兄ちゃんは、「アルバイトやかし（など）せいでも（しなくても）、欲しいんならわたしがギターでも、アンプやらいうもんでも買《こ》うてあげるがな」と言ったので、反対したというのは当たらないかもしれない。

とにかく、白井は兄ちゃんの申し出を感謝しつつ断わった。

「わしだけポンと買《こ》うてもろたんではえらい目する友だちに悪いきにな」

バンドを作ること自体は兄ちゃんは大賛成だったらしい。

七時半に家を出て自転車で工場に行った。八時ちょっと前に着いた。思ったより時間はかからない。始業は八時半だったが、今日は初出社なので八時に待ち合わせる約束だったのだ。

すでに白井が来ていて、門の前で待っていた。やがて合田富士男も自転車でやってきた。彼がバインダー工場長に引き合わせてくれる。

「感心、感心。遅れんと来たな」と富士男は言った。「こっちじゃ。ついて来い」

富士男について自転車を門のわきの自転車置場にとめて、門から三つ目の建物（これがバインダー工場だった。その屋根を横から見ると、小学校の社会科のテキストなんかにあるイラストのように、本当にのこぎりの刃の形をしている）の隣の小さな事務室に入ってゆく。

ベージュの作業服の上下を着て運動靴をはいた小柄なおっさんが一人、シュロの手ぼうきとブリキの塵取りを持って机の下を掃除している。バインダー工場長はまだ来てないのかと思ったら、このおっさんがそうだった。

「お早うございます、吉田さん」と、富士男はにこやかに声をかけた。「例の若い衆《し》をつれてきたどな。男前の方が白井で、丈夫そうなんが藤原じゃ。死なん程度にこきつこて、性根《しょうね》を叩き直してやってつか」

吉田と呼ばれた五十恰好のおっさんは、ほうきと塵取りを持ったまま「こらこら（これはこれは）」と言って深々とぼくたちに頭を下げ、頭を上げながら「感心じゃなあ」と言った。

どうやらぼくらの勤労への情熱に感心しているらしい。こちらもおじぎを返した後、ぼくは「えへへ」と笑った。白井はてれくさそうにもじもじしている。

「ほんなら、よろしに頼まいな」と言って富士男はさっさと出て行った。行きがけにぼくらに向かって、「精出して働けよ、こら」と声をかけた。

吉田さんも何だかてれくさそうにぼくらを観察している。後にして思えば、このときにぼくらの配属部署を考えていたのだ。ぼくらの方もてれくさそうに吉田さんを観察した。

五十くらいと先に書いたが、ことによると四十半ばくらいだったのかもしれない。よく見るとそんな風にも見える。真面目で誠実で、お人好しで、ちょっと気の弱そうなおっさん……太い指はゴボテンのようだ……。

これはおいおい解ってきたことだけど、実に、この人はバインダー工場長という管理職の地位にありながら、実際の作業においても工場で一番の働き者だった。午前と午後の休憩時間になると十五分間ベルト・コンベアが止まるが、吉田さんは灰皿代りの水をはった石油缶を囲んでの談笑に加わるでもなく、材料部品や伝票の数とか、完成部品の具合をチェックして回った。工場長がこんなだから、工員たちも勤勉たらざるを得ない。アルバイト学生もひいひい言わざるを得ない。「偉いとは思うけど、かなわんなぁ」と陰で文句を言いたくなるような人なのだった。

とまれ、秩序を維持し作業能率を向上させる、という職責を、彼は監督することによってではなく、おそらく無意識的に己《おの》が勤勉を例として示すことによって果たしていたのである。おまけに彼は残業も大好きで（と言っても本当に「大好き」だったのかどうか、聞いたわけじゃないんだから実はよく知らんが、とにかく毎日やっていた）、「残業王」というのが彼の渾名なのであった。

「それでは、と」考えをまとめた吉田さんは掃除用具を机の下の段ボール箱にしまいながら言った。「あんたらのタイムカードはあっこ（あそこ）に作ってあるきんな。朝来たときと帰るときにここに差し込んでガッチャンコしてつかな」

「はい」と白井、「わかりました」とぼく。

「ほんなら、すまんきんど（すみませんが）こっち来てもらおうか」

ぼくらは吉田さんのあとについて工場に入って行った。なんだか胸がどきどきする。

「えーと、あんたはな」と、腰の低い工場長は白井に向かって言った。「すまんきんどバインダーのエンジン部品の組立てをやってもらおか」

それからぼくに向かって、

「あんたはな、タイヤのネジつけてつか。すまんきんどな」

「すまんきんど」は彼の口癖らしい。


白井は、工場の東側の一画にあるエンジン組立てセクションの大机の前に座って仕事をした。かなり細かな手仕事で、小さなペンチやドライバーを使って、五、六センチ四方くらいの部品を組立てる。これがエンジンのどの部分になるのかは、ついにぼくには解らなかったが、なかなかむずかしそうだった。この工程は時間がかかるらしくて、白井のセクションには七、八人のおっさんやおばはんの熟練工がいた。最初のうち彼はよく失敗して、一日に数個しか作れなかったそうだが、じきに慣れて、他の熟練工に近い能率を上げるようになった。白井はとても指先の器用な男だったから、そういうこともあろう。

一方ぼくの仕事は、というと、バインダーの大きなデコボコしたタイヤの内側に重たい金属の円盤を二枚、それぞれ内と外からはめ込んで、それをボルトとナットで固定する、という、まあ、体力さえあれば誰にでもすぐ務まるという超単純作業だった。

まず、作業台の横に山のように積んであるタイヤを一個、よっこらしょと台にのせ、円盤をかぱっ、かぱっとはめ込み、両手でタイヤを抱え込むようにして立てた後、六本のボルトを所定の穴に差し込んで、ナットを手で回るところまで回しておく。それも、空気圧を使った大型ピストルのような形をしたナット締め器（正式になんというのか知らない）で、プシュー、プシューと次々に締めつけ、でき上がったのをまたよっこらしょと、所定の位置に運んで積み上げて、それで一丁あがりとなる。実に簡単な仕事である。

実に簡単な仕事だが、やってみるとこれは実にきつい仕事なのだった。だって、そうだろう。お疑いの向きは、いっぺん真夏に、朝から晩まで重たいタイヤのナット締めを四十日ほどやってごらんなさい。ほんとに気が狂いそうになるから。

後に大学に入ってカミュの《シジフォスの神話》を読んだとき思い出したのが、このときの体験だった。チャップリンの《モダンタイムズ》をたしか新宿の日活名画座で観たときも思い出した。あの工場労働者の気持はほんとによく解る。彼は仕事を離れても、ナットを見るとスパナで締めて回らずにはいられない。ついには太ったおばはんのドレスのボタンさえナットに見えて、それを締めつけずにはいられないのだ。

また後に、D・H・ロレンスの産業社会体制批判について知る機会があったが、ロレンスの主張に、ぼくは人一倍深くうなずく権利があるような気がしたものだ。——ほんとに、ぼく自身すり切れたボルトになってしまうような気がしたのである。

おまけにぼくのセクションはぼく一人だけだった。前任者はぼくと同じくらいの年の正社員の少年で、ぼくに一通り手順を教えると、工場長の指示によるのか、彼自身の判断によるのか、さっさと別のセクション（確かハンドル取りつけセクションだったと思う）に移って行った。簡単な仕事だし、タイヤばかりいくらできてもしょうがないから、このセクションは一人で充分なのだ。残されたぼくは一人ぽっちでえんえん、プシュー、プシューとナットを締めつづけた。そして、後を引き継ぐべき新任者はとうとうぼくがアルバイトをやめるまで現われなかった。

むしろこれは労働というより拷問だった。もし当時のぼくが現在のぼくのようにひねくれていたら、きっと工場長の人事を悪意と受けとって、不平不満をそこいら中にたれ流したことだろう。しかし当時のぼくは、「ああ、なんでわしにはナット締めしかさしてくれんのじゃろ」などと、人知れず弱々しい愚痴をこぼすくらいで、なんとか懸命に堪えたのだった。

もとより工場長に悪意があったわけではあるまい。おそらく白井とぼくの外見によって所属部署を決定しただけの話だろう。（なるほど白井はしごく繊細な感じを与えるし、ぼくは富士男が言ったように、いかにも「丈夫そう」である。）おそらく吉田さんだって、ナット締めを極めて快適な仕事とは思わなかったろうが、また、厭悪すべき仕事とも思わなかったろう。ましてや拷問などとは思ってもみなかったろう。彼は「残業王」で、ナット締めを含めたあらゆる仕事を、自ら進んで残業してやっていたのだから。

実際、吉田さんをはじめとして多くの正社員の人たちは、ある意味でもう機械の一部なのだった。その作業の流れに深く身を沈めて、その流れに同化していた。営々たる流れ作業の苦しみから免《まぬか》れるには、そうなるしかないらしい。

しかし、この解脱、この涅槃《ニルバーナ》には、おそらくかなりの年季が必要である。一ヶ月や二ヶ月で達し得る境地ではあるまい。ぼくは夏休みの期間中だけこの仕事をやるわけだから、解脱することなく仕事をしつづけねばならなかったのである。

さて、仕事を始めるや否や、当然のことながら、ぼくはあきあきして、心底うんざりしてしまった。早く午前中の休み時間がこないかな、と思っていらいらした。何度も何度も振り返って背後の壁のかけ時計を見た。そんな気持で時計を見ると時間の進み方はむしろ遅くなる、ということは誰でも知っているだろう。時はやんだ（湿《し》っ気《け》た）飴のように文字盤にねばりついて、進みゃしない。それでもぼくは時計を見る。他にすること何もないから。

午前中の休憩は十時十五分から半までの十五分間だ。ベルト・コンベヤが止まり、男の工員たちは灰皿代りの石油缶の回りに集まって一斉に煙草を吸い始める。女の工員たちは北側の窓の外の、ぶどう棚の下に据えた木のベンチに腰を下ろしてお喋りをする。

ぼくは白井を手招きして呼びよせた。おばはんたちの仲間に入るのは気がひけたので、石油缶近くの段ボール箱に並んで腰を下ろした。

ぼくの前任者だった少年がぼくの方を向いて「わかば」の箱をつき出した。一本やろうというつもりなのだろう。ぼくはその好意が本当に嬉しかったが、断わった。

「いや、わし吸えんきにええわい。ありがとな。すまんな」と答えて、まるでわしはおっさんみたいな喋り方しとるなぁ、と思った。

「どうや?」白井がぼくに仕事の様子を尋ねた。

「もうやめて帰りたいわ」と、ぼくは苦笑しながら答えた。「お前の方は《わ》い?」

「めんどい（面倒な）仕事じゃわ」と、白井はまっ黒になった細くて長い指を見ながら言った。「なんか、工作しよるみたいで面白《おもっしょ》いけどの」

ええなあ。白井がうらやましかった。

ベルが鳴ってまたベルトが動き出した。工場で働いていると、十五分の休みなんかほんの二、三分で過ぎ去ってしまう。

ぼくは仕事をしながら、また何度も時計を見た。十二時のやつはなかなかやってこなかった。昼食については後で書く。

午後になればなったで、ぼくは三時から三時十五分までの休憩時間を、首を長くして待った。このころになると、もう頭がぼうっとして、指先、腕、そして腰が痛くなってくる。足はむくんで二倍にふくれ上がったような心地だ。そしてやっと来た午後の休憩も、午前のと同様、あっという間に過ぎ去ってしまう。それ以後の楽しみはたった一つ、五時の終業ベルにきまっている。このベルだって、まあ、なかなか鳴りゃあしないのだ！

数日間、こんな風に働いた。そして、時計ばかり見ながら働くことに堪えられなくなって、別のやり方をすることにした。つまり、えんえんと続く味けないぼくの仕事に、「目標」を与えようと考えたのである。

先に述べた通り、ぼくはナットを締めおえたタイヤを作業台のわきの所定の位置に積み上げていった。ある程度たまったかな、というころに、がらがらと空の台車を押して一人のあんちゃんがやってくる。そしてでき上がったタイヤをそれに積み込んで帰ってゆく。タイヤをいっぱいのせた台車は、がらがらといわないでぎしぎしという。彼はタイヤを本体に取りつけるセクションの若い衆なのである。

さて、このあんちゃんは、でき上りのタイヤが八本くらい積み上げられたころにやってくる、ということにぼくは気づいた。そして、ぼくは、今度彼がやってくるまでに九本仕上げておこうと、自分に目標を課したのである。

ぼくは作業の手を速めた。九本積み上げたが彼は来ない。ぼくはちょっと得意な気分で手をとめて彼を待った。彼が九本積んで運んで行った後、ぼくは次に十本仕上げるという目標を立てた。次は十一本、その次は十二本……。うまく目標に達することもあったし、達する前にあんちゃんが来ることもあった。

結局ぼくは十四本まで記録をのばした。しかしあんちゃんは、別に感心するでもなく、誉めるでもなく、いつも同じ花曇りの空みたいな顔をして、空《から》の台車を押してやってきては、黙々とタイヤを積み込み、また花曇りの空みたいな顔で台車を押して帰ってゆく。そして、ぼくが十四本仕上げたときには、十二本だけ積んで、つまり、二本積み残して戻って行ったのだった。ぼくは拷問をゲームに変えようと努力したのだったが、どうやらこれはぼく一人の孤独なゲームだったのだ。あほらしくなった。やめじゃ、やめじゃ、こんなもん!

そこでぼくはまた考えた。するとある考えがひらめいた。どうしてもっと早く思いつかなかったんだろうと思った。

つまり、将来バンドのレパートリーにするべき歌の歌詞を大学ノートに書き抜いておいて、タイヤを運んだり、プシュー、プシューしたりする間に、それをちらちら見ながら小声で口ずさみつつ、全部暗記してやろうとぼくは思ったのだ。そして思いついたその日の帰りに白井の家に寄って、レコードの歌詞カードをごっそり借りて帰り、次々に歌詞をノートに書き写していった。

翌日、ぼくはそのノートを持って自分のセクションに入り、作業台のななめ後ろの、三つ積み上げたタイヤの上に開いて置いた。これをちらちらのぞいても、別に仕事の手をとめるほどのことでもないから、誰も文句を言やしないだろう。そしてやり始めてみると、ぼくの作業は至極《しごく》歌詞の暗記に向いているということが判った。その作業の単純さには、大いに精神の集中力を高める作用があったのである。

そんな風にしばらくは六、七十曲も英語の歌を覚えた。そしてこのことが、思った通り、後にバンドを作ったときに大いに役立った。

ついでながら、これはぼくの英語力の増進にも役立ったと思う。単語力が増す、ということもあるが、それより何より、文章の丸暗記というのは、外国語を学ぶ上で一番いい方法なのである。様々の重要な英語の構文《コンストラクション》や連語《コロケーション》が自然に頭の中に入ったし、せっかく覚えた歌詞はどんな意味だろうと思うから、辞書もいとわずに引いてじっくり読むくせがついた。高校を出るまで少なくとも英語だけはあまり苦労せずにすんだのは、このときの丸暗記のおかげではないかと思う。

次なるは、このときぼくが覚えた歌のタイトルの抜粋である。（先に白井の家で何度もくり返し聞かせてもらった曲のリストを掲げておいたが、それらも全部覚えたのだけれど、重複するからここでは書かない。）

・ビートルズ
《Roll Over Beethoven《ロール・オーバー・ベートーベン》》（オリジナルは言うまでもなくあのロックの神様チャック・ベリー。）
《Anna《アンナ》》（オリジナルはアーサー・アレグザンダー。）
《I'm Happy Just To Dance With You《すてきなダンス》》（ジョージの声によく合った曲だ。）
《I Don't Want To Spoil The Party《パーティーはそのままに》》
《Help!《ヘルプ》》（このシングルはこの年のお盆のころに発売された。）
・ビーチ・ボーイズ

《Surfin' U.S.A.《サーフィンU・S・A》》《Little Honda《リトル・ホンダ》》（ホンデルスの別バージョンもあったけど。）
《Fun, Fun, Fun《ファン・ファン・ファン》》（御存知の方も多かろうが、《サーフィン・U・S・A》はチャック・ベリーの《Sweet Little Sixteen《スウィート・リトル・シックスティーン》》の歌詞を変えたものであり、《ファン・ファン・ファン》のギターのイントロは《ロール・オーバー・ベートーベン》や、《ジョニー・B・グッド》のそれとほぼ同じである。ロックの神様に対する彼等の愛情と敬意の表われであろう。それにしても、ビーチボーイズの歌は一人で口ずさんでいるとちょっと馬鹿みたいで、音程をとるのもまたむずかしかった。）

・クリフ・リチャード

《Living Doll《リビングドール》》
《Dynamite《ダイナマイト》》
《I'm The Lonely One《淋しいだけじゃない》》
《On The Beach《オン・ザ・ビーチ》》
（このころのクリフがアメリカでさほど評価されなかったというのはまことに不思議で、また残念である。歌も伴奏も《特にハンク・マービンのギター》も申し分ないのに。ときに、聞くところでは「リビング・ドール」というのはスラングでは「ダッチ・ワイフ」を意味することもあるそうだ。なるほどね、と思うけど、クリフの歌とは無関係だろう。《淋しいだけじゃない》という日本のタイトルの意味が、今もってぼくには解らん。）

・ロイ・オービソン

《Only The Lonely《オンリー・ザ・ロンリー》》（前にも触れたけど、おそらくこの人は最も美しい声を持ったロックン・ローラーである。）

・ニール・セダカ
《Stupid Cupid《間抜けなキューピット》》（もともとコニー・フランシスのために彼が作曲した曲だそうだが、そっちの方は聞いてない。「ヘイ、ヘーイ、セット・ミー・フリー」と歌った後に、「ビ～～ン」と、トレモロ・アームをきかせたギターが入る。この「ビ～～ン」のタイミングが絶妙なのだ。）

・ジョニー・ディアフィールド
《Lonely Soldier Boy《悲しき少年兵》》（今でもつい鼻歌が出る。「ロンリー、ロンリー、ロンリー・ソルジャー・ボーイ、ロンリー……」）

・ディッキー・リー
《I Saw Linda Yesterday《いとしのリンダ》》（もう忘れたと思ったのに、リンダに昨日《きのう》会ったら「心臓がメリー・ゴー・ラウンドのように上下した」という、当人にすりゃ実に切ない気持を歌った歌だが、「マイ・ハート・ウエント・アップ」の「アップ」のところで声がメロディーの流れから予想される音よりも三度高い音に、一気に、それこそゴムまりのようにポンと跳ね上がるところが、いかにも鮮やかである。）

・ジミー・ギルマーとファイアボールズ
《Sugar Shack《シュガー・シャック》》（アメリカ人にしか書けない、ほんとにキレのいい曲。）

・レン・バリー
《1-2-3》（これまたいかにもアメリカ臭い曲。リズム処理が素晴らしい。気がついたらいつの間にか足で拍子をとっていた、というタイプの曲。）

・サファリーズ
《Theme From "Karen"《カレンのテーマ》》（テレビドラマの主題歌。そのドラマの方は一度くらい観たことがあるような、ないような……。）

・サム・ザ・シャムとファラオス

《Wooly Bully《ウイリー・ブリー》》（この人たちが後に出した《Little Red Riding Hood《赤ずきんちゃん》》や、《Ju Ju Hand《ジュ・ジュ・ハンド》》もぼくは大好きだった。）

・ゲーリー・ルイスとプレイボーイズ

《This Diamond Ring《恋のダイアモンド・リング》》（ゲーリー・ルイスは、歌手のジェリー・リー・ルイスでなしに俳優のジェリー・ルイスの息子さんだそうだ。実にセンスのいいこの曲のアレンジに、あのレオン・ラッセルが一枚かんでいると後に知って、ぼくは驚くやら嬉しいやら。）

・スウィンギング・ブルー・ジーンズ

《Hippy, Hippy, Shake《ヒッピー・ヒッピー・シェイク》》（この歌をうちで練習していたら母が露骨にいやな顔をした。無名時代のビートルズもこれをレパートリーに入れていたそうだが、そっちは残念ながらまだ聞いたことがない。どんな風だか想像はつくけど。）

・アニマルズ

《Don't Let Me Be Misunderstood《悲しき願い》》（一度聞いたら忘れられない印象的な曲。ただ、この曲のギターはどうもへたくそのように思えるのだが……。）

・ピーターとゴードン

《A World Without Love《愛なき世界》》

《I Don't Want To See You Again《逢いたくないさ》》

《I Go To Pieces《アイ・ゴー・トゥー・ピーセス》》

（最初の二曲はレノン—マッカートニーの作品で、最後のはデル・シャノンの作品。この曲に関してはデル・シャノン、ちっとも負けていない。）

カントリー・ミュージックもぼくは好きだった。

・ハンク・ウィリアムズ

《Honky Tonk Blues《ホンキー・トンク・ブルース》》

《Kaw-Liga《コー・ライジャ》》

（カントリーのみならずポップ・ミュージックにも多大の影響を及ぼしたこの大天才ミュージシャンは、一九五三年の元旦に、二十九の若さでこの世を去った。ぼくがまだ洟をたらしながら、讃岐名物白味噌仕立てのあんこ餅の雑煮を食っていたころである。ちなみにこれは、洟をたらしていることがそのうち本人にも周りの者にも気にならなくなる、という実に気の利いた食い物である。）

・テキサス・ビル・ストレングス

《North Wind《北風》》（日本では北原謙二が、「エクボの可愛い娘《こ》だったが……」と、不思議な節回しでこの歌を歌っていた。）

・ロジャー・ミラー

《King Of The Road《キング・オブ・ザ・ロード》》（この人の世間をなめきったような歌いぶりは、なんとも言えない魅力がある。）

女性歌手の歌だって覚えた。

・イーディー・ゴーメ

《Blame It On The Bossa Nova《恋はボサノバ》》（この人の声の可愛らしさは無類。）

ジョニー・ソマーズ
《Johnny Get Angry》《内気なジョニー》（この人の声の可愛らしさもまた無類。あほぬかせ、無類が何人もいてたまるか、と言われても現に無類なんだからしょうがない。）

ペトゥラ・クラーク
《My Love》《マイ・ラブ》（ポール・マッカートニーの《マイ・ラブ》よりぼくはいいと思うんだが。）

ブレンダ・リー
《He's Sure To Remember Me》《想い出のタンゴ》（この日本語のタイトルもわけが解らん。この曲の伴奏の基本リズムは、ロネッツの名曲《Be My Baby》《ビー・マイ・ベイビー》のイントロ及びエンディングで用いられているのと同じ「ドン・ド・ドン・チャン」というリズムで、別に「タンゴ」のリズムとは関係ないし、歌詞にも「タンゴ」なんて出てきやしない。ともあれ、これはおそらくブレンダ・リーの最高傑作だとぼくは思う。作者はジャッキー・デ・シャノンという大そう美人のシンガー・ソング・ライターで、彼女の作品としては他に、サーチャーズやベンチャーズも取り上げた《When You Walk In The Room》《ウォーク・イン・ザ・ルーム》というのがあって、これがまた滅法いい曲なのである。）

それから、イタリアの歌も覚えた。

・ボビー・ソロ
《Una Lacrima Sul Viso》《ほほにかかる涙》（イタリア語だからわけも訳らずに片カナ読みで丸覚えした。）

さらに、白井の兄ちゃんのレコードの歌詞カードも借りてきて次のようなのも覚えた。これらはぼくらのバンドのレパートリーには入らなかったが、いまだにぼくの愛唱する曲である。（もうくたびれたから解説は抜き。）

・ナット・キング・コール《Those-Lazy-Hazy-Crazy Days Of Summer《暑い夏をぶっとばせ》》、《It's A Lonesome Old Town《白い夜霧のブルース》》、《Too Young《トゥー・ヤング》》
・パティー・ペイジ《Tennessee Waltz《テネシー・ワルツ》》
・ジョー・スタッフォード《On London Bridge《霧のロンドン》》
・ドリス・デイ《Teacher's Pet《先生のお気に入り》》
・パット・ブーン《I'll Be Home《アイル・ビー・ホーム》》、《Love Letter In The Sand《砂に書いたラブレター》》
・ブラザース・フォア《Greenfields《グリーンフイールズ》》、《The Green Leaves Of Summer《遥かなるアラモ》》

よくこんなに覚えられたな、と自分でも思う。とにかく、なんとかつぶさねばならぬ時間がいっぱいあったのだ。逆に、覚えた曲数の多さが仕事の苦しさを示しているとも言える。ほんとに「サマータイム・ブルース」だったのだ。

しかし、とにかくぼくは最後までやりぬいた。歌と、そして電気ギターへの愛に支えられて。

5 Girl in love, dressed in white

（白いべべ着た恋する乙女）

——*The Outsiders*；《*Girl In Love*》

そりゃなにも夏休みの間中「モダンタイムズ」ばっかりやっとったわけではない。楽しいことや面白いこともけっこうあった。

たとえば、うどんはぼくの大好物の一つだが、アルバイトをしたおかげで夏中たっぷりうどんを食べることができたのは、とてもよかった。讃岐のうどんなら、日に三度、毎日食っても飽きない。社員食堂のうどんには青ネギしかのっかっていないけれど、それでもうまい。たいていぼくは、うどん玉が一個半入った「五割増し」を食べ、白井は「並盛り」を食った。回りのおっさんやおばはんたちは、大体うどん玉が二個入った「大盛り」を食べていたようである。（体重を気にしなかったらぼくだって「大盛り」を食ったろう。）

社員食堂にはその他のメニューとして、きつね寿し（東京あたりでは「いなり寿し」と言う人が多い）と、巻き寿し（のり巻き）があった。巻き寿しの方はしんのほとんどがかんぴょうで、大したことなかったが、きつね寿しはけっこういけたので、四回に一回くらいはうどんの代りにきつね寿しを昼食とした。讃岐のきつね寿しはご飯の中にかやくが入っているのがいい。あぶらげの味つけも薄あまからで申し分ない。そもそもあぶらげ自体からして美味いのだ。——しかし、たかが素うどんやきつね寿しがたんと食べられたことをあんなに喜んでいたなんて、ぼくはよほど安上りな人間なのかしらん。

　また、工場のいろんな人と親しくなれたことも、楽しい思い出である。バインダー工場長で残業王の吉田さんは、内気なおっさんで、仕事のこと以外はほとんど喋らないから大して口をきいてはいないが、ぼくは好きだった。

　ナット締めの前任者だった少年とはすっかり仲良しになって、昼休みはよくキャッチボールをやった。ぼくに対する好意を示すためか、彼はしきりに「わかば」の箱をぼくに向かって突き出した。断りきれなくて二、三度もらって吸ったことがあるが、目が回って気分が悪くなるだけ。なんでこんなものを、と思ったのは大半の少年と同じである。それでもこの三年後には本格的な煙草吸いになるのだから妙なものだ。

　そして、ぼくらのキャッチボールに、あの花曇りの空みたいな顔をした、タイヤ取り付けセクションのあんちゃんが加わることもあった。あんまり投げるフォームがきれいなので感心して尋ねたら、なんでも中学校のときは野球部のエースだったそうだ。このあんちゃん、親しくなってもタイヤのように口が重かったが、キャッチボールをしているときは日本晴れの夏空のような顔になる。

　白井は楽しげに眺めているだけでキャッチボールには加わらなかった。小さい頃から体が弱くて野球をやったことがないからだ、と言っていたが、ことによると、ギタリストには何よりも大事な指を万一痛めでもしたらと考えて、キャッチボールを避けたのかもしれん。それをそう言ったら、なんか気障《きざ》だから、運動はからきし、ということにしたんじゃあるまいか。こういう気の使い方をする人間の人生はいろいろしんどかったんだろうなあと、今のぼくはふと思う。

また、伊藤倫胤《みちたね》さんという大層な名前の二十四、五歳の青年とも親しくなった。小柄で一見さえない感じの人だが、話してみると、どうして、とても面白い人だった。

残業王の吉田さんほどではないが、彼もよく残業をやる。正規の給料は母親にポンと渡すが、残業で稼いだ分は全部彼の小遣いになる。

倫胤さんの趣味は二つあって、一つはバタコ（オートバイ）、もう一つは女だ。そしてこの二つが実にうまく噛み合っていることにぼくは感動を覚えた。

つまり彼は休みになると、戦闘機乗りみたいな皮の帽子をかぶり、苦労してやっと買った自慢のバタコに打ちまたがり、讃岐山脈と四国山脈を越えてはるばる高知まで女を買いに行くのである。冬だとこの「姫買い」もなかなか大変なのだ、と彼は言った。そりゃそうだろう。なんでわざわざ高知かといえば、讃岐のお女郎《じょろ》はだめなんだそうだ。「善通寺は近《ちこ》うて便利なきんど（だけど）、女の性根《おなごしょうね》がいかん」というのが彼の意見である。

「今でも行くとこ行ったら女郎屋があるんじゃなあ」とぼくが感心して言ったら、

「日本全国、津々浦々にあらい」と言って倫胤さんはなんだか得意気に胸をそらせた。

どうやらその高知の店は大きな秘密の会員制クラブのようなシステムらしかった。それにしても、売春防止法がちゃんとあるんだから、よほどうまく営業していたんだろう。

「そのうち、いっぺんわしのバタコの後ろに乗して高知に連れて行ってやら」と言ってくれたが、いまだに連れて行ってもらってない。今は彼も三児の父だそうだから、もう高知行きもなかろう。惜しいことをした。

彼の仲間は、どういうわけか彼を軽んじていて、彼の雄壮な姫買い行《こう》はどうせ作り話だろうと思っているらしかったが、ぼくは彼の話をすっかり信じた。あれが作り話なら彼は天才的なストーリー・テラーということになろう。

冬、雪の難所をオートバイで乗り切るところや、夏、ヘッドライトに集ってくる小さな虫の大群の話や、そのお女郎屋さんの長い長い檜《ひのき》の廊下とか、六十畳もあろうかという大広間の話は、なんというか、当時のぼくにとってはすこぶるロマンチックで、しかも生々しいリアリティーがあって、何べん聞いても聞き飽きなかった。（なんでお女郎屋さんに大広間があるのかよく解らなかったが、それがかえって真実味を高めているように思えた。なにしろ高知は万事豪快なところだというから、大広間ぐらいあるんだろう。）

ぼくが好ましい聞き手だったためか、彼の方も「エコー」を吸いながら、飽きずに何べんでも話して聞かせてくれた。彼のバタコの爆音が今にも聞こえてきそうだった。そして、ぼくの想像の中では、戦闘機乗りの帽子をかぶってオートバイに打ちまたがる彼の姿には、ちょっとアーサー王伝説中の騎士ランスロットのおもむきがあった。ちなみに、この騎士が想いをよせる美姫は「千草」という名で出ていたそうである。

その女郎屋の場所が高知のどこにあるのか聞き洩らしたが、きっと魚市場の近くなんだろうと、別に理由もなしにぼくは思い込んでいた。高知には小学校の修学旅行で行ったきりだが、そのとき一番印象深かったのが、巨大なマグロがごろごろしている魚市場だったからかもしれない。今度高知に行く機会があったら、その魚市場のあたりを歩き回ってみようかと思う。別に探し出して上がってみたいというのではないけれど。

他にも楽しい人たちといっぱい知り合えたが、きりがないからこれくらいにして、ここでぼくたちの体験したロマンスについて話そうと思う。

今から数年前、タイトルも歌い手さんも忘れてしまったが、たしか「もっとロマンス、あたしにしかけて」とかいう文句の歌がはやったことがある。その、「ロマンスをしかけて」という語法にぼくは驚いた。「しかける」なんていうと、まるで「ケンカ」だ。しかし、考えてみればロマンスというもの、ケンカに似てなくもない。たしかにわが親友白井清一君は、一九六五年の七月末から八月にかけて、一方的にロマンスを売られた、と言うか、しかけられたのだった。これははたから見ていて最初はうらやましいような事件だった。

アルバイトを始めて三日目くらいだったろうか、仕事を終えた白井とぼくが自転車に乗って工場の門を出たとき、道路の向こう側の、ぐるりと鉄条網で取り囲まれた空地の、そのまた向こうのたんぼのあぜ道に白っぽい女の姿が見えた。じっとたたずんでこちらを見ているようだ。

「ありゃりゃんりゃん」ぼくは自転車をとめて片足を地面につきながら、富士男の口癖をまねて言った。

「どしたん?」白井も自転車をとめた。

「あれじゃ」ぼくは女の方を指さした。「引地《ひきち》めぐみっちゅう、わしのクラスの子ぉと違《ちや》うかな」

「このへんの子ぉなんか?」

「そうじゃろでは(そうではないだろうか)。そうでなかったらわざわざこなんとこ(こんなところ)へ来《き》やせんからの」

「こなんとこでなっしょんやろ（何をしているのだろうね）？」

そう言って白井は手をかざして女を見た。女はこちらに向けた顔をさっと横に向けた。

ひょっとしたら、とぼくは思った。わしに会いに来たんやろか？

西日を体の左半分に受けた白のワンピースの女は、顔を横に向けたまま動こうともしない。ぼくらは再び自転車を走らせた。

翌日の夕方も女はやってきていた。今度はたんぼを渡って、空地の向こう側の鉄条網のところまで近づいている。まちがいない、引地めぐみその人である。今日は足もとにスピッツがいて、その紐の端を彼女は後ろ手に持っている。御令嬢は愛犬を散歩させている途中なのだろうか。

引地めぐみ嬢は、長い髪、らっきょ型の顔、大きな目を持つ、まあ、美人を見慣れていない少年などには美人と思えなくもない女生徒だった。眼鏡はかけてなかったが、いくらか近眼だったのかもしれない。眉をかすかにひそめつつ、大きな目をさらに大きく開き、小首をかしげて人の顔をのぞき込むようにじっと見る、という癖があった。男なら、あらら、と思う目付きである。この子、わしに気ィあるんちゃうやろか？

別にいつもいつも「気ィ」があるわけではもちろんあるまい。だが、ふとそんな気がして、男としては楽しい束の間の夢が見られるわけで、男子生徒にはけっこう人気があった。

「年の割には大した色気じゃ、わしゃ気に入った」というのが合田富士男の評である。

したがって、女子生徒にはさっぱり人気がない。

「あの人、女《おなご》くさすぎるんよ」と、やはり同じクラスの内村百合子はぼくに言ったことがある。（この「女《おなご》くさい」という言葉に、ぼくの股間はずきっとした。実に刺激的ないい言葉ではないか。）

そして、一般に、この年頃の女生徒は、相手が男子か女子かで話すときの声が微妙に異なるものだが、引地めぐみの場合、「鶯《うぐいす》と烏《からす》ぐらい違《ちご》る」ということが、またまた朋輩の女生徒たちを怒らせるらしかった。

「色気ホルモンの出し過ぎちゃうえ?」と、内村百合子の親友の羽島加津子《はしまかつこ》は言った。(ついでながら、内村も羽島も美術部員である。)

さて、今日のめぐみ嬢は、ライト・ブルーのワンピースを着ている。(本章のタイトルを、「白いべべ着た恋する乙女」としたが、なにもめぐみ嬢が毎日毎日白いべべばかり着ていたわけではなくて、そりゃ当り前のことである。ちなみに、アウトサイダーズの《Girl In Love《恋する乙女》》の中の白いべべは、ウェディング・ドレスを意味している。)

さて本日のめぐみ嬢は、昨日のように顔を横に向けることなく、いちんち働き続けてくたびれ果てた二人の少年労働者をじっと見つめている。なるほど、この目で見られたら誰でもあらら と思うだろう。ぼくもあららと思ったが、向こうが何も言わず、一歩も足を踏み出さず、ただ愛犬のスピッツが長いべろを出して、あは、あは、と言ってるだけなので、また白井とともに自転車をこいで家に帰った。自転車をこぎながら、ビートルズの《A Hard Day's Night《ビートルズがやって来るヤア!ヤア!ヤア!》》を口笛で吹いた。知ってる人は知ってるだろうが、これはものすごくいい曲である。(日本のタイトルはひどいけど。)

翌日の退社時、「あらら」のまなざしのめぐみ嬢は、オレンジ色のブラウスに白のスカートをはいて道路の向こう側にいた。鉄条網で囲まれた空地を越えてきた恰好である。

ぼくたちは自転車をとめて片足をついたまま、しばらく身動きもしなかった。あるいはできなかった。

後ろ手に犬の紐を持った引地めぐみは、ややうつむき加減の角度に顔を保って、上目づかいに二人の勤労少年を凝視している。「目は口ほどにものを言い」などというが、彼女のまなざしは本当に雄弁だった。その言葉は実に明瞭で率直だった。そのとき彼女の目が次のように讃岐弁で切々と訴えるのを、ぼくははっきりと聞いた、いや、見たのである。

「うちがこなんして毎日来《き》よんのに、あんたっちゃいっちゃって知らん顔しとん。よいよ好かん」（訳　妾《あたし》がこのようにして毎日お目にかかりに参りましても、貴男《あなた》はいつだってそのように知らぬ顔をなさるのね。貴男なんて大嫌いョ。）

彼女の目からこのような言葉が、地球侵略をたくらむ宇宙人の光線銃のように、ピュンピュン、ピュンピュンこちらに飛んできた。

ぼくはたじろいだ。そして思わず頭を下げてめぐみ嬢にお辞儀をしてしまった。すると今までだらしなくべろを突き出して「あは、あは」と言っとったスピッツの奴が、何を思ったか、突然ぼくらに向かって猛然と吠え始めた。「わんわん」でもなく、「がんがん」でもない、無理に字に写せば「おんおん」というような吠え声だ。

ぼくらはあわててペダルを踏み始めた。

「さよなら」と、ぼくはちらと後ろを向いて言った。スピッツはますます怒り狂って飛びはねながら吠えるから、喜んでいるようにも見える。「おんおん、おんおん！」

しかし、引地めぐみの色気は強烈で迫力があるなあ、と、道々ジョニー・ソマーズの《内気なジョニー》を口笛で吹きながらぼくは思った。

翌日、今日はどこにいるかしらと思ってゆっくりペダルを踏みながら、おそるおそる門を出たら、いきなり後ろから「おんおん」ときた。自転車からころがり落ちそうになった。

ふり向くと、このあいだ着ていた淡いブルーのワンピースを着ためぐみ嬢が、門柱のすぐ横のブロック塀に背をもたせかけて、上目づかいにこちらを見ている。ついに道路を越えてきたのだ。

「おんおん、おんおん」とうるさい愛犬。

なんだか怖くなってきた。といってもスピッツが怖いんじゃない。ぼくはうろたえ気味に軽く会釈すると、猛然とペダルを踏み始めた。白井も何が何だか解らないまま、あわててついてくる。

犬がぼくらの後を追って急に駆け出す気配がしたのでふり返るとちょうど手にした紐に引っぱられて彼女が前に倒れるところだった。ぼくは反射的に自転車のブレーキをかけた。

四つん這いのめぐみ嬢は腹立たしげにぐいっ、と紐を引いてスピッツを引き戻し、足投げ出し気味の横座りになってうらめしそうにこちらを見上げている。ぬげた白いサンダルが、あそこに、あそこ。

「転倒傾城怨恨凝視之圖《たおれしびじんうらみのじろーりのず》」といったあんばい。

ぼくはどう反応していいか分らなかったので、また軽く礼をして一目散に自転車を疾駆させ、先に行っている白井に追いついた。怖いのは怖いが、また同時に、ぼくの胸は妖しく騒いでいた。いや、「女《おなご》くさい」のもまたええもんじゃのう、とひそかに思った。自然に《Love Is A Many《慕》-Splendored Thing《情》》のメロディーが口笛となって流れ出た。

翌日は土曜日だった。その昼休み、富士男がぼくたちの様子を見にきたので、一緒に社員食堂で昼食をとった。

「五割増し」うどんを食っていたぼくは、「並盛り」うどんときつね寿し二個を食っていた富士男に向かって言った。

「このごろ引地めぐみがしょっちゅうここに来ての、弱っとるんよ」と、ぼくは色男気取りで言った。

「ほうか、来たか、ずー、ずー」と、富士男はうどんをすすり込みながら気のなさそうな返事をした。

「あいつ、ずー、このへんの子ぉやったんか?」と、ぼくもうどんをすすりながら尋ねた。富士男は女の子のことにも滅法くわしい。

「いや、あれは七間橋《ひちけんばし》（観音寺の町中《まちなか》の一地域）の子ぉじゃ」と富士男は答えた。

「えーっ！ ほやって（だって）毎日来るんで、自転車にも乗らんと、こなんとこまで。七間橋から歩いたら半時間やいわん（以上）かかろげや（かかるだろう?）」

「やっぱりのう」富士男はきつね寿しをほおばりながら言った。「ほんまに思いつめとったんじゃなあ」

「お前、知っとったんか?」

「そら知っとらいの、わしが勧めたんじゃきに」

「えーっ!?」と思わず娘さんのような声を出したぼく。

「引地に相談されての、『どうしたらえんやろか?』いうて。『わしが伝えてやってもええけど、直接言うたらどうじゃ』とわしは言うた。『今からは女《おなご》も積極的でなけりゃいかんぞ』とな。ほしたら（そうしたら）、『今夏休みじゃから、学校で会えんがな』と言うから、『あいつ横森農機でアルバイトしよるきに、待ち伏せとったらええ。そこまでしてもろたら男はぐっとくらいや。そこですかさず交際申しこまええ。女の方から言うても今ごろはかんまんのど（かまわないのだよ）』と、こう教えたったんじゃわ」

「お前、勝手なことを」と、ぼくはわざとちょっと怒ってみせた。「わしの意向も聞かんとからに」

「なんでお前の意向を聞くのいや（聞くのかね）？　あいつが好きなんは白井ぞ」と富士男は言った。

隣の白井がほおばったきつね寿しを思わず吐き出した。

「なんじゃとお⁉」と白井は黒縁眼鏡を押し上げげながら言った。

「あいつ、の、ずーっとお前のことが好きでたまらんのじゃと」富士男は白井に向かって言った。

「この色男が。ちっと笑《わろ》てみ、ほれ」

「そやったんか」とぼくはつぶやくように言った。あのまなざしで見ていたのは、ぼくではなくて、ぼくの後ろにいた白井だったのだ。頭にきた。

「しかしお前もうぬぼれが強いの、え、こら」と、富士男はにやにやしながらぼくに言った。

「やかまっしゃい！」ぼくは叫んでうどんの汁を全部飲みほした。汗が蟻の大群のようにわっと顔中に吹き出した。

「弱ったなあ」と、白井が低い声で言った。

「何が弱るのいい（のかね）？　つき合《お》うたらええでないか」と富士男。「あいつ、色気は学年一ど」

「弱ったなあ！」と白井。

「毎日、この暑い中を三十分も四十分もかけてここまで来《き》よんど。いじらしでないかい」と富士男。

「犬つれての」とぼく。

「ほんまか？」と富士男。「そら知らなんだ。なんで犬つれてくるのいや？」

「知らんわい」とぼく。「とにかく、やかましスピッツをいつもつれとんじゃ」

「ふーん」と富士男。「そら、つれてきてもかんまん（かまわない）けどの。御令嬢を気取っとんかいな。あるいは、ちっと変わっとんかいなぁ。じゃけどよ、とにかく色気がそれを補《おぎの》うて余りあるくらいあるんじゃから、ええでないか」

「弱ったなあ」と白井。

「好かんのか、あの子が?」と富士男。

「好きも好かんも」と白井は口をとがらして言った。「これまで見たこともない。いや、そら同じ学年じゃから、見たことはあるんじゃろけど、少なくとも意識にとどめたこともない」

「今から芽ばえたらよかろがい」と富士男。

「芽ばえるっちゃ、何が?」

「恋」と富士男。

「適当に言うな」と白井。

「とにかく、つき合《お》うてみたらどういや(どうかね)?」と、富士男は仲人のおっさんみたいな口をきく。「その上で、自分に合わんと思たら断わらええ」

「お前の方から断わってくれ」と白井。

「まあ、つき合《お》うてみいっちゃ。いやなら自分で断われ」

「弱ったなあ」

「こういう面では意外と意気地なしじゃの、お前は」

「じゃけどな」と、ぼくは口を挟んだ。「なんで引地はお前に相談したんや? 親しいんか?」

「いや、特に親しいわけやない。なんか、男女交際のことはみーんなわしに相談に来るんよ。おかげで、わしらの学年で誰が誰を好きか、とか、誰と誰がひばついた(ひっついた)、はがれた、なんちゆうことは全部知っとらい」

「不思議な男じゃの、お前は」ぼくはあらためて感心した。

「ええ子がおったらお前にもそのうち紹介してやら」と富士男。

「いや、別にそなんしてくれんでええ」ぼくはちょっと照れながら断わった。「それより、お前自身のガールフレンドわい？」

「わしには必要ない」

「なんでじゃ？」

「修行のさまたげになるきんの」と、この少年僧はにこやかに言ってのけた。

「弱ったなあ、実際！」白井はためいき混じりにつぶやいた。


休み明けの月曜日の退社時、今日はどこかしらんと思えば、めぐみ嬢、門の中だ。ついに門の中に侵入してきたのだ。

今日もまた「おんおん」をつれている。最初の日に着ていた白のワンピースに白のサンダル、白のスピッツ——作業服姿ばかりの工場の敷地内だから、そらもうよく目立つ。自転車やバイクに乗った工員さんたちが、「何じゃろかい？」ちゅう目付きで見て通る。めぐみ嬢は、平然というより傲然と顔を上げてぼくらを、いや、白井清一君を待っている。こわい。以前に観た《牡丹燈籠》の映画を思い出す。

顔を紅潮させた白井はめぐみの方を見ないようにして、猛然とペダルを踏んで門を走り抜けた。ぼくはいつもの癖でついお辞儀をして、白井の後に続いた。愛犬はしきりに「おんおん、おんおん！」。ちらとふり返ると、虚空をにらむ恋する乙女の、やはりいくぶん紅潮した口惜しげな、また恨めしげな横顔が見えた。あの分だと、死ななくても化けて出るんじゃないかとふと思った。

なおこの日のぼくの口笛曲《チューン》は、ビートルズも取り上げたスモーキー・ロビンソンの名作、《You《ユー・》Really Got A Hold On Me《リアリー・ゴッド・ア・ホールド・オン・ミー》》。

翌日、めぐみ嬢は自転車置き場のところまでやってきていた。赤い半袖のブラウスに白のスカート。赤のサンダル、自転車置き場のスチールの支柱につながれている白のおんおん。今日もまたなかなか、きまっておる。しかし今日ははなからぼくたちの方を見ようとしない。トラクター工場の屋根についているサイレンをじっとにらみつけたままだ。ぼくたちは昨日同様、逃げるようにして退社。今日の口笛の曲が、別に好きでもない石原裕次郎の《赤いハンカチ》だったのは、ブラウスとサンダルの赤が目にしみついていたからだろうか。

翌日の昼休み、引地めぐみは食堂の入口にその姿を現わした。そして退社時にはバインダー工場の出入口のところに立っていた。ぼくたちの方を見ようともしない。ぼくたちも申し合わせたように彼女をできるだけ見ないようにしている。犬だけが「おんおん！」

翌日もほぼ同じ。

その翌日もほぼ同じ。

そして、その翌日、ついにめぐみ嬢は白井鮮魚店頭に出現したのであった。

スピッツをつれて店の前にじっとたたずんでいる少女に向かって、客のとだえた折に兄ちゃんは声をかけた。

「いらっしゃい。何あげよ?」

「いえ、けっこうです」と、やけにきっぱり答えて少女は、なお三十分ばかり店の前に立ちつくしていたそうな。

「八百屋お七みたいな子ぉじゃった」と、兄ちゃんは評した。「なんで魚屋にきたんじゃろ」

白井はいらついてきた。あまりいらつくのでからかう気も起こらなかったくらいである。

そんなになる前にさっさと向こうに何とか言ってやればいい、というのはただの人間の思うことで、白井清一という男にできることではなかった。そんなやさしさはむしろ残酷なんだ、と言ったところで、彼をさらに苦しめるだけでしかなかったろう。富士男が言ったように、白井は「こういう面では意外と意気地なし」だったのだが、誰にだって弱点はあろう。

見かねたぼくはちょっと比地大《ひじだい》（地名）の親戚に用事があると嘘を言って白井を先に帰し、浄泉寺の方に回って富士男に相談した。

「お前が火ぃ点《つ》けたんじゃから、なんとかせえや」と、一通り情況を説明した後、ぼくは言った。

「わっしゃ（わたしは）火ぃ点けたりせん。あら（あれは）黄燐《おうりん》の自然発火じゃ」と、富士男は境内の松葉をがんじき（熊手）でかき集めながら言った。

「それにしても、思とったよりずっと面倒《めんど》い女《おなご》じゃったんじゃなあ」

「お前が手引きした」とぼく。

「人を盗人《ぬしと》の手先みたいに言うな。反応の過程を速めただけよ。女が、特にあのタイプの女が思いつめたら、誰がどうしたって結局はやりたいようにやらいの」と富士男。

「どうしようもないっちゅうのか？」

「それが業《ごう》というものよの」

「呑気なことぬかすな」

「だからこそ女は可愛いとも言える」

「とにかく、なんとかならんのかい？　あのままじゃと白井はとり殺されてしまうが」

「わかった。わしから引地に言うてかす（言って聞かせる）」

「言うてかしようがあるんか？　あのタイプの女が思いつめたら結局はやりたいようにやるんじゃろ？」

「わしぐらい徳の高い坊さんが言うてかしたら聞こでは（聞くのではあるまいか）。そんでもあかなんだら、白井を裸にして水で般若心経《はんにゃしんぎょう》を書いてやる」

「まるで耳無し芳一じゃの」

「耳でなしにあそこだけ書きおとしたりして」

「ちぎられてまうが」

「ちん無し清一じゃの、うわっはっは」

　とにかく、翌日から引地めぐみはぱたりと姿を現わさなくなった。富士男がその日の朝に引地を訪ねて諭してくれたおかげである。

「一体何ちゅうて諭したのい？」と、ぼくは後に富士男にこっそり聞いた。

「まず、あっさり、『白井はお前には特に好意は持っとらんからあきらめや』と言うた」と富士男。

「ほしたら？」

「『あたしのまごころで白井さんの心をこちらに向けさせてみせる』と、こうよ。なんぼ言うても聞きゃせん。どしぶとい」

「ははーっ」

「そやから、しょうことなしに奥の手ぇを出したった」

「奥の手ぇ?」

「おう。『実は昨日、白井本人に問いただしたんじゃ。お前のひたむきな姿を見とるとわしもたまらんようになってのう。じゃが、いつまで待っても無駄で』と引地に言うたった。『白井のやと(やつ)は男であって男でない、はよあきらめや』とな。すると、『それどういう意味え?』と聞きよる」

「わしも聞きたい。どういう意味や?」

「『びっくりするなよ』とわしは言うた。『ここだけの話じゃが、あいと(あいつ)はの、体は男じゃが、可哀そうなことに、心は女《おなご》なんよ。ほれで、男しか好きになれんのじゃわ。見てみ、心が女じゃから、あいと、男の癖に骨がきゃしゃで、色がえらい白かろ? 服脱いだら、乳《ちち》のとこじゃってちょっとふくれて、ぷよぷよしとらい』ちゅうて言うたった」

「そなな(そんな)あほなことまで言うたんか。白井が聞いたら怒るど」

「話はリアルにせんとな」

「それで納得しよったか?」

「なかなか。『そななん嘘じゃ、でえったい(絶対)嘘じゃ』と、こうよ」

「『でえったい』言うたんか? あいつ、おばあみたいな喋り方するんじゃの。ほれで?」

「じゃから、『嘘やであるかい(嘘などであるものか)』とわしは言うた。『その証拠に、見てみぃ、あいと、いっちゃって(いつだって)藤原の竹良と一緒におろがい(いるだろう)?』と言うたった」

「わしも出てくるんか!」

「無料《ただ》のもんは何でも出さんかい」

「ほれで？」

「そう言うたら引地のやつ、『そら友達じゃからじゃろがな』ときた。

「そこでわしは言うた、『なんの、友達やであるか、あれは恋人で』とな」

「恋人！」

「『あの藤原のやとは白井よりもっと同性愛での』と、わしはこんこんと説いて聞かした。『あいとの場合は小学校のときに近所の頭のおかしいおっさんにいたずらされての、それ以来、おもろいことに、いや、不幸なことに、男でなけりゃいかんようになってしもたんよ。そもそも藤原のお父《とう》にもそのけがあっての、お父はそれで海軍を強制除隊になった。そうなから（そんなだから）、あいとの場合、素質も豊かじゃったんじゃろ。これは秘密じゃが、あいと、その父親とも関係があったし、兄ともあやしかった。同性愛の近親相姦じゃわいのう。思えば可哀想なやっちゃ』と」

「ほんまにわしは可哀想なやっちゃ！　おどれ、変態雑誌のでたらめ記事みたいなことぬかしくさってからに！　しかし、まさかこなな（こんな）あほな話を本気にしやしまい」

「それが、しよったんよ。我ながら驚いた」

「しよったって、お前、引地は何ちゅうたのい？」

「『あんじゃる〰〰（気持悪〰〰い）！』とおらんで（叫んで）唾を吐いた。ぺっ、ぺっ、ちゅうて、いかにも汚らわしいと言わんばかりにの。『あんじゃる〰〰、あんじゃる〰〰！』言うて」

「ひどい話じゃ！」

「ほんまにのう。女はわりと同性愛に対して偏見持っとるからなあ」

「わしはそのことをひどいちゅうたんでない。お前の嘘八百じゃ。引地が本気にして喋り回ったらえらいこっちゃ！」

「こういう噂はすぐ広がるからのう」

「ああ！　女の子《おなご》ぉがわしに寄りつかんようになるでないか！」

「親友のためじゃと思て我慢せえ。それに、昔のイギリスならいざしらず、同性愛は罪でない。むしろ人より感受性が豊かじゃという証拠ど、胸を張っとれ」

「人ごとじゃと思て」

「お前にとっても悪いことばっかしでないど。そういう噂があったから自分は高校時代にもてなんだんじゃと、自分に対する言いわけになろがい。物事は考えようじゃ。あっはっは」と、高徳の少年僧はほがらかに笑った。

さっきも書いたように、ほんとにひどい話だけど、ロマンス事件が丸く納まったんだからそれでいいんだろう。――白井は解放される、引地めぐみのプライドは保たれる、「わんおん」も毎日暑い中を三、四十分も歩かされることがなくなった。ぼくが女の子に敬遠されて泣けばそれですむことなんだ――と言うと、いささか悲愴感が漂うが、実のところ、噂は大して広がらなかった。引地があちこちで言いふらしたのは事実だが、あんな話を真に受けるのはどうやら彼女くらいのものだったようだし、また、日ごろから女生徒間ですこぶる不人気の人だったから、話もあまりまともに聞いてもらえなかったんだろう。

「あの人、こなんこと（こんなこと）言よるよ」と言って、内村百合子と羽島加津子がけらけら笑いながらぼくに教えてくれた。

結局、白井への慕情をたち切っためぐみ嬢は、新学期になると、バスケット部のキャプテンをやっている三年生にのぼせ上がって、バスケット部の押しかけマネージャーになった。

その三年生が卒業して大阪へ行ってしまうと、今度はＥＳＳの副部長に熱を上げた。その間、二、三度家出事件やら自殺未遂事件やらを引き起こして教師や親をあわてさせた。（もっとも、自殺未遂ったって、まっ昼間、制服のまま、腰から下の深さしかない柞田川《くにたがわ》に入るくらいのことで、あれじゃ死のうったって死ねやしまい。だからほっときゃいいんだろうが、人のいい教師や親は大騒ぎしたのである。）

そんな風なことがあって、女生徒たちはますますめぐみ嬢に反発するようになり、男生徒たちは一層の怖れと神秘的なあこがれをもって彼女を眺めるようになった。

そして卒業後、県内の短大に進学したのだが、それは娘の気性を知る親が県外に出すのをしぶったためだろう。しかし、その二年間にも彼女は何件かの恋愛事件を起こした。そして短大を卒業して一年半ほど家業の文房具店を手伝いながら数回泣いたりわめいたりの騒動を起こしたのち、縁あって（いろんな縁があるもので）柳町《やなぎまち》（観音寺市一の繁華街）の大きな土産物屋の跡取り息子のところに嫁入りして、現在では中三の男の子を頭に三人の子供がいるそうだ。

結婚したころから次第に太り始めたので、今ではほっそりしていた高校時代の面影はほとんどない。近所の人の話では、朝から晩まで亭主に小言を言い続けているそうだが、それでも夫婦仲は円満とのこと。亭主は下戸だが彼女は飲ん平（あるいは飲み子）で、その上ひまな奥さん連中を集めてのカラオケ・パーティーが大好き、市内の三十軒あるスナックの半分に彼女のボトルが入っていると、二年前の同窓会で吹聴していた。二次会で男女とりまぜて七、八人のクラスメートとともにある店につれていってもらったが、彼女のサントリーのリザーブには金のマジックで「恋一路」、その横に「めぐみ」とルビのように書いてあった。そしてぼくは、大木英夫と津山洋子の《新宿そだち》を、彼女とデュエットする羽目になった。

実際、彼女はぼくの知っている限りでは最もエネルギッシュな婦人の一人であり、もっと早く生まれて東京にでも出ていたら、おそらく松井須磨子や伊藤野枝に劣らぬ有名人になっていたのではないかと思う。

6 Hello, hey, Joe, you wanna give it a go?

（こら、ぼくよ、お前マメしたいんかい？）

——*Labelle* ;《*Lady Marmalade*》

実を言うと、ロマンスをしかけられたのは白井だけではなかった。このぼくもしかけられたのである——と、こう言うと、あ、こいつ見栄はって作り話をしよんな、とかんぐる向きもあるかもしれんが、そんなことはない、これは本当の話なのだ。別に自慢できるようなこととは本人も思ってはおらん。事実だから書くのである。

さて、白井のロマンスの方は、すでに御承知の如く、相手が多少エキセントリックだったとは言え、所詮は高校生同士のロマンスで、まあ、言ってみれば「ロマンス・清純版《ピュアー・バージョン》」なのであったが、ぼくがしかけられたのは、はなから「ロマンス・妖艶版《セクシー・バージョン》」なのであった。いや、年頃の娘さんのみならず、年頃の息子さんも、けっこう日夜危険に取り巻かれておるのであって、世の親御さん方は、男の子だからといって安心せずに、注意だけはしとくがよろしい。

ぼくがタイヤのナット締めの仕事をしていたことは先に詳しく述べたが、その作業場のななめ向かいに、ハンドルのグリップの部分にゴムのカバーを取りつけるセクションがあった。そしてそのセクションの中に、年の頃は三十二、三のおばはんがいた。(三十二、三でおばはんはちと気の毒かとも今は思うが、当時のぼくの分類からすれば、取り返しようもなく「おばはん」なのであった。)ただおばはんがいた、というだけではない、これがちょいときれいなおばはんだったのである。しかも、ちょいときれいなだけではなくて、ちょいと——いや、なかなかにいけないおばはんでもあったのである。

おばはんは木下スヱ子といった。(「エ」でなくて、「ヱ」、ひらがなの「ゑ」に当たる。)なんだか真面目で控え目な農村婦人を連想させる地味な名前だが、そのひととなりは、これから述べる如く、そんなものではなかった。

ぼくが最初に彼女の存在を意識したのは、嗅覚を通してであった。

工場の中に漂っているのは、まず、鉄のにおい、そして、その鉄同士が激しくかち当たったときに発するにおい、それから機械油、塗料、その溶剤、新しいゴムなどの入り混じったにおいである。その入り混じり方はセクションによって少しずつ違っているが、取り立てて言うほどの違いでもない。おっと、それに、おっさんたちの汗くさい体臭が混じって、あの特有の「工場のにおい」を作り上げているのだ。慣れるとこれがわりと悪くなくて、どちらかと言えば、ぼくは好きである。

さて、そういう工場のにおいに慣れてきたぼくの鼻のす(穴)に、あるとき妙な、ちょっといいにおいが「ふっ」と飛びこんできて、すぐ消えた。ぼくはハエを見るカエルのように目玉をキョロキョロさせ、また手もとのナットに目を落とした。シンナーかなんかのにおいだな、とぼくは思った。

こんなことが二、三回あって、これは「シンナーかなんかのにおい」ではない、と思うようになった。そして、ある日のこと、頭がぼうっとなりかかっている午後の二時ごろ、ぼくはとうとうにおいの正体をつきとめた。その妙な、ちょっといいにおいは、たった今ぼくの前を通過していった人物の発するにおいだった。

ぼくは顔を上げて三メートル先の人物の後ろ姿を見た。すると、それに気づいたかの如く、軍手をはいた手に（うちの方では手袋もはくと言うのだ）スパナを持ったその人物もふり返ってこちらを見た。どかん、と一回、ぼくの心臓が大きく打った。

それが木下スヱ子さんだった。

ベージュとカーキ色を混ぜたような色のぶかぶかの作業服を着て、同色の作業帽をあみだにかぶったスヱ子さんはぼくの顔を見てくすっと笑った。すると左側の上の犬歯にかぶせた銀がちかっと光った。

そしてスヱ子さんは（といっても、このときはまだ名前を知らなかったのだが）、何事か一言、言葉を発し、おそらく口をぽかんとあいていたぼくに向かって左手のこぶしを軽く突き出した後、くるりときびすを返してハンドル・カバー取りつけセクションの方に歩いて行った。

ぼくの頭はすでにぼうっとなっていたが、その中身が、ぼうっとなったなりにぐるぐる回り始め、一瞬気が遠くなった。一度柔道部の友人に冗談で（というのは、相手は冗談のつもりだったらしいということだが）おとされたことがあるが、ちょっとそのときの気分に似ている。

ぼくは首をぶるぶる振って仕事に戻った。ボルトをかちんとさし込んで、ナットをくるくる……

突然ぼくの鼻腔にあのいいにおいの記憶がよみがえってきた。甘くて、とろりとして、かすかに酸味があって、ちょっと切なくなるようないいにおい……

そして彼女の姿が頭の中に浮かび上がってきた。あの魅惑的な笑顔、あの、男の子のようなきびきびしたしぐさ、あの銀をかぶせた犬歯……

そうだ、彼女はぼくに向かって何か言ったんだ。何かひとこと言って、こうげんこを突き出したんだ。何と言ったんだろう？　あのげんこはどういう意味なんだろうか？

その夜、ぼくは夢精した。オナニーをおぼえてからとんとごぶさただった夢精である。全身がほにゃほにゃになりそうだった。

次の日、ぼくは彼女が前を通過するのを楽しみにしていた。

午前十時四十八分、あのにおいがぼくの鼻のすに飛び込んできた。近頃アメリカで流行《はや》っているクラックとかいう麻薬は、吸ったとたんに中枢神経をガンと直撃する面談即決型の麻薬らしいが、こんな感じかしらん。

身をかがめたままで目を上げると、ちょうど目の前を彼女の思いがけなく大きな腰が、ぼくの作業台をかすめて通り過ぎるところだった。通路はけっこう広いのに、わざわざ作業台をこするようにして通過したのである。（後年、江の島でシャチのショウを見物したことがあるが、そのときシャチが、ぼくの目の前のプールの壁をスーッとこすって泳いで行ったとき、ぼくはこのときのことをありありと思い出して、一人感慨にひたったものである。）

その腰は——いや、彼女は三メートルほど行ったところで立ち止まった。ぼくは体を起こして彼女の方を向いた。右手に黒いゴムのハンドル・カバーの入ったバスケットを下げた彼女は、くるりとふり返ってまた何かひとこと言った。工場の中がうるさくてよく聞き取れないが、口の形は昨日と同じようである。

「アメ？　アメ、と言うたんですか？」ぼくは大声で質問した。

彼女は大きく口をあいて笑い、首を軽く左右に振った。そして笑いながらまた同じ言葉をくり返したが、よく聞こえぬ。

ぼくは首をかしげた。

彼女はにやにやしながらまた同じことを言った。「アメじゃがな」と言っているようにしか思えなかった。

「アメくれる、言よんではないんですか?」ぼくは思いきって大声で尋ねた。

彼女は白い喉を見せてそっくり返って笑った。そして左手の大き過ぎる軍手の指を口でくわえて引っぱり脱ぎ、それをバスケットの中に放り込むと、つかつかと作業台のまん前まで歩み寄り、軍手をとった左手であらためてこぶしを作ってぼくの胸の前にぐいと突き出し、

「『マメ』と言うたんよ」と、意外にかすれた声で言った。そしてそのこぶしがただのこぶしではないことをぼくは知った。白い人差し指と中指の間から淡い桃色の親指の先がのぞいているのだ。

全身の血が顔にのぼってきたかのようだった。耳たぶが痛いくらい熱い。針でポッと刺したら、チーと一筋、血が吹き出すのではなかろうかと思われた。頭がぼうっとして、脚ががくがくして、いまにもへたり込みそうだ。

淡い桃色の親指はすーと人差し指と中指の間に吸い込まれるように引っこんで、そのこぶし自体もすーと引っ込んで、彼女の全体もすーとぼくから遠のいていった。彼女は虎がゆっくりと密林の中に入って行くように、ぼくの前から消えていった。あとには、彼女のつけている香水の香りが漂っている。そしてぼくはその香りの背後に、かすかな彼女自身の体臭を嗅ぎ当てたと思った。そしてまたぼうっとなった。

（後にたまたま知り合いの婦人がつけていたので判ったのだが、スヱ子さんがつけていた香水は、資生堂の《モア》というやつだった。これは若向きの多少安っぽい香りだとも言えるが《実際値段も大して高くないそうだ》、奇妙に男の劣情を刺激する――と言えば資生堂の人たちは怒るだろうか？　怒ることはない、むしろ誇りにしていただきたい。たしかに一種の傑作なのだから。そして、こういったことはおそらく罪つくり婦人《ハートブレイカー》のスヱ子さんの意図にちゃんとあったことなので、ぼくは彼女のセンスのよさに、いまだに感心しているのである。）

その日は仕事が終わるまでまともに物が考えられなかった。どういうわけか、繰り返し繰り返し、「アンガラランド盾状地《たてじょうち》」という地理の用語が頭の中に浮かんでくる。「アンガラランド盾状地……アンガラランド盾状地……」

頭がおかしくなりそうなので懸命に歌を覚えようとする。特に意識したわけじゃないけど、選んだ曲がスティーブ・ローレンスの《ゴー・アウェイ・リトル・ガール》だったのは、歌の内容がぼくの置かれたシチュエーションに合っていたからなのかもしれない。

……So, go away little girl, before I beg you to stay.（じゃからな、あんた、どこぞへ行ってつか《下さい》。わしがここに居ってくれとおがむようになる前に。）

もちろん、彼女の突き出したこぶしの方の意味はよく解った。解らないのは「マメ」という言葉である。情況から察するに、この「マメ」が南京マメや、金時マメといった罪のないマメの仲間でないことは解る。しからばいかなる「マメ」であるか？

ぼくは知りたかった。なんだか怖ろしい気もしたが、どうしてもはっきりしたことを知らずにはいられないような気がした。この方面の事柄に関しては、十五歳の少年というのは狸《たぬき》の仔《こ》のように好奇心が強いのである。

考えても解るわけはないので、ぼくは人に尋ねることにした。もちろん、父や母に訊いていいことではなさそうだ。ぼくはあのバタコに乗った「姫買いランスロット」の伊藤倫胤《みちたね》さんに訊くことにした。

「えー、あのー、なぁ、おかしげな（妙な）ことを訊くけどもなぁ」と、ぼくは口ごもりながら言った。

「おー、なんのいや（何かね）?」と、伊藤さんはエコーの煙をぷっ、ぷっと吐きながら言った。この人の煙草の吸い方は、片っ端からさくらんぼを口に放り込んではぷっぷっ種を吐き出しているようで、小気味がいいと言うが、せわしないと言うか……

「『マメ』っちゃ何え?」思い切って口に出したとたん、顔がかっとほてった。

「おほー、真《ま》っ赤《か》んなってからに! お前、真っ赤んなるぐらいなら、訊かんでも知っとろげや?」

「いーいん（いいえ）。知らんきに訊いとんじゃがな」

「ほうかい? 高等学校《こうとうがつこ》で習わんかい?」と、日頃から学校というものを馬鹿にしている倫胤さんはさもおかしそうにそう言って「へへへ」と笑い、自分の言ったことが自分でえらく気に入ったと見えて、また、「高校《こうこ》の先生《せんせ》は教えてくれんのかい?」と言った。

「知っとんなら、教えてつか」と、ぼくは少し怒ったように言った。

「マメっちゃ、あれのことじゃげや」と、倫胤さんは言った。

「あれ?」
「おう。『サネ』とも言《い》わい」
「サネ?」
「こら、おけな(大きな)声で言うな」と、倫胤さんはあわてていたしなめた。「それも知らんのか?」
倫胤さんはややあきれ顔である。「こないの高校《こうこ》はなっしょんや(近頃の高校は何をしているのだね)!」

伊藤倫胤先生が昨今の教育の荒廃と、その一つの現われとしての高校生の無知を嘆きながら、手ぶりを交えて教えてくれたところによれば、本来「マメ」は「サネ」と同義にして、女性性器の一部分を指す卑語であるが、女性性器全体をも意味することがある。これは、たとえば、「手が足りない」などと言うときの「手」が人間全体を意味するのと同様の言語現象と言うべし。さらに、「マメ」は、「する」という動詞と結合して一個の「サ変動詞」を構成するが、その動詞の意味及び用法についてはあらためて説くまでもあるまい。云々。

女性性器に関しては、たて長楕円と一本の垂直線以上のことを知らぬ十五歳の少年にとって、これはまさに青天の霹靂《へきれき》であった。

しかしこの「マメ」、そして「マメする」という言葉の持つ響きの、なんとまあ太々《ふてぶて》しくて、厚かましくて、下品で、無知にして無恥で、そして淫猥なことよ!

マメ……! マメする……! 「うわあ!」と、ぼくは思わず大声を上げたくなった——と、そう書いただけでやめたのでは、ぼくは猫っかぶりの偽善者になる。なぜなら、その太々しくて、厚かましくて、下品で、無知無恥した淫猥な響きにもかかわらず、と言うより、まさにその故に、少なくともこのぼくにとっては、実に印象的で鮮やかで、もう感動的とさえ言えるくらい美事な言葉でもあるからである。頭がくらくらする。たまらん。かなわん。こうさん、こうさん！

ほんとに、天の下にはいろいろな素晴らしいものがあり、それを指すいろいろな素晴らしい言葉があるのだ。生きていてよかったと、たしかそのときのぼくは狼狽のかたわら、心のすみっこでしみじみと感じいったりもしたのである。

「じゃけど、なんでまた急にこなな（こんな）こと訊くのいや？」と、倫胤先生は二本目のエコーに火をつけながら言った。

「いや、ちょっとな」ぼくは言葉を濁した。「こないに（最近）つい耳にしたきにな、なんじゃろか、思て……」

「ふーん、ぷっぷっ」ぷっぷっは先述の如く煙を吐き出す音である。「お前、ひょっとしたら——」

「へ？」

「おかしげな（妙な）女《おなご》にてがわれよんとちゃうやろの（からかわれてるのではあるまいね）？」

「そなん（そんな）ことない！」とぼくは強く否定した。語気が鋭くなったのは、倫胤先生にほぼ図星を指されて狼狽したためのみならず、彼がその「女《おなご》」が誰であるかをもおそらく察していて、「おかしげな」という修飾語を冠したことに反発したためでもあったろう。（とすれば、ぼくはもう恋をしていたのかしらん？）

「ほーや。ほれならええけどの」倫胤先生はまじめな顔で言った。「将来ある若人は、つきあうんならまともな女とつきあわないかんきにの」

ぼくはときどき仕事の手を止めては、ハンドル・カバー装着セクションの方をちらちら眺めるようになった。無論作業の能率は多少落ちたが、流れ作業の工程に支障をきたすほどではないし、次々に自己の記録を更新しようという情熱はとうの昔に失せている。ちらちら眺めながら、お姫様の姿を木の間ごしにのぞき見る《アラビアン・ナイト》の奴隷の若者かなんぞになったような気がした。

木下スヱ子さんは、(ぼくの目には)見れば見るほど美しくなっていった。作業帽のうしろからのぞく髪も、ぶかぶかの作業服とズボンに包まれた姿も、まくり上げた袖からのぞく腕も……。

彼女もときおりこちらを向いて、ぼくと目が合うと、ウインクしたり、笑って見せたり、あかんべーをしたり、「マメ」と言うときの口の形をしたりする。そのたびにぼくはあわててうつむく。息苦しいほど胸が高鳴る。不愉快で、同時に甘美な、とてもいい気持だ。年上の美しい女《おなご》に「てがわれる」のは、悪くない。「もっとてごて、もっとてごて」と尻尾を振りたいくらいだ。親が知ったらかんかんになるだろう。

美しいと言ったが、後にゼンタ・バーガーというドイツ系の美人映画女優を見たとき、そして、ジェファーソン・エアープレインというバンドの美人ボーカリスト、グレース・スリックを見たとき、(見たときたって、もちろん映画で、)ぼくはこの木下スヱ子さんを思い出したのだ。無論スヱ子さんは外人ではないが、とにかく思い出したのだからしかたがない。互いに似ているというのではないけど、三人には、どこかしら相通ずるムードがあるのだ。

またスヱ子さんは、ぼくの方を向いて、ときおりわざとうっとりした顔をして、ハンドルにゴムのカバーをかぶせ、二、三度そっと手でしごいてみせた。当時ぼくはコンドームというものを知らなかったが、それがすこぶる卑猥な仕種であることはよくわかった。ほんとにたちが悪い。けしからん話である。顔が瞬時にして赤ふーせんになる。ああ！　ああ！　ぼくの作業台の前を通るときは、コースをぐいと湾曲させて腰を台にこすりつけてゆく。江の島のシャチよ……。

昼休みに女衆連中《おなごしれんちゅう》の集まる外のベンチのところを通りかかったら、仲間と一緒に紙カップに入ったアイスクリームを食べていたスヱ子さんがぼくを呼ぶ。

「ぼくー、はよ来て、はよ来て！」

おずおずとぼくは近づく。「何え？」

「あれ見てご（見てごらんなさい）」と、スヱ子さんは頭上のブドウの棚を指す。

言われた通り見上げたとたん、少し開いたぼくの口のすきまにアイスクリームをのせた木のさじがすべり込んできた。

「はい、皆勤賞」とスヱ子さんが言うと、

「このぼくはすみに置けんのー。えー、こら、ぼくよ、なんぞ言うてみい」と、五十くらいのおばはんがひやかした。どっと起る笑い声。ほんとに、たちが悪い。けど、あんなにうまいアイスクリームは後にも先にも食べたことがない。

やがて仕事のあい間にスヱ子さんと立ち話もするようになった。

スヱ子さんは遠慮なくずけずけとぼくに質問した。

ぼくは率直に答えた。――別にうちが金に困っているわけではないこと。アルバイトをして電気ギターを買うのだということ。電気ギターったって、その胴体からプラグのついたコードが出ていて、それをコンセントにつなぐとひとりでに鳴り出す、などというわけではないこと。一緒にアルバイトしている白井とロックバンドをつくるのだということ、などなど。

「ロックバンドっちゃ何え?」と、スヱ子さんは、ふくみ笑いの声と鼻声を一本により合わせたような声で訊いた。《Never On Sunday《日曜はダメよ》》を歌うときのジュリー・ロンドンのような声だ。

「うーん、外国の流行歌を演奏するバンドじゃなあ」と、しばし考えた後でぼくは答えて、この質問に答えることの意外なむずかしさを知った。

「ジャズえ?」

「いーいん（いいえ）、ジャズとはまた違うけど。まあ、ジャズの親戚みたいなもんじゃいなぁ」

「にんぎょしんえ（にぎやかなの）?」

「まあ、そうじゃろなぁ」

「息子がそなもん（そんなもの）に狂《くる》とったら、親もつらかろなぁ」

「…………」

　また彼女は、前後の脈絡を無視して突然思いがけないことを言い出すことがあった。

「ぼくはかわいげな顔しとるな」とスヱ子さんは言った。それまではお盆休みの話をしていたのだ。ぼくはめんくらってどきまぎしたが、うれしかった。こんなことを言われたのは初めてだ。

「わたしの弟によう似とる」

「弟さんに?」

「もう死んだきんどな（けれどね）」

「……。なんでな?」とぼくは尋ねた。

「グレてな、けんかして刺されたんじゃがな、神戸の新開地いうとこで。あほたれじゃ」

ぼくは何も言えなかった。彼女は笑いながら言ったのだが、ぼくはしんみりした気分になった。もっとも、そのときは信じたけど、この話は本当かどうかよく判らない。というのも、後に、大学生になってからのことだが、友人と一緒に行った大阪のキャバレーで、ホステスの一人からそっくり同じことを言われたことがあるからだ。そりゃ、グレて、けんかして刺されて死ぬ弟は広い日本には何人もいるかもしれない。そしてぼくは、典型的な「グレてけんかして刺されて死ぬ弟顔《がお》」をしているのかもしれない。そうかもしれないが、どうも素直に信じられない。「あなたはあたしの初恋の人に似ているワ」なんてのと同じような、人の気を引くための出来あいの台詞じゃないかとも思う。それに、彼女は気軽に害のない嘘をつく人だった。たとえば、夫について、彼女は、太平洋戦争で戦死したなどと言った。言われたときは、「へーえ」と思ったが、後から考えてみると、全然年が合わない。

しかし言われたときはつい信じてしまう。信じても別に損はしなかったのだから、それでよかったのだろう。彼女に対する好意が、同情のぶんだけ何パーセントか高まっただけの話。人を好きになるのは悪いことではあるまい。

とにかく、戦死かどうか知らないけど、当時の彼女は一人の美しい未亡人だった、ということはどうやら確かだった。

そしてこの美しい未亡人は、思いがけないときにいきなりぼくの背中にぶつかってきて、ぐりぐりと小ぶりの乳房を押しつけながら、「追突事故発生、ウーウ、ウーウ」と叫んだり(ウーウ、ウーウというのはたぶん救急車のサイレンのつもりなんだろう)、出しぬけにやってきて、「ぼくよ、わたしのポケットからハンカチとってつか(ちょうだい)。わたし手ぇがよごれとるきに」などと言って、ぼくに深いズボンのポケットを探らせた。その際、「こそばい、こそばい」と言いながら、わざと腰を前後左右にゆするから、ぼくの手は布地ごしにものの内側や、またぐら一帯にいやおうなく触れることになる。いやおうなくと言ったが、そりゃ、いやなはずがない。いやなはずはないが、困ってしまうのも事実だった。なんと言ってもぼくは十五歳と十一ヶ月の少年なので、ぞくぞくするような戦慄と快感のみを味わっていたわけではない。少年らしいうしろめたさも、ちゃんと覚えてはいたのだ。「ああ、このままじゃと、不良になってしまう！」と、ぼくは何度胸の中で叫んだかしれやしない。「おぼこい」という言葉を男の子に用いてもよいとしたら、ぼくは当時の田舎の少年相応に「おぼこ」かったのである。後にシャングリラスの《I Can Never Go Home Any More《家へは帰れない》》を聞いたとき、最初に思い出したのがこのときのことだった。

そしてとうとう木下スヱ子さんはこんなことを言い出した。

「なあ、ぼくよ」と、彼女はふくみ笑いの声と鼻声をより合わせたような声で言った。「あしたからお盆休みじゃろ。わたしんき（わたしの家《うち》）に来《こ》んえ（来ない）？」

「えー、なんでです？」ぼくはうろたえた。

「遊びにおいでっちゅうとんよ」と彼女は言って、声を低めもせずにあっさりこう続けた。「来たら、マメ教えてあげるどな」

こんなとき頭の中では、当然ローズマリー・クルーニーの《Come On-A My House《家へおいでよ》》が鳴り響くかと思えば、さにあらず、ウェーバーの《舞踏への勧誘》が高らかに鳴り響いた。なぜだかぼくにも解らない。

ぼくは挨拶のすべを知らなかった。そりゃそうだろう。

「夜はこれがくるきに」と言って彼女は右手の親指を立てて見せ、「昼間においで、な?」と続けた。気が動転しているからぼくには彼女の言ってることがよく呑みこめなかった。彼女はさらに住所と道順を教えてくれた。実家の近くの家のはなれを借りて一人で住んでいるらしい。出作《すつさく》という所だから、ぼくの家から自転車で二十分あまりだろう。

「昼間やったらいつでもおいで。もし留守やったら、鍵はかけとらんきに入ってビールでも飲んで待っとらええ。遠出する用事はないきにな、すぐ戻ってくらい」

男と女の恋愛がその無上の歓喜の絶頂に達するまでには、(浪費とは言わぬが)多大の時間が費やされるのが常だけれど、世の御婦人方がみなスヱ子さんのようだったら、ずいぶんと時間の節約にはなるのだろう。

ぼくがイエスともノーとも言わないまま、彼女は手に持った細身のスパナを器用にもてあそびながら歩み去った。

さて、ぼくは接待にあずかって「マメを教えて」もらったであろうか?

あっさり結論を言えば、否である。年上の女《ひと》に無理無体に「教えられる」のがぼくの日頃の夢であったにもかかわらず、ぼくは出かけて行かなかった。あるいは行けなかった。したがって、当然のことながら、「マメ」も教えてもらえなかった。(どうでもいいことだけどぼくが実際にマメを学んだのはこの何年も後である。)三十八のいやらしざかりのおっさんとなった今は、「ああ、惜しいことをしたなァ」とも思う。

ぼくを押しとどめたのは、倫理感でもない、慎しみでもない、要するに怖れということであって、しごくあほらしい話である。《青い体験》とかいう映画があったが、「西讃岐版・青い体験」のくわしい性描写を期待していた読者の方にはすまないと思うが、なにぶん事実なのでいたし方がなく、御寛恕されたいと、ただただお願い申し上げる次第である。

そして結局のところ、ぼくの一夏のロマンスは、これをもってあっけなく終わったのであった。


盆休み明けに工場に行ってみると、スヱ子さんの姿がいつものセクションにいない。これはどうしたことだ、ぼくにふられたと思ってやけになり、早まったことでも……などと一瞬考えたから、ぼくのうぬぼれもしようがない。

事実は単に所属の異動ということで、彼女は別の建物の田植え機工場の方に移ったのであった。その異動がいかなる理由によるものであれ、ぼくの行動、あるいは非・行動によるものではないことは明らかだった。

昼休みには、食堂やブドウ棚の下に、以前に変らぬ彼女の快活な笑顔があった。ぼくの姿を見かけると彼女はなんのこだわりもなく声をかけてくれたが、ぼくを誘ったことはとっくに忘れてしまったかのようだった。彼女がぼくを誘ったのはまんざら「てがう」ためばかりではなかったと思うし、実際に訪ねていたら本当に「教えて」くれていたと思う。しかし、それは彼女にとっては大したことでもなんでもなくて、過ぎてしまえばもう忘れてしまっているようなことなのだった、ということらしい。ところが、そんな彼女がぼくはますます好きになった。ますます好きになったが、所属がちがってしまえば顔を見る機会も少なくなり、口をきくこともしだいになくなった。とてもつらかったと、素直に言う。

夏休みが終わり、新学期が始まってしばらくたったころ、教室のベランダで合田富士男の口から彼女が再婚したことを聞いた。富士男はぼくの秘かなロマンスのことを知っていたわけではない。浄泉寺の檀家の吉田さん、つまりあの残業王が結婚したことを話してくれたので、その相手が同じ工場に勤めていた木下スヱ子さんという人だと富士男は言ったのだった。

「その女《おなご》、知っとろげや（知っているだろう）？　お前、一緒に働いとったんじゃから」

ぼくは驚いた。「そら、知っとるけど、ほんまの話か、それ？」

「ほうよ。昨日の日曜日、吉田はんの家でほんの親しい人だけ招んで祝言を挙げた。わしは親父の代りに行ってきたからの」

「びっくりしたなぁ」ぼくは呆《ほう》けたように言った。「吉田はんと木下はんがなあ」

してみれば、彼女が立てて見せた右手の親指は吉田はんだったのか？

「まあ、えらいいろんな噂のあった女じゃがなぁ」と、富士男は言った。「きれいはきれいじゃった。濃紺の着物がよう似合《にお》うての、ほんまにほれぼれするようなええ女じゃったわ。酌してもろて、わし、つい飲み過ぎてしもたがい」

「ずっと前から二人は、その……」

「おお。三年間も吉田はんは土下座しつづけたそうなわ（そうだよ）。女の方が根負けしたかっこうかの。七つ年上の吉田はんが初婚で、相手は再婚らしい。こら世紀のローマンスじゃのう、あっはっは」

　彼女の所属の異動も、このことと関係があったのかもしれない。

「ふーん」とぼくは言った。他に言うことなどありゃしない。

吉田さんと木下さんに幸せになってほしいと思うと同時に、なんだか妙に悲しい気分になった。なぜ悲しいのか自分でも解らなかった。いまだによく解らない。好きな女性を他人に奪われたから、ということではなかったと思う。もっととりとめのない、漠然とした悲しみなのである。

そしてこの木下スヱ子さんは、ぼくにとって、ポップソングにおける、ある神話的人物像《イメージ》の具現となった。つまり、ブライアン・ハイランドの《Gypsy Woman》《ジプシー・ウーマン》やサンタナの《Black Magic Woman》《ブラック・マジック・ウーマン》や、シェールの《Dark Lady》《悲しき恋占い》や、イーグルズの《Witchy Woman》《魔女のささやき》やクリフ・リチャードの《Devil Woman》《デビル・ウーマン》などを聞くと、必ず木下スヱ子さんを思い出すということである。

もっとも、これらの曲はもっと後になって聞いたので、そのときのぼくは教室のベランダの手摺にもたれて、ゲリーとペースメーカーズの《Ferry Cross The Mersey》《マージー河のフェリーボート》を、そっと口笛で吹いたのだった。文句のつけようのない名曲である。

7　Bom…………………………Gwa！

（ボム…………………グワ！）

——*The Beatles;*《*I Feel Fine*》

まことに申しわけないことだけど、この章は時間が前後する。といっても、スターンの《トリストラム・シャンディー》とか、フォークナーの《アブサロム、アブサロム！》ほどのこともないから、ここまでつきあって下さった読者の方々はきっと快くお許し下さるに違いないと、ぼくは確信している。

さて、いろいろあったけど一応無事にアルバイトを終えて、白井とぼくは念願の電気ギターを手に入れた。

二人とも、同じグヤトーン社の、フェンダー・ジャズマスターのコピーモデルを買った。胴体の中心部は明るい黄褐色で木目が見えているが、外に行くに従ってしだいに色が濃くなって、端っこはもうほとんど黒と言っていい焦げ茶色になっている。こんなのを「サンバースト仕上げ」と言うんだそうだ。もちろん、ちゃんとトレモロ・アームもついている。

ギター・アンプは白井の兄《にい》ちゃんがバンド結成記念にと、やはりグヤトーン社のアンプをプレゼントしてくれたので、二人でそれを使うことになった。その分、思っていたよりいいギターが買えた。ぼくたちは最大級の感謝をこめて、兄ちゃんに「名誉メンバー」の称号を贈った。

金持の合田富士男は、エルク社の黒いバイオリン型ベース（ポール・マッカートニー愛用のカール・ヘフナーのベースをまねた型）と、エーストーン社のベース・アンプをポンと買った。これで一応最低限の陣容が整ったのである。

ギターを手に入れた日の晩から、ぼくは遠足前夜に小学生がリュックサックを枕もとに置いて寝るように、ギターを枕もとに置いて寝るようになった。ほんとは抱いて寝たかったけど、母豚が寝ているうちに子豚を圧死させるようなことになるといけないので、そうしたのである。それに、添い寝はちとおそれ多い、とも思ったのだった。

そしてその日から、ぼくはひまがあればこのギターを抱いていた。白井と共用のアンプは彼の家《うち》に置いてあるからぼくの家では使えないが、彼に教わったコードやフィンガリングの練習はアンプなしでもさほどさしつかえなくやれたので、ベンチャーズのパート譜（セカンド・ギター）とにらめっこしながらぼくは日に最低三時間は練習した。多いときは五、六時間、ときには七、八時間もやったろう。そして、三日に一度くらいの割でギターをかついで白井の家へ行った。アンプなしで弾いていると、ついついピッキングが荒くなるが、よく白井からこのことを注意された。

ハンター・デイビスという人の書いたビートルズの伝記によれば、少年のころジョージ・ハリソンは左手の指先に血がにじむまで練習したそうだが、白井のぼろギターで鍛えていたから血こそ出なかったものの、ぼくだって指先が痛くてたまらなくなるまで練習したのだ。だが、やがて指先の皮もおばはんの座りだこみたいに固くなってきて、やがて全く気にならなくなった。

ぼくはちょくちょくギターを持って岡下のところへも出かけて行き、互いにリズムを矯正し合った。富士男もベースを背負って白井や、岡下や、ぼくの家に出張練習に来た。

そして、最初の合同練習は、二学期の中間テストが終わった日の午後、富士男の家、すなわち浄泉寺でやることになった。ここを練習場にすることは、そもそも富士男をバンドに引き入れたときからぼくの念頭にあったことである。もっとも、ねらっていた本堂を使うのは、富士男の親父の得士《とくじ》はん(法名、浄信《じょうしん》)からすれば、「あほなことぬかせ、もってのほかじゃ!」ということで、残念ながら許可がおりず、(無理もないか、)結局富士男が寝起きしている離れの八畳間で雨戸を閉めきってやることとなった。

ところで楽器を運ぶのもなかなか大変だった。ギターだけなら座布団をクッションにして、自転車の荷台にゆわえつけて運べばよい。あるいは佐々木小次郎が「物干し竿」を背負うみたいに、背負って運べばいい。アンプとドラム・セットが骨なのである。

結局、アンプとバス・ドラムは、富士男が得意のスクーターで二回に分けて運び、あとはぼくらが背負ったり、自転車にぶら下げたりして運んだ。岡下は大切な太鼓の皮(といってもプラスチックだけど)が破れやしないかと、心配で心配で、自分がリヤカーで運ぶと、今にも泣き出しそうな顔で主張したが、「そななことでは明日《あした》になってしまわい。心配すなっちゃ。身重の花嫁さん運ぶみたいにやさしゅう運んでやるきに」と富士男に言われて、しぶしぶながらやっと承知した。

ところで、気楽に「富士男が得意のスクーターで」と書いたが、実を言うと、あのころ富士男は無免許でスクーターを乗り回していたのである。もちろん、登下校には自転車を使ったが、法事などお寺の用事のときなどは、以前から父親のスクーターを使っていた。たしか「ラビット号」というやつだったと思う。現在は、お寺さんの乗るのは乗用車に決まっているが、当時はちょうどお寺さんの間でスクーターを乗り回すのが流行《はや》り出したころだったのである。

富士男が無免許だということは、近所の人たちはみな知っていたろうが、別にとがめる人もいなかった。この少年僧の高い徳のためかもしれない。もちろん、とんでもない、けしくりからん話だけども、もう時効だろうから、読者のみなさんもそう怒らんで下さい。

ちなみに、父親の跡を継いで、浄泉寺の住職となっている現在の富士男は、ちゃんと免許を取って中古（というか、'63年型だから大古）のニッサン・セドリックに乗っている。

さて、汗だくで楽器を運び入れ、それぞれセットし終わってほっとひと息ついたとき、ぼくは立って簡単な挨拶をした。いつのころからか、なんとなくぼくがバンド・リーダーみたいな感じになっていたのである。

「えー、諸君よ、いよいよ待望のセッション練習の運びとなり、ご同慶の至りでありまするが、練習を始める前に、前に言っておいた通り、まずわれわれのバンド名を決めよでないか、の」

ぼくは先生の息子だから、このように立派な挨拶ができるのである。

「そうじゃ、そうじゃ」岡下と富士男が陽気に合いの手を入れた。

「では、各人の忌憚のない意見を徴したい思います」と、先生の息子のぼくはむずかしい言葉を織り込みながら続けた。「まず、明石——でない、岡下君、なんぞええ名前、思いついたかい?・」

「えー」と岡下君はまずいつものように答えた。表記したのを見る限りでは娘さんみたいな応答だが、実際はもっとおっさん臭い。「えー、バンド名や?・」

「なんどええのん言うたれ」と富士男。

「ブルー・ライオンズ、いうのんは？」しばしもじもじした後、岡下は言った。もじもじはしているが、本人はなんだか自信ありげである。

「なんじゃ、そら？」富士男は眉をひそめて言った。

「いかんやろか」と岡下。

「いかん、いかん、そななん（そんなの）」と富士男。これはぼくと白井の気持の代弁でもあった。

「そなほっこげなん、いくかい（そんな馬鹿げたの、だめだよ）」

「ほかになんぞないんか？」とぼくは尋ねた。

「えー、さあ、のう、いろいろ考えたが、いまひとつパッとせんのじゃきんど……」と岡下。口とは裏腹に、またまたなんだか自信ありげである。

「ええから言うてみいや」と白井。

「ランニング・キャッツ、いうのんはどうじゃろ？」岡下はちょっと恥ずかしそうに言った。

「なんじゃ、そら！」と、また富士男が一喝した。「おししのあとはにゃんこか」

「しかし、なんでランニングなんや？」と白井が尋ねた。

「野球のランニング・キャッチにヒントを得て……」と、岡下が口ごもりながら答える。

富士男とぼくは吹き出した。

「ほんならお前はどういや（どうなんだい）？」むっとした岡下が逆にぼくに訊く。

「うん、ハリーとタイフーンズ、いうのはどうじゃろかの？」と、ぼくも少してれながら言った。ジョニーとハリケーンズをまねた名前である。

「ハリーっちゃ誰いや（誰かね）?」と岡下。

「わしがハリーを担当してもええけど」とぼく。

「どこがハリーじゃ。おのれは竹良じゃ」と富士男。

「ほんなら、おどれはどういや?」と、少々腹を立ててぼくは言った。

「わしか。わしの考えたんはかっこええど」と富士男。

「じゃから、どういうんじゃ?」と白井。

「バッズ、じゃ」と得意げな富士男。

「なんじゃ、そら?」と残りの三人。

「B、u、d、s、とつづる。Buds《バッズ》じゃ。bud《バッド》は『つぼみ』という意味じゃが、それはこれから花開くバンド、いう含みじゃの。それに、Buddhism《ブッディズム》、すなわち『仏教』いうのともひっかけてある。可愛らしい上に深い意味があろがい。そうじゃ、dを二個重ねて、B、u、d、d、s、とつづるのも洒落とるかのう。Budds《バッズ》。うん、あか抜けしとる」

「バッズかぁー」とぼく。

「うーん」と白井。

「バッズかぁー」と岡下。

「バッズが気に入らんのなら、プレシャス・プリースツ、いうのはどういや?」と富士男。

「なんじゃ、そら!?」と残りの三人。

「Precious《プレシャス》は『貴い』いう意味で、Priests《プリースツ》は僧侶いう意味よ」と富士男は説明する。両方合わせて『ありがたいお坊様方』となる。二つの単語はともにＰｒという組み合わせの子音から始まって響きがきれいじゃ。どや、かっこよかろがい？」

英語のよくできる富士男らしい命名だとは思ったが、どうも「プリースツ」が気に入らない。坊さん嫌いというわけではないが、ぼくらはロックをやるので、お経を読むのではないのだ。

「うーん」とぼくはうなった。

「そななんいやじゃ」と、岡下がぼくらの気持を代弁した。「坊さんはお前だけじゃのに」

「ほんならこれはどういや」富士男はちょっとむっとして言った。「ピンプルフェイスト・オクトパス・バンド、じゃ」

「なんじゃ、そら！？」

「Pimple-Faced《ピンプルフェイスト》いうのは、『ニキビ面』、Octopus《オクトパス》は『蛸』、要するに『ニキビ面の蛸バンド』じゃの」

岡下は怒った。そら怒るわい。

「そななこと言うんなら、わし、やめるきんの！」彼は半べそをかきそうになっている。

ぼくは笑いたいのをこらえて岡下をなだめ、富士男を叱った。

「お前、もっとまじめに考えや」

「わるい、わるい」と、富士男は謝った。「しかし、岡下も、これぐらいのことで怒るなや。まんざらいわれがないわけでもあるまいに」

今まで提案しなかった白井がここで口を開いた。

「あのなぁ、こんなんはどうじゃろ？」

「考えてきとんなら、はよ言わんきゃ（早く言いなさいよ）」と富士男。

「ロッキング・ホースメン、いうんじゃけどの」と、白井は小さな声で言った。

「どういう意味や?」とぼくは尋ねた。

「ロック気違いの馬男」と富士男。

「ちがう、ちがう。Rocking《ロッキング》いうのは富士男の言う通りロックにひっかけとんじゃけど、Horsemen《ホースメン》は騎馬の兵士、つまり騎兵じゃの。合わせて、まあ、『ロックをやる騎兵たち』ちゅうことになる。それに、Rocking Horse《ロッキング・ホース》は子供の乗る『揺り木馬』じゃからの、一種の洒落にもなっとるわけじゃ。ちょっと愛敬もある、思うし……」白井は恥ずかしそうに説明した。

「それがええ!」と、他の三人は期せずして同時に叫んだ。「ええでないか! ごっつうええ名前ではないか!」

かくして我々のバンド名は、「ロッキング・ホースメン(The Rocking Horsemen)」となった。

そして、それから三十分かけて「ああじゃ、こうじゃ」言いながらギターとベースのチューニングをしたあと、各人パート練習を終えていることになっている《パイプライン》を演奏し始めた。


デンデケデケデケデケデケ……!!


かくして、実に有史以来初めて、財田川の上流の、今にも消えてなくなりそうな静かな村に、ラジオでもレコードでもない、本物の電気ギターの音が誇らしげに轟きわたったのである。

しかし……。

最初の「デンデケデケデケ」は申し分なかったが、その後《あと》は正直言ってひどいものだった。あんまりひどいのでその様子は書かない。おまけに、母屋で昼寝をしていた富士男の病弱の親父が、わざわざ起き出して文句を言いにきた。

「お前ら、ええかげんにせえ！」

ええかげんにせえったって、今始めたばかりである。それに、どんなバンドだって最初からうまくいくはずはないのだ。

親父がぶつぶつ言いながら帰っていった後、しかたなくぼくらはアンプのボリュームをしぼり、ドラムにタオル、シンバルにハンカチをかけて、くり返し、くり返し《パイプライン》のイントロの出だしを練習した。

出だしだけでもぼくらはうれしかった。ぼくらはただの高校生ではない、「ロッキング・ホースメン」なのだ。


という次第で、ロッキング・ホースメンがレパートリーに入れんとして最初に取り上げた記念すべき曲は、ベンチャーズの《パイプライン》だったのであるが、バンド全体としてこの曲をマスターしたと胸を張って言えるようになったのは、それから二ヶ月も後のことだった。白井は苦もなくリード・ギターのパートを弾きこなしていたが、他の三人はそろって初心者もいいとこだったから、あれだけ手間どったのも無理なかろうと思う。

その二ヶ月の間、《パイプライン》ばっかりやっていたかと言えば、なんぼなんでもそれはない。ある程度恰好がついてきたところで、次の曲を練習し始めるというやり方をした。その次の曲とは、アストロノーツの《Movin'《太陽の彼方に》》だった。なぜこの曲を選んだかと言えば、比較的演奏が容易だと思われたからで、また事実そうだった。ギター・アンプのリバーブ（残響効果）のツマミを最大にひねってこれをやると、それはそれは気色がよい。この曲も、何度やっても飽きなかった。

さて、その次は、またまたベンチャーズに戻って、名曲《ウォーク・ドント・ラン》をやり、その別のバージョンである《ウォーク・ドント・ラン・'64》をやった。当時は後者のアレンジの方がかっこいいとみな思ったので、やがて《'64》の方ばかりやるようになった。

その次に取り上げたのは、やはりベンチャーズの《Lullaby Of The Leaves《木の葉の子守り歌》》と、《Diamond Head《ダイヤモンド・ヘッド》》、そして、《Pedal Pusher《ペダル・プッシャー》》、《Penetration《ペネトレーション》》、《Yellow Jacket《イエロー・ジャケット》》、等々。

こんな風に、もっぱらベンチャーズのインストルメンタル・ナンバーを中心に、比較的易しそうな曲から次々に練習していったわけだ。《パイプライン》は二ヶ月もかかったが、次第にみんなの腕も上がってきたので、他の曲はそれほど時間がかかることはなかった。そして、一年もたったころには、ロッキング・ホースメンのインストルメンタル・ナンバーのレパートリーはおそらく三十はゆうに超えていたと思う。

レパートリーに入れた曲はみなぼくは好きだったし、今でも好きだが、きりがないから特に印象に残っているものだけ、次に列挙しておく。

・ベンチャーズ

《A Slaughter On 10th Avenue《十番街の殺人》》（次々に転調する意外とむずかしい曲だが、特にイントロの部分がスリリングだ。）

《Dark Eyes《黒い瞳》》（もとは有名なロシア民謡だが、ベンチャーズのアレンジが素晴らしい。）

《Bumble Bee Twist《バンブル・ビー・ツイスト》》（もとはリムスキー・コンサコフの《熊ん蜂の飛行》らしい。ジャズメンも取り上げているそうな。このベンチャーズのアレンジもシンプルだが実に気が利いている。）
《Surf Rider《サーフ・ライダー》》（とてもきれいなスロー・チューン。今でもこれを聞くと、ちょっともの悲しい、うっとりした気分になる。）
《ドライビング・ギター》（初めて会ったとき、白井が弾いて聞かせてくれた曲。めっぽうかっこよくて威勢のいい曲だ。これは、白井に教わってぼくがリード・ギターを弾いた。とてもむずかしかったが、弾いていてこんなに気分のいい曲はたんとない。）

また、ベンチャーズ以外の曲として、

・サウンズ
《Mandshurian Beat《さすらいのギター》》（後にベンチャーズも取り上げ、我が日本の小山ルミも歌詞をつけて歌った。いかにも「ヨーロッパ・エレキ」という感じのところが、いい。）

・スプートニクス
《Karelia《霧のカレリア》》（途中であのロシア民謡の《トロイカ》のメロディーが入るのが最初は気にくわなかったが、なんと言っても、レコードの、ボー・ウィンバーグのギターの音色の美しさに参った。最初のころのぼくらの装備ではついにあの音は出せなかったが、その分はイマジネーションで補った。時に、これは余談だが、ギターの音色の美しさということなら、後に聞いた我が国のパープル・シャドーズの《小さなスナック》のギターもなかなかのもんである。歌自体は、勉強もせんでスナック遊びばーっかしやっとる軟派大学生の歌みたいで、いやらしいけど（また、そこがちょいといいと言えばいいのだけど、）エコーをきかせたあのえっちなギターにはしびれた。そして、もっともっと後に聞いたダイアー・ストレーツの《Sultans Of Swing《悲しきサルタン》》のギターの音色も、これらの「クリアー・エコー・トーン」の系列に属する、なんとも気色のいいものだ。最初聞いたときは、そんなあほなことあるわけないとは思いつつも、ボブ・ディランがスプートニクスかパープル・シャドーズに入ったのかと思ったものである。そして、これは余談の余談だが、ディラン自身もこのギターがいたく気に入ったらしく、ダイアー・ストレーツのギタリスト、マーク・ノップラーの協力を得て、《Slow Train Coming《スロー・トレイン・カミング》》というアルバムを録音している。）

　それから、まことに恐縮ながら、またベンチャーズの話に戻るが、あの《Caravan《キャラバン》》《Wipe Out《ワイプ・アウト》》にはかなり苦労した。《キャラバン》は、ボブ・ボーグルではなしにノーキー・エドワーズがリードギターを弾いている方を採り上げたが、何と言っても、難曲中の難曲で、リードギターとドラムがえらくしんどい曲である。

《ワイプ・アウト》については、サファリーズのオリジナル版《バージョン》とベンチャーズのスタジオ録音及び六五年の日本公演でのライブ録音という、合計三種類のレコードを白井は持っていたが、ぼくらはベンチャーズのライブ・バージョンをコピーすることにした。この中で聞かれるノーキー・エドワーズのリードギターのアドリブ・プレーは、陽光を浴びてイルカの群れが青い海原を跳びはねているような、それはそれはファンタスティックなもので、白井はそれを苦労してほぼ完璧にコピーした。仲間ながら、ごっつい（すごい）やっちゃ、と思う。ただし、この《キャラバン》と《ワイプ・アウト》が完成したのは、バンドを始めて一年半ほども経ったころ、つまり、ぼくたちが高校三年生になってからのことだった。

　とまあ、いろいろインストルメンタル・ナンバーをやってきたロッキング・ホースメンだが、このままでいけば、いわゆる「エレキ・バンド」ということで、やがては寺内タケシとブルー・ジーンズみたいになって、《レッツゴー運命》や、《津軽じょんがら節》なんぞをやるようになっていたかもしれない。

しかしながら、（《レッツゴー運命》はともかく、《津軽じょんがら節》は、確かにある種の頂点を極めており、一種の名曲と呼ぶにやぶさかではないけれども、）ぼくらはそういう風な曲をやるバンドにはならなかった。よい、わるいではない、とにかく、いわゆる「エレキ・バンド」として成長し続けるのではなくて、「インストルメンタル・ボーカル・グループ」へと成長していったのである。

その理由としては、まず何よりも、白井と富士男とぼくが、みな歌つきのロックが大好きだった、ということがある。なぜ岡下をはずしたかと言えば、彼は音楽なら何でも好きで、太鼓さえ叩けるんなら、エレキもんでも、歌つきロックでも、歌謡曲でも、《八木節》でも、《ツァラトストラはかく語りき》でも、ドーンとこい、というような、徹底した音楽博愛主義だったからで、特に歌つきロックが好き、というのではなかったからである。

そんなわけでぼくらは、やがては是非歌もんをやろうと考えていた。ただ楽器を扱うのに四苦八苦しているうちは到底無理なので、はじめのうちはインストもんをいっぱいやって、早く楽器に慣れよう、ということにしていたのだった。だが、これはベンチャーズを単なる練習台にしたということではない。ベンチャーズもぼくらは大好きだったから、ちょうど具合がよかった、てなもんである。だからベンチャーズの演奏をコピーすることは、あくまでもそれ自体が目的である、と同時に、結果的に、次なる目的を達成するための手段にもなった、ということなのだ。そして、実際、ベンチャーズをたっぷりやったことは、バンドにとってとてもいいことだった。ロッキング・ホースメンは、実に正確に、そして几帳面に演奏するロック・グループになったからである。もしぼくらが、適当にコードを覚えただけでジャンジャカ、ジャンジャカと伴奏しながら歌を歌っていたとしたら、そうはなってなかったろうと思う。

さて、いずれは歌もんをやるとは心に期していたが、その意欲の罐《かま》に石炭を、いや、ガソリンを放り込まれたような経験をぼくたちはした。その直後からぼくは、それまでは所詮鼻歌程度でしかなかった歌のけいこを、親や近所の人たちがあきれるほど熱心にやるようになった。最初は自分の音域の狭さ、声量のなさを思い知ってがっくりきたが、気を取り直して練習を続けた。あの根気と熱意はどこから出てきたのだろうか？　月並みな文句だが、あれが若さというものだったんだろうか？

さて、その経験とは何かと言えば、ビートルズを観たことである。ビートルズの、待ちに待ちに待ちに待った初の主演映画、《A Hard Day's Night《ビートルズがやって来るヤァ!ヤァ!ヤァ!》》が、ついに、ようやく（ぼくらの言葉で言えば「ようやっと」）ぼくらの町にやって来たのだ、やあ、やあ、やあ！

（「待ちに……待った」、と言ったけど、これは誇張でも何でもない。なにしろ、この映画は東京などでは一年も前に公開されており、次作の《Help!《4人はアイドル》》の主題歌がすでにヒットパレードの一位になっていたのである。鄙《ひな》にてある悲しさとぞ言ふべき。）

一九六五年のお盆の八月十五日より、《ヤア！　ヤア！　ヤア！》は観音寺の新映館改めOS劇場に於て、《007, From Russia With Love《007／危機一発》》と併映の形で公開された。そして、言うまでもなく、我々ロッキング・ホースメンは、その初日、朝早くから待ち合わせをして、劇場の切符売場に並んだのであった、やあ、やあ、やあ！

ところで、なんちゅういい加減な取り合わせだろうと思う方もいるかもしれないが、よく考えてみ

れば そうでもない。ともに一九六〇年代の英国が、世界に誇るヒット商品ではないか。

　これは青春音楽物語だからジェームズ・ボンドの映画については詳しい論評の限りではないが、実を言うと、これもなかなかよかった。ぼくは前作の《007 Dr. No》《007は殺しの番号》を見のがしていたので、これがボンド映画の初体験だった。いや、あのころのショーン・コネリーは、細身で、悪そうで、いやらしそうで、まあ実によかった。全編に漂う強烈な色気も、ロジャー・ムーアがボンドになった、漫画のようなシリーズなど（まあ、それはそれで楽しさもあるけれど）、とうてい足もとにも及ばない。高校生の男の子にとっては、まさにたまらない映画だった。

　また、その音楽もよかった。マット・モンローの歌う《From Russia With Love》《ロシアより愛をこめて》は、いまだにぼくの愛唱歌である。それよりいいのが、インストゥルメンタルの《ジェームズ・ボンドのテーマ》で、ちなみに、ロッキング・ホースメンは、電気ギターの低音弦がビンビンうなる、この知らぬ人のない名曲を、後にレパートリーに入れた。なにしろカッコいい。

　ついでに言っておけば、河野基比古氏が、スパイ映画とエレキ・ギターはよく合う、というようなことを「スクリーン」という雑誌に書いていたが（一九六六年・一月号）、確かにその通りで、電気ギターの鳴り響くスパイ映画を観ながら、するめのフライを食べるのはまさに至上の歓びである。そんなだからぼくらは後に、トム・アダムズ主演の《Licenced To Kill》《殺しの免許証》という映画のテーマ曲も、レコードからコピーしてレパートリーに加えた。（トム・アダムズ演じるチャールズ・バインは、ジェームズ・ボンドの同僚というちゃっかりした設定である。）

　そして、映画の主題曲ではないけれど、ジョニー・リバースの《Secret Agent Man》《秘密諜報員》も、インストルメンタル、ボーカル、二通りのバージョンでレパートリーに入れた。この曲のイントロも素晴らしい。ごく簡単なことしかやってないんだけど。
　ボンドの映画に戻る。ショーン・コネリーのヘアー・スタイルも、またぼくたちは気に入った。（富士男を除いて。）あの、額の両脇がぐいと後方に切れ込んでいる恰好の生え際で、どういうわけか、ぼくはいつも電気ギターの胴の切れ込み《カッタウェイ》を思い出すのである。（図①―A、B参照）
　そのことをぼくが言ったことがきっかけで、ぼくたちはああいう型のはげ方を、「ボンドはげ」、あるいは、「エレキはげ」と呼ぶようになり、どうせはげなきゃならんとしたら、その逆の切れ込みの、「逆ボンドはげ」、あるいは「生ギターはげ」にはなりませんようにと、祈ったものである。（図②―A、B参照）
（ところで、ショーン・コネリーがかつらを愛用していることは今や周知の事実だが、それはいつごろからのことなのだろう？　もしかして、《殺しの番号》や《危機一発》当時からかつらをつけていたのだろうか？　実は彼自身、逆ボンドはげだったのだろうか？）

図①―A

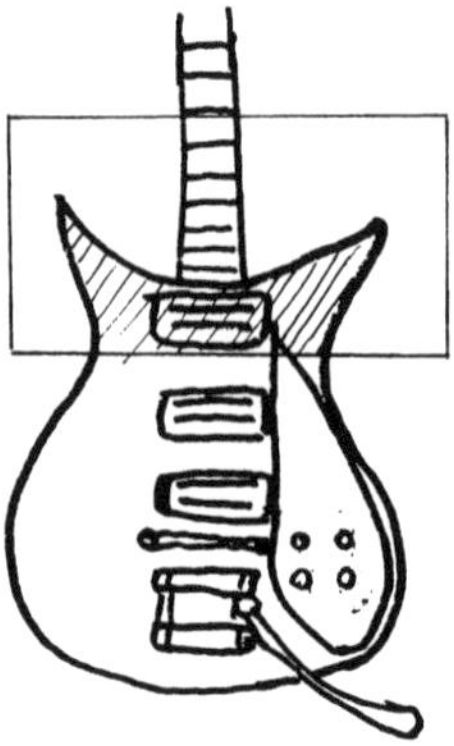
図①―B

図②―A

図②―B

というようなわけで、この《007／危機一発》という映画は大いにぼくたちの気に入った。とくにぼくが気に入って、結局続けさまに五回観たが、全然飽きなかった。

ロシアの女スパイを演ずるダニエラ・ビアンキの、なんと美しかったことよ！　あの、のたあっとした色気の、なんと強烈だったことよ！　あのベリー・ダンサーの、伏し目がちの流し目の……いや、これくらいにしておこう。

だけど、一時期に五回も観たのは、この映画の素晴らしさのためばかりではない。言うまでもなく、併映《カプリング》の相手が《ヤア！　ヤア！　ヤア！》だったからである。

それまでに発売されていたビートルズの曲は全部知っていた。白井も富士男もビートルズのＬＰは全て（と言っても、当時はこの《ヤア！　ヤア！　ヤア！》を含めて四枚）持っていたので、ぼくは彼等の家に行くたびに、大人が見りゃあきれるほど、くり返しくり返し聞かせてもらっていた。しかし、大きな白黒の画面で飛びはねる彼等、喋る彼等、演奏する彼等の姿は、ほんとに格別で、みなさんは笑うかもしれないけれど、写真でしか観たことのないぼくにとっては、もう神々しいとさえ言えるものだった。ビートルズの持ち歌をもじって言えば、「They really got a hold on me.（あいつらはほんまにがちっとわしをつかまえてしもた）」ということである。

富士男には悪いたとえだが、坊主憎けりゃ袈裟まで憎い、の逆の、坊主可愛けりゃ袈裟まで可愛、というわけで、彼等の髪形はもとより、細身のスーツも、ジップアップ式のヒールの高い黒皮のブーツも、レノンの被っていたハンチングみたいな恰好の変な帽子も、なにもかもが素敵に見えた。なんとか手に入れたいものだと思った。

思春期の少年のヒステリーと、言わば言え、である。ビートルズのステージを観て泣き叫ぶ少女たちの姿が画面に大写しになったが、その気持はぼくにもよくわかった。これまでの人生であんなに感動したことは他にない。

ベンチャーズの「デンデケデケデケ……」は最初の大きな衝撃だった。《ヤア！ ヤア！ ヤア！》は、第二の、だが最初のを上回るすさまじい衝撃だったのである。

この日は結局飯も食わずに「ビートルズ」、「ボンド」をそれぞれ二回通り観た。そして映画館を出たとき、ぼくには世界が一変しているように思われた。この世には、至る所に目に見えぬエネルギーのうねりがあって、それを摑むことのできる人は、それを材料にしていろんなものを創り出すのである。若人には無限の可能性がある、という使い古されたうさん臭い文句が、本当にリアリティーを持ってぼくに迫ってきた。

そんなものはみな、思春期の少年の、熱にうかされ、回路がぷすぷすショートした脳味噌の紡ぎ出す幻影だと、そう片づける人もいようが、譲って仮にそうだとしても、遠い遠い英国で撮られた映画に、東アジアの端っこの、島国の、ちっぽけな田舎町の少年をそのような状態に放り込む力があった、ということは、もう奇蹟とさえ呼んでいいことではあるまいか？

　くどいようだが、ぼくは前からビートルズが好きだった。しかし、この映画を観てからは、溺愛するようになった。そして、彼等の曲の素晴らしさを、初めて本当に認識できるようになった気がした。目からうろこが落ちたと言うか、両の耳から大きな耳糞がぼこっと落っこちたと言うか、彼等の曲は、映画を観る前と後とでは、たしかに一変して聞こえたのである。

　おそらくぼくは、人生のうちで一番鋭敏にビートルズを感受し得る時期に、この映画を観たのだった。それ故に、そのことは、良かれ悪しかれ、どうにもこうにも、取り返しのつかない体験となったのである。


　クラスメートの、質屋の武田君のところで買った古いテープレコーダーで、ぼくは白井のうちで録音したビートルズの曲を繰り返し繰り返し聞き、何度も何度も後《あと》について歌った。ジョンもポールも音域が高いから、訓練されてないぼくの喉にはきつかったが、声がかすれて、しまいには出なくなるまで、テープについて歌った。

　親はどう思っていたろう？

　親がどう思おうと、ぼくは二階の自分の部屋の勉強机の上にテープレコーダーを据えて、くる日もくる日も歌った。《Please Please Me《プリーズ・プリーズ・ミー》》を。《Ask Me Why《アスク・ミー・ホワイ》》を。《Misery《ミズリー》》を。《It Won't Be Long《イット・ウォント・ビー・ロング》》を。《Please Mr. Postman《プリーズ・ミスター・ポストマン》》を。《Can't Buy Me Love《キャント・バイ・ミー・ラブ》》を。《I Should Have Known Better《恋する二人》》を。《If I Fell《恋におちたら》》を。《When I Get Home《家に帰れば》》を。《You Can't Do That《ユー・キャント・ドゥ・ザット》》を。《I'll Be Back《アイル・ビー・バック》》を。そして、「ボム……………………グヮ！」という不思議な効果音で始まる《アイ・フィール・ファイン》を。

8 I'm only human, but I'm willing to learn

（わしはただの人間じゃけど、学ぶ気はあるんで）

——*Elvis Presley*；《*Angel*》

日頃、母親に文句と苦情を言われながらも、ぼくが一所懸命にお歌のおけいこをしたおかげで、ついにロッキング・ホースメンはボーカル・ナンバーのレパートリーを持つに至った。いや、我が事ながらめでたい。冬休みを間近にひかえたある土曜日のことだった。

その記念すべきボーカルもん第一弾は、読者の皆さんはやや意外にお思いになるかもしれないが、ビートルズ・ナンバーではなくて、カントリー・ミュージックの古典、ハンク・ウィリアムズの《You're Cheatin' Heart《ユア・チーティン・ハート》》だった。ぼくのビートルズ・ナンバーの弾き語りを聞いた白井が、「ビートルズはまだ声がねれてないお前にはむずかしそうじゃ。コードも面倒《めんど》いんがあるし。まずは、易しい歌からやったらどやろ」と言って、本棚から《不滅のカントリー＆ウエスタン・ソング・ブック》という楽譜集を取り出し、この曲をぼくに勧めたのである。

ビートルズの歌は未《いま》だし、と言われたわけだから多少機嫌をそこねはしたものの、白井はぼくの音楽上の「お師匠《つしょ》さん」なので逆らうわけにもいかず、ぼくは最初にこの曲を取り上げることを承知した。

何がきっかけで白井がカントリー・ミュージックにまで関心を広げていたかはよく解らないけれども、とにかく、そのことはぼくにとって、そしてロッキング・ホースメンにとってとてもいいことだったと、後にぼくはそう悟って、白井の音楽における見識に改めて感じいった次第である。

と言うのは、ぼくの考えでは、ロックとカントリーは切っても切り離せない至極縁の深いジャンルだからで、そのことは、初期の偉大なロッカーたち、たとえばビル・ヘイリー、エルビス・プレスリー、カール・パーキンス、ジェリー・リー・ルイス、ワンダ・ジャクソン等がそろってカントリー畑の作物だった、ということと一つを取っても首肯し得ることと思う。彼等以外にも、カントリー・ミュージックを自分の音楽活動の土台にしているロック・アーチストは、それこそ枚挙にいとまがない。乱暴な言い方をすれば、ロックは、ブルースとカントリーの間に生まれたやんちゃ坊主なのである。(どちらがお父《とう》でどちらがお母《かあ》か、なんてことは知らない。)

したがって、ロックの道を追求する若い音楽家が、ブルースのみならず、カントリーをも学ぶのは大いに意義のあることに違いあるまい。ところが我が国のロック青年たちは、昔も今も、ブルースには興味を抱いたり、さらには尊宗の念さえ抱くのに、どうもカントリーには冷淡である。ぼくはこれを実に不思議なことと思い、まことに残念なことと思う。

この傾向は、ジミー・ヘンドリックスやエリック・クラプトンなどの、ブルースに通じた偉大なギタリストがリーダーシップをとった六〇年代の末ごろから、ますます顕著になり、もっぱらブルース的なヘビーさのみが積極的に取り入れられるようになった。

一方、ヘビーさを表面に押し出すことなく、シンプルさと軽快さとを重んじるのがカントリーの心意気である。ぼくはここに、このジャンルの成熟と洗練を見るのだが、我が国においてはそういうのはどうも少数派らしい。

だが、アメリカでは、このカントリーの良さを積極的に認めるロック・ミュージシャンはけっこういて、たとえば、ごく有名なところで、クリーデンス・クリアウォーター・リバイバル（通称ＣＣＲ）とか、ザ・バンド（出身はカナダ）、イーグルズなどがそれで、彼等の音楽は時代の趨勢としてのヘビーさを有していても、決してヘビーさに埋没することなく、（ちょっと矛盾したことを言うようだが、）シンプルな軽快さの要素を常に備えていたのである。

イギリスにも、アメリカのカントリー・ミュージックに興味を示すミュージシャンはたんといた。たとえば、あのビートルズも、かなりのカントリー・ファンに違いなく、《ヘルプ》というアルバムで、《Act Naturally《アクト・ナチュラリー》》という、カントリーの大御所、バック・オーエンズのテーマ曲みたいな曲を取り上げているし、それ以前でも、《Beatles For Sale《ビートルズ'65》》という名作アルバムのサウンドは、（カール・パーキンスの曲を二曲取り上げているということとも関りがあろうが、）カントリー風味《フレイバー》がたっぷりで、「アングローアメリカン・カントリー・ロック」と呼びたいようなものに仕上がっている。（また、評論家の木崎義二氏は、このアルバムの解説で、《I'm A Loser《アイム・ア・ルーザー》》におけるジョージのギター・プレイを「チェット・アトキンス《カントリー・ギターの神様》ばり」と評している。）

それ以後も彼等がしばしばカントリーのフレイバーを持つ曲を作っていることは、ビートルズ・ファンならまず知らぬ人はあるまい。（《What Goes On《消えた恋》》、《Rocky Raccoon《ロッキー・ラクーン》》、《Two Of Us《トゥ・オブ・アス》》、《Get《ゲット・》 Back《バック》》等々。）

いや、あの、ブルースを御飯とおかずにして育ったと言われているローリング・ストーンズさえ、カントリー・ミュージックには並々ならぬ興味を示していて、そのことは、彼等の《Sittin' On A Fence《シッティン・オン・ア・フェンス》》や、《High And Dry《ハイ・アンド・ドライ》》などを聞いてみれば納得できよう。さらに、そのものズバリ、《Country Honk《カントリー・ホンク》》というタイトルの曲や、その発展形態とおぼしき《Honky Tonk Women《ホンキー・トンク・ウイメン》》がある。（前者は、ジョニー・キャッシュと奥さんのジューン・カーターのデュエットの名曲、《Jackson《ジャクソン》》のパロディーだ、という説をどこかで読むか聞くかした覚えがあるが、さもありなん。また、『ローリング・ストーンズ大百科』という本で、著者の越谷政義氏は、《カントリー・ホンク》は「《Honky Tonk Women》のレコーディングの際に生まれた同曲のカントリー&ウェスタン版ともいえるパロディー・ナンバー」と書いているが、これまた、さもありなん。そして、彼等の《Sticky Fingers《スティッキー・フィンガーズ》》というアルバムには、《Dead Flowers《デッド・フラワーズ》》という、実にカントリー臭い曲があって、これは、越谷氏の本によれば、「アメリカのカントリー・ロック・バンド、ニュー・ライダーズ・オブ・パープル・セイジがカヴァーしている」そうである。なるほどなァ。）

また、面白いことに、あのブルース・ギターの達人、エリック・クラプトンが、一九七八年に出した《Backless《バックレス》》というアルバムで、《Tulsa Time《タルサ・タイム》》という素晴らしい曲をやっていて、これがもう丸っきりのカントリーなのである。新宿にあった『ウィッシュボン』というカントリーのライブハウスで、長谷川ひろしというギターも歌もうまいカントリー・シンガーがよくこの曲を演奏していた。

えらく話がそれてしまった。もとに戻そう。あのとき、おっしょさんの白井から《ユア・チーティン・ハート》を課題としていただいたぼくは、もちろん、カントリーとロックとの密接かつ重要な関係を意識していたわけではなかった。（おっしょさんの方はしてたんじゃないかと思う。）カントリー・ミュージックを、ぼくは当時の一般的な呼び方で「ウエスタン」と呼んでおり、当時流行しはじめたフォーク・ソングの親戚だろう、くらいにしか思ってなかった。横森農機でナットを締めながらカントリーの曲をいくつか覚えはしたが、ビートルズの映画を観た今となっては、「わしはロックをやりたいんで、フォークの親戚やかし（なんか）、いやじゃわ」と思い、おっしょさんに反抗したい気持もあった。

しかし、白井に、ハンク・ウィリアムズのLPをテープに取ってもらって、改めて家で聞いているうちにだんだんまた気に入ってきた。これなら、《ユア・チーティン・ハート》だけでなく、《コー・ライジャ》や、《Half As Much》《ハーフ・アズ・マッチ》や、《Cold Cold Heart》《コールド・コールド・ハート》などもやっていいなと思い、《ホンキー・トンク・ブルース》はぜひやりたいとさえ思うようになった。最初のうちは馬鹿げていると思った《ラブシック・ブルース》さえ、次第に好きになり、しまいには大変な名曲と思うようになった。これは、表声と裏声をひょいひょいとめまぐるしくスイッチさせて歌う、アクロバットみたいな歌で、ちょっと面白がってまねしていたら、下の部屋から母が大声でどなった。

「こらあ！　そななさかり猫みたいな声出したら、近所にふが悪い（みっともない）が！」

婦人にしてはいささかはしたない表現だが、母の言うことももっともだ。ぼくはとりあえず《ユア・チーティン・ハート》だけを練習することにした。

（ちなみに、ぼくが《ラブシック・ブルース》を一応歌いこなせるようになったのは、大学を出てからのことである。本当に素晴らしくて、むずかしい歌なのだ。カントリーの大歌手がいっぱい取り上げている。ぼくの聞いた限りでは、やはり、ハンク・ウィリアムズのものが一番よいが、グレン・キャンベルも見事に歌いこなしている。ただ、ちょっとシャープさに欠けるかな、という感じ。マール・ハガードは、ほとんどハンク・ウィリアムズのレベルに達している。声自体はマール・ハガードの方が魅力的かもしれない。

面白いのは、あの「ロックの王様」リトル・リチャードが《Rill Thing《リル・シング》》というアルバムでこの曲を取り上げていることで、典型的なリズム・アンド・ブルースのアレンジで歌っているのだが、これが実にいい出来なのだ。さすが「王様」である。）

またまた話がそれそうになったが、かくして我々ロッキング・ホースメンは初のボーカル・ナンバーとして、《ユア・チーティン・ハート》をレパートリーに加えたのであった。そしてこれは、我々にとって、たしかにめでたいことであった。たしかにめでたいことだったが、この世はめでたいことばかり起こるわけではない。ちょうど同じときに、ぼくにとってあまりめでたくないことが起こったのである。

その日は土曜日で、例によって浄泉寺で合同練習をやってようやく《ユア・チーティン・ハート》を完成させ、七時ごろ家に戻ってきた。がらがらと玄関の戸を開けると、とたんにカレーの匂いが鼻腔に飛び込んできた。ぼくはうれしくなった。いくつになっても、夕方くたびれて戻ってきたときに家中にカレーの匂いが漂っているのは、とてもいいものである。練習はうまくいったし、晩メシはカレー。杉浦茂の漫画の登場人物なら、「きょうはなんたるよき日ぞや」と言うところだ。

しかし、居間のふすまを開けたとたん、ムードが尋常でないことにぼくは気づいた。「おやおや」とぼくは思った。正月はまだまだ先なのに、妙にあらたまった雰囲気だ。あらたまった雰囲気は、いやな雰囲気である。いい年をして、まじめくさった顔の父と母が、お雛様みたいに並んで座卓の向こうに座っているのだ。

「竹良、ちょっとここへ座れ」というのが父の開口一番で、こういう言葉に続くのはどうせろくなことではない。思えば今日は父兄面談の日であった。

ぼくは観念してカバンを居間の入口に置き、あみだに被った帽子を脱いで両親の向かいにおかしこまり（正座）で座った。なぜ帽子があみだかといえば、ぼくの髪はすでに見事な（と思うのはぼくだけかもしれないが）マッシュルーム・カットになっていて、きちんと被ると窮屈だったからで、別にかるげにしとった（気取っていた）わけではない。

今日父兄面談があったのだから、話のむきはもちろん察しがついていた。

「前から言お、言おと思とったんじゃがな」と、母は切り出した。こういう時の母はなんだか山椒太夫の女版みたいな感じで、息子ながら本当にこわい。「そのお話は前から何度もうかがっておりますから、けっこうです」なんて口答えはとてもできない。

「何え？」ぼくは小さな声で一応とぼけてみた。

「何えっちゅうて、そら、決まっとらい。お前の日頃の生活態度じゃ」と母。「毎日毎日ギターばあーっかし弾いて、あほげな歌ばあーっかし歌《うと》てからに、そんでええと思とるんか、ええ、こら？」

「勉強もしとるけんどな」とぼく。満更うそでもない。ちょっとはやっとるのだ。

「ほんなら、この成績は何じゃい」母は四つ折りにしたワラ半紙をテーブルの上に広げた。実力テストの結果で、英・数・国三科目の総合得点順に、左側に一番から五十番まで、右側に五十一番から百番までの氏名を記してある。今日父兄面談で担任の臼田先生からもらってきたのだろう。学校もいやなことをする。明後日の月曜日には、この序列が、白い横長の紙に墨で書きぬかれて、職員室の入口のわきにある掲示板に貼り出されるはずである。（ちなみに、ぼくらの学年は十三クラスあったから、百番以内に入る者はほんの一部である。）

さて、どのくらい下がったのかなと思って右側の列に自分の名前を探してみたが、ない。まさかとは思ったけれど、一応念のためにあつかましながら上位五十人の名前のある左側を調べてみたが、ほんとにまさかあるわけがない。とうとう……である。（しかしながら富士男はまたもやトップだった。ふざけた奴である。）

「お前は入学したときは六十一番やった」と、陽気な母は（今にして思えば）わざとしんみりした調子で言う。「夏休み明けは八十八番、まあ、下がりはしたが、八十八は数がええから、と思とったら、このざまじゃ」

そう言えば、ぼくの住んでいる四国には、「八十八ヶ所」というのがある。

ここで父が口を開いた。

「自分では今回何番じゃ思うか？」

「さあ」とぼく。「百五十番ぐらい」

「なんのじゃい（とんでもない）」と母。「二百十三番ぞな」

「ほう！」我ながらちょっと驚いた。

「一気に幕下転落っちゅう恰好じゃの」と、父がなんだか愉快そうに言った。

父は相撲の番付けを連想したが、ぼくはビルボードや、キャッシュボックスのトップ・ハンドレッドを思い出した。そりゃぼくだって「赤マル急上昇」といきたいものだけど。

「お前は、ろくでもないバンドを作るときに、ぜったい成績は下がらん言うて約束したな？」と、母が攻め込んでくる。

もう時効じゃ、と言いたいが、ここは小さくなって、

「うん」と、殊勝さを装って返事する。ちょっとヘリコプターに追っかけ回されるジェームズ・ボンドになったような気分だ。

「約束破ったらギターと、あのうるさい箱を取んりゃげる（取り上げる）と言うてあったぞ。忘れとらせんじゃろな」と母。

「うるさい箱」とは、二、三度持ち帰ったことのあるアンプのことだが、あれは白井の兄ちゃんがぼくらに買ってくれたもの、ぼく一人の不始末で「取んりゃげ」られたのでは仲間に合わせる顔がない。かと言って、「ギターだけにしてくれ」とも言えない。今やギターはぼくにとって、アラジンのランプ、空飛ぶじゅうたんなのだ。

「ちょっと待ってつか」と、ぼくは意識的に半泣きの声で抗議した。「試験のときちょっと調子が悪かっただけじゃがな」

「ほう、『ちょっと調子が悪かっただけ』で急降下かい?」と、父。こんな風に、父はぼくが小さいころから、よくつまらん揚げ足を取ってからかう癖があった。

「言うとった通り、取んりゃげるきんな」と、母は順位表をたたみながら言った。（しかし、ぼくの名の載ってもいない順位表を、一体担任はどういうつもりで母に渡し、母はどういうつもりで受け取ったのだろう?）

「幕下に転落したら給金はなしじゃ。小遣いも召っしゃげ（召し上げ）じゃの」と父。

「ほんまに、この次はちゃんとやるきに」と、ぼくは懸命に頼んだ。「な、ほんまじゃ。それに順位表に入っとらん生徒の方がずっと多いんで。ぼくらの学年は六百人以上おるんじゃから」

「最初から入っとらんのなら、何ちゃ言わん（何も言わないワ）」と母。「入っとったのにずり落ちてしもたんが好かんのじゃ、わたしは」

「ずるけまーっとるから（なまけ放題だから）ずり落ちるんど」と父。

「そなんこと言わんと、もっぺんチャンスつか（下さい）。今度はほんまにしゃんしゃん（しっかり）とやるきん」と必死のぼく。

「いかん。取んりゃげる言うたら取んりゃげる」と母。

「小遣いも召っしゃげじゃ」と父。

「ほんまにやる。ぜったい猛勉強してまた番付けに入ってみせるきに」

「いかん」と母。

「召っしゃげじゃ」と父。

「なあ、頼まい（頼みます）、こらえてつか」ぼくは頭を下げた。

「どうしょうかな？」と母。

「どうしょうかの？」と父。

「悪うございました」ぼくはまた頭を下げた。下げながら、自分はそんなに悪いことをしたのかしら？　とふと思った。

「ほんなら、父ちゃんと母ちゃんの前で土下座しなさい」と母。「なあ？」

「おお、そうしてもらわんならん（もらわねばならない）」と父。

ギターを取り上げられてはたまらんから、ぼくは言われるままに土下座した。

しかし、成績が下がったからといって、息子に土下座させる親がどこにいるだろう？　土下座させたって何の得にもなりゃしまい。まして、実の息子である。担任の臼田先生に注意されて、「そういうことなら、いっちょここらでガッンとかましとこ」と、おそらく夫婦して適当に申し合わせてのことで、他意はないのだろうが、ぼくがわりと素直で根性無しの性格に育っていたからいいようなものの、息子によってはすねてぐれるようなことにならんとも限るまい。まあ、おそらくそこまでぼくの性格を見抜いていたからだとは思うが、妙なことを思いつく夫婦ではある。やっぱりうちの親はちと変わっているのかもしれんなあと、あらためて今思う。

そんなことがあったので、その晩は、普段は三皿半食べるカレー・ライスが、二皿しか食べられなかった。その分は明朝取り返そうとぼくは思った。カレーとは、その晩と翌朝の二度、それぞれにおいしい食べ物である。

夕食後、母は思いついて家の掃除を始めた。そりゃ、いつやってもいいようなもんだけど、ぼくの母は思いがけないときに掃除をやり出す癖がある。文句を言うとこちらがやらされるので、父とぼくは、ここあそこと座布団の位置を変えながら、『底抜け脱線ゲーム』とかいう、全然面白くないテレビを観ていた。地形の具合で民放が一局しか入らないから、サトウキビ生産農家の現状についてのNHKの報道番組を観るのでないなら、それを観るしかないのである。じゃあ、テレビを切って他のことをすれば、とお思いの向きもあろうが、どうやら父もぼくもそんな風には生まれついてないらしい。

「勉強について行けんのか?」と、大げさに転んでみせるコメディアンの姿に苦笑しながら、父は言った。

「いや」と、ぼくは言った。司会の金原《きんばら》アナウンサーの合図のラッパが鳴る。「授業は解るんじゃけど」

「ほんで試験になるとでけん(できない)のか?」

「うん」

「そらあたり前じゃ」

「うん」

「解ったと思とるだけでは点はとれん」

「うん」

「英語や社会だけでない、数学じゃって、理科じゃって、高校《こうこ》の勉強はなーんでも暗記科目ぞ」

「ほやろか?」

「ほーよ。解ってしもたらあとは暗記ぞ」

「ふーん。しんどいなぁ」

「ほんとに解っとんなら、暗記するんはそなん（そんなに）しんどいことないはずじゃ。しんどいんなら、解っとらんのじゃわ」

「ほやろか?」

「ほーよ」

父の言ったことは正しかったと思う。そのときも正しいと思ったが、理解したと思っていることと、点を稼ぐことが別であるのと同様、正しいと思うことことそれを実行することは別である。ぼくは一応父のアドバイスを気にとめながらも、相変らずなまけの虫にとりつかれたし、相変らず音楽に熱中しつづけた。だが、一応両親の恫喝的訓戒は多少の効果はあったようで、三学期の実力テストでは、ぼくは四十八位という自己ベストを記録して、再び十両入り——いや、五十位内で番付け表の左側の列なんだから、一気に入幕を果たした、と言ってよかろう。ビルボードのヒット・チャート風に言えば

「トップ・ハンドレッドの外から、ビッグ・ジャンプ・アップ！」というところだ。

しかし、それ以後は、百位内に入ったり、出たりをくり返した。どうやらそれがぼくなのだ。そして、ぼくはそれでよかった。ぼくにはロックがあったからだ。成績もひどくは落ちなかったから、両親もそれでよかったらしい。以後はあまり文句も言わず、（母がほんのときたま、「勉強せえよ」と挨拶のように言う程度）、再び土下座させられることもなかった。

思うに、ぼくの両親は、成績自体はどうでもよくて、年若くして一事に淫することの危険を、あるいは、いいかげんさ、だらしなさを、一応親のつとめとして注意しておいた、というだけのことだったのかもしれない。とにかく、彼等は、ぼくの成績がずるずると後退したことはとがめても、何としても十番以内に入れ、などという無茶は決して言わなかった。高校三年間、大した苦労もなしにトップグループに居座り続けた兄と比較されることもなかった。比較して多少なりとも気に病んだのはむしろ本人のぼくで、大学受験が間近に迫ったころ、兄に到底及ばぬ我が身の不甲斐なさを嘆いたぼくに、母は、

「歌はお前の方がずっとうまいがな」

と言って慰めてくれたのであった。

とまれ、その年の冬休みに、ぼくは郵便局で年賀状配達のアルバイトをして、マイクとマイク・アダプター（ギター・アンプにマイクをつないだときにノイズが出るのを防ぐ装置）を買おうと思っていたのだが、土下座までさせられたこともあり、自粛した。それで、なおしばらくの間は、電気ギターに負けないように必死で大声を張り上げ続けねばならなかった。

結局、マイクとアダプターは、春休みに岡下のところでアルバイトをして買った。（富士男もマイ

クを一本買った。）もう限界だった。声量はかなり豊かになったと思うけど、あれ以上マイクなしでやってたら、きっと喉をつぶしていたろう。

最初の一日か二日は、雑魚のすり身と、揚げ物油のにおいが、髪の毛といわず、服といわず、もう体全体にしみ込んで、胸が悪くなったけれど、使ってくれた岡下のおっ母さんはぼくの喉の恩人なのである。

Part II

1966 • 6—1967 • 12

1 Stop the music, before she breaks my heart in two

（音楽やめーっ、心臓が破裂してまうが）

——*Lenne & The Lee Kings* ;《*Stop The Music*》

ビートルズのヒット曲に《Hello Goodbye《ハロー・グッドバイ》》というのがある。負けじと我が国にも《ハロー・グッバイ》という歌があって、アグネス・チャンさんや、サヌキユウコ（漢字を知らん）さんや、柏原芳恵さんが歌っている。「柏原」は、本名では「カシワラ」と読み、親しい友人には「よしよし」という、なにやら太っ腹の政治家みたいな愛称で呼ばれているそうだが、それはどうでもよろしい。

とにかく、一九六六年の六月に、ぼくは「出会い《ハロー》」と「別れ《グッバイ》」を同時に経験した。この章ではそのことを書く。こちらの都合で「グッバイ」の方から書く。

今も昔も結婚式のスピーチはどうせ紋切型。新郎新婦を、まじめくさって正面からほめたり、けなすふりをしてほめたり、他愛のない旧悪を暴いてみたり、ちょっとえっちなことを混ぜて二人を恥ずかしがらせたりする。おめでたいことだからそれでいいのだろう。そもそもおめでたいという発想自体が、紋切型の発想なんだから、文句を言うことはない。おめでたくないんなら結婚することはないのだ。

しかしながら、そのおめでたい婚礼の席で、思いもかけぬ、めでたからざる事件をひき起こす人も広い世にはいて、たまたまそれが二年生になったぼくのクラス担任の寺内先生だった。先生は親戚の娘さんの結婚披露宴で急死したのである。

この先生のことは以前に少し触れた。大阪の外語大出の優秀な英語教師で、進駐軍関係のアルバイトをしたり、商社で働いたりした後、思うところあったのかなかったのか知らんが、とにかく教職に転じて、母校観音寺第一高等学校に奉職した。「仮定法いうのんはうそのことど」と、実に明解に益《ます》荒男《らお》ぶりの英語を教える先生で、好きか嫌いかと訊かれれば、大好きだったとぼくは答える。（いやしくもロックを志すものが、教師などを好きになるとは何たることだ！　と、あきれたり憤慨したりする向きもあろうが、好きになったんだからしょうがないじゃありませんか。それに、教師や学校を馬鹿にしたからといって、ギターや歌がうまくなるわけではない、とぼくは思う。おまけにぼくは教師の息子なのだ。）先生が好きだったから、以前から好きだった英語がいっそう好きになった。ついでにロックもやっていたから、さらに英語が好きになった。後にぼくは英語で歌を書くようになったけれども、（その歌詞《ワーズ》の出来不出来はともかく、）寺内先生と出会ってなかったらそういうことはやらなかったのではないか、とさえ思う。

先生は、家庭学習用にと、自分で文章を選んで註をつけた副読本を、希望の生徒に実費で配布した。百五十頁あまりのその本には、チャールズ・ラムのエッセイや、エドガー・アラン・ポウ、トマス・ハーディー、ジョン・スタインベック等の短編小説や、ラフカディオ・ハーンの《Kwaidan《怪談》》の、《Oshidori《おしどり》》という悲しい話が収録されていた。自主的家庭学習のための補助教材だから、べつに読まなくたって叱られやしないのだが、ぼくは丹念に辞書を引いて読んだ。解らないところは職員室に質問に行った。たしか、関係形容詞というものを、実にていねいに教えてもらった記憶がある。
結局その本は三分の二くらいしか読まなかったけれど、読んだ中では、ポウの《Hop-Frog《ホップ・フロッグ》》という話が一番印象に残った。いかにもポウらしい復讐譚で、ホップ・フロッグと呼ばれる侏儒の宮廷道化師が、王様と七人の大臣を束にして焼き殺すという奇怪な物語に、ぼくはすっかり魅了された。こんな話を思いつくポウという人間が実に興味深く思えた。そしてこれがきっかけで、ぼくは学校の図書室からポウの作品集を借り出して（これは翻訳で）次々に読んだ。（――と、こう今書きながら、《The Unparalleled Adventure Of One Hans Pfaall《ハンス・プファアルの無類の冒険》》を無性に読み返したくなった。）
とにかく、ぼくは寺内先生が好きになり、その人のおかげでポウが好きになり、先生が亡くなって二年くらいして、《ホップ・フロッグ》に登場するやはり侏儒の美少女の名をタイトルにして、《Trippetta《トリペッタ》》という稚拙な歌を書いた。「トリペッタ」という変な名は、「三本足」という意味になるんだそうだ。

Trippetta, I love you,
Trippetta, I miss you,
Tell me for whom you're dancing on?

…………………

トリペッタよ、好きじゃ
トリペッタよ、お前の顔が見たい

誰に見せろとてお前は踊《おど》っりょるのい？

…………………

それから、進駐軍関係のアルバイトをしていたからだろうか、先生は、たしか《一〇〇一ポピュラー・ソング集》とかいう、英語の歌がぎっしりつまった楽譜集を持っていて、それをポンと気前よくぼくにくれたのだった。ポウの文章について質問に行った日のことで、そのあと先生とぼくは勉強を離れて雑談をしていた。趣味はと訊かれて、ぼくは、外国のポピュラー・ソングに夢中なのだと答えた。

「お前、英語の歌が好きなんなら、これやるわ」

先生《せんせ》はそう言って、机上の本立ての中から表紙のとれた古びた冊子を抜き出し、ぼくの目の前に突き出した。

「えー」と、ぼくは岡下のような声を出した。「ええんですか、もろても？」

「やるっちゅんじゃから（やると言うのだから）、もろとかよかろ。わしも人からもろた。どうせわしは譜面が読めんしの、もう日本の歌の方がようなった」

とすれば、この寺内先生、英語の歌を歌うことが若い頃にはあったらしい。

「先生《せんせ》がこういうの好きなとは思わなんだです」

「日本以外の国のもんが何でもよう見えた時期が、わしにもあったんじゃ」

「今は？」

「じゃから、今は《You Are My Sunshine《ユー・アー・マイ・サンシャイン》》よりも《長崎の女《ひと》》の方がええ」

「先生、《長崎の女》歌えるん!?」

「おお、ものすごうまいど」

という会話をしたのが六月四日のことで、なんではっきり日付を覚えているかと言えば、この日が「虫歯予防デー」にあたっており、その日の朝のホーム・ルームの時間に先生が自分の口をあけて入歯を取ってみせ、

「ええか、こじゃんと歯ぁ磨っきょらんとこうなって、こんこ（沢庵）も噛めんようになるんど」

と、聞きとりにくい発音で言ってクラス中を大笑いさせたのが強く印象に残っているからである。

そして、その二、三日後の六月六日だか、七日に、先生は問題の結婚式にでかけて行った。物をもらった日を覚えていて、命日をちゃんと覚えていないというのも失敬な話だけど、六日だろうが七日だろうが、先生が死んだことにまちがいはなく、亡くなった翌朝学校でそのことを知って、ぼくは一日飯が食えなかった。飯を食わないで、表紙のとれた楽譜集を、ぺらぺら、ぺらぺらめくっていた。

翌日の告別式には、校長を始めとする教職員と、生徒会役員、そして、寺内先生が担任していたぼくのクラス全員が参列した。

わやくそに暑い日だった。校庭の樟《くす》の木には、入梅前だというのに、蝉の大群がやってきていて、シャイシャイ、シャイシャイ、一斉に紙やすりをかけるような声で、絶え間なく鳴き続けていた。もう六月だから夏服に変わっていた時期だが、ぼくらのクラスは申し合わせて黒の制服を着こんでいた。

そしてぼくの体調は最悪だった。汚い話だけど、前日は何も食べてないのにその日は朝からひどい下痢が続き、熱もあったのか、背中と額にだらだら汗をかきながらも、ぞくぞく寒気がした。あの汗の何割かは冷や汗だったのだろう。

黒縁の額に入った先生の顔は楽しそうに笑っていた。

帰る道々、ぼくはまた同じクラスになった合田富士男から、先生の急死のありさまを聞いた。

「ああ見えてもともと心臓は弱かったらしいど」と富士男は言った。「酒も飲み過ぎんようにと、医者に注意されとったらしいけどな」

「お前はなんでそななことまで知っとるのい?」と、ぼくは尋ねた。

「先生《せんせ》の嫁はんは親父のまたいとこの子ぉよ。流岡《なかんりよか》（地名。本来は「ながれおか」と読むのだそうだが、大抵の人はルビの如く読む。）の出《で》ぇじゃ」

先生の嫁はんが流岡の出だということはどうでもよいが、富士男の遠縁にあたると知ってちょっと驚いた。事件は必ず富士男と何らかのつながりのあるところで起こるのだろうか。

「ほんでの」と、富士男は淡々と続けた。「先生が出席した結婚式いうのんが、先生の嫁はんの兄《あに》さんの子ぉの結婚式よ」

「つまり、先生の甥か?」と、ぼくは会話の流れに流されて、別に知りたくもないことを尋ねている。妙な気分だ。

「いや、姪じゃ」と富士男は答える。

「それで、酒を飲み過ぎた、と?」

「おう。一升近く飲んだげなわ。おまけに前の晩に徹夜で『メン・ブー・ツー』をやっとったらしい」

「何じゃ、それは?」

「『メン』は『門前清《メンゼンチン》』、『ブー』は『伏《ふ》せ』、つまり『立直《リーチ》』のこと、『ツー』は『自模《ツモ》』じゃ」

「やっぱり解らん」

「つまり、麻雀よ。三人打ちの」

(後で知ったことだが、観音寺では麻雀はむしろ三人打ちの方が盛んである。)

「お前、麻雀できるんか⁉」ぼくは驚いて尋ねた。

「そのぐらいできんと、檀家とのつっきゃい(付合い)ができんきにの」と、涼しい顔で富士男は答えた。

「ふーん」頭がぼーっとしてきた。

「ほんでの」と富士男。「先生はその上に、踊りも踊ったんよ」

当節、婚礼はみな椅子席の結婚式場で行われるが、あのころはまだ自宅の座敷や、旅館の広間でやるのが一般的で、それだと時間は長いし、酒は際限なく出てくるし、やがては三味線も鳴る、歌も出る、踊りも出る。ひっくり返ってぐうぐう寝込む者も決して珍しくはない。

「徹夜で麻雀して、一升酒飲んで踊ったんか?」ぼくはもうろうとしてきた頭で訊き直した。

「回りの者《もん》におだてられたらしいが、先生自身も嫌いやなかったきにの」

「………」

「『よーし』と答えて席を立った。べろべろに酔うとるから、気も大きなっとったんじゃろ。『いや、今日はやめとかい』とでも言やあえのに、『よーし』ちゅうて、二、三回転びながら座の真中に出た。『よーし、死ぬ気で踊るど』っちゅうてな」

「ほんまか?」

「何が?」

「『死ぬ気で踊る』っちゅうたこと」

「ほんまじゃ。しかし、そら（それは）冗談のつもりじゃったんじゃろけどな」

「ほれで？」

「ほれで歌いながら自分で踊ったそうじゃ」

「歌いながら？」

「おお」

「ひょっとして、《長崎の女》か？」とぼくは尋ねた。

「いーや、なんでも、神戸《かんべ》一郎の《銀座九丁目水の上》だったらしいわ」

「へーえ！」

「えらい流行遅れの歌じゃ。しかし、お前も妙なことに興味を持つの」

「うん」と答えて、ふと《長崎の女》でなくてよかった、とぼくは思った。なんでそう思ったのか解らない。《長崎の女》でなくてどうよかったというのだろう？

「それから」と富士男は続けた。「途中で『暑い、暑い』言い出してしゃがみ込んだ。『暑うて息がでけん』と、変にきっぱりと怒ったように言うたのが最後の言葉で、あわてて医者を呼んだが、医者が来たころはもうとうに心臓はとまっとった。あまり苦しまなんだのがせめてもの救いかの」

　その晩、ぼくは夜中に突然目がさめて、目がさめたと気づくと同時に涙があふれ出して両方の耳の穴に流れ込んだ。耳の穴に入るまでの涙は温かく、入ると急に冷たくなった。なんで泣くのか、寝ぼけた頭では最初のうち判らなかったが、このぬくさ、ひやこさの感覚は幼い日のおもらしを思い起こさせ、すると、なんで泣いているのかがすうと腑に落ちた。涙はパッキンのちびた蛇口から水が洩れるように、しばらく出つづけていたが、いつの間にか泣き寝入りに眠ったようだ。泣き寝入りなんて何年ぶりのことだったろう。

副担任だった世界史の岩田峰男先生が代わってぼくらのクラス担任になった。一時期同じ学校に勤めていたことのある父から後に聞いたところでは、この人はパチンコをするのに、一つ玉を打ってはその行く末を見届けて「ああ!」と小さく嘆息するまでは、決して次の玉を打たず、また、自分で育てたナスやキウリを売るなどして細々《ほそぼそ》と貯めたヘソクリが嫁はんにバレてえらい目にあったこともある、というような人だったが、この新しい人事、ぼくには別に異存などなかった。

穴のあいた英語の授業については、すでに退職して久しい小川民吉《たみきち》というおじいちゃん先生がピンチヒッターとしてやってきた。この人は昔女学校でぼくの母を教えたことのある人で、授業中だろうが何だろうが、何かというと、

「あんたのお母さんはなぁ、そらもう、よう英語ができたんぞな」

と、目を細めて懐かしそうに言うのでいささか閉口したけれど、この措置についてもやはり異存はない。異存どころか、実に立派な先生で、その授業の丁寧さには舌を巻いた。たとえば、生徒がする間の抜けた質問など適当にあしらえばいいものを、熱心に詳しく説明するだけではなくて、

「と、まあ、一応こいことじゃきど(一応こういうことですが)、念のために明日までに調べてくるきにな」

と言って、自宅であの重たいウェブスターの辞書を繰る人なのだった。身体が小さいので(ひょっとするとウェブスターより目方が軽かったかもしれん)、女学校では「まめさん」とか、「まめちゃん」とか呼ばれていたと母は言うが、あるいはこの渾名、案外その「まめ」な性分を指してつけられ

たものだったのかもしれない。

とまれ、小川のまめさんは、氷屋さんが使うような大きく頑丈な自転車に打ちまたがり、小学生の「前へならえ」の腕の形でハンドルを握り、柔和な笑みを満面にたたえて、ペダルをけりけり出勤した。(ペダルをふむではなしにけると言ったのは、ペダルが下の方に行ったときは足が届かず、ぐるっと回って上がってきたときにやっと足が届くからで、それはまさにふむというよりけるという風情だったからである。)あぶなっかしいといえばあぶなっかしいが、穏やかな威厳に満ちてもいた。

だから、(何べんも言うようだが、)この人事についてもまたぼくには何の異存もなかった。——しかしながら、その何の異存もないということに、つまり、寺内先生の抜けた穴が、それなりにちゃんと埋《う》まるということに、なんかやりきれない思いを味わったのである。

そして、やがて夏休みになり、夏休みが明けて新学期になると、もう誰も寺内先生のことを話題にしなくなった。

ぼくの頭の中でも、寺内先生のイメージは急速に薄らいでいった。ただ、ぼくは例の楽譜集を持っているから、それを見ると否応なく思い出してしまう。そして思い出すと、それまで忘れていたわけだから、すまないような気持になる。同時に、先生の死に方に対して、あらためて腹立ちを覚えたりする。文字通り、『Dance Macabra《死の舞踏》』だ。あんな死に方あるものか、と。

しかし、これを書いている現在のぼくには、(当り前のことだろうが)、もう腹立ちはない。いや、あれはいい死に方だったと考えてはいけないだろうか、などとさえ考えている。あんな死に方があるものか、などと、どうして赤の他人に思う権利があるか。生まれ方同様、死に方だってまず当人の思い通りにはなるまい。他人があれこれ評すべきものではあるまい。事実は事実なのだ。だったら、

「いい」と思えばいいではないか。「ひどい」と思ったのでは、当人や家族はなおのこと無念ではないか。

そうだ、あれはいい死に方だったのだと、赤の他人のぼくは、先生が大好きだったぼくは、そのように非論理的に考えることにする。

次は出会い《ハロー》。

青春期は生涯の友とめぐり会う時期だ、というのもしょっちゅう耳にする紋切型だが、平均寿命から言えばまだ生涯の半ばなので生涯もんの友なのかどうか判らないけど、確かに高校時代、ぼくには貴重な友人が何人かできた。特に親しかったのは、言うまでもなくロッキング・ホースメンのメンバーであるが、二年生になってまもなく、また一人、得がたい友人ができた。

彼は谷口静夫という名で、二年になってぼくと同じクラスになった。彼とぼくとは同じ中学校の出身だから顔と名と、「しーさん」というニックネームは知っていたが、それまでは特に口をきいた記憶はない。

五月の連休明けの昼休み、とことこやってきて隣の席にすとんと腰を下ろしたしーさんこと谷口静夫は突然こう言った。

「今度行ってもええか?」

「え?　わしんきにか?」

「おう」

「そらええけど、なんでや?」

「練習見たい」

「ギターのか?」

「ギターと歌と」

なんでも、谷口もポピュラー・ミュージックが好きなんだそうで、ぼくがバンドをやってるのを、内村百合子だか羽島加津子だかから聞いて興味を持ったのだと言う。

「ええよ」とぼくは答えた。悪い気はしない。

それから二週間ほど後、突然谷口は自転車をこいでぼくのうちにやってきた。来ると言ってたけどもう忘れたんだろう、くらいに思っていた矢先だったからぼくは驚いた。おまけにそれは夜の九時近くだったのである。

せっかく来たものを、時間が遅いからまた今度と、追い返すのもなんだから、ぼくは二階の部屋に招じ入れて、アンプなしの電気ギターで、当時気に入っていたローリング・ストーンズの《ザ・ラスト・タイム》の伴奏や、ハーマンズ・ハーミッツの《Mrs. Brown, You've Got A Lovely Daughter《ミセス・ブラウンのお嬢さん》》のコードを、シャンシャラ、ツンツンと鳴らしてみせた。

谷口しーさんは真面目くさった顔でおかこまり(正座)して、目の前のオレンジ・カルピスのグラスには手を触れず、真剣にぼくの「演奏」に耳をかたむけた。こういう雰囲気だと妙にてれくさいものだ。

「まだ、こなな(こんな)程度じゃ」と、ぼくはちょっと謙遜してギターを置こうとした。

「歌も歌うてみ」

オーディションをするディレクターみたいな口調でしーさんは言った。その率直さに押されて、ぼくはその日の昼間練習したビートルズの《アイル・ビー・バック》の下のパート、つまりジョンのパートを、ギターを弾きながら小声で歌ってみせた。（ついでながら、こんな美しい曲は、ビートルズの作品の中でもそうはない。）

「ほかには？」と、しーさん。

ぼくは、まだ数少ないボーカルのレパートリーの中から、クリフ・リチャードの《Evergreen《エバーグリーン・》Tree《トリー》》と、リック・ネルソンの《Young World《ヤング・ワールド》》と、それから、またビートルズ《Ask Me Why《アスク・ミー・ホワイ》》を歌った。このとき静かめの曲を選んだのは、アンプなしのギターと小声ではハードなロックは様にならないからだ。

しーさんは感想一つ述べるでなく、ただこう言った。

「《のっぽのサリー《Long Tall Sally》》はやれるか？」

これは、あのロックの王様リトル・リチャードの作品で、ビートルズもとり上げているロックン・ロールの古典だ。ぼくはポール・マッカートニーのキー（G）より四度も低いキー（D）で練習していたが、それでも高音のファルセットの部分は少し苦しいほどで、とても小声で軽く歌える曲ではない。ぼくはそうしーさんに言った。（後に、訓練のたまもので、ポールより二度だけ低いキー（F）で歌えるようになった。なんでそう高さにこだわるか、と言えば、このての曲は低い声でボソボソやったのでは全くしまらないからだ。たとえばエルビスの《のっぽのサリー》は、オリジナルのリトル・リチャードやビートルズのものより格段におちる、とぼくは思う。）

「なんでアンプを使わんのや？」と、しーさんはもっともなことを尋ねた。

「持っとらんのじゃ」と、ぼくは無念な気持で答えた。「リード・ギターやっとる白井いうやつのアンプを、一緒に使わせてもろとる。白井、知っとるか?」

「知っとる」としーさん。「お前も買やええのに」

「アルバイトせな買えんわ」

「ほんなら作ってやろか?」と、しーさんは、まるで竹トンボでも作るみたいに言った。

「そななことできるんか?」ぼくはびっくりして尋ねた。

「やら(やれば)できる思うけどの」と、しーさんは事もなげに行って氷の溶けたオレンジ・カルピスを一気に飲み干し、立ち上がりながら「また来てええか?」と言った。

「そら、ええけど」と、ぼくはちょっとあわてて答え、また夜の九時に来られても困るので、こうつけ加えた。「ロック好きなんなら、今度合同練習見に来いや。この土曜日に合田の富士男んとこでやるきに。合田いうたら、ほれ、あのお寺の子での、ベースやっとるんじゃ」

「知っとる」と言って、しーさんは、とんとんと階段を下りてさっさと帰っていった。

土曜日。大急ぎで学校から戻って飯をかき込むと、ぼくはかさばるギター・ケースを赤ん坊のようにおぶって、浄泉寺めざして自転車をとばした。親の仇みたいにペダルをこいだ。下り坂もこいだ。少しでも練習の時間を長くしたいからだ。

そして、鼻の下やおでこの汗を袖でふきふき、離れの富士男の部屋に行ってみれば、しーさんはもう来ていて、むしゃむしゃクリーム・パンを食っていた。夏期の制服、つまり、バッジをつけた白いYシャツを着たままなのを見ると、どうやら学校から直接来たらしい。山門に至る石段の下に転がしてあった自転車は、すると、しーさんのものだったのだ。このときだけではない、スタンドが壊れているわけでもないのに、しーさんはいつも自転車を寝っ転がしておく。しーさんの家は柳町の大きな寝具屋さんだが、さあ、そのことと関係があるのか、ないのか。

「今日は弁当持参の観客つきの練習じゃ」と、富士男が笑いながら言った。しーさんはすました顔で三つめのクリーム・パンを食べ出した。

明くる明くる日の月曜日の昼休み、しーさんにぼくは尋ねてみた。

「おまえもロックやりたいんか？　よかったらメンバーになれや。ベースとドラムは二人もいらんから、やるとしたら、ギターか、電気オルガンかの」

「わしは工学部行ってエンジニアになるんじゃ」としーさんは答えた。一風変わった返事の仕方だが、どうやらメンバーになる気はないらしい。

「おまえ、今度わしの家に遊びに来い」だしぬけにしーさんは言った。

「うん」勢いに押されてぼくは答えた。

「今日来い」と、しーさん。

ちょっと話が急すぎるとも思ったが、高校生にスケジュールもくそもないので、ぼくはしーさんの招待を受けることにした。

しーさんに連れられて、店の方には回らずに裏口からお邪魔する。裏口ったって、うちの玄関よりよほど立派である。

しーさんの部屋も、白井や岡下やぼくのと同様、二階にあったが、広さがまるで違う。四畳半の次の間付きの八畳間で、東に向いた大きな窓の下には社長が座るような立派な机があり、その反対側には、布をはった壁に寄せて大きなセパレート型のステレオ・セットと、アマチュア無線の機械がでんと据えてあった。それだけでも目を白黒させているのに、これはみなしーさんが、部品を高松や丸亀で買ったり取り寄せたりして組み立てたものだ、と聞いて、ぼくはびっくり仰天してしまった。小さめのタンスほどもあるスピーカー・ボックスは、建具屋さんに特注したんだそうだ。なるほど、しーさんにとって、ギター・アンプを作るのは竹トンボを作るようなものかもしれん。

しーさんは窓の、スチール製の雨戸と部厚いガラスの入った戸をぴたりと閉ざすと、マントバーニ・オーケストラのLPをかけて、とんとんと下におりていった。

ステレオは素晴らしい音だった。これならどんな曲でも名曲に聞こえるだろう。雨戸まで閉めたとは言え、音量があまりすごいので、大丈夫かしらと思ってぼくはついキョロキョロしてしまった。

しーさんはすぐ戻ってきた。と思うと、すぐそのあとから、しーさんによく似た、ほっそりしてきれいな女の子が、コーヒーと、クッキーを山盛りにした菓子鉢をのせたお盆を持って部屋に入ってきた。しーさんが命じたものだろう。寝そべっていたぼくは反射的にはね起きて正座した。音楽が大音量で鳴っているので声は聞こえなかったが、彼女はちょっと恥ずかしそうな表情で、「いらっしゃいませ」の形に口を開き、盆をぼくの前に置き、また「どうぞごゆっくり」の形に口を動かした後、退がっていった。中三の妹で、悦子というんだそうだ。——大きな部屋、立派なステレオ、よく言うことをきくきれいな妹——つまりしーさんは、思いっきりひねしきって（つねり上げて）やりたいような男なのであった。

マントバーニの次に、しーさんはデイブ・クラーク・ファイブのLPをかけた。話のできる音量ではないから、ぼくはただぽりぽりクッキーを噛じりながらレコードを聴いていたが、彼のレコード・コレクションに興味を覚えたので、「見てもええか?」と手まねで訊くと、しーさんも「ええど」と手まねで答える。

さて、しーさんの収集の方針はと言えば、そんなものはなかった。少なくともぼくにはそう見えた。《よいこの名曲集》というのがあった。ペリー・コモがあった。ビリー・ボーン楽団があった。《ゴールデン・ロカビリー・ヒッツ》というのがあった。寺内タケシとブルー・ジーンズがあった。加山雄三があった。伊藤ゆかりがあった。ヴィルヘルム・ケンプの、ベートーベンのピアノ・ソナタ集があった……

一枚一枚手に取って眺めるぼくのすぐ横で、しーさんはうんこ座りしてぼくの手許を眺めている。結局その日はほとんど話をせず、ぼくはクッキーを食べ過ぎてちょっと気分が悪くなった。

夕方、「ほんならの（じゃあね）」と言ってしーさんちの裏口を出ると、しーさんは後からついて来て、

「また来い」と言った。「明日も来い」

以上のような記述からもお解りいただけると思うが、しーさんという人は、何を考えているのか、よく判らない人だった。ひとつだけはっきりしているのは、彼がぼくに対して並々ならぬ友愛の念を抱いてくれた、ということであり、そのことに対してぼくは有難いような、なんか申しわけないような気がしたものである。昔の言葉で、まことにもってかたじけない、と言えば、もっとぼくの気持がうまく表わせるかもしれない。

しかし、このぼくにかたじけないまでの好意を示してくれたのは一体なぜなのだろうか？

後にしーさんに、どしてこなに親切にしてくれるんや？　と尋ねたところ、しーさんはしばし眉をひそめて言葉を探した後、

「いきいきしとる」と答えた。

「わしがか?」

「おう」

これはまた意外な、一風変わった答えだった。いきいきしとる、と言うなら、しーさんの方がずっとそうだ、とぼくは思った。

いや、しーさんの考えていたことは今のぼくにも判らない。ただ有難く、かたじけなく思うだけである。

そして、しーさんはやがてロッキング・ホースメンの技術顧問のような立場になり、電気技術関係の諸問題を次々に、いとも鮮やかに解決していった。

そのしーさんの最初の業績は、うちの古いラジオを改造し、多少の部品を買い加えてちょちょいのちょいとギター・アンプを作ってくれたことである。ほんとにやりおったのだ。このアンプはエコー(山彦効果)やリバーブ(残響効果)のツマミはついてないが、ちゃんといい音で鳴った。なぜ電気ギターが鳴るのか、その原理を知らないぼくにとって、これはもう魔法だった。

さらにしーさんは、自分の持っている古いステレオ・アンプと、電気屋さんの横の空地に放置してあるでっかいテレビ(この頃は、画面はそれほどでもないのに、全体は冷蔵庫ほどもあるテレビがあった)のスピーカーを使ってギター・ベース共用のアンプを作り、それを自動車修理工場からもらってきたバッテリーで鳴らせるようにしてくれた。これにはメンバー全員大感激だった。このアンプのおかげで、ロッキング・ホースメンは徳島の山奥の祖谷《いや》渓谷で合宿することが可能になったからである。

そのきっかけは、ある土曜日の定例合同練習で岡下がぼやいたことだった。

「ああ、暑いの！　汗でスティックもペダルもぬるぬるじゃ」

なにしろ七月のことで、しかも音が洩れないように雨戸はぴったり閉めきっているんだから、そりゃ暑い。

「ほんまにおまえ、ゆで蛸みたいじゃの」と、富士男もタオルの鉢巻をとって、さかんに腋の下をふきながら言った。こういう言葉に対して岡下はもう慣れっこになっているから怒らない。

「どっか涼しいとこで合宿やりたいの」と、ぼくもギターのネックをふきながら言った。「クーラーのついた大きな部屋のあるとこ」

「クーラーはいかん」と、白井が眼鏡のつるをふきながら言った。「わし、すぐ風邪ひくきんの」

「ほんなら」と、しーさんが一人涼しい顔で言った。「キャンプすらええ」

「キャンプ?」とぼく。

「祖谷《いや》がええ。あそこは涼しいど。泳げるしの」と、しーさん。

「戸外では練習でけん」と富士男。

「すらええがい」と、しーさん。

「電源がないきにアンプが使えん」と白井。

「使えるようにしたらよかろがい」と、しーさん。

「そななことでけるんか?」と岡下。

「やら（やれば）でける思うけどの」と、相変らず涼しい顔でしーさんは答え、ぼくを助手にして、一週間もしないうちにバッテリーで鳴らすアンプを作り上げたというわけだ。音質も申し分なし、というわけにはいかなかったが、ちゃんと差し込み口が三つあり、ギター二本とベース一本が、まあまあの音量で同時に鳴らせた。

ぼくたちは製作実費の三千余円を感謝をこめてしーさんに手渡すと同時に、ロッキング・ホースメンの名誉メンバーの称号を贈った。しーさんは素直に受けてくれた。白井の兄ちゃんに続いて二人目の名誉メンバーということになる。

「《のっぽのサリー》も練習せぇよ」としーさんは言った。

「する、する」とぼくらは答えた。

ところで、この年（一九六六年）の六月二十九日、ビートルズが来日して、東京の武道館でコンサートを開いた。もちろんぼくはテレビでしか観られなかったが、兄の杉基のやつはライオン歯みがきの空き箱を送って、まんまとコンサートのチケットを当ててしまった。そして、

「そもそもわしはあんまりビートルズが好きでもなかったし、会場では歌もよう聞こえなんだが、いやあ、なんの、なんの、お前、久しぶりにえろう興奮してしもたがいね。お前も来りゃあよかったのに」

という葉書をよこした。いまだに悔しさがなくならんので、ビートルズの来日公演については以後一切書かない。ご承知おき下されたい。

2　Oh, the locusts sang!

（がいこ、がいこ、がいこの蝉の声）

——*Bob Dylan* ;《*Day Of The Locusts*》

上（うえと読まずに、じょうと読む）

できるものなら一週間でも二週間でも合宿をやりたかったが、小さいころボーイスカウトに入っていた富士男をのぞいてキャンプ生活未経験者ばっかりだったし、装備もそろいかねるような有様だったから、とりあえず三日間の予定ででかけることにした。うまくいきそうなら二、三日延ばせばよい。テントについては、白井のクラスに山岳部の男がいたのでその男に相談したところ、ボロボロのテントがいくつか部室に積み上げてあるから、それなら貸してやってもよい、ということだった。

「ちゃんとしたやつ、貸してくれんきゃ（くれないかね）」と富士男が言うと、

「いかん、いかん。そなん（そのような）ことしたら、わしが三年生にシゴかれて、遭難させられて、山から下りてこられんようにならい。遭難やか（など）したら、救助の費用で田んぼ五反は売らないかんのど」と、もうかなり山男化して、高校生のくせに立派なおっさん顔の矢木始《やぎはじめ》君は言った。なら

仕方ない。

ぼくらはほこりだらけの古テントを全部部室から引っぱり出し、一番ましそうな四、五人用のやつを選び出して体育館わきの足洗い場に持っていった。

「オンボロ、サンボロじゃっぎゃ（オンボロ、サンボロだなァ）」と富士男は言った。

ほこりを払ってみるとこのテントは、陽に当たっていたところはベージュ、そうでないところはカーキ色だったが、ところどころ茶色のシミがある。広げてみると、迷彩服の生地のようににぎやかな模様だ。

「なんでこうまだらにシミができたんじゃろか？」と、しーさんは興味深げにシミに顔を近づけてにおいをかぎながら言った。「ちょっとおかしげな（妙な）においがするど」

「ネズミがシッコやウンコかけて回ったかの」と矢木は言った。

「うえっ、きっちゃなー！」と、岡下は顔をしかめながら言った。ああ見えて意外と潔癖性なのだ。

テントには何ヶ所かさけたところや、縫い目の糸の切れたところがあるが、この程度なら充分修理がききそうである。

ぼくたちはザアザア水をかけて、水泳部の部室から無断で貸りてきた棒ずりタワシでゴシゴシ洗った。

校庭のプラタナスにヒモを渡してテントを広げてかける。水をたっぷり吸ったテントは濃いくすんだグリーンで、ずっしりと重い。両側のプラタナスの幹が少し内側にしなう。

そのくすんだダーク・グリーンの向こうには、ほんとに見事な入道雲がもり上がっている。テントと交替にほこりでまだらになったぼくたちは、しばし無言でテントを眺めた。それぞれの胸の中には、あの入道雲のように様々な想いや期待がもり上がっていたことだろう。

校庭の樟《くす》の大樹や、松や、桜や、プラタナスの木からは、がいこ、がいこの蟬の大合唱が聞こえてくる。

このころのぼくは本当に夏が好きだった。

学校への届けは富士男がやった。「合宿の目的——欧米現代音楽の実践的研究」と書いたそうだ。費用は各自三千円を持ち寄った。これだけあれば旅費も食費も充分に足りるはずだ。（なにしろ中華そば一杯三十五円の時代である。）

ぼくは一ヶ月分、小遣いを前貸りせねばならなかった。それだけではない、「酒も煙草ものみません」と書いた誓約書を提出せねばならなかった。学校に、ではなくて、うちの親に、である。「誓約書を出さんのなら、やってやらん（行かせません）」と母は言い、「物置に閉めこみじゃ」と父は言った。仕方ないから書いて拇印を押して提出した。うちの親はやっぱりちょっと変わっている。

さてキャンプの場所は、前章で話に出た徳島の山奥の祖谷渓《いやけい》にすんなり決まった。これは、四国三郎の異名をとる四国一の大河吉野川の一小支流、祖谷川が、何千年も何万年もかけて根気よくほがした渓谷で、清い水もありゃ、山も木もある、ということで、誰も文句はなかった。

ただのキャンプではない、バンドの合宿だから、キャンプの装備のほかにかさばる楽器も運ばねばならないが、この運搬の問題は思いがけなくあっさり片づいた。白井の兄ちゃんが、知り合いからライトバンを借りて、それで大きな荷物を運んでやる、と言ってくれたのだ。そして、三日後にまた荷物をとりにきてくれると言う。まさに渡りに船で、ぼくらは喜んでお言葉に甘えることにした。車だと、ぼくらの町から祖谷まではおよそ二時間あまりの距離だろう。

最大の難問が片づいたのでぼくらはみな上機嫌だったが、ひとり岡下だけはなんだかうかぬ顔であった。それが妙に気にかかっていたので後にそのわけを尋ねてみたところ、山道をライトバンで運ばれたら、太鼓の皮が破れるんでないかと、心配で心配でたまらんかったのだそうだ。そういえば、岡下はスネア・ドラムだけは風呂敷で大事そうにくるんでリュックにゆわえつけていたが、あの奇怪な振舞いのわけもこれで解った。他の太鼓の皮は破れても、せめてスネアだけはなんとか無事に、とでも考えていたんだろう。いや、岡下君、まったく君らしい！

さて、祖谷には、まず汽車で阿波池田というところまで出て（この町は高校野球のおかげでずいぶん有名になった）、そこからバスに乗る。

山腹を切り開いて作った路をバスはえんえんと走る。あたりの景色は絶景と呼んでよいほどに素晴らしいものだが、左右上下とうねりまくった路自体は相当な悪路で、でこぼこだらけだからバスは常に細かく震動している。おまけに窓を開けていてもたまらなくむし暑い。（クーラーがついてないのだ。）

だらだら汗をかきながらぼんやり景色を見ているうちに、ぼくはだんだん気分が悪くなってきた。右隣の窓際の席に座った岡下は、スネア・ドラムの風呂敷包みをひざにのせ、窓から身を乗り出すようにして景色をめでつつ、ぽりぽり、ぽりぽりと、絶え間なくバター・ピーナッツを食べている。それを見ているとますます気分が悪くなってきた。

前に座った富士男としーさんは、讃岐弁丸出しでニュートンの力学とか、相対性理論とかの話をしている。気分が悪いときにそういう話を聞いているともっと気分が悪くなる。

白井はぼくの左隣の折りたたみ式の補助椅子に座って、自分の右腕をギターのネックに見たててのフィンガリングの練習に余念がない。小太鼓のばちのようなその指先の動きを見ているうちに目が回ってきた。

逃げ場がない。ぼくはあおむいてバスの天井を見上げる。しかし、乗物に酔ったときに急に姿勢を変えるのはよくないのだ。おまけにそのぼくの鼻の下に、岡下がバタ・ピーの袋をつき出した。

「食わんか、ちっくん?」

「げんげろげ～～～！」


そろそろかな、と思っていたので膝のわきにビニールの袋を用意してはいたのだが、急激に奔出したため、三分の一がとこは手や床にこぼれてしまった。岡下と白井が両側から背中をなでてくれる。どうしたわけか、食ってもないバタ・ピーの風味がぺっぺっと吐く唾の中にある。わざわざ遠くの席から、何事ぞ、と見物に来た坊主頭の男の子がいる。情けない。


昼前に祖谷に到着。

現在はこの祖谷渓谷は観光の名所として人気が高く、ずいぶんたくさんの人が訪れるが、この当時はそれほどでもなく、また暑い盛りということもあって、観光客の姿はほとんどない。

兄ちゃんのライトバンはすでに来ていて、かずら橋の渡り口近くの、土産物屋の前にとめてあった。（かずら橋というのは、民謡《祖谷の粉ひき唄》にも出てくる有名な吊り橋で、渡るだけでも銭を取られるたいそう偉い橋である。）

その土産物屋をのぞくと、兄ちゃんが、思いがけないことに、若い男と何やら話しながら一緒にかき氷を食っている。

　この男には以前に何度か白井のうちで会ったことがある。年のころは二十五、六、当時めきめき大きくなりつつあった冷凍食品会社の下受け業務をなりわいとしており、「これからの西讃岐の産業の中心は水産加工じゃ」という自説を、折あるごとにとくとくとして語ってうまぬところから、「水産加工」という渾名をつけられたのだそうだ。本名は田中和夫というわざとらしいまでに地味な名前で、なれると渾名の方がずっと立派で本名らしく聞こえる。ライトバンを貸してくれた「知り合い」というのは、するとこの水産加工だったのだ。遠足気分で兄ちゃんについて来たものと見える。

　水産加工は実に嬉しげな顔つきで氷イチゴをシャカシャカいわしている。兄ちゃんに惚れているのとはわかるが、惚れた女の前でこんなに素直に嬉しそうな顔をする男は、この以前も以後も会ったことがない。兄ちゃんの方は、見たところ、特に嬉しそうでもない。

　ぼくらはその土産物屋兼食堂で昼食をとった。みんな思い思いにソバや、ウドンや、岩魚《いわな》だか山女《やまめ》だかの焼いたのや、握り飯を注文して盛大に食った。もっとも、まだ気分の悪いぼくだけは盛大というわけにはゆかず、ウドンを半分ほど食っただけだ。

　代金は全部水産加工が出してくれた。なんでそんなことになったのかというと、まず、兄ちゃんが大きなガマ口《ぐち》を出そうとしたので、ぼくらはそれを押しとどめた。荷物を運んでもらった上に昼飯までごちそうになったのではあんまりだと思ったからだが、払うの、払わさんので押し問答をしているうちに、水産加工が店のおばはんを引っぱっていって、さっさと代金を払ってしまったというわけだ。まあ、彼としては、にきび臭い大食らいの男子高校生に無料飯《ただめし》を食わせるのは本意ではなかったろうが、兄ちゃんに払わせるわけにはいかなかったのだ。恋する男の騎士的振舞《ギャラントリー》いなんである。

テントをはる場所はかずら橋から二百メートルほど上流の河原に決めた。ここなら人もあまり来ないだろうし、きれいな水はすぐ近くだし、この季節なら大雨が降ってあたりが水びたしになるなんてこともあるまい。大きな石がごろごろしているが、それを取りのぞけば大粒の砂地というか、砂利地となり、テントをはるには良さそうである。

荷物を車から下ろして河原まで運び了えたところで、兄ちゃんと水産加工は帰って行った。助手席に座った水産加工は、相変わらずの嬉しさが顎からしたたりおちそうな顔つきだ。（運転は兄ちゃんの方がずっとうまいので、結局、行きも帰りも兄ちゃんが一人で運転したそうだ。）

土堤の道を去って行くライトバンに向かって、ぼくらは号礼をかけたわけでもないのにそろって深々と礼をし、砂煙が消えるまで見送った。

「ふーん」やがて富士男が、何事かを合点したかのようにつぶやいた。

「えー、何《なに》や？」と、ふーんのわけを岡下が富士男に訊いたが、富士男は何も答えずに、また「ふーん」と言っただけだった。

岡下には解らなくても、ぼくには富士男の考えていることがよく解った。しーさんは、別に何の興味もなさそうだった。白井は、と見れば、さっきブト（ブヨのことなり）に嚙まれてできた左腕のホロセ（ホロシとも言うなり）を、かりかり、かりかりと搔いていた。弟思いの姉思いの弟は、こういう場面ではしきりにホロセを搔くものなのであろう。

ざいざい、しゃいしゃい、がいこがいこ、と、祖谷の蟬が総出で鳴いていた。

早速テントをはる。砂地で杭がききにくいが、台風でも来ない限り大丈夫だろう。ずっと川下で水いる。
遊びをしていた近所の子供たちが二、三人、遊ぶのを忘れて物珍しげにぼくらのすることを見守って

広い河原に建ったまだらのテントは、外からだとずいぶん小さく見えたが、中をのぞくと五人や六人は充分に寝られそうだ。

どんな塩梅だろうかと、ためしに五人全員が入って寝てみる。扉の布を閉ざすと、小さな子供のころ、たぶんかくれんぼでもしていたんだろうが、琴弾山《ことひきやま》の神恵院《じんねいん》のお堂の下にもぐり込んだときの印象が、思いがけなく、鮮やかによみがえってきた。やっぱり来てよかったと思った。

奥の方に寝た岡下に、隣の富士男が突然抱きつきながら叫んだ。

「祖谷名物、白昼の夜這い！」

（そなあほな名物があるか！　と、祖谷の人が聞いたら怒るだろうが、子供の言うことだから堪忍してほしい。）

キャッ、キャッ言いながら岡下はもがいて逃げようとした。

「あほじゃあ、こいつらは。このくそ暑いのに、ほんまにあほじゃあ」と、しーさんがあきれて言うからほんとにあきれているのかと思ったら、なんの、じたばた騒ぐ岡下を、寝そべったまま、背後からしっかりと羽交い締めにした。富士男は存分に岡下をくすぐり回した。岡下がひー、ひーと笑って笑って、ついにたらーりとよーだれをくり（よだれを垂らして）、他の四人が「うわあ、きちゃなー！」と異口同音に叫んだところで、暑苦しい白昼の夜這いは終わった。

テントのそばにドラムをセットして練習を開始する。

充分に充電してはあるものの、バッテリー電源のアンプはそれほど音量が出ないので、ドラムにはそれぞれタオルをかけて消音《ミュート》した。そうすると、思いのほか、音のバランスがうまくとれて、マイクなしで歌ってもいい塩梅に声が通る。ぼくはふと野外コンサートに出演しているような錯覚をおぼえ、すっかりいい気分になった。パンツ一枚で水遊びにやってきた近所の子らはいつしか五、六人に増え、それが川の真中にある大きな岩に腰を下ろして興味深そうに見物している。

まず手慣らしに、今やわがバンドのテーマ曲のようになった《パイプライン》をやり、ベンチャーズのレコードからコピーした《Raunchy《ローンチー》》をやり（確か若き日のジョージ・ハリソンもこの曲を練習したはずだ）、バック・オーエンズとバッカルーズの《Buckaroo《バッカルー》》というインストルメント・ナンバーをやった。（後にものの本で読んだところでは、ベンチャーズのリード・ギタリストのノーキ・エドワーズは、一時期バック・オーエンズのバックをやっていたことがあるそうだ。なるほどね、と思う。）

空気がきれいで乾いているせいだろうか、弦を張り換えたばかりのギターはいつもよりさらに音がクリアーできれいがいいように聞こえた。アンプにリバーブやエコーのツマミはなくとも、川の両側に迫っている山が自然のエコーを投げて返す。

そして、しーさんの注文に従って《のっぽのサリー》に取り組んだ。しーさんはテントに入らず、丸石の上に大きな麦わら帽子をかぶり、「谷口寝具店」と青く染め抜いた白地のタオルを首に巻き、腰を下ろして耳をかたむけている。バスの中でもどしたにもかかわらず、ぼくの喉の調子も実によくて、高音《ハイノート》のファルセットもこれまでのように辛くないので、気を良くして二度目はいつものDのキーから一度上げてEでやってみたところ、これがすんなりうまくいった！　ぼくは、「サンキュー、サンキュー」と叫びながら、四方の幻の大観衆に盛んに投げキスを放り投げつつ、ぴょんぴょん飛びはねた。ただ、急にDからEに上げたものだからベースの富士男は多少つっかかえたが、難しいパートじゃないからすぐ慣れるだろう。

次にビートルズの《アイ・フィール・ファイン》を練習した。バンド全体としてはつい最近取りくみ始めた曲だ。キーはオリジナルのGでやる。

レコードでは曲が始まる前に、本書の章タイトルの一つに選んだあの「ボム………グヮ！」という不思議な、そして思わずぞくっとするような音が入っているが、あれはどうしても真似できない。たぶんギターとアンプの特殊な操作によるものだろうが、どうやって出しているのだろう？　白井が目下研究中ということだから、そのうちやれるようになるかもしれない。ビートルズだってステージではあの音は出さない（あるいは、出せない）のだから省いてもいいのだろうが、できるものならやりたいものだ。

（後に聞き及んだところでは、あれは録音の際、一種の手違いで偶然かぶさって入っていた音で、意図的に出したものではない、ということらしいが、真偽のほどは知らない。さらにもっともっと後になって、ローリング・ストーンズのアイルランド・ツアーのビデオを観た折、ミック・ジャガーが楽屋だかホテルの部屋だかで、この「ボム………グヮ！」という音を口で真似るシーンがあって感慨深かった。当時のミックも強く印象づけられたものらしい。）

ところでこの《アイ・フィール・ファイン》というのは、大変な名曲でありながら（少なくともぼくは、これをビートルズ作品中のベストの一つに数えていたし、現在でもそうだ）、演奏すること自体はそれほど難しくない。リード・ギターのパートが何と言ってもこの曲の花だけど、それも白井の力強くて器用な長い指はなんなくこなす。十二フレットのDメイジャーのフォームから、十フレットのCへ、そして三フレットのGへと平行して降下してゆくイントロは、聞いても、またその指を見ていても、実にスリリングだ。

歌は、ビートルズ・ナンバーとしてはむしろ歌い易いとさえ言えるかもしれない。ただ、単に音符通り歌うだけではまるで様にならないメロディーでもあって、ジョンのように喉をしめて、いくぶん下品な感じで発声することがぜひ必要のようである。

我々ロッキング・ホースメンにとって問題となったのはコーラスの部分だ。そしてこの曲こそ、我々がコーラスをやり始めた記念すべき曲なのである。

白井はどういうわけか歌を歌いたがらない。「わしは歌うと音痴になるんじゃ」と言っているが、他のメンバーに音楽上のアドバイスをするときの彼のハミングを聞く限り、どうもそうは思えない。しかし、どうしても歌うのを嫌がるから、仕方がない。まあ、しかし彼はギター・マンとしてロッキング・ホースメンに十二分以上の貢献をしてくれているから、よしとせずばなるまい。

岡下君は、と言うと、本人は歌うのが嫌いではないらしいが、他のメンバーが彼の歌うのを嫌がるのである。

それで、残るは富士男ということになる。

「わしはちんまいとっから（小さいときから）お経できたえとるきんのー」と、本人は大いに自信があるらしい。お経と歌はもちろん別物だけど、なるほど、声や音程の方はまあまあだと、ぼくも認める。ただ困るのが、彼の英語の発音だ。あれだけ英語のよくできる人が、どうしてこんなにひどい発音なのだろうかと、不思議でならない。

つまり、彼は子音で終わる単語も、全部勝手な母音をくっつけて発音するのだ。たとえば《アイ・フィール・ファイン》には、

I'm so glad that she's my little girl.

という部分があるが、これを富士男は、

アイムゥ・ソオ・グラッドォ・ザットォ・シーズゥ・マイ・リッツル・ガールゥ

とやる。つまり、明治時代の中学生みたいに発音するわけだ。それに、そう几帳面に語尾の子音に母音をつけていたのでは、音節数が増えるわけだから当然言葉がメロディーからはみ出してしまう。

「おかしいのー? どしてやろのー?」と、富士男はしきりに首をひねって、また、「アイムゥ・ソオ・グラッドォ……」とやるが、うまく納まらない。納まるわけがない。

ぼくは思案の末、片仮名でルビをふってやることにした。

つまり、

I'm《アー》 so《ソー》 glad《グラー》 that《ザ》 she's《シー》 my《マー》 little《リルッ》 girl《ガー》.

というふうに富士男には歌ってもらうことにしたわけだ。もちろん、正確な発音ではないが、語尾

の子音はリード・ボーカルのぼくが注意して意識的に正確かつ明瞭に発音するようにすれば、ぼくの声の方がよく通るし、コーラスの部分でもあるから、十分にカバーしうると思ったのである。

「こういう安直で便宜的な方法はわしゃ好かんけどの」と、富士男は文句を言ったが、二人で声を合わせてやってみると思いの外《ほか》うまく響いたので、ぼくの指示通りにやることにした。

それから、レコードでは、ジョンがリード・ボーカルで、コーラスの部分はそのジョンのパートの上に、ポールの高音《ハイ・ノート》のパートがつけ加わるのだが、富士男はあまり高い声が出ないので、コーラスの部分ではぼくがポールのパートにスイッチし、富士男がジョンのパートを歌うことにした。これは仕方なくやったことだけど、富士男の英語の発音という弱点をカバーする、という意味ではよかった。高い音の方が強く明瞭に響くからである。

(また、オリジナルはジョージも加わって三部合唱となっているが、ぼくらはジョージのパートはオミットして二部合唱とした。そうせざるを得ないことはもう説明した。)

これが初めての富士男とのコーラスだったが、もともと機敏な彼はすぐ慣れてコツをつかんだようである。といっても、彼の発音が良くなったというのではない。こればかりは相変らず明治時代の中学生みたいだった。慣れたのは、歌詞をメロディーの中にたくし込むそのやり方で、そのうちぼくがいちいち「安直で便宜的な」ルビをふらなくても、英語を見て子音語尾を抜いて歌えるようになった。そして、ついでながらそのおかげで、ぼくの方はひとりで歌っていたこれまで以上に、発音に注意してきちんと歌おうとするようになったと思う。

こんなふうにして富士男とはよくデュエットした。ビートルズの《恋におちたら》、《This Boy《こいつ》》、《I Don't Want To Spoil The Party《パーティーはそのままに》》等をやり、ついには《Drive My Car《ドライブ・マイ・カー》》という難曲も一応レパートリーに入れることに成功したのである。

ビートルズ以外では、エバリー・ブラザーズの、《All I Have To Do Is Dream《夢を見るだけ》》、《Bird Dog《バード・ドッグ》》等をやり、ピーターとゴードンの《A World Without Love《愛なき世界》》、《I Don’t Want To See You Again《逢いたくないさ》》、《アイ・ゴー・トゥー・ピーセス》等もやった。

いずれの場合も、ソロの部分と高音部は常にぼくが歌った。今その当時の練習テープを聞いてみると、楽器の扱いだけでなく、コーラスの部分も日をおってぐんぐん良くなっていったのがわかる——と言うと何だか自慢しているみたいだが、他のバンドとの比較で言っているのではない、あくまでもそれ自体の歴史において、ロッキング・ホースメンは急速にうまくなっていったバンドだったとぼくは思う。——やっぱり自慢しているか……。

話をキャンプに戻す。

《アイ・フィール・ファイン》をしばらく練習した後、前から取り組んでいたローリング・ストーンズの《ザ・ラスト・タイム》を練習し、一応すでにマスターしているデイブ・クラーク・ファイブの《Glad All Over《グラッド・オール・オーバー》》や、マッコイズの《Hang On Sloopy《ハング・オン・スルーピー》》、そしてポール・リビアーとレイダーズの《Kicks《キックス》》や、サム・ザ・シャムとファラオスの《Wooly Bully《ウーリー・ブリー》》などのおさらいをした。

いつのまにか陽がだいぶ傾いてきた。岩の上の子供たちはまた少しふえて、今は七、八人ほどになっていたろうか。

ずっと下流の土堤の上の、茶店のわきに、白いちぢみのシャツとステテコ姿のおっさんが立っていて、小手をかざしてこちらを見ていた。やがて薄むらさきのカンタン服を着て日傘をさしたおばはんも来て、こちらを指さしつつ、おっさんと何やら話し始めた様子。鄙《ひな》の山中の婦人なれど、陽焼けを気づかうところを見ると（すでにもうけっこう色が黒いから無駄とも思うけど）、良家のおばはんかもしれぬ。とにかく大した音量じゃないのだから、別に文句を言われることもないだろう。

ぼくらは子供たちの方に向かって最後にアストロノーツの《太陽の彼方に》をやって、合宿初日の練習をしめくくった。演奏の途中で手を振ってやると、子供たちもおずおずと手を振って白い歯を見せた。

こんなに気持よくくたびれたことはなかったと、カンカンの陽を浴びて熱くなったギターの、ボディーとネックについた汗をふきながら、ぼくは思った。

いぜんとして祖谷の蟬は、ざいざい、しゃいしゃい、がいこがいこ……。

中（ちゅう）

水泳パンツに着換えて川に入り、冷たい水で練習の汗を流した後、夕食の支度にかかった。

メニューはカレー・ライスで、明日の晩もカレー・ライスの予定だった。作るのが簡単だし、みんなの好物だったからだ。当時のぼくは、カレーなら一週間ぶっ通してでも平気だったろう。（それに、そもそもこのような折に似つかわしい料理が、カレー以外にあり得るだろうか？　大鮃《おひょう》の煮つけ？　若鶏のお神酒《みき》蒸《む》し？　あかん、あかん、そんなもん！）

米は各自一升ずつ持ちより、カレーの材料などは出発前に観音寺で買い込んだ。腐るといけない牛肉は、魚屋をやっている白井の家のアイスボックスを借りて氷を二貫目がとこ詰め、その上に竹のすのこを敷き、その上にビニール袋に入れて置いといたのだが、朝入れた氷はまだ三分の一ほどしか融けていない。業務用のアイスボックスの威力は大したものだ。この分だと、残りの牛肉も明日の夕方までちゃんともつだろう。

飯炊き釜や、カレーの鍋、まな板、包丁などはすべて富士男の家の物置から持ってきた。その鍋は、それまで煮しめと豆腐の汁しか作ったことがないそうで、これでカレーを作ると聞いて父親の浄信《じょうしん》さんはちょっといやな顔をしたが、結局使用を許可してくれた。

「この際、鍋にとってもええ経験じゃ。そもそも、未経験故の無垢はなんら美徳やでないどな（なんら美徳などではありませんよ）」と言って富士男は父親を言いくるめたそうである。

あみだくじの結果、岡下とぼくが米を炊く係、白井、富士男、しーさんがカレーの係となった。

河原の丸石を積み上げて大きなカマドを二つこさえる。飯を炊くのに造作はいらぬ。ほんの言いわけ程度に水をくんでざっと米をとぎ、水を米の一・五倍ほど入れてかまどに据える。一・五倍も水を入れたのは、ぼくが飯のやりこい（柔らかい）のが好きだからだ。カレーにはこわいめの飯の方が、という人が多いらしいけど、ぼくは断然やりこい派だ。他の者の好みなど知ったことではない。

さて、火をつける段になって、はたと燃やすものがないのに気づいた。有明の海辺だと、よく乾いた木ぎれがいやというほど散乱しているが、この河原には石と砂利しかない。土堤を上って雑木林の中に入って探してみたが、黒々と湿っぽい枯枝や、もうほとんど腐葉土になりかけているぼろぼろの落葉しかありゃしない。こんなものではなはだ心細い。

衆議の結果、土産物屋に薪《たきぎ》を分けてもらおうということになった。あぶなっかしい手つきでジャガイモやタマネギの皮をむいている白井としーさんを残し、富士男と岡下とぼくはまた土堤を登って薪を分けてもらいにゆく。

一番近い土産物屋に入り、富士男が声をかける。

「おしまいなー」

これは西讃《せいさん》地方（讃岐の西部のことなり）の、主に農家のおっさん、おばはんの間で用いられる伝統的な夕べの挨拶で、「もうお仕事をおやめになって、お憩《いこ》いなさいませ」ほどの意味かと思う。余計なお世話だ、と思う人もいようが、それは他所《よそ》の人が字義通りにとるからで、土地の人間の耳にはすこぶる丁寧で、同時に親しみのこもった挨拶なのだ。高校生のくせにこういう挨拶がさっと出るところが、富士男の頼もしいところである。

中から無言でぬーと出てきたのは、ちぢみのシャツにステテコ姿の主人で、先刻土堤の上から我々の練習を眺めていたおっさんである。

「何《なん》え?」と、さもたいぎそうに言う。

「すまんけどな、薪《たきぎ》をな、分けてもらえたら思てな」と、富士男が言葉の切れ目ごとに「な」をつけて親しみをこめる。

「何《なん》すん?」

薪は燃やすものに決まっている。「何すん?」とはおそれいるが、富士男は相変らずにこやかに応ずる。

「あのな、今から炊事すんじゃけどな、焚《た》くもんがのうて、往生《おうじょ》しとるんですわ。ちびっとこば（少しばかり）分けてもらえんじゃろかな?」

「あんたら何え?」おっさんはまた異なことを訊く。

「わしらは高校のクラブでな、この河原で合宿させてもろとんじゃけど」と、人間のできている富士男はあくまでへりくだる。

「合宿や?」とおっさんは訊き返す。合宿ちゅうとんじゃから合宿じゃ、とぼくは口には出さず腹の中で思う。気のいい岡下は、えへへというような笑みを浮かべて恭順の意を表《ひょう》している。

「ほうじゃ。合宿しよるんじゃ。今日と、ほして（そして）明日とな、この河原でお世話になる予定じゃけどな」と富士男。

「何の合宿や?」とおっさん。

「わしら、音楽のクラブでな」と富士男。

「音楽や?」とおっさんはまた問い返す。その気持がぼくには解らん。

「ちゃんと学校《がっこ》に許可とっとんかい?」と、今度はよけいな心配までしてくれる。

「そらもうちゃんとやっとります。ほれで薪《たきぎ》をな、分けてもらお、思て」と富士男が話題を元に戻す。

「薪やか（など）ないわ」と言っておっさんはなんだか痛快そうである。

「へ? ないんですか?」と、今度は岡下が訊き返す。

「薪やか、いっこも（全く）ありゃせんわ。うちはもうとおから（ずっと以前から）ぜーんぶプロパンにしとるけんの」とおっさんは言って、ちょっと得意げな顔をした。そんならはじめからそう言え、と、ぼくは腹の中で腹立てた。

「そうですか。そらそら（それはそれは）。いそがしときにえらいお邪魔してすんませんでした」富士男は大人だから、断られたからといって腹を立てたりはしない。

　ちょっとがっかりして店を出てゆくぼくらを、おっさんは呼びとめた。

「あのの（あのね）、この裏手の路をずっと上《のぼ》っていってみーや」

「上っていくんですか?」と、思わず勢いづいて今度はぼくが訊き返してしまった。人のことは言えない。

「おう。ほしたらの、たもっつぁん、いう家があらい。ほこは（そこは）、おまえ、いまだにそこら中の薪ぜーんぶ拾い集めての、それでじょんじょん（どんどん）風呂焚《た》っきょらいの」

富士男や岡下があくまでもへりくだっていたので、おっさんも好意をもって教えてくれたのだろう。しかし、なるほど、薪が見当たらんわけだ。たもっつぁんとこが風呂焚き用に「ぜーんぶ」拾い集めとるのだから。

たもっつぁんのお宅は、細くてけっこう急な坂路を二百メートルほど上ったところにあった。開け放した玄関で二、三度声をかけたが返事がないので、裏に回ってみる。けっこう大きな家だ。煙突から煙が昇っているから誰かいるはずだ。いたいた。

「ごめん下さい。あの、こちらがたもっつぁんのお宅でしょかな?」と、風呂の焚き口につくなんで（しゃがんで）いる五十かっこうのおばはんに向かって富士男は呼びかけた。なるほど、木ぎれが傍らの大きな本棚のような棚にいっぱいつめてある。

「はいはい、うちですよ」と、にこやかなおばはんの声。

富士男はまた手短かに我々の素姓を明かして、薪を必要としていることを訴えた。

「なんぼでもいるば（いるだけ）持っておいき」と、感じのいいおばはんは民謡を唄うようなイントネーションで言ってくれた。

ぼくらは盛大に礼を言って、各自ひとかかえ分の薪を棚から取り出した。

それを腰に手を当てて眺めていたおばはんが言った。

「二百円にしといたげらい」

ただでくれるわけではなかったのだ。拾い集める手間がかかっているのだから、まあ、それも当然かもしれない。二百円という値段が、高いのか安いのか、ぼくには判らなかったが、祖谷の山奥における適正価格なんだろうと思うことにした。

ぼくも富士男も金を持ってなかったので、岡下がみんなの分をたてかえて払った。

「あんたら、焚きつけもいるえ?」とおばはん。

「いります」とぼく。

おばはんは薪の棚の横に積んである徳島新聞を十センチ分、ぼくがかかえた薪の上にポンと置いてこう言った。

「こき葉（焚きつけにする松の枯れ葉）は持っていきぬくいきん（いきにくいから）、新聞の方がよかろ。あと十円」

かかえた薪をまた下に置いて、岡下が十円玉を追加した。

「そうじゃ、あんたらええとこに来たわい。ちょっと待っとりよ」そう言っておばはんは家の中に入り、美事な桃を二個両手に持って戻ってきた。そして、それを手早く新聞紙にくるんで、ぼくのかかえた薪の上の、徳島新聞の上に置いてくれた。「みんなでわけわけして（分けて）お食べ」

「あのー、なんぼでしょかな?」とぼくは尋ねた。

「これはただよ。もらいもんじゃきんな、おすそ分けじゃ」とおばはんは答えた。始末なのか、鷹揚《おうよう》なのかよく判らん人である。とにかく、ぼくらは心から礼を言って引き上げた。

足場の悪い急な坂路を、両手に薪をいっぱいかかえて下りるのは容易でない。おまけに、ぼくが顎《あげと》で押さえた新聞の束の上には、桃の包みがのっかっている。これがどんどんすべってきてぼくの鼻口部にぴったりくっついた。これを落とさぬよう（とにかくよく熟した美事な白桃はなんとしても絶対に落としてはならない）、ぼくはにらめっこみたいに鼻と口を動かして包みの位置をしじゅう調節しつつ、慎重に足を運んだ。

　さいわいぼくは転ばなかったが、ぼくを気遣ってちょくちょく振り返りつつ先を歩いていた富士男が、土堤の道に降り立つ直前でとうとう転んで膝頭をすりむいてしまった。しかし、かかえた薪《たきぎ》を一本も落っことさなかったのは見事である。（桃じゃないんだから別に落としたっていいのだけれど。）

「痛いか？」と、岡下が心配そうな声で当り前のことを訊いた。（ぼくも何か言ってやりたかったが、先述のごとく口が自由に使えん状況にあった。）

「そら痛いわい！」と、富士男が少し怒って言った。「あー、あー、血ぃが出て来た」

「バイキンはいったらいかんきに、ツバかけといてやろか？」と、岡下はどうやら本気らしい調子で言った。

「いらん、いらん、そんなきちゃないこと！」富士男はあわてて親身の申し出を断わった。

　戻ってみるとカレーを煮る用意ができていた。いや、用意ができているどころではない、すでに肉から野菜から全部ひたひたの水の中に放り込まれている。もうカレー・ルーまで入っている。五センチ四方の白いものは牛脂のかたまりだ。それを、所在なげにしーさんがおたまの頭でぽこぽこ叩いている。しーさんも白井も、材料をいためるとか、入れる順番とかいったことは全く考えもしなかったらしい。今さらやり直すのも手間だから、そのまま火をつけてぐつぐつ煮る。

　長い夏の日もようやく暮れて、急速に暗くなってきた。なんだか闇鍋のような雰囲気だ。しかし、ぐつぐつ音をたてて旨そうなカレーの匂いが漂ってくると、じーんときた。岡下は腕をしきりに振ったり、立ったりしゃがんだりして、体操のようなことを始めた。興奮を抑えるためらしい。隣の飯の釜は、ぷーぷーと、大きな木の蓋をあっちこっちさせて盛んに湯気を吹き出した。ぷーぷー、ぷーぷー。ぐつぐつ、ぐつぐつ。まったく、嬉しくなってしまう。

富士男が寺から持ってきた太いロウソク二本に火を点し、平らな石の上にたらたらとロウをこぼしてその上に立てた。

カレー・ライスのできは申し分なかった。とにかくカレーなんだから食べる前からまずいわけはないと思っていたけど、予想をはるかに超えてうまかった。あんまりうまかったので、一言、バンド・リーダーとしてスピーチをやるべきではなかろうかとさえ思った。

食った、食った、汗をぽたぽた皿の上に垂らしながら、みんな茶漬けでも食うように、あるいは、機関士が罐《かま》に石炭をくべるように、カレーを口の中に放り込み、ねじ込み、かき込んだ。おかげで口の中をやけどして、水を飲むと口蓋の薄皮がはがれてぴらぴらになった。そりゃ、ひりひり、ひりひりするが、まん丸に突き出た腹を撫でながら、ぼくらは大満足だった。八合の飯と、牛肉七百五十グラムが入ったカレーの大鍋は十五分できれいに空になった。この年頃の少年たちは、食事にビールが付いてなくとも、うっとり陶酔することができるのだ。

食後、もう一度服を脱いで川で水を浴び（もうまっ暗だから、今度はみんなふりちん）、テントの前にみんなで毛布を敷いて寝転んで、もらった桃を五人で回しかぶりしながら、満天の星を見上げて出まかせの怪談を喋ったり聞いたり、ちょっと助平な話もし、しーさんの持ってきた高性能のトランジスタ・ラジオで大阪の放送局を呼び出して、ポップス番組を聞いた。名前は聞き洩らしたが、話し振りから察するにD・Jは大阪のお笑い芸人らしい。大して面白くない話にも、全員大声で笑った。

ウェイン・フォンタナとマインドベンダーズの《Game Of Love《ゲーム・オブ・ラブ》》がかかった。（この曲のギター・ワークは大変に洒落ている。）

ジョニー・リバーズが《Memphis《メンフィス》》をよたって歌った。

ロス・ブラボスが《ブラック・イズ・ブラック》をやった。（これは是非レパートリーに入れなくちゃとぼくは思った。白井や富士男もそう思ったと、後に聞いた。）

アニマルズの《悲しき願い》がかかった。（多少ギターが頼りない感じがしても、名曲であることは間違いないと改めて思った。）

クリフ・リチャードがシャドウズをバックにして《On The Beach《オン・ザ・ビーチ》》を歌った。ハンク・マービンのギターが実に鮮やかである。（この人やベンチャーズのノーキー・エドワーズは、もっともっと高く評価されるべきだと、ぼくは切に思う。）

シャングリラズが《家へは帰れない》と、涙ながらに訴えた。可哀想に、できるものなら早く家に帰してやりたいものだ。

ベンチャーズが《Kickstand《青い渚をぶっとばせ》》をやると、岡下はスティックを持ち出して丸石を叩いた。この曲を聞くと「居ても立ってもおれん」のだそうで、その気持はよく解る。

ローリング・ストーンズが《Satisfaction《サティスファクション》》をやった。当時ぼくはこの曲があまり好きでなかった。なんと言うか、聞いているうちに生活がめちゃくちゃになっていくような気がして、こういうのはいけないんじゃないか、と思っていたからだけど、一年後には大好きになっていた。（現在はまたあまり好きでない。やっぱり生活がめちゃくちゃになりそうな気がするから。）

そしてビートルズが《You Are Going To Lose That Girl《恋のアドバイス》》を演奏した。ドスをきかしちょっと下品なジョンの歌い振りがたいそうかっこよい。そのうち是非レパートリーに入れんければならん。

ボブ・ディランが《Highway 61 Revisited《追憶のハイウェイ》》をやった。この大変な名曲を聞いたのはこの時が初めてで、その真価を悟り得ずして、なんや（なんだか）お経みたいな曲じゃな、としか思わなかったのは、ぼくの不明である。

そして、ジャンとディーンが《A Little Old Lady From Passadina《パサディナのおばあちゃん》》を歌った。この曲には、閉め切ったくそ暑い部屋の窓をいっぺんに開け放ったような爽快感がある。隣の白井はあお向きに寝たままギターをかかえて、曲に合わせてコードを弾いている。アンプにつないでないから、小さなかりん、かりんというような音がする。

ドリフターズというコーラス・グループが、《Save The Last Dance For Me《ラスト・ダンスは私と》》を歌った。この時まで越路吹雪のオリジナル・ナンバーかと思っていた。

アダモが《Dolce Paola《いとしのパオラ》》を歌った。これは以前からぼくの大好きな歌で、曲中、ベルギーのパオラ姫の人となりに関して、「Una colomba fragile《かよわい鳩》」という比喩を用いているがほんに、たなごころの小鳩をばやさしく撫でさするかごとき歌い振りだ。この曲をレパートリーに入れよでないか、と言ったら、他のメンバーは反対するかしらん？　とふと考えた。少なくとも音楽博愛主義者の岡下は反対しないだろう。

この番組のクロージング・ナンバーは、スプートニクスの《Trombone《トロンボーネ》》だった。いつ聞いてもこのボー・ウィンバーグのギターの音色は美しいなあ、と思っているうちに、D・Jの男の声がかぶさってきた。

「ほな、お子たち、寝冷え、寝しょんべんに気ぃおつけ。おやすみやっしゃー、ごきげんさん！」

選曲のグッド・センスもさることながら、聴取者への心くばりも行き届いておる。大した奴じゃ。

時計を見たわけではないが、もう十時を回ったろう。いつもならまだ寝る時間じゃないが、今日はとにかくくたびれた。ぶっといロウソクも、残り二、三センチになった。

全員テントに入って横になる。もちろん寝心地がいいわけはないが、ぼくはとても安らかな気分だった。富士男と岡下は申し合わせたように毛糸の腹巻を持参していた。

この世には悪意というものはないのだ、あったとしてもほんの少しのもので、善意の方がずっと多い――などと、ぼくはふとそんな寝言のようなことをぼーっとした頭で考えているうちに、やさしい祖谷の闇に包まれていつしか深い眠りに落ちた。

下（しもじゃない、げ）

ぼくは、テントの外から聞こえてきた富士男の声で目覚めた。

「ありゃりゃんりゃん」

アイス・ボックスの蓋があいていて、中には水しか残っていなかった。つまり、残りの牛肉七百五十グラムと氷は影も形もなかった。

「こら、お前が夜中に食うてしもうたか、有態《ありてい》にきりきり白状せえ」と、富士男が岡下を詰問する。

「無茶苦茶言うなや」岡下は眉を八の字にして生真面目に抗弁した。「わっしゃ（ぼくは）生の肉やかよう食わん」

「岡下でないとすると」としーさんが言った。「昨日うろうろしとった犬が仲間つれて食いに来たかの」

「ここに住んどる犬にごちそうしてやったんじゃから、今日は大いばりで練習しょうで」と富士男は言った。ロッキング・ホースメンは牛肉が盗まれたくらいではくじけないのだ。

何も入ってないすインスタント・ラーメンの朝食の後、練習開始。アンプの調子が少しおかしかったが、しーさんがたちどころに修理。

お昼は、昨日薪を分けてもらいに行って分けてもらいそこなった店で、ソバと、おにぎりと、岩魚《いわな》の塩焼きを食い、デザートにかき氷をとってファンタ・オレンジをごくごく飲んだ。すっかり豪遊しているような気分になった。

水遊びの後、水泳パンツのままで練習。

遠くの土堤の上に近所に住む女子高生らしいのが二人、じっとこちらを見ている。

富士男としーさんが、「おーい、おーい、下りて来いようー」などと、手をメガホンにして叫び、手招きすると、小走りに逃げて行ってしまった。

その代わり、と言ってはなんだが、(本当になんだが)、少女たちの去った方から土煙を上げて、西瓜模様のムームーを着た五十くらいのたくましいおばはんが、土堤の道をこちらに駆けてきた。そして、「あんたら!」と一声叫んで土堤を下りてこっちに近づいてくる。水の近くに来ると、ピンクのゴムのサンダルを脱いで手に持ち、膝下くらいの速瀬を、ざばざば音を立てて果敢に渡ってくる。ぼくらは何事かとあっけにとられている。

おばはんはこちら側に上陸すると、ぬれた裾を片手でギューッとしぼりながら、はったとぼくらをにらみつけた。裾がもち上がって黒くたくましい大腿がのぞく。ふとソフィア・ローレンを思い出す。彼女には悪いけど。

「やかましがな、あんたら!」と、おばはんは大音声で喚《よば》わった。それが耳が痛いほどの硬質の高音《ハイ・トーン》で、外観をかなり改造してうまくし込めばアレサ・フランクリンみたいな歌手になれるかもしれない。

「へ?」と富士男。

「朝から晩までドンチャカ、ドンチャカ、やかましーっちゅうとるんじゃ!」と、おばはんは、手に持ったサンダルでハエを払うような動作をつけて言った。

「そなにやかましですか?」と、こわかったけどぼくは聞き返した。

「やかまして、やかまして、昼寝ができん。赤ん坊も寝つきゃせん。鶏《とっと》じゃって(鶏もまた)卵産まんようにならい。そうなったらあんたら、まどて(弁償して)くれるんな、ええ?」

「すんません」と富士男が謝る。「もうちっと小《ち》っさい音でやるきに、こらえてつか(許して下さい)」

「いーや、こらえん」と、おばはんはくわえて引きずり出すような調子で言った。「あんたら、どこの子ぉな? え? 学校《がっこ》の生徒じゃろがな? 学校の生徒がこなんことしよってえんな? さっさと家去《いえい》んで(家に帰って)、字ぃや算用《さんよ》(計算)習たらどうな?」

「わしらは香川県の観音寺の高校生で、音楽クラブでしてな、ここで合宿さしてもろとんじゃけど……」と、さすがの富士男も勢いに押しまくられて、か細い声で説明する。

「ほんなら香川県でやったらよかろ。わざわざでかけてきて、よその土地わやくらんでも(ひっかき回さなくても）よかろがな？」

「はあ」と富士男。

「どだい讃岐の人間《にんげ》は性根《しょうね》が悪い。あんたら不良高校生じゃろがな？」おばはんは乱暴なことを言い出した。

「不良と違います」と、ぼくは生真面目に答えた。「酒も煙草ものんどらせんのじゃきん」

「不良じゃがな。さいぜん（さきほど）うっとこのと石川はんとこの娘《こお》とに、わるさしょうとしとろがな？　婦女暴行《ふじょぼうこ》しょう思とろがな？　巡査に言うぞな！」

さらにぼくが弁解しようとしたのを富士男が押しとどめて言った。

「解りました。ほんならやめますきに、どうぞこらえてつか。やかまして、えらいすまなんだな」

「ほんまにやめるんぞな」と、吐いて捨てるようなおばはんの声。「さっさと去《い》に！」

ぼくらは呆然と立ち尽くしておばはんの後ろ姿を見送った。西瓜模様のムームーを着たおばはんはゆうゆうと流れを渡り、土堤に上ったところでもう一度振り返ってぼくらをにらみつけた後、ぐいと肩そびやかし、どんどん歩いて見えなくなった。やかましくて昼寝ができんというおばはんの家や、その鶏小屋《とつと》はどこにあるんだろう。少なくとも、我々の視界の内ではなかった。

ぼくらは仕方なく楽器をかたづけ、川で汗を流した。練習できんとなればこんなところにもういたくはなかったが、兄ちゃんのライトバンが荷物をとりにくるのは明朝のことで、もう一晩泊まるしかなかった。

音楽が愛と平和をこの世にもたらすなどとは、ぼくは全く信じていないが、そんなふうになったのはこのおばはんのおかげかもしれない。たしかに、娘さんは大人しく家にいるのがいい。とっとはたくさん卵を産むのがいいのだ。

翌朝、荷物をまとめ終わったころ、兄ちゃんがライトバンでやってきた。助手席にはまた水産加工が座っている。今日はまた一段と晴れ晴れしく、夏の朝のように上機嫌だ。談判に来たおばはんの話をすると、二人はむせ返って笑った。

3 Bong, Bong, Bong, Bong

（盆、盆、盆、盆）

――*The Browns*;《*The Three Bells*》

お盆というのは、年に一度地獄の釜の蓋が開いて、亡者が家族に会いに来る時期なんだと子供のころ父から教わった。うちにも来るか、と問えば、そら、死人の出た家なら、どの家にも来る（なんだか妙な言い方だ）、と言う。すると、うちの亡くなったじーさん、ばーさんなんぞも地獄に行っているのかしらん――それとも、地獄の釜の蓋だけでなしに、天国の釜の蓋も開くのかしらん――しかし、天国にまで行ってどうして釜に入らなきゃならんのだろうかと、しきりに頭をひねったものである。

それはともかく、お盆は田舎の人にとって、お正月とはまた違ったうれしい時期で、遠くに行っている息子や娘が里帰りして、しばし田舎の家もにぎやかになる。

うちの家にも東京に遊学している兄が戻ってくるが、ぼくとしては、兄が戻ってくるのは別にうれしくも何ともない。見ていると、朝寝して、昼寝して、海で遊んで、夜は麻雀して、ビールを飲んで……の繰り返しで、ぼくが親なら一、二発張り倒してやるところだ、と、その当時は思ったりもしたが、自分が高校を出て同じ立場に立つとまるで同じことをやるようになった。親になどなるものではない。

とまれ、ぼくにとっても、なにしろ夏休みなのだから、やはりお盆のころは楽しい時期だった。とりわけ、一九六六年のお盆のころはいろいろ思い出がある。

うちの近くの海辺の砂地に、「銭形」というものがある。けっこう有名だから御存知の方も少なくないと思うが、これは、「寛永通寶」という昔の銭の模様を、一メートルから一メートル五十の深さで砂に彫り込んだ、直径七、八十メートルはあろうかという巨大な砂地のレリーフである。誰が何の為にこさえたのか、——丸亀のお殿様を喜ばさんとて良民が総出で一夜のうちに掘り上げた、とかいう話を聞いたこともあるが——確かなところはぼくも知らない。とにかく、なかなか立派な名物なので、それを記念して、(確かぼくが高一の時だったと思うが)「銭形祭り」というのができた。「銭形稲荷」という怪しげなお社《やしろ》もできた。《銭形おどり》という歌もできた。歌っているのはあの村田英雄先生で、いつも旧盆の数日前に行われるこの祭りの期間中、夕刻ともなると、観音寺の町の随所に取りつけた性能の悪い拡声器から、とぎれることなくこの《銭形おどり》を歌う村田先生の渋いお声がえんえんと流れ、浴衣姿の善男善女がそれに合わせて踊りつつ、市中を練り歩く。つまり、繊細な感覚と神経の持主にとっては、首をくくりたくなるような時期なわけだが、生来お祭りならなんでも大好きなぼくは、やはり楽しかった。

素直な岡下は、なんとか連とかいう練り物業者の連に加わって、そろいの浴衣を着てへたくそな踊りを楽しそうに踊っていた。富士男は法事が続いて忙しそうに飛び回っていた。

ひまな白井としーさんを誘ってぼくは踊りを見物し、屋台のみそおでんや、タコ焼や串カツの食べ歩きをし、冷やしあめや、ラムネを飲んだ。リンゴあめも買おうかと思ったが、白井としーさんがほんとにあきれて、「あほか、お前は。ええかげんにしとけ！」と言うのでやめた。

ええとこの子のしーさんは立派なカメラを持っていて、それで女子衆《おなごし》の踊りの行列をパチパチ写した。なるほど、浴衣の威力はすごいもので、この観音寺の町に、日頃は絶滅したかと思っていた美女が、浮塵子《うんか》か蝗《いなご》みたいに、突如として集団発生したかのごとくであった。

お祭りはいくつになってもいいものだ。

だが、その年の夏にはもっといいことがあった。ビートルズの主演第二作の《Help！（4人はアイドル）》がようやくこの観音寺で公開されたのであった。

前作の《ヤア！ ヤア！ ヤア！》ほどではないが、もう東京公開よりも半年以上も遅れている。すでに次のLP《Rubber Soul《ラバー・ソウル》》や、シングルの《Paperback Writer《ペーパーバック・ライター》》も発売されており、なんとも悔しい思いで首を長くしてぼくらは待っていた。はるばる東京から汽車に乗って岡山県の宇野まで来て、そこからお舟に乗って高松に上陸し、さらに予讃線で揺られてくるのだから、そりゃあ時間はかかるんだろうが、それにしてもあんまりな話じゃ、なんぼ人気映画でも、西讃岐を馬鹿にするにもほどがある、などと、友と日々言い言い暮らしてきたのである。

だが、同時上映が、クリント・イーストウッド主演の《Per Un Pugno Di Dollari《荒野の用心棒》》だったから、ぐずなOS《オーエス》劇場（新映館を改築・改名したもの）を赦してやることにした。だって、これは実にもう考えられないくらいすごいカプリングではないか！《ヤア！ ヤア！ ヤア！》のときは併映は《007／危機一発》だった。今回もそれに勝るとも劣るものではない。

実を言うと、富士男はこの当時、すでに高松まで出かけていって、《ヘルプ！》を観ていたのだぞうだ。そんなことを言えば、他のメンバーがきっと怒るだろうからと、喋りたいのを必死で我慢していたという。そりゃ、怒るだろう。一年ほどたってから打ち明けられたときでも、なんだか腹が立ったくらいなのだから。なんでも、朝のお勤めをしているときに、観たくて観たくてたまらなくなったので、お大師《だいっ》さんにそう訴えると、「そなに観たいんじゃったら、高松でも丸亀でも行って観てくら（観てくれば）よかろ」とおっしゃったので、学校を休んで二回通り観てきたのだそうだ。この男は子供のころ、《Ben-Hur《ベン・ハー》》もそんなふうにして観音寺の人たちよりも先に観たという、とんでもないやつである。おまけに、高松のライオン館の方がＯＳ劇場より音響設備が格段にすぐれている、などと言ったものだから、ぼくはほんとに悔しくて思わず涙が出そうになった。

とまれ、ロッキング・ホースメンと、その名誉メンバーのしーさんは、公開初日の午前八時に白井の家に集合して、そろってＯＳ劇場まで歩いていった。映画が始まるのは十時なのだが、出遅れて立見になっては詰らないと思ったからである。

ところが、劇場のある通りに足を踏み入れて驚いた。もうすでに列ができているのだ。後から歩いてきていた商業高校の生徒たちが、いきなり駆け出してぼくらを追い抜こうとした。ぼくらも負けじと駆け出して競争になった。

結局、ぼくらの先頭でしゃかりきになって駆けていた岡下がけつまづいて転んだのを助け起こしているうちに、商業の生徒に先を越されてしまった。（ぼくはふと《ヤア！　ヤア！　ヤア！》の冒頭でビートルズの連中がファンに追っかけられて転ぶ場面を思い出した。）それだけではない、女子高生や、三人組の坊主刈りの中学生にさえ先を越されてしまったのである。

岡下はすりむいた手のひらをなめ、膝をさすりながら、水虫のせいとは言え、こんな大事な日にサンダルなんぞを履いてきた自分の愚かしさを嘆き、ぼくたちにしきりに謝罪した。ぼくたちは、「そなに口とんがらかして謝まらんでもええがい」と言って慰めた。

結局、先頭から数えて二十七番目から三十一番目までがぼくらの列中の位置となった。（何度も数えたからこの数字は正確である。）このくらいの位置なら入場可能なのは言うまでもなく、充分に満足できる席をとることだってできようが、あのときはすっかり舞い上がってしまっていたから、実際に中に入って座席に着くまでは胸が騒いで、まったく落ちつかなかった。

九時を回ったころには列はゆうに百人をこえたろう。中には、手に手にビートルズのＬＰや、額に入れたブロマイドを持っている女子高生のグループもいた。サインをもらえるかもしれないコンサートじゃあるまいし、一体なんでそんなものを持ってくるんだ、とお思いの向きもあろうが、ぼくには彼女たちの気持がなんとなく解るような気がする。列の後ろの方には、三十くらいの丸刈りのおっさんもいた。苦い顔をしてしきりに煙草を吸っている。《荒野の用心棒》が目当てで来た人かもしれない。

やがて劇場の中から四十半ばくらいのおっさんが様子を見に出てきた。

「お、支配人の大西《おおにし》さんじゃ」と、富士男が小声で言った。（しかし、なんでそんなことまで知っているのだろう？　実際、富士男の物知りは底が知れない。）

とにかく、支配人の大西さんは列の最後尾まで歩いて行って戻ってきた。

「こーら、ごっついの」と大西さんが思わず独り言を言うと、列の中ほどから拍手が起こり、さざなみのように全体に広がっていった。

「ごっついのう、ほんまに！」と、盛大に拍手されて苦笑しながら大西さんは言った。そして再び劇場の透明のプラスチックのドアの中に入り、通路の奥に消えてしまった、と思う間もなく、同じくらいの年かっこうのおばはんを連れて戻ってきた。また拍手がわき起こった。おばはんは切符売場の中に入り、その窓口の扉を開けた。大西さんは入口のドアを開いてその脇に立った。モギリをするのだろう。

　当然予想されることながら、列があるにもかかわらず、少年少女たちは窓口に殺到した。そして、切符をモギってもらうのももどかしく、次々に駆け足で中に駆け込んでゆくのだった。ぼくらのグループの先頭に立った岡下は、その間《かん》、サンダルを手に持ってしきりに足踏みしていた。先ほどの失地を回復せんとの決死の覚悟と見た。そして切符を買うや否や、脱兎の如く駆け込んで、スクリーンの真正面、前から三列目の五人並びの席を、サンダルを持った両手と両足を広げて懸命にカバーしながら、後からくるぼくらの名を大声で呼んだ。

「早《はよ》こい、早こい！　こっちじゃ、席とったど！　早こい！　早こんと、とられてしまうが！　早こいっちゅーのに！」

　今なら恥ずかしいと思うだろうが、当時はちっともそうではない。そうでないどころか、ぼくらも大あわてで岡下のとってくれた席に転がるように殺到したのである。多少前過ぎて首がくたびれるが、実に大きく、よく見える席であった。

　九時半を回ったころには、そろそろ立見の客が両側の壁の前に立ち始めた。女の子のグループの中には、くすくす恥ずかしそうに笑いながらも、「サン、シー、ランランラン……」と、《ヘルプ！》や、《The Night Before《ザ・ナイト・ビフォア》》のメロディーを小声で合唱するのもいた。拍手がおこる。場内全体に広がる。やがて静まる。失笑がもれる——こんなことのくり返しが、えんえん一時間も続いたかに思われたが、実際はほんの二、三十分のことだったろう。

もう九時四十分になったかしらん、と、またまた腕時計を見たとき、いきなり場内の照明が消えた。ウワーッという歓声、口笛、拍手……。

「えー、マイクの試験中。マイクの試験中。本日は晴天なり……」という声がスピーカーから聞こえてきた。たぶん、大西《おおにし》さんの声だろう。

「え？ これ、はいっとるんや？」と誰かに聞いている。

「はいっとるがな。ちゃんと流れとるがな」というおばはんの声。

「フッ、フッ」と、なお息をマイクに吹きかける音や、「ポン、ポン」と指ではじく音がする。

「はいっとる、ちゅーたら、はいっとるんじゃ！」と、ぼくは叫びたくなった。

「えー」と、大西さんが深呼吸のあと、讃岐アクセント丸出しで喋り出した。「本日は盛大にご来場下さいまして、まことに有難《ありがと》うございます。すでに満員御礼《まんいんおんれ》になったんで、少々予定より早いですが、これより最新音楽巨編《ヘルプ！》と、大西部活劇《荒野の用心棒《ようじんぼ》》を上映しますから、どうぞ最後までゆっくりご鑑賞下さい。以上」

拍手、口笛、大歓声。田舎のバスだけでない、田舎の映画館もこのように融通がきくのである。大西さんの口上が終わるや否や、するすると幕が上に引き上げられ、いきなり異様な場面がスクリーンに映し出された。なんだか東洋のどこかの、ある宗教団体の生贄の儀式の場面みたいである。スクリーン誌で《ヘルプ！》のストーリーを熟読していたぼくはピンときた。

「これじゃな、これじゃな！」と思ってじっと観ているうちに、

「ヘルプ！」

とビートルズが突然大声で歌い出した。息がつまる！ ぼくは泣き出しそうになった。

今また観れば、あれこれ批評がましいことも述べられるかもしれないが、このときのぼくの感想は、ただ一言、「ものすご、ええ！」であった。何度もくり返し、くり返し聞いた熱愛する名曲の数々の、その演奏シーンを巨大な画面で観るのは、何とも言えない、それこそ、ただもう圧倒的な体験なのだった。（たとえそれが、音に合わせて口をぱくぱくさせ、楽器を弾く恰好をしているだけだったとしても、である。）

　特に印象が強烈だったのは、冒頭の《ヘルプ！》と、録音スタジオのシーンで演奏した《恋のアドバイス》だった。また、演奏シーンというのではないが、アルプスの雪原に流れた《Ticket To《涙の乗》 Ride《車券》》のギターの音色も、はっとするくらい鮮明で素晴らしかった。そして、あの画面の色調のなんたる美しさ！　アルプスうの小さな駅の切符売場で「London《ランドゥン》」と言ったレノンの口調の、なんたるかっこよさ！

　ぼくは肘掛けのはしっこを固く握りしめて、歯を食い縛り、一瞬も見のがすまいと画面を注視した。――ジョンの人を馬鹿にしたような表情や仕種、ポールやリンゴの可愛子ぶりっこ、ジョージの地味さ、すべて「ええ！」であった。特に好きだったのがジョンだったから、ぼくはあのジョンの表情や仕種をマスターしようと思った。

　他のホースメンのメンバーの観覧態度については、そんなわけでぼくは全く注意を払わなかったが、富士男によればみんなそろって口をぱくぱくさせとったらしい。そして白井は、演奏シーンになると必ず自分もギターを弾くような恰好をして、曲に合わせて指を動かしていたそうだ。「映画を観て初めて《ヘルプ！》のアルペジオの弾き方が解った！」と、帰り道、白井はうれしそうに言った。

《ヘルプ！》はあっという間に終わった。続いて《荒野の用心棒》が始まる。《ヘルプ！》の衝撃があまりにも強烈だったので、最初はなかなか話にとけこめなかったが、用心棒が一気に四、五人ほど撃ち殺してからはすっかり引き込まれ、とっつかまってさんざんひっぱたかれるところなんかは、描き方が妙にリアルな感じで本当にはらはらした。とは言っても、しょっちゅう《ヘルプ！》の中の曲が頭の中を流れるのだから、思えばもったいない話で、この二本の名画はそれぞれ別の日に観るべきだったのだろう。もちろん、十二分に堪能したのは間違いない。

二本映画が終わっても、あまり席を立つ者はいない。ぼくらもはじめから二回通り《ヘルプ！》を観ることに決めていたから、この休憩時間中に持参の弁当を食べることにした。白井の兄ちゃんが、おにぎりを一人三個ずつ作ってくれたのだ。ノリと、ゴマと、キナコのおにぎりだ。（キナコのおにぎりと言っても、砂糖味ではない、れっきとした塩味である。この食物はよその人には実に異様な印象を与えるようだが、西讃岐の人々の間ではなかなかに人気がある。思えば、讃岐の人間はアンコ餅の入った白ミソ仕立の雑煮を好んで食べるから、まあ、我々讃岐人の味覚は多少変わっていると言えるかもしれない。ともあれ、キナコのおにぎりは、ビートルズにも、クリント・イーストウッドにも実によく合う、とぼくは思う。お疑いの向きは一度ためしてごらんになるがよかろう。）

二回目の上映に先立って、ニュースと次回の予告編が流された。「よかったぁ！」と岡下は叫んだ。「予告編見そこのうたら損じゃきんの」

ぼくも同意見だった。

ぼくらはまた興奮して《ヘルプ！》を観て、《用心棒》の方はもう観ないで外に出た。緊張しっぱなしでくたびれ果てたのだった。

それからも三回、ぼくはOS劇場に足を運んだ。白井と一度、しーさんと一度、一緒に行き、あと一人で一度行った。

「またビートルズの映画か?」と、三回目を観に行こうとしているぼくに父は言った。「うん」

「あほげに(ばかみたい)」と母が言った。「いっぺん観たらよかろがな。何べん観てもいっしょ(同じ)じゃい」

「いっぺんでは足らんのじゃ」と、ぼくはなんだかいばって答えた。

「ノート持って行って、こじゃんと(しっかり)ノートとりもって(とりながら)観たらいっぺんで済むのにの」と、父が妙なアドバイスをしてくれた。長年先生をしとるとこうなるのかしらん。

《ヘルプ!》と《用心棒》が観音寺よりもっと辺鄙なところへ旅立ってしまうとともに一九六六年の夏が終わり、入れ替わりに一九六六年の秋がやってきた。この秋はみかんも柿も豊作だったけど、今度いつ、どこで《ヘルプ!》が観られるかしら、と考えて、ぼくはときどきとても悲しくなった。

4　Goodness, gracious, great balls of fire !

（ありゃ、りゃんりゃんのごっつい火の玉！）

――*Jerry Lee Lewis* ;《*Great Balls Of Fire*》

この章では、一見おとなしい二人のメンバー、つまり、われらの偉大なギタリスト白井清一と、名ドラマー岡下巧が火の玉のように燃えた話をする。ともに火の玉でも、その燃え方は多少違っていた。白井の方はかっかと白熱して燃える火の玉で、岡下の方は、これがめらめらと燃える妖しい火の玉なのだった。

まず白熱火の玉の方から書く。

その一、白井編

これまでロッキング・ホースメンの誕生とその音楽活動について述べてきたわけだが、リード・ギタリストの白井清一の科白がやけに少なかったではないかいな、と、注意深くお読みの読者はお思いのことだろう。確かにその通りである。だが、白井はほんとに無口な少年だった。（現在は無口なおっさんである。）だから、ぼくとしても、白井の科白をいっぱい書いてやりたくても、実際無口なんだから仕方がなかったのだ。

しかしながら、無口でも、白井はロッキング・ホースメンにとって、最も重要なメンバーだった——と書けば、「ほんならなにか、わしはどうでもええメンバーか？」と、富士男や岡下は文句を言うかもしれない。困ったな。つまり、我々の中で彼が最もすぐれた音楽家であり、彼の無口だが強力な指導なしには、ロッキング・ホースメンはあれほど急速に成長を遂げることはなかったろうということ、あるいは、別の言い方をするなら、一応形の上でのバンド・リーダーはぼくだったけれど、音楽上のリーダーは厳然として白井清一その人だった、ということだ。音楽の面においては、白井は我々の同輩ではなくて、先生だったと言ってもいいだろう。

ぼくたちは各人パート練習をして、それから合同練習に臨むわけだが、彼が首を縦に振るまで、我々は己のパートを練習しつづけなければならない。

全然だめなとき、白井は「うーん」とうなる。そこでさらに練習する。もうちょいなら、白井は「うーん」と言う。書けば同じ「うーん」だが、前者は尻下がり、後者は尻上がりのイントネーションだから、メンバーにはちゃんと通じる。さらに練習して、ＯＫなら、白井は短く「うん」と言う。特に出来のいいときは、ごほうびにあの可愛らしいほほえみがつく。

白井の判断は絶対で、他のメンバーは誰も逆らえない。それは先にも述べたとうり、彼が我々の中ではずばぬけてすぐれた音楽家だったからだ。後にもっと詳しく述べるけれども、ホースメンは音楽の佐藤先生と親しくなったが、先生自身、白井のプレーには舌を巻いたのだ。そして先生は「うーん」とうなった。先生の場合、これは感嘆のしるしである。

ときに、当時は現在のようにポピュラー・ミュージックの楽譜が簡単には手に入らなかった。ビートルズやプレスリーなどの特に有名なアーチストのソング・ブックなら、わが神戸屋でも買えたけれども、これは大抵歌の譜面に和音名《コードネーム》を配しただけのもので、しかも、勝手にオリジナルの調《キー》より低いキーに移し変えてあったり、いいかげんに簡略化してあったりする。たとえばビートルズの《And I Love Her《アンド・アイ・ラブ・ハー》》は、レコードではEのキー（ホ長調）から始まり、間奏の部分から突然Fのキー（ヘ長調）に上がるのだが、（そしてそれが実にはっとするような新鮮な効果をあげているのだが、）ぼくらの手に入れたソングブックはそんなことはきれいに無視して、最初から最後までE《イー》・♭《フラット》（変ホ長調）のままである。

ぼくらはできうる限り忠実にオリジナルを再現したかったから、まあ楽譜は一応の参考として、あとは繰り返し繰り返しレコードやテープを聞いてコピーするわけだ。最初のうちは集まってメンバー全員でレコードを聞いたり、各自、自宅で聞いて、譜面を書いて持ち寄ったりもしたが、（その譜面の書き方自体も白井に指導されたのだが、）やがて白井一人に任せるようになった。他の者がやっても間違いだらけで、全然意味がなかったからである。

だから、白井はすぐれた耳の持主だったと言えようが、それでも、彼はこれまで特別な聴音の訓練を受けた経験はない。幼い頃から訓練を受けた者は、ポンと一瞬鳴った和音の構成音も聴き分けることができるようになるけれども、さすがの白井にも、そんな芸当はやれなかった。（ぼくは実際に、まだいろはも書けない幼女が、ピアノで弾いた和音を瞬時に聴き取って、大きな五線紙に全音符の白いおだんごを三つも四つも積み重ね、それに適宜♯《シャープ》や♭《フラット》をくっつけるのを見て、腹の底から感動した経験がある。）

そんな芸当がやれぬ、となれば、白井だって五線紙を脇に置き、ギターをかかえて繰り返し繰り返し神経をすりへらして聴き取るわけだ。神経をすりへらしても聴き取れればいいけれど、ぼくらはいくら聴いても無駄。神経がすりへるだけのことだ。

「お前はええなあ」と　あるときぼくは白井に向かって言った。

「何がええのい？」と白井。

「耳がええからこいこと（こういうこと）がでける」ぼくはビートルズ版《バージョン》の《Everybody's Trying To Be My Baby《みんないい子》》の総譜《スコア》を手に取りながら言った。

「別になんちゃ（ちっとも）ようないがい」と白井。

「現にちゃあんと聴き取って、こうして譜面にしとるでないか」とぼくは言った。「誰ばりにでっきやせんで（めったな人にはできないよ）」

「そら、何べんも聴いたきに」

「何べんぐらい聴いたんや？」

「うーん」とだけ白井は言って、何べんかは言わなかった。

もっともっと後になってあらためて同じ質問をしたとき、（たしかラビン・スプーンフルの《Summer In The City《サマー・イン・ザ・シティ》》のスコアを彼が完成したときだったと思う、）白井はちょっとてれくさそうに言った。

「こまぎれにして聴くからはっきり何回とは言えんけど、結局、仕上げるまでに三、四十回通りは聴く計算になるじゃろか。曲にもよるけどの」

情けない、そんなに聴かないきゃコピーできんのか、とお思いの読者もいよう。しかし、白井の書き取ったスコアは、ぼくの見たところ、完璧と言ってもいいものだった。だからぼくらには、他のアマチュア・バンドのみならず、テレビに出る日本のプロのバンドの手抜きやごまかしがよく分った。もちろん、何が何でも完璧にコピーしなきゃだめだ、とは言わない。しかし、白井におけるような、一音たりともおろそかにしない一種偏執狂的《モノマニア》とも言える完全主義には確たる意義がある、とぼくは思う。ほんの一音の違いで愕然とするくらい効果が違ってくることはしばしばある。そして、痛切にそのことを悟ることによって、偉大なミュージシャンの非凡さというものを、つくづくと味わうことだってできるわけだ。

ただ、譜面は完璧でも、それを演奏する側の力量がともなわなかったのは残念であった。リード・ギターだけは、まず常にOKにできあがっているのだが、サイド・ギターや、ベース、ドラムの方はなかなか譜面通りにやれない。やれないから、最初のうちは少々音を抜いて練習する。それで一応白井にOKをもらってまとめ上げておいて、それからじょじょにオリジナルに近づけてゆく、というやり方をした。たとえば《アイ・フィール・ファイン》などは、一応のOKから完成まで、およそ二ヶ月はかかったろう。

その白井のギターの腕前であるが、(くどいようだけど)相当なものだった。ほんとに。

ベンチャーズのナンバーの中で特にむずかしい《キャラバン》も、バンドを始めて一年もたったころには完全にマスターしていた。《ジョニー・B・グッド》のイントロや間奏もレコードそっくりに弾くことができた。さらに、ビートルズの《All My Loving《オール・マイ・ラビング》》のサイド・ギターのパートも見事に弾きこなすことができた――と言えば、「あんなの簡単じゃないか」と思う人がいるかもしれないので、ちょっと言っておきたい。

レコードでは、あのサイド・ギターはジョン・レノンが弾いているそうだが、この一つをとっても、若き日のレノンは素晴らしいギタリストだったと言えるとぼくは思っている。要するにジャンジャカ・ジャカジャカのコード・ストローク・プレイなのだが、リフレインの部分以外は最初から最後まで一小節中三連符を四組、つまり三×四＝十二ビートを刻み続ける。その際のピックの動きは、下上下《ダウン・アップ・ダウン》、上下上、下上下、上下上である。曲自体は四分の四拍子のミディアム・テンポだけど、なにしろ何小節も連続でこういうストロークを続けるわけだから、実にむずかしい。よほどリズム感と運動神経がよくないと、そのうち手首がこわばってきて、必ずリズムを外してしまう。レノンはリズムを完璧にキープするだけではない、実にストロークのきれがよいのである。

大体においてサイド・ギターはぼくの担当だったから懸命に練習したが、四小節まで進むのが精一杯で、あとが続かない。その上にリード・ボーカルなんて、とてもできる話じゃない。レノンだってリフレインの部分で「うー」というコーラスをつけるだけで、あとはギターに専念しているのだ。

結局、この曲は、むしろやさしいリード・ギターの方をぼくがやり、サイド・ギターは白井にまかせることにして、ようやくレパートリーに入れることができた。

（ところで、いまだにぼくはこの曲のサイド・ギターのパートがこなせない。これ以外のビートルズのギターなら、親切な楽符もでていることだし、しっかりけいこすればどうにかやれると思うのだが、これだけは永久にできそうもない。それを十七歳の白井少年は、傍から見る限りは、大した苦労もなしに、涼しい顔をして弾きこなしていたのである。）

さらに白井の場合、単に技術的にすぐれている、というだけではなく、センスも実によかったと思う。彼はちょくちょく、「このギターのパート、ええど」などと言って、ベンチャーズやビートルズ以外のアーチストたちのギター・ワークにも、ぼくの目を向けさせ、感受性を大いに刺激してくれた。

そんな中で特に印象に残っているのは、彼がローリング・ストーンズのギター・ワークを極めて高く評価していたことである。たとえば、《19th Nervous Breakdown《19回目の神経衰弱》》のイントロ、《The Spider《クモ》 And《と》 The Fly《ハエ》》のイントロ及び間奏、《ザ・ラスト・タイム》のリフ（くり返し演奏される短いフレーズ）、生ギターによる、《As Tears Go By《アズ・テイアーズ・ゴー・バイ》》のイントロや《Under The Boadwalk《渚のボードウォーク》》の間奏、それから、《It's Not Easy《イッツ・ナット・イージー》》で「It's not easy living on your own.」と歌う部分にかぶさって入ってくるフレーズ等に、白井はいたく感心していた。注意して聞いてみると、なるほど、白井の言う通り、どれも「実にええセンス」である。

ストーンズは後に、《Jumpin' Jack Flash《ジャンピン・ジャック・フラッシュ》》や《Honky Tonk Women《ホンキー・トンク・ウイメン》》ではっとするような素晴らしいギター・プレイを披露するが、その類まれなセンスも、一朝にして身についたものではなかったのである。

それから白井は、リック・ネルソンのヒット曲、特に《ハロー・メリー・ルー》のギターの間奏が大のお気に入りだった。

「ほんとに、なんちゅうことない、やさしいフレージングじゃけどの」と、白井はギターのことを喋るときは常にそうであるように、目蓋をぱちぱちさせながら言った。「なんで、こなにきれいなんじゃろ。特に、この、AからC # 7《シー・シャープ・セブン》、ほしてF # m《エフ・シャープ・マイナー》に移っていくフレーズが、ええ。ぞくっとする。何べん弾いても弾きあきん」

（このギターを弾いているのが、ジェームズ・バートンという人だということを、つい最近ものの本で知った。デール・ホーキンズの《Suzie Q《スージー・Q》》のギターを弾いているのもこので、知る人ぞ知る、の偉大なロック・カントリー・ギタリストだということだ。そうだろう、そうだろう。さらにこの人は、エルビス・プレスリーのバック・バンドのギタリストとして、映画《That's The Way It Is《エルビス・オン・ステージ》》に出演していたから、その姿をご覧になっている方も多かろう。この映画の中では《Tiger Man《タイガー・マン》》のギターがすごかった。）

で、要するに、白井清一は繊細で生真面目で、いくぶん偏執狂《モノマニア》的なところのある音楽少年だった。また、彼は他人にはとても優しくて、はにかみ屋だった。ダイナミックな要素は姉の兄ちゃんが独占してしまったかの感もあった——が、実のところ、彼にはすこぶる激しい部分もあったのである。もちろん、音楽に対する情熱は人並み外れて激しいものだった。それはそうだ。だが、ぼくがここで言わんとしているのはそのことではなくて、一見柔和な彼がひとたび怒ったとなると、その姿はまさにかっかと燃える火の玉のようだったということで、そしてぼくは彼が火の玉になったのを一度だけ見たことがあった。見ていて慄然として、また同時に一種爽快であった。彼は、元柔道部の三年生の悪《わる》とその取り巻き四人を、頭ごなしに大声で怒鳴りつけたのだ。親、教師にもこんなことはやれない。

「何をするか、このあほたれどもが！」

相手の悪も取り巻きも、その場に居合わせたホースメンの他のメンバーも、みんな度胆を抜かれてつっ立っていた。

そのいきさつはこうである。

芸術科目で音楽を選択していたぼくは（ちなみに、同じクラスの富士男はどんなつもりだか、書道をとっていた）、芸大出の江戸っ子音楽教師の佐藤先生と親しくなったのだが、ある日の授業のあと、リコーダーを入れた段ボール箱を準備室に戻しに行ったおり（ぼくは音楽係なのだ）、話がはずんで、つい何気なく、バンドの練習場所に困っていることを先生に訴えた。週に一度は富士男のところで合同練習はしていたが、なにしろそれぞれの家から遠くて、難儀していたのである。

先生は、「ふーん」と言った。

「ブラバンは学校で練習できるからええですね」とぼくは言った。

「てめーらもやりゃいいだろ?」と先生はこともなげに言った。

「できますか、部でもないのに?」

「部にすりゃいい」

「登録とか、顧問の先生のこととか……」

「おれが顧問になってやるよ」

「ほんまですか!」ぼくは本当に椅子から跳び上がって言った。岡下なら、「えー」と言うところだ。

「名前は軽音楽部でいいだろう」

軽音楽部は以前白井が入っていて、ぼくも入りかけてやめたクラブだが、そのことはすでに書いた。

「軽音楽部というのはもうちゃんとありますけど」とぼくは言った。軽音楽という言葉自体が妙だとも思っていた。

「今は活動してないみたいだよ。いいから、そうしときな。学校にはぼくの方から言えば大丈夫だ。ただ、予算はとってやれない。何事も銭がからむとやっかいだからね。それに、楽器なんかはもうそろってんだろ?」

「一応」

「じゃ、部屋都合してやっから、そこで練習すればいい」

「なんか……」とぼくは言った。
「なんだよ?」

「なんか、ひいきされとるみたいで……」

「やる気のある生徒はどしどしひいきすんだよ、おれは」
てなやりとりで、思いのほか簡単にことが運び、ぼくらは、ブラバンの総合練習のない月、金の二日間、以前旧軽音楽部の使っていた、音楽準備室の隣の教室(授業には使われていない)で練習できるようになった。

ところが、ぼくらがその部屋を使い始めると、活動していなかった旧軽音部の人たちがまたまたやる気を起こして、自分らもここで練習したいと言ってきた。そこで佐藤先生が中に入っての話し合いの末、月曜日はホースメンが使い、金曜日は旧軽音の人たちが使うことになった。週二日が一日になったわけだけど、便利な場所が確保できたんだからおんの字である。それで、富士男の家での練習は、一週おきの土曜日ということになった。そして部としての名称だが、旧軽音を第一軽音楽部、ぼくらを第二軽音楽部と呼ぶことになった。変な名前だけど、なんだかぼくはうれしかった。

ぼくらは講堂のステージ脇の物置にうっちゃってある古いカーテンや緞張を持ち出して、ましなやつを切って縫い合わせたり、つぎを当てたりして、練習部屋に二重にぶ厚いカーテンを張りめぐらした。言うまでもなく防音のためである。この慣れない針仕事は、一年生のときの同級生でぼくの最初のファンである内村百合子と、その友人の羽島加津子、そして近頃彼女らと親しくなったらしい唐本《とうもと》幸代《ゆきよ》という女生徒が手伝ってくれた。内村や羽島はゲラ子だが、この唐本は無口で大人しい感じがする。

そして、学校で練習できるようになると、彼女たちもちょくちょくのぞきにくるようになった。ぼくらとして大歓迎だ。観客ができた上に、その観客がしばしばチョコレートやキャラメルを差し入れてくれたからである。女の子はいいもんだ。お菓子を持ってるのはもっとよい。

まさにロッキング・ホースメンにとって、順風満帆というところだったが、いやなこともあった。練習部屋の窓ガラスが二、三枚割られたり、せっかく縫ったカーテンがところどころ破かれたり、洟をかんだちり紙（あるいはもっときたないものをふいたやつだったかもしれんが）の丸めたのや、念の入ったことに、ドブ泥をつめたパイナップルの空き缶などが放り込んであったりした。詰らん下らんいたずらだが、実に不快で、なんとなく異常な感じがして、うす気味悪くもあった。一体どこのどいつが何のためにこんなことをするんだろうとみんなして頭をひねったが、見当がつかない。そんなことがしばらく続いた。

そして、あれは十月の中頃、文化祭が終わってすぐの月曜日のことだった。練習の手を休めてぼくたちは雑談していた。たしか、来年こそは文化祭に出演して全校生徒をノック・アウトしよでないか、てな内容だったと思う。（今年は演奏の技量未《いま》だしということで出演を見合わせたのである。ぼくは充分いけると思っていたが、白井が最後まで首を縦に振らなかったのだった。）

だしぬけにがらがらがしゃんと乱暴に戸を開ける音がしたかと思うと、黒い二重のカーテンをはね上げてぞろぞろと人相の悪い生徒が五人、許しも乞わずに入ってきた。先に触れた柔道部くずれで、全校の鼻つまみの悪《わる》と、その取り巻きである。

突然のことに、うんともすんとも声のないホースメン。

「お前ら、ここでなっしょんのい？」と、悪。この男、わが観一高における一種の有名人で、陰では

「オゲ」という渾名で呼ばれている。「お下劣」から来たのかどうか知らんが、響からしてこいつにぴったりの渾名と思う。親は何とかいう会社の社長でPTAの役員までやっている一応の名士だが、本人は柔道の練習中に下級生を絞め落とすのが無上の喜びというとんでもないやつで、ついに今年の春柔道部を追放となった。名前はちゃんと覚えているけど、こいつだけはいまだに大嫌いなので、ぼくも以後オゲとだけ呼ぶことにする。

「バンドの練習やっりょんじゃけど」と、富士男がつとめてにこやかに応対する。

「そーら解っとらいの」とオゲ。「どして学校《がっこ》でこなな練習しよんぞと訊いとるんじゃが」とオゲがへらへら笑いながら言う。こいつが喋ったとおり書いて読み返すと、本来美しい音楽的な讃岐の言葉がなんだかとてもきたないように思えるから、不思議でもあり、口惜しくもあり。

「どして、言われても、そら、わしらは第二軽音楽部じゃからな、クラブ活動ですわ」と富士男。

「やっかっしゃい!」と急に声を荒《あら》らげるオゲ。へらへらしたり、急に怒ってみせたりするのは映画などでよく見るゴロツキの手管《てくだ》、こいつは日活のファンかもしれん。「おどれらのー、こななエレキや、外国の流行歌を、学校《がっこ》の教室でやるっちゃどういうつもりど、こら!? 百年からになる(及ぶ)本校の伝統を――」と言って、次に続けるべき重々しい言葉を探したが思いつかず、さえない言葉でしめた。「わやくる(ひっかき回す)んか、お前ら!」

「いや、そうではないがな」と、富士男がなだめるような口調で言った。「エレキじゃって、外国の流行歌じゃって、やってみるとええもんどな」

「おどれ、やっかしーわい!」と、吐き出すように言って、オゲはにらみつけながらぼくらの回りをのっしのっしと歩く。取り巻きは出入口の前に一列横隊になって、足を交叉させたり腕組みをしたりの恰好で、へらへら笑いを浮かべながらこっちを眺めている。どうしてこんなやつらが讃岐に生まれたのだろう！

「ええか、お前らのー」と、オゲは今度は説教調で喋り出した。「学校《がっこ》いうのんは何するとこぞ？ え？ 勉強するとこと違うんか？ え、こら？ それを、お前、神聖な教室にこななもん持ち込んで、大けな音出しくさってからに！ ちっとは他人の迷惑も考えんか、こら。そういうのんを、お前、利己主義いうんど。学校で習《なら》とろが？」

取り巻きが笑った。日頃は無縁な倫理道徳の立場に身を置いて説教するのは、この手合の弄し得る唯一の諧謔のパターンだ。オゲはますます調子に乗る。

「それにの、ちゃーんと前から注意してやっとるのに、まーだ反省せんのじゃけんの、ほとほと情けないわ、わしも」

また取り巻きが笑う。

前から注意してやっとった、だと！ ぼくはむかむかした。血が逆流しそうだ。このくずども、かすども、と、腹の中では叫んでいるのだが、恐いの七割、腹が立ったの三割で、いかんせん、恐いが立腹を圧倒している。全身がこわばって声が出ない。ちらと岡下の方を見ると、青くなっとる。ぼくと同じ気持なんだろう。ここはバンド・リーダーとしてぼくが難局に当たらねばならんのだが、ただ手をこまねいて見ているだけだった。我ながらいまだに恥ずかしく、情けなく思っている。

「まあ、そなんこと言わんと」と、富士男はあくまで穏やかに下手《したて》に出て場をおさめようとする。「けっこうええもんで、ポピュラーも。演《や》ってみるけん、まあ、ちょっと聞いてごー（ごらんなさい）」

「やっかっしゃい！」とオゲ。「おどれらみたいな不良の歌やか聞けるか！　耳が腐ら（腐るわい）！」

不良呼ばわりされたのはあの祖谷のおばはんについで二度目である。おばはんはともかく、こいつらに不良呼ばわりされるおぼえはない。

「よわったなぁ。不良やでないんじゃけどなぁ」と富士男。根気よく問答を続けて最終的には相手を丸め込もうというつもりなのだろう。

「いいや、不良じゃ」とオゲは顔をゆがめて言った。「お前らこの部屋に黒幕張りめぐらして、女《おなご》の子《こお》をつれこんでなっしょんぞ！　ええ、こら！」

どうやら、このあたりのことが、オゲたちを駆り立てて、つまらんいやがらせをさせたり、ここに乱入せしめた最大の要因だろう。つまり、やっかみである。

「そら、違う！」と富士男。「あの子らは練習見にきてくれるだけじゃがな」

「ほんなら、その証明をしてみいや」

「証明？　どやったらええんじゃろ？」と富士男は尋ねた。

オゲはここでにたーっと笑った。取り巻きもにたーっと笑った。

「ほんなら、お前ら」とオゲは言った。「全員ズボン脱いで、パンツ脱いで、ちんぽ見せてみい！」

何を言うかと思ったら、このレベルの人間なのだ。こういうやつらなのだ。

「そなな無茶な！」岡下とぼくは思わず異口同音に叫んだ。

「無茶もくそもない、やれっちゅうたらやれや」と、オゲは岡下とぼくを見てすごんだ。

「そなん（そんなに）無茶苦茶言わんと」と富士男。「わしら、なーんちゃ（何にも）やましいことはしとらせんで」

「やっかしゃい！　黙って聞いとったら、ごちゃごちゃと、ごじゃくそ（でたらめ）ばっかしぬかすな！」とどなりながらオゲは、いきなりギター・アンプをけとばした。可哀想にアンプはあおむけにひっくり返り、「ぐっじゃーん！」と大きな音をたてた。

そのとき、白井が脱兎の如く跳び出して、ゆうに三十キロは体重が上回ろうというオゲの胸を肩でどんと突き上げると同時に、大声で叫んだ。

「何をするか、このあほたれどもが！」

当たった拍子に後ずさりしたのは白井の方だったが、その怒りの声はすさまじかった。部屋は一瞬静まりかえった。

「つまらん因縁つけてどうする気じゃ」白井は気づかわしげにアンプを抱き起こしながら言った。「お前らにとやかく言われる筋合はない。さっさとこっから（ここから）出て行け！」

女の子のように色白の白井の顔が、このときばかりは明石のゆで蛸のように真赤であった。そして白井の声は依然信じられないくらい大きかった。こんなに声量があるとは思ってもみなかった。

「ありゃりゃんりゃん」と、つぶやくように富士男が言った。富士男もびっくりしたろう。

白井の剣幕にオゲは一瞬たじろいだが、わざわざ振り返るような恰好に首をねじ曲げて白井をにらみつつ、すごんでみせた。

「もう一ぺん言うてみいや」

「今すぐこっから出て行け！」と白井。ぼくらはあわてて白井をおさえようとすがりついた。

「ええ度胸しとるのう、お前。ええ？　名前何《なに》いうん？」オゲはわざと穏やかに尋ねる。

「白井清一。二年三組。家は三架橋通《さんかばしどお》りの魚屋じゃ」何の臆するところもなく白井はすらすら答える。

「ほう！　ほんまにお前ええ度胸じゃの。どつかれるん、おとろしないん？」とオゲ。

「どつくんならどつけ」と白井。

「やめとけ、の、白井、やめとけ」と言いながら、おろおろ白井を押しとどめんとするホースメン。

白井は前に立ちはだかるオゲとその仲間を見回して言った。今はもう先ほどの真赤の顔色はさめて、むしろ青白く見える。声はぐっと低くなってきたが、しっかりした声である。

「どつくんならどついたらええ」

「おお、どついたら！」オゲはどなった。

「わしは手向いせんから、なんぼでもどつけ」白井は平然として言ったが、そのきゃしゃな身体が小刻みに震えていることに、ぼくは初めて気づいた。「そのかわり、ええか、わしは警察沙汰にする。ちゃんと告訴する。立派な傷害罪じゃ。当然警察の方から学校に連絡がくる。仮に学校が穏便にすませようとしても、れっきとした傷害事件で警察から話がきたら、そうはできまい。まあ、学校も、対象がお前なら穏便にすませようとはせんじゃろ。お前はこれまで煙草と酒と暴力で、わしの知っとるだけでも三回は停学になっとるはずじゃ。警察沙汰になったら、まず文句なしに放校になるじゃろ。それを承知の上で、そうなったときの親の顔を思い浮かべて、好きなだけどついたらええ。わしは絶対に、絶対に泣き寝入りはせんからな」

「おどれ……」と言ったきり、オゲは白井をじっとにらんで突っ立っている。明らかにオゲはひるんだ。ひるみながら、さてどうしたものかと、次に取るべき行動をあれこれ悪い頭で考えていたのだろう。

一、この小癪なやせっぽちとその仲間を思いきりどつまっしゃげる(どつき回しあげる)。――しかし、放校になってしまうな。こいつの顔は本気じゃ。

二、この場は引いて、日を改めて呼び出しをかける。――子分の手前、かっこがつかんな、これじゃと。

三、今日のところは、傷害にならんように、グーでなしにパーでしばくぐらいにしとく。実際に一、二発あて(ずつ)しばいたら、相手もくしゃっとなって、大人《おとな》しなるじゃろ。それからゆっくりと程度を上げていって、毎日どついたり、絞め落としたりすらええが。

てなことを二回通り考えていたんではないかと、ぼくは想像する。そういう顔つきだった。やがて、オゲはにたーっと笑って胸をそらし、ぼくらの方に一歩足を踏み出した。これは、どうやら三に決定した顔である。ぼくらもそれに応じて、前に出ようとする白井を包み込むような恰好で互いに体を密着させた。どつかれるんなら四人一緒にと、富士男も岡下もぼくも思ったのである。オゲは、自転車で左折するときのサインのような形にゆっくりと右手を上げた――

と、そのとき、またがらがらと戸が開《あ》いて、でっかいの、中くらいの、二人の人間が入ってきた。見れば、野球部のキャプテンで、キャッチャーをやっている神田《こうだ》という三年生と、しーさんで、なんだか鞍馬天狗と杉作か、あるいは、明智小五郎と小林少年みたいである。しーさんが機転をきかせて連れてきたのだろうが、どうして彼をつれてきたのかは、そのときは解らなかった。

「やめんきゃ（やめなさい）、やめんきゃ」と、神田さんはのんびりしたおっさん声で言った。（先輩でもあり、恩人でもあるから、さんづけで呼ぶ。）

「おお!?」と言って振り返ったオゲは、神田さんの姿を見て、すーっと手を下ろした。

「おっきな（大きな）どんがら（体）した上級生がちんまい（小さな）下級生いじめてどうするのい」と神田さん。

「いじめよらせんがい」とオゲ。「ちょっとの、注意しよったんじゃ」

「ほうかい。そらご苦労さん。もう解ってくれたやろ。のう?」と言って神田さんはぼくらの方を見る。

怒った小便小僧みたいな顔の白井をのぞいて、ぼくらはそろって大きくうなずく。

「ほらの。もうよう解っとらい。もうよかろがい」と神田さん。

「解っとらええげどの」とオゲ。

「よっしゃ。ほんなら行こ」と神田さん。

「わしは、ちょっと音がやかましけん、ちょっと注意しとかざったらいかん、思て――」と、オゲはまだ未練がましく自己の正当を訴えようとするが、もう前の勢いはない。

「解った、解った。もうええ」と神田さん。

「お前ら、気ぃつけえよ」と、最後に一度いばってみせるオゲ。

白井をのぞいて、ぼくらは「はい」と返事した。ちょっと情けないようだが、相手を立ててやってそれで丸く収まるものなら、多少の屈辱は忍ぶがいい。愚か者は追いつめられるとろくなことをしないからだ。

「お前らの」と、神田さんは、出て行きがけにぼくらの方を振り向いてつけ加えた。「ほんまに反省しとんなら、ええか、そのしるしに、ブラバンと一緒に野球部の応援してくれや。頼まの（頼むよ）」

ぼくらがちょっとあっけにとられて返事をしないでいるうちに、神田さんはオゲの肩を抱くようにして出て行き、オゲの取り巻きがぞろぞろとそれに続いた。

後から思えば、これは、この連中（ホースメン）は野球部キャプテンたる自分（神田）の庇護のもとにあるから、もう二度とちょっかいを出すなよ、と、オゲに対して暗に釘を刺したのだった。オゲにとっても、面目を保ちつつ、愚行を為すこと防いでやったのだから、神田さんは一種の恩人なわけである。

ぼくらだけになると、しーさんは言った。

「練習見にきたら、部屋の外まであいつのおらぶ（どなる）声が聞こえたんで、急いで神田さんを呼びに行ったんじゃ」

しーさんから聞いたところでは、神田さんとオゲの家は隣同士で、小さいころ二人はけっこう一緒に遊んでいたらしい。神田さんは勉強はあまりできないけれども、体が大きくて力が強く、人柄がいいので、さすがのオゲも一目も二目も置いて、親や教師の言うことは聞かなくても、神田さんの言うことだけは聞くのだそうだ。中学時代は二人とも柔道部だったが、オゲは神田さんには全く歯が立たなかったという。そして、高校に入って神田さんは柔道から野球に転向した。憧れの対象が講道館から甲子園に変わったからだ、というのだが、なんだかよく解らない。ポジションはキャッチャーで、練習極めて熱心、人柄がよくて人望があるので二年の秋には文句なしにキャプテンに選ばれたが、野球の方はあまりうまくない上に一年下にすばらしくうまいキャッチャーがいるため、気の毒にレギュラーでなくて控えなのである。それでも神田さんはちっともくさらず、三年生は御用済みとなった今の時期も、毎日出てきては、ノックや球ひろいをして新チームの練習を手伝ってやっているという。

なぜしーさんが神田さんやオゲのことをこんなによく知っているのか、と言えば、しーさんも同じ町内、すなわち、柳町に住んでいるからである。しーさんはうんと小さいころから神田さんと大の仲良しだったから、ずいぶん接触はあったけどオゲにはいじめられたことがないという。そして、これはもっともっと後のことだけど、ついでに言っておけば、しーさんのあの奇麗な妹の悦ちゃんは、神戸の短大を出るや否や神田夫人となったのである。

話を戻す。激しい緊張がいっぺんにとけたぼくたちは、その場にへたり込んだ。

白井はしばらく体の震えが治まらないようだった。

「ようやったの、お前」と、ぼくが賛嘆とねぎらいの言葉をかけると同時に、白井の頬を涙が二滴、里芋の葉に落ちた雫《しずく》のように、ころころ転がって膝の上のギターに落ちた。ぼくは驚いた。白井は手のひらでそれをぬぐいながら、独り言のように言った。

「なんであなな(あんな)ことになるんや⁉ なんであななこと言わないかんのや⁉」

それは悔しさと腹の底からしぼり出すような声だった。しかし、「なんであななこと言わないかんのや⁉」という言葉がどっちを指しているのか、つまり、オゲの言いたい放題を指しているのか、それとも白井本人の言ったことを指しているのか、ぼくにはよく判らなかった。前者だと解釈するのはもちろん妥当だが、後者の可能性も充分にある。いや、こちらの方がずっとありそうだ。

つまりこういうことである。白井はハッタリ混じりの一世一代の啖呵を切ったわけだが、白井の生真面目な性格からすれば、心ならずもそんな啖呵を切らざるを得なくなる状況に追い込まれたことに対して、悲痛な憤りを覚えたのではないか。肉体的には白井は明らかに弱者だった。しかし、あの対決において、その精神の力によって白井は立派に強者と言えた。ただ、彼の潔癖な性格が、自分の啖呵の中にあったハッタリ的脅迫の要素を忌んだのかもしれない。同じ土俵に上がっての、肉体と肉体をぶつけ合う闘いを回避し、他の権威を利用して相手を牽制しようとした自分がうとましかったのかもしれない。

しかし、誰が白井を卑怯と言えるだろう。牛若丸じゃあるまいし、三十キロはゆうに上回る柔道くずれのサディストとまともにけんかできるわけがない。柔道、ボクシング、レスリングなども試合では体重制を採用しているではないか。卑怯なのはオゲの方である。ぼくならそんなことはちっとも気にしない。だが白井はどうやら激しい自己嫌悪の情に襲われたのである。白井清一はそういう男なのだ。年がら年じゅうそうやってしんどい思いをして生きてゆく男なのだ。

ああ言うよりほかなかった、とぼくは思う。いわれのない暴力から身を守るためには、やっぱり「あなこと言わないかん」かったのである。ほかにどうしようもなかったのである。そして、そのことが、白井は涙が出るほど悔しかったのだ——もちろん、ぼくには正確なところはよく判らない。(また、白井にそのことを尋ねられるような雰囲気でもなかった。)ただ、白井が大変に勇敢な人間であることを確信し、同時に、その正義感が極めて繊細で潔癖で、自らを傷つけかねない種類のものであることを、漠然と想像したのだった。そして、ますます白井が好きになった。

練習を再開。

緊張の余波か、全身の関節が笑っているようで、なかなかうまくいかん。そして岡下がスティックをシンバルの支柱にぶつけて落としそうになりあわててつかまえようとしたその恰好が、どじょうをつかまえようとする出雲のおっさんのようだったので、ぼくらは声を上げて笑った。白井もほほ笑んだ。ぼくは心の底からほっとした。

この時練習していたのは、当時ぼくの一番気に入っていた名曲、ロス・ブラボスの《ブラック・イズ・ブラック》であった。

その二、岡下編（めらめらと妖しく燃える火の玉）

接吻を英語でキスといい、キッスと書く人もいる。ドイツ語ではクス、動詞形ならキュッセンだ。その響や発音するときの口の形から推察するに、きっと英人は接吻するとき口を横に広げかげんにし、独人は口をとんがらかしてするんだろう。フランス語ではベーゼといって、行うときに、たまった唾があふれでるようでなんだかきたならしい。イタリー語ではバーチョとか言うんだそうだ。きっと景気よく音をたてて勢いよくやるんだろう。

イタリー語といえば、当時《太陽にキッス》というイタリー語の歌がちょっとヒットした。歌っていたのは、シュー・マルムクビストとウンベルト・マルカートという覚えにくい名前の女と男のコンビで、オリジナル・タイトルは《Sole《ソーレ》, Sole《ソーレ》, Sole《ソーレ》》というのだが、別に人をおちょくっているのではない。Sole とは太陽のことだそうである。バンドのレパートリーに入れようとは思わなかったけど、ぼくはこの歌が大好きだった。特に歌詞の、その響きが実によい。ちょっと引用してみる。（ぼくはイタリー語をさっぱり解さんので間違いもあろうが、とにかくぼくの耳に聞こえたように書く。

そして、この歌の中では、「バーチ」はたしかに「バッチー」と聞こえるのだ。）

バッチー、バッチー、バッチー
ボリャソラメンテ
ノンカビスコ、ニエンテ
ボリョソロテ
ボリョソロテ
アモーレ、ミーオ！

いや、バッチー、バッチー激しく接吻しとるさまがほうふつして、まことに小気味よい。――それにしても、とぼくは思った、こういう言葉を毎日喋っているイタリー人は、どんなことを考えて暮らしているのだろう。あんまり深刻なことは考えんのであるまいか、と。

さて、わが日本語においては、件《くだん》の行為をば、接吻（しぇっぷんと発音する地方もあるそうだ）、あるいは、くちづけ、と呼称するのが現代では一般的である。くちづけは普通仮名で書く。漢字で「口付」と書いたのでは、何のことやらとっさには分らん。

かつて文豪森鷗外は、「親嘴《しんし》」なる語を独語の「クス」の訳にあてたと、どこかで読むか、聞くかした覚えがある。「嘴」とは「くちばし」のことで、要するに、とっとの仕種になぞらえたわけだ。滑稽でもあり、可愛らしくもあり。

ところで、接吻なる行為は明治維新以後、物理学や自由民権なんかと一緒に西欧からわが国に渡来したもので、それまで日本人はそういうことはやったことがなかったと、つい最近までぼくは信じておったが、どうもそうではなかったのである。現に、それを指す語がちゃんと江戸時代からあった。たとえば我々の祖先は洒落て「呂の字」などと言った。「おさしみ」などという、なんだかいやらしげな言い方もあるらしい。よく知らんが、これはディープ・キスなんだろうか？　また、「口吸い」なんていう身も蓋もない露骨な言い方もある。

いずれの呼び名もそれぞれに味わい深いのであるが、とにかく、何でもいいからしてみたい、早くやってみたい、と日夜冀《こいねが》っているのが男子高校生だ。女子高校生だってきっとそうなんだろうと思うけど、そんなものになってみたことがないので断言はひかえる。

初めてキスしたのは、いつか、どこでか、誰とであったか、なんてことは、三十をとうの昔に越えてもはや四十に近い男にとっては、もうどうでもいいことになってしまうが、高校生の男の子にとっては、ファースト・キスというもの、大変に重要なものである。そして、すませた後よりも前においては、特にそうである。する前は、来たるべきこの「人生の大事」に関して四六時中妄想をたくましゅうしている。妄想はしたもん勝ちだから、取っ換え引っ換え、ありとあらゆる女性と初キスを交わすところをうっとり想い浮かべる。けっこういやらしい要素もそこにはあるから、可愛いと言うのは当たらないような気もしていたが、今にして思えばやっぱり可愛いものだ。大人になっていろいろと経験を積むと、「キスはいらない、アレだけでよい、アレもほんのたまにでよい」などと、もうどうしようもなく可愛くないようになり果ててしまうのが常で、そんなのと較べると、ほんとうに可愛いもんである。

さて、我々ロッキング・ホースメンも、名誉メンバーのしーさんも、みんなそろって実に清純で、といっても、受動的あるいは結果的清純で、ということはつまり、わるさしようにも相手がいなかったからにすぎぬ、ということだけど、とにかく、脳裡の妄想を除けば、世界中のどんな箱入りおぼこ娘と較べても負けぬくらい清純であったが、とうとうその中の一人にこの「人生の大事」が訪れた。そして、それは名ドラマーの明石の――じゃなかった、岡下巧君その人だったのである。

その現場を岡下と同じクラスのしーさんが目撃していた。

「今日のー」と、練習を見にきたしーさんは糞真面目な顔で言った。「岡下がのー」

「やめやー、やめやー!」と、岡下がスティックをカチカチいわせながらあわててさえぎろうとする。

「岡下のやと(やつ)、キスしたんど」しーさんはあっさり言ってしまった。

しーん。

「そなあほな!」と、様々の思いの充満した高密度の沈黙を破ったのは富士男だった。

「いや、ほんまの話」と、しーさん。

「ほんなら、そのときの状況を詳しく説明せよ」と、富士男。

「三時間目の国語が終わったとき――」と、しーさん。

「やめやー! やめやー!」と、真赤な顔の岡下。

ぼくらは床に腰を下ろしてしーさんの話に耳を傾けた。白井も、ギターをかかえたままだが、しゃがんで熱心に聞いている。岡下はどっかに逃げていってしまった。

しーさんの話によれば、この一大事件は三限目の現代国語と、五限目のリーダーの間の、十分間の休憩時間中に起こった。

五分間で弁当を食ってしまった岡下が、水を飲みに行こうとして教室のうしろの出入口から廊下に飛び出した。ちょうどそのとき、ある女生徒が小走りに駆け戻ってきて教室に入ろうとした、――それで二人は鉢合わせしてしまった。

「ごっつん、とか?」とぼくは尋ねた。なんでこんなことを尋ねたのか、自分でも解らない。

「いや、鉢合わせいうても、ぶつかったんは岡下の胴体上部と、相手がとっさに胸をかばうように揃えて上げた両腕の、肘から先の部分じゃから、ごっつんではない」しーさんの観察は、理工科志望だけあって実に細かい。

「そら、よかった」と富士男が言った。「そんで岡下が真《ま》うしろにひっくり返った、と?」

「いや、とっさに岡下は腰をうしろに引いたんで、そうはならなんだ。衝撃がかなり緩和されたげな」と、しーさん。

「普段どんくさいくせに」と富士男。

「それで?」とぼく。

「……」と白井。

「それでの、当然予想されるように、腰がうしろに引けたかわりに、顔がぬーっと前方につき出たわけよ」

「ありゃ」と富士男。「すかんげなことする」

「相手わい?」とぼく。

「相手は岡下の顔がぬーっとくるから、そら当然わがの顔を避《よ》けよとするわの」としーさん。

「当然、当然」と富士男。

「ほんで?」とぼく。

「………」と白井。

「ところがよ、ようこいことあろがい、ほれ、往来で行き合うて、互いにやりすごそうとするが、互いに一緒の方向に体を動かすんで、なんぼに（なかなか）やりすごせん、いうようなことが」

「あるある」とぼく。

「まさか――」と富士男。

「そのまさかでの、相手が顔を避《よ》けた方に、岡下も顔を避けたんよ、気ぃきかしたつもりで」

「どんくさいやつが、あほな気のきかし方しくさって！」と富士男。

「それで、とうとう？」とぼく。

「そう。とうとう岡下の唇と相手の唇がこうなった、と」しーさんは両の手のひらを拝《おが》むような恰好にぴったり合わせて言った。

　再び、しーん。

「チュッ、ちゅう感じやったか？」と、沈黙を破ってぼくはあほなことを訊いた。

「いや、ふわーっと接近して、触れ合《お》うて、さらに、押し付け合《お》うて、最終的には、ぴた、あるいは、ぐらっ、ちゅうような感じやったかの。互いに前方に進もうとする慣性の力と、それに抵抗しようとする力が争うて、慣性の方に軍配が上がったということかの。落下傘で雪の上に着陸するような感じと言うてもよかろう」

「ようそこまで細《こま》こうに見とったな」と、白井が感心して言う。

「目のまん前じゃのに（だもの）」と、しーさん。

「そんなら何で止めてやらなんだ？」と富士男。

「話すと長いけど、ほんの一瞬のことでぇ。止められやするか」

「わしは、認めんど」と富士男が重々しく言った。「それは初キスやで（などで）ない、事故じゃ。相手にしてみりゃ狂犬に嚙まれたようなもんじゃ。その娘《こ》は、このいまわしい災難を一日も早《はよ》う忘れるこっちゃ」

「キスはキスじゃろでは《わ》（だろうではあるまいか）」としーさん。

「形而上の要素を欠いている故に、キスとは言えんのんじゃ」と富士男。

「むずかしいもんなんじゃの」としーさん。

「ほーよ。キスというのはそういうものよ」と、富士男はまだしたこともないくせにキスの権威のように言う。「それで、その可哀想な女生徒は一体誰じゃ?」

「石川恵美子いう子ぉじゃ」と、しーさん。

石川恵美子なら岡下も、ぼくも富士男も一年のとき同じクラスだった。髪が長くて背の高い、ほっそりしてちょっと頼りなさそうな、つまり、たくましめの娘さんばかりの観音寺などではめったにいないようなタイプの奇麗な少女で、ぼく自身は特別意識したことはなかったが、けっこう男子生徒の間では人気があった。

「石川の恵美子かあ!」と、富士男はちょっと驚いたように言った。

「そのあとどうなった?」とぼくは尋ねた。

「真赤んなって口とんぎらして（とがらせて）突っ立ったままじゃ」としーさん。

「石川が?」とぼく。

「岡下が、よ」としーさん。

「岡下のことはどうでもええ」と富士男。

「石川の方は口おさえてまた便所に走って行ったがい」としーさん。

「また、とは?」と白井。

「便所から戻ってきたところだったけんよ」としーさん。

「どして判るん?」とぼく。

「手ぇにハンカチ握っとったんもん」としーさん。しーさんの観察は鋭い。

「なるほどの」白井はまた感心する。

「なんしにまた便所に行ったんやろ?」とぼくは言った。

「クレゾールで唇をごしごし洗うために決まっとらい」と富士男。

「そやろか?」とぼく。

「まさか」としーさん。「水洗いぐらいはしたやろけどの。とにかく、女の子《おなご》ぉいうんは、そいことがあると、どっかへ走って行く習性があるげなど」

「いかにも可哀想で、また至極《しごく》あほくさい話じゃの」と富士男は言った。


たしかに富士男の言うことにも一理あって、形而上的要素の完全に欠落した唇の触れ合いは、キスとは呼べぬかもしれない。しかしながら、岡下にとっては、この一件は形而上的要素をも備えた唇の触れ合い、つまり、やろうと思うてするほんまもんのキスにも決して劣らぬ、重大な精神的――ひいては肉体的影響を及ぼしたのである。

最初のうちは、岡下にとって、これは思い掛けぬ偶然のできごとに過ぎなかったろう。もちろん、なんぼ偶然でも、事が事だけに、思春期の高校生らしく、大いに羞恥を覚えたのは当然だろう。だが、ただそれだけのことだったろう、最初のうちは。しかし、一日、二日、三日と日がたつにつれて、この偶然のできごとは、本人が意識せぬうちに、朝顔の種子のむくむくと発芽するごとく、岡下の精神の中でしだいに別の意義を、それもすこぶる重大な意義を持ち始めたのである——というのはぼくの想像だが、ほぼ毎日親しくつき合っている友のことだから、まずぼくの想像はまちがってないと思う。

さて、ぼくの想像によれば、こうである。事件から三日を経過した日の夕刻、二階の自分の部屋で机の前に座って英語（リーダー）の教科書を開いていた岡下は、普段解らない英語が、今日はまた特別に解らないのはなぜだろう、と考え、それは、教科書のその箇所の授業をほとんど聞いてなかったからだと気づいた。しからば、なぜ聞いてなかったかを考えて、ああ、あのときは聞くどころではなかったんだと思い出した。その箇所は、スパルタ王レオニダスが、三百の兵士の先頭に立って、クセルクセス率いるペルシャの大軍の進攻を、テルモピレーなる山道で食い止めんとして、ついに討ち死にしたという物語のおしまいの部分だったのだが、事件直後の授業で扱われたところだったのである。無理もない、岡下にしてみりゃ、二千四百年以上も前の外国の戦争の話など、頭に入るわけがない。

岡下は小さく身ぶるいする。つーと一滴、わきの下から一種の冷や汗が流れる——そのとき、階下から漂い昇ってくる古いてんぷら油のにおいの中に、かすかにあるいいにおいが混じっていることに、ふと彼は気づいた。岡下は鼻をふんふんいわせた。してみたところ、そのいいにおいは、なんと、岡下自身の唇から漂ってくるのだった。

そう、それは、あのとき、一瞬嗅いだ石川恵美子の息のにおいだったのだ。なぜそのにおいが、三日の後に岡下の突き出し気味の唇から漂ってきたのか、思えば不思議であるが、おそらく神経のある種の作用であろう、としかぼくにも言えぬ。とにかく、岡下は、ふっと消えてしまいそうになるかすかなにおいと鼻のすの奥に焼きつけておこうと、レオニダスはそっちのけで懸命に己の唇に神経を集中した。

すると、今度は唇に、石川恵美子の柔らかな唇の感触がまざまざとよみがえってきたのである。さらには、彼の胸に触れた彼女の両の手のひらの感触までよみがえってきた。そして、あのとき、彼の胸に押し返される彼女のその手の向こう側にあって、その手の甲によって押さえつけられることになった乳房の、どっちかというと控え目な乳房の弱々しい弾力の感覚さえよみがえってきたではないか。

そして、さらには、黒いスーツ型の制服と、くるぶしのところまでくるくると折り返した白いソックスをつけた彼女の全身像が、彼の眼前に現われた。ほっそりとしなやかな全身像はくるりと踵《くびす》を返して便所の方に駆けてゆく。長い髪が踊る……岡下はここで熱い熱い息を吐いた。つまり、岡下巧の胸に恋の炎が、種火から本火へ点火したときのように、ぼっ、と燃え立ったのである。

きっかけが何であろうと、また、そのプロセスが普通とは多少異なっていようと、恋は恋である。形而上だか形而下だか知らないが、恋は恋である。そして恋なら——生まれたばかりでいまだかなえられていない恋なら、一割の至福のほかに、九割の責苦を当人に与えるものであることは、田舎の高校生の場合だって同じである。

なんだか元気のない岡下を見て、ぼくらはもちろん心配した。

「しつけん（し慣れてない）勉強をしすぎて過労になったんちやうか」と、しーさん。

「胃が悪いんかの、べロがまっ白じゃ。それとも、あれのしすぎかいのー」と、富士男。

そしてぼくのところに、思いがけなく岡下のばあちゃんから電話がかかってきた。（うちにはこの前年の十一月に電話がついたのだ。）ぼくがでると、いきなり「ほしてな（そしてね）」とばあちゃんは喋りだした。何が「ほしてな」なのかよく解らないが、ばあちゃんなりの会話の流れがきっとあるんだろう。それから「うーちの、たーくみがなー」と続けて、お百度参りみたいに同じことを繰り返し二十分ばかり喋った。その内容は、要するに、「ごーはんが、な、あんた、二膳ほか（しか）進まん」のは、「でーったい（絶対）なんぞあったんに違いなかろわい」ということだった。

結局、「傍《はた》の者《もん》まで気分が悪なるその情けない顔」のわけをしつこく尋ねる富士男に、とうとう岡下が打ち明けて、それですべて合点がいった。なんだかだと言っても、岡下が一番頼りにしているのは富士男なのである。

「えーとのー、あののー、実はのー……」という調子で岡下は、十五分もかかって恋していることを打ち明けたそうだ。

打ち明けさせた以上、放っておくわけにはいかない。そこで、まず富士男はぼくらにも岡下の恋について話して聞かせた。

「『誰っちゃ（誰にも）言わんといてくれよ』と岡下は言うたが、わしは言うてしまう。こいこと（こういうこと）は秘密にするのが一番いかん。秘密の恋の楽しみというのもあるが、それは大人のやることで、とうてい岡下にやれることではないからの」と、富士男は恋愛の権威のように言った。たしかにそうかもしれない。ぼくら全員が知ってしまった後は、岡下はずいぶん元気になって、かなりもとの明るさを取り戻したように見えた。このことが彼の恋心を強めたのか、弱めたのか、あるいは変質せしめたのか、については、ぼくには何とも言えない。ただ、できる限り岡下の力になってやろうと、ぼくらはみんな思ったものだ。

そこでぼくらは岡下を取り囲んでミーティングをした、「ほんまに、ほんまに好きなんじゃの?・」と、しーさんが念を押すと、岡下はちょっと怒ったような顔つきで、「うん」とはっきり言った。やぶれかぶれのようでもあったが、日頃煮えきらない岡下に似合わぬ力強さがその中にこもっていて、恋とは偉大なものよと、ぼくはふと思った。

「ほれで」と富士男が訊いた。「どういう形で交際したいのい? デートしたいんか? 一緒にどこへ行きたいのい?・」

これには岡下は答えられない。

「夏なら有明《あんりやけ》の海水浴場につれて行きゃええけどの」と、しーさん。「今は海はちっと寒《さぶ》かろかの」

「琴弾山にでも登って、一文銭（先述の砂の銭形のことなり。山上の展望台からその全貌が見渡せる。でも眺めるかい?・」と富士男。

「それからどうしょう?・」としーさん。「山の反対側に下りると、観中（市立観音寺中学校）の裏門のとこに出るわの」

「観中のすぐ近くに、『根上がり松』があるけん、それ一緒に見るとええ」と、観中出身のぼくは勧めた。岡下も観中だが、石川は大野原中出身だから、たぶんまだ見たことがないだろうと思ったのだ。

「何じゃ、その『根上がり松』っちゅうのは?・」と富士男が尋ねる。

「松の根元《ねもと》の土砂が流れてのうなって（なくなって）しもて、根ぇが露出しとる松の木じゃ」とぼくは説明した。「普通の松と違《ちご》て地上一メートルぐらいのとこまでは、根ぇなんど」

「おばあなら喜びそうじゃがの」と富士男。「まあ、せっかくじゃからそれを見てと、それからどうしょう?・」

「その前の道をずーっと歩いて行くと観中の正門がある」としーさん。

「観中を見学してもしょんがないの」と富士男。

「さらにどんどん行くと、『微研《びけん》』がある」としーさんは言った。そして岡下の方に向いて、「お前も観中やったから、そこらへんの道よう知っとろぎゃ（知っているだろう）?」

岡下は真剣な顔でこっくりうなずく。

「その『ビケン』ちゃ何や?」と、富士男がまた訊く。

「阪大（大阪大学）付属の微生物研究所よ」とぼくは教えてやった。

「そこで何《なん》しよん?」と富士男。

「そら、微生物の研究じゃろでは《わ》（ではあるまいか）」としーさん。

「中に入れるんか?」と富士男。

「さあ、関係ない人は入れまい」とぼく。

「そんなら行ってもしょうがなかろ」と富士男。

「クロレラかなんかを培養しとるプールなら、道から見られるど」とぼく。

「どんなんや、それ?」と富士男。

「真緑《まみどり》での、ぶくぶくいよらい（いっているよ）」としーさん。

「うーん」富士男はうなった。「若い娘が喜ぶかのう……」

「そこから左側に折れて、海の方に行ったらええ」としーさん。「回りの畑にはトマトやブドウが植わっとる」

「そら、夏のことやろ」と富士男。「もうそろそろ冬やで」

「冬は冬で何《なん》ぞ植わっとろでは《（わ）》（植わっているのではあるまいか）」しーさんは涼しい顔で言う。

「それで、どうなる？」と富士男。

「海に出らい」としーさん。

「海は寒《さぶ》かろいうて、さっき言うたが」と富士男。

「ちっとくらい寒《さぶ》かって、海はロマンチックじゃ」としーさん。

「海に出て、どうすん（どうする）？」と富士男。

「右に行くと、九十九山《つくもやま》、左に行くと有明《あんりやけ》の海水浴場じゃ」とぼくは行った。九十九山は海に突き出した三、四十メートルほどの高さの山、と言うより丘である。

「九十九山までどれくらい？」と富士男。

「さあ、そのへんからじゃと一キロくらいかの」とぼく。

「砂の上をアベックで歩いていくとすると、二十分ぐらいかかるかもしれんの」としーさん。

「その九十九山には、なんぞ見る物《もん》あるんか？」と富士男。

「発破《はっぱ》かけて工事に使う砂利を採《と》っりょる。もう山腹のかなりの部分がほげて絶壁になっとら」としーさん。

「うーん」と富士男はまたうなった。「寒《さぶ》い中を二十分歩いてほげた山を見に行くんか……！」

岡下の方を見ると、なんだか今にも泣き出しそうな顔つきだ。

一九六六年ごろに四国の田舎町で高校生をやってると、まともにデートもできやしない。喫茶店は何軒もあるが、学校は、父兄同伴のとき以外は生徒に出入りを禁じている。校則を破る度胸が岡下にあるわけはない。頼めばドンック・ドンドン・ツクドンの岡下のばあちゃんが同伴してくれようが、石川と岡下とばあちゃんが喫茶店に入って、どんな話がはずむだろう。想像すると愉快だけど、岡下にとってはちっとも愉快であるまい。結局、互いの家を訪問し合う、というぐらいしかないのかしらん……。

「それより」と、ここで今まで黙っていた白井が発言した。「まず、二人を近づけてやらな。一緒にどこ行くかはもっと後のこっちゃろ」

なるほど、と全員が思った。それで、二人を近づける機会をまず作ろうということになり、それなら、石川に我々の練習を見にきてもらうのがええんでないか、ということになった。しかし、いきなり黒いカーテンを二重にめぐらした部屋に来いとぼくらが言っても、怯えるだけだろうから、ちょくちょく練習を見にくる内村百合子と羽島加津子に誘ってもらうことにした。

「ええで」と一部始終を聞いた二人は快く引き受けてくれた。

翌日の放課後、百合子と加津子がぼくのところに首尾を報告にきた。

「断わられたわいな」と百合子。「あの子、ロックやか好かん、言うんよ」

「何が好きなんやろ?」とぼく。

「三田明が好きなんやて」と加津子。

「三田明かあー!」とぼくは言った。「弱ったな」

三田明が相手だとすると、見てくれの面では残念ながら岡下はいささか不利のようである。しかし、岡下はドラムが叩けるのだ。ドラマーはかっこいい。ここで引き下がってはならん。なんとしても恵美子をつれてきて、岡下のかっこいいところを見せてやらねばならない。

ぼくはしばし考えてこう言った。

「ほんなら、こう言うてつれてきてくれんやろか。わしらはロックだけでのうて、《美しい十代》もやる、《星のフラメンコ》もやるんじゃ、言うて」

「《星のフラメンコ》は西郷輝彦じゃ」と加津子は言った。「わたしは西郷輝彦の方が好きじゃけどな」

「とにかく、そういう歌謡曲もやりますから、言うてな、気長《きなご》に誘《さそ》てうまいことつれてきてつか（下さい）、な？」とぼくは言った。

「ええで」と、二人はまた快く承知してくれた。

ぼくらは《美しい十代》の練習を始めた。無論リード・ボーカルは岡下だ。彼はドラムを叩きながら、満更でもなさそうな顔で歌った。

白い野ばらを　捧げるぼくに
君の瞳が　明るく笑う

…………

この数年前の大ヒット曲を演奏しながら、ぼくは気色悪くてしかたがなかった、親友のためだから我慢するのである。白井もさぞいやだったろうけど、文句は一言も言わなかった。

それからぼくらは舟木一夫の《学園広場》や、先に名前の上がった《星のフラメンコ》などもけいこした。橋幸夫の《チェッ・チェッ・チェッ》もやった。最後の二曲は岡下がどうもうまく歌えないということで、ぼくがリード・ボーカルをとった。そしてこの《チェッ・チェッ・チェッ》だけはやっていて妙に楽しかった。（《美しい十代》と同じく、かの吉田正氏の作品だ。）あのアストロノーツも取り上げて、ボーカル版（英語）、インストゥルメンタル版と、二種類のレコードを出しているが、たしかに不思議な魅力のある曲である。

さらに岡下を目立たせるために、ドラムが前面に出て大活躍するインストゥルメンタル・ナンバー《Let There Be Drums《ドラムを叩け》》も急遽練習を開始した。（これはサンディー・ネルソンのヒット曲として知られるが、ベンチャーズのレコードしかなかったのでそれをコピーした。）

しかし、石川恵美子はついに練習を見にきてはくれなかった。

岡下は、ぜひ練習を見にきてくれるよう、付《つ》け文《ぶみ》の権威富士男の指導のもとに懇切な誘いの手紙を書いて百合子に託したが、百合子は断わりの手紙を持ち帰った。「学校が終わったらすぐ帰らないと、家の人にしかられるから」だと、水色のルーズリーフを四つ折にした返事の手紙には几帳面な小さい字でそう書いてあった。

石川が女子の週番の週には、岡下も男子の週番になるように、しーさんが他の男子生徒に頼んで順番を変わってもらったりもしたが、何の効果もなかった。

彼女が校内緑化委員になったので、ロッキング・ホースメンは総出で自発的に花壇の草むしりや、堆肥入れや、水かけの作業をしたこともある。かわいらしいチューリップや、あでやかな牡丹、そして大きな大きな向日葵は咲いたが、ついに恋の花は蕾のままで終わった。

その他、色んなことをやったけど、ついに岡下の恋は実らなかった。花も咲かずに実るわきゃない、というのは道理だが、岡下だけでない、ぼくらはみんながっかりしたのである。

石川恵美子には、岡下やぼくらの気持はよく伝わっていたと思う。そして、彼女は岡下のことを特に好いてなかったかもしらんが、別に嫌っていたわけでもなかったと思う。要するに彼女は、一九六六、七年ごろの田舎の女子高校生として、ごく普通の女の子だった。つまり、二十日ネズミのように恥ずかしがり屋で引っ込み思案だった。さんざん回りに尻を叩かれたものの、岡下も似たようなものである。これでは、「交際」は成立すまい。

成立はしなかったが、例の青いルーズリーフに書かれた返事の手紙は、断わりの手紙であったにもかかわらず、岡下の宝物になったようだ。どこで手に入れたか、四つ葉のクローバーの押し葉を中に入れて、大事そうに生徒手帳に挟んでいるのを、ぼくは卒業まぎわのある日にたまたま目にしたことがある。ことによると、いまだに彼のひそかなる宝物なのかもしれない。それとも、幸せな三児の父である現在の岡下は、どっかにうっちゃったきり、もう忘れてしまったろうか?

ちなみに、石川恵美子の方は桑野と姓が変わって、今は茨城の方でやはり幸せな二児の母をやってるそうだ。こうして二人とも幸せなら、ハッピー・エンドなんだろう。

とまれ、これはぼくが実際に知っている限りでは、最も官能的で、切なくて、そして清らかな、青春の実らぬ恋の物語である。

5　And the band begins to play!

（いよいよわしらのデビューです！）

——*The Beatles;*《*Yellow Submarine*》

白井の兄《にー》ちゃんに求愛中の水産加工こと田中和夫さんは、観商《かんしょう》——すなわち、観音寺商業高等学校の卒業生で、その同級生に西村義治《よしはる》さんという人がいた。いたと書いたが、亡くなったわけではない。今も健在である。愛称は「よっさん」という。

さて、よっさんは高校を出た後、家業をついで農具及び日用雑貨を扱う店を切り回していた。なかなかの手腕家という評判で、隠居している先代（よっさんの父親）の義一郎さんのときより商売はずっと繁盛していたという。

ところが、ある日のこと、よっさんは柳町にある三彩堂という本屋で、たしか小池白蓮《おいけはくれん》とかいう名の女流易学研究家の著した《魅惑の花占い》という、妙なタイトルの本を見つけた。何年も前に出版されたもので、今は手に取る人もないのであろう、厚いほこりを帽子のように上にのせたまま、最上段の棚に差し込まれてあったその本の背表紙が、どういうわけか、よっさんの目を引きつけて離さなかったんだそうだ。

そこでよっさんが、よっこらせっと脚立《きゃたつ》にのぼって抜き出して表紙を見ると、「迷ったことのある人、迷っている人、迷いそうな人のための花占い」と宣伝文句にうたってある。すると、よっさんは、自分でも気づかぬまま、これまでずーっと迷い続けてきたような気がしてきた。さらに、「花札で観《み》通《とお》すあなたの人生」という文句も目に入った。花占いの花は、花札の花だったのである。「まえがき」を読むと、どうやら花札を、それも、「赤」、「青」、「みよしの」などの短冊札のみを用いて、あらゆることが占える本らしい。よっさんは本の代金二百八十円也を支払い、回り道をして武田質店で花札を買って、大急ぎで家に戻ってきた。

「かんかん、かんかん、外から大けな音が近づいてくるきに、何かと思うたら、おとーちゃんが血相変えて下駄でアスファルトの上を走ってくる音じゃった」と、よっさん夫人が後に笑いながら言ったものだ。

さて、自室に閉じこもったよっさんは、妙な胸騒ぎを覚えつつ、その本を読み進み、読み進みながら本の教えるやり方で、まず過去をさかのぼって幼児期よりこれまでの自分の人生について占ってみると、なんとこれが実によく当たる。七つのときにヘルニアの手術をしたことも、十二のときに四つ上の兄を亡くしたことも、二十五の春に結婚したことも、ちゃんと占いに出た。

「こーら、えらいことになったぞ！」と、《魅惑の花占い》をまじまじと見つめてよっさんは思わず大きな声を上げたそうだ。

そこでよっさんは、しごく当然のことながら、今度は自分の商売の将来について運勢を占ってみた。ところが、あまり面白くない卦が出た。このまま続けてゆくと、三年三月《さんねんみつき》は繁盛するが、それ以後は、零落した家の不人情な親戚のように、幸運がぱたりと訪ねて来なくなる、こっちから出向いて行っても幸運の方で居留守を使うようになるゆえ、ぜひ転職せえよ、という内容だ。そんなことになってはえらいことだ。しからばいかなる職に転ずるべきかと、また卦を立ててみると、水、酒、茶、米、麦、のいずれかに関りのある商売なら吉と出た。

よっさんは、さて、これら五品目のうちのどれに関りのある商売にしようかと、白黒ぶちの大きな雄猫を膝に置いてしばし思案した後、ぽんと猫の頭を叩いた。猫は大儀そうに「にゃあ」と言った。猫が何と言ったかはどうでもよいが、要するによっさんは妙案を思いついたのだ。「全部ひっくるめて関りのある商売があるでないか！」と、彼は愛猫に語りかけた。愛猫はただ目を細めただけだ。この猫はかなりの年で耳が遠いのである。しかしその猫の仕種は、「なーんでもお前の思う通りにやらええが」と言ってくれているようによっさんには思えた。「わしは軽食喫茶スナックをやるど。これで幸運を総取《そうど》りじゃ！」と、よっさんは、どこで聞いたか、花札用語を交えて力強く叫んだ。なんだか欲が深いような気もするが、なるほどな、と、隠居している父親の義一郎はんも猫に続いて賛成してくれた。

かくして、柳町のややはずれにあった「西村商店」はさっそく取り壊されて、そのあとに三階建ての白いビルが建って、その一階の入口の敷居の上に、薄緑のバックに真赤の字で、「軽食喫茶スナック、ウエスト・ビレッジ」と書いた大きな看板が取りつけられた。（言うまでもあるまいが、ウエストは西、ビレッジは村である。）一階が中華そば、うどん、きつねずし、巻きずし、おこわ、焼き飯《やめし》、お好み焼、関東炊《かんとだ》きなどを食わせる軽食堂で、二階は、昼間は喫茶店、夜にはスナック・バーになる。三階はよっさんと妻子三人の住居である。（義一郎はんご夫妻は以前から、仁尾《にお》という観音寺から車で二十分ほどの海辺の町で、悠々自適の生活を送っている。）

さて、どうやらこうやら目出たく開店までこぎつけたよっさんは、第二の人生の門出を祝おうと思い、開店記念パーティーをやることを考えついた。そこで、パーティーを盛り上げるのにいいアイデアはないかと、親友の水産加工に相談をもちかけたところ、水産加工は、知り合いの婦人に高校生の弟がおって、こいつがロック・バンドに狂うておるから、そいつらを呼んで演奏さしたらよかろ、とこう即答した。

その婦人とは、お前がつき合《お》うとる魚屋の白井さんか？　と、よっさんがすぐピンときて尋ねると、水産加工はエヘヘと嬉しそうに笑った。

そのバンドはうまいんかい？　とよっさんが尋ねると、さあ、聞いたことないけど、一所懸命やっりょるげなきに（らしいから）うまいんじゃろでは《わ》（うまいのではあるまいか）、と水産加工は答えた。

ほんなら、お前の方から頼んでくれまいか、とよっさんは言った。じゃけど、ギャラはどのくらい払たらよかろか？

高校生のバンドに銭やかいるか（銭などいるものか）、と水産加工は言った。サンドイッチか焼き飯でも食わしたったら、喜んでやりよるわい。

そういうわけにもいくまいが、と、善人のよっさんは言った。（別に水産加工が悪人だというのではない。）ほんなら、それはこっちが考えるとして、とにかく頼んでくれ。開店記念パーティーはクリスマスにやりたいと思うとるんじゃ。

話は水産加工から兄ちゃんへ、そして兄ちゃんから白井へと伝えられた。ぼくらは二つ返事でＯＫした。我らロッキング・ホースメンはいよいよデビューの時を迎えたのである。

ギャラのことは何も聞かなかったが、ぼくらの方もそんなことに興味はなかった。演奏場所があって観客がいればそれで充分だとぼくらは思った。ただ思っただけではない、胸ときめかせてそう思ったのである。演奏曲目はすべてぼくらに任せてくれる由。ただ、《Jingle Bells《ジングル・ベル》》だけはぜひやってくれるように、とのよっさんの注文である。おやすい御用だ。

ぼくと白井は、まだテーブルも椅子も入っていないウエスト・ビレッジの二階、すなわち、パーティー会場となる喫茶スナック部の方に下見に行った。思っていたよりずっと広い。十人は座れそうなカウンターがある。テーブル席も十五、六はゆったりとセットできそうだ。深紅のぶ厚いカーペットはすでに敷いてある。「ごっついのー!」と、ぼくらは感嘆の声を上げた。

「君らの友達も、四、五人ぐらいやったら呼んでもええど」と、よっさんは言ってくれた。「ほれで、なんぞ必要なもんがあったら言うてみいや。用意するがい」

「一応楽器もマイクもそろてはおるけどな」と白井は言った。

「神戸屋の親父はうちの親父と親しいから、なんぞいるんなら借《か》ってやるぞ」とよっさん。

「ほんまですか!」とぼくは叫んだ。「ボーカル・アンプが借りられるとええんじゃけど」

「何《なん》するもんぞ、それは?」とよっさん。

「歌うたうときに声を流すアンプです」とぼく。

「マイクがあろがい(あるだろ)?」

「マイクだけでは鳴らんがな」とぼくは説明した。「今まではギターのアンプに一緒につないどったけど、ボーカル・マイクとギターは別にした方がええんじゃ」

「ほうかい」と、よく解らんかったらしかったがよっさんは承知した。「ボーカル・アンプ、言うたら分るんじゃの？」

「楽器屋のおっさんなら分らぃ」

「よっしゃ。借っといてやる」とよっさんは約束した。

「あっと、それから、マイク・スタンドも二本あるとえんじゃけど」と、ぼくは調子に乗って要求した。

「手ぇで持って歌《うと》たらよかろがい」とよっさん。

「楽器弾きながら歌うからそうはいきません」とぼくは言った。ぼくらは練習するときマイクを古い譜面台にひもでゆわえつけてやっていたのだ。人前でやるのにこれでは見っともない。

「よっしゃ、それも借っといてやる」

ぼくがアメリカの女の子なら、ここで「オー、よっさん！」と叫んで首っ玉にかじりつくところだ。

パーティーはクリスマス・イブの予定だったが、棚口《たなぐち》電器のおっさんがへまをやって、大阪に注文したシャンデリアが間に合わず、結局、いささか間が抜けてしまうけど、二十六日の夜に行われることになった。

富士男は早速学校に届けを出した。名目は、「第二軽音楽部研究発表会」とした。

またぼくらは画用紙と色鉛筆で独自の招待状をつくり、内村百合子、羽島加津子、唐本幸代、石川恵美子の四人と、恩人の神田さん、そしてしーさんの妹のえっちゃんに手渡した。兄ちゃんや水産加工へは、言うまでもなくよっさんの方から招待状が送られた。

そしてぼくらは、協議の上、演奏曲をピック・アップした。与えられたステージの時間は四十分なので、《ジングル・ベル》以外に、アンコールを含めて十四曲選んだ。石川恵美子も招んだのだから、その中にはもちろん《美しい十代》も入っている。

当日の午後、やっと来たシャンデリアを取りつけたり、パーティーのために飾りつけをしたり、椅子やテーブルを並べかえたり、飲食物の用意をしたりでてんてこまいの人達に混じって、ぼくらも機材（と言っても大したことないが）をセットし、一曲だけリハーサルした。《The Ventures In《ベンチャーズのクリスマス・》 Christmas《パーティー》》というアルバムからコピーした《ジングル・ベル》である。

（ときに、これはとても楽しいアルバムで、今でもクリスマスになるとぼくはこれを聞く。要するに、おなじみのクリスマス・ソングにベンチャーズが独自のアレンジを施して演奏しているわけだが、それぞれの曲に、いろんなロックの名曲のイントロをいい加減にくっつけてあるところが面白い。たとえば、《ジングル・ベル》はレイ・チャールズの《What'd I Say《ホワッド・アイ・セイ》》、《Rudolph The Red-Nosed《赤鼻の》 Reindeer《トナカイ》》はビートルズの《アイ・フィール・ファイン》、《Santa Claus Is Comin' To《サンタが街にやって》 Town《来る》》はサム・ザ・シャムとファラオスの《ウーリー・ブリー》のイントロから始まる、という具合だ。中には、くっつけたイントロと歌のメロディがさっぱり合ってないものもあるけど、それもまたよし。ぼくはただ、しんみりしたりほほえんだりしながら、一心に耳を傾けるのである。）

さて、ぼくらのリハーサルを聞いて、よっさんも、その他の人たちもみんな驚いた。

「こーら、ごっついのー！　お前ら、プロじゃのー！」とよっさんは言った。

「もう一曲やってごー（ごらん）」と、ウェイトレスのお姉さんに言われたが、ぼくらは「へへへ」と笑って応じなかった。それは後のお楽しみ、というわけだ。

それから、ボーカル・アンプの調節をした。ギター・アンプにつないだときみたいにハウリングを起こすことなく、面白いようにきれいなエコーがかかる。

「アワワ〜〜。ただいまマイクの試験中〜〜」と、ぼくはマイクに向かって喋った。「アワワ〜〜。ウィ・アー・ザ・ロッキング・ホースメン。アワワ〜〜！」

「こら、それはエコーのかけ過ぎじゃ」と白井が言った。「何言うとるか分りゃせん」

「そやろか?」多少不満だったがぼくはエコーを少し落とした。「これでどうじゃあ〜〜、アワワワ〜〜」

「もっと落とせ」と白井。白井の命令とあらば是非もない。

五時ごろにはほぼ会場の仕度が整った。楽器のセッティングやリハーサルに気をとられていて気づかなかったが、ぐるっと眺め渡してみれば、実ににぎやかなインテリアである。まず、入口の両側に二メートルほどのクリスマス・ツリーが二本。入ってすぐのところにあるカウンターの内側には、大きな金門橋《ゴールデン・ゲイト・ブリッジ》のパネルがかけてある。カウンターの両端には丈一メートルばかりのポトスの鉢があり、深紅のカーペットを敷いた床の上にも二つ、やはり一メートルくらいのゴムの木の鉢が置いてある。

そして、壁のあちこちにプラスチックの蔦《アイビー》が這いずり回って、そのすきまにはいく束もの様々のドライフラワーが取りつけられている。

カウンターの右隣の壁には、等身大に近い金髪美女のセミヌードのパネル、さらにその右隣、すなわち、カウンターと向かいあった壁には、マッターホルンのパネルがかけてあり、そのパネルの上には、福沢諭吉の七箇条の心訓の額がかけてある。（ぼくらのステージはこの壁の前に作ったので、したがってぼくらはアルプスのとんがり山と諭吉翁の七訓を背負って演奏するわけだ。いやが上にも力がはいろうというものである。）この壁の右隣には大きな窓があり、今は夜だからたっぷりした白いレースのカーテンを閉ざしている。

そして、白いカバーをかけた各テーブルの上には、ステンレスの紙ナプキン入れと、造花のチューリップを差した、首の細長い青ガラスの一輪差しの花ビンが並べて置かれている。シャンデリアは、いろんな色のついたプリズムを一杯ぶら下げた馬鹿でかいのが二つ。きらきらして、そりゃきれいはきれいだけど、その形はなんだか電気クラゲのような、あるいは、ぼろぼろの三度笠をかぶったミノムシのような……。

「このインテリヤはの、内装業者に頼らんと、ぜーんぶわしとよめはんとで相談してあつらえたんど」と、よっさんは来る人ごとに得意げに語って聞かせた。

今見れば別の感慨もあろうけれど、そのときのぼくらはこの壮麗を極めたインテリアに大いに感心しつつ、支給された大きなきつねずしをほおばった。ぼくはついに二個しか食えなかったが、それは初のステージを前にした緊張と興奮のせいであったろう。

パーティーの開始は六時だが、五時半を回ったころから招待客が次々にやってきた。

水産加工が兄ちゃんの後についてうれしそうにやってきた。

えらいたくましいおっさんじゃなあ、と思ったのは年に何百万も稼ぐという競輪の選手で、よっさんの先輩だそうだ。

申し合わせたようにぴらぴらのフリルがいっぱいついた、色とりどりのブラウスを着た五人のおばはん達は、よっさん夫人のお友達。そのうちの三人が、やんちゃそうな幼稚園くらいの子供を連れている。よっさん夫妻の子供もいるから、都合六人の子供がうろうろしている勘定になる。

棚口《たなぐち》電器のおっさんも来た。

インテリア屋の淡路堂も来た。

よっさんの父親の義一郎《ぎいちろ》はんと楽しそうに角力の話をしている年輩のおっさんは、先ごろ退職した、よっさんの高校時代の恩師で、あの福沢諭吉の心訓七箇条を自ら書いて額に入れてプレゼントしたのはこの人だそうだ。

とても礼儀正しくにこやかだが、可哀想なくらいやせた男は、観信《かんしん》——すなわち観音寺信用金庫の人で、よっさんの高校時代の同級生。今回の資金ぐりについては、「いろいろと相談にのってもろた」とよっさんは言う。そしてよっさんの高校時代の同級生は他にも四人ほどやってきていたが、こちらの方はもうすでにかなり酔っぱらっている。今まで麻雀をしながら飲んでいたんだそうだ。そのうちのリーダー格の男は、でっぷりした赤ら顔の男で、うるさいくらいの大声で喋っては、「きっきっきっ」と妙な声で笑う。富士男の話では、あんでも出作《すっさく》（地名）の方で八百屋をベースにしたスーパーを経営している人だそうだ。馬力がありそうで、なかなかのやり手のように見える。

その仲間も、同じように家業を継いでいる若旦那たちで、そのうちの一人は「トムラ」というスナックの経営者だ。（先代の時分《じぶん》は「戸村」という名で一杯飲み屋だったそうな。）よっさんは、酒は飲めないけれど四、五回もトムラに通って、スナック経営のイロハについてこの人から短期集中特訓を受けたらしい。

そして、この客の四人組はみんな妻子持ちだが、そろって大変な遊び好きで、観音寺の飲み屋を片っぱしからはしごして回るだけではない、興が乗れば夜中でも自家用車を乗り回して、高松や、松山や、ときには高知の方まで進出するらしい。競輪、麻雀、ばんばんやる。ビリヤードもやる、ボーリングもやる。当時の観音寺には、やる人などいなかったゴルフもやり始めた。「ときおりはよからぬ遊びもするげなど」と、富士男は小声で詳しく教えてくれた。

そしてぼくらの招待客、神田さんとえっちゃん、それから、内村百合子と羽島加津子に唐本幸代が来た。しかし、岡下の待ち焦がれていた石川恵美子はついに来なかった。

「どして石川さんは来んのえ?」と、ぼくが代わって百合子に尋ねたところ、

「夜間外出やかしたら、お母さんにおごかれる(叱られる)んじゃ、言よったわい」と答えた。だが、このくらいのことでは岡下はもうくじけなくなっている。ぼくらのドラマーは日々成長しているのだ。

「としたら、《美しい十代》はオミットすることになるかの?」と、白井がうれしそうに言った。

そして、もちろん、よっさんのよき相談相手たる、白黒ぶちの大きな雄猫もいて、「万事ええ塩梅《あんばい》じゃの」とでも言うような顔つきで目を細めてカウンターの真中に座っている。

六時を十分ほど回ったところで、大人にはビール、未成年者にはオレンジ・ジュース、あるいはコーラのグラスが手渡された。このコーラというのが、コカ・コーラでも、ペプシでも、ロイヤル・クラウンでもなくて、「日の出コーラ」というのだ。うそでない、(味はともかく)そういうコーラが当時の観音寺には本当にあったので、これはわがホームタウンの文化の底力を表わす一例であると、ぼくは言いたい。

ビールをつぐ段階でフリルのブラウスのおばはん達はえらくにぎやかである。

「いやーっ、わたしやか飲めんのにーっ! あんた、つぎますな、つぎますな!」と、一人がうれしそうに口だけで辞退する。すると隣のおばはんがこう言う。

「何言《い》よんえ。あんたちょいちょい盗人酒《ぬしとざけ》しよるいうて言うとろがな。かむかい、飲まんな、飲まんな、ただじゃがな」

これを標準語と呼ばれている日本語に訳すと、こうなる。

「何を仰有《おつしや》ってるの。貴女《あなた》、ときどき御主人のお酒を黙っていただくのよって、御自分で仰有ったじゃなあい。大丈夫ョ。いただきましょ、いただきましょ、せっかくの御招待ですもの」

遊び人の若旦那たちは、

「またビールきゃ（かい）。わっしゃ（わしは）ウイスキーの方がええんじゃけどの」などと、勝手なことを言っている。

子どもは乾杯の前にジュースを飲んでしまって、お代りをねだる。それを盗人酒夫人が、

「お前、こら、そなに飲んで夜中にシッコ出ても知らんのどな」と叱りながら、気前よくなみなみとただのジュースをついでやる。

「お前がなんど（何か）喋らな飲めんぎゃ（飲めないよ）」と、友人たちに促されたホストのよっさんが、パーティー開催の挨拶を始めた。ところどころ言葉が変なのは、緊張と感激のせいだろう。無理もない。

「えー本日は御多忙中のところにつきまして、かくも公明正大にお集りして下さいまして、まことにわしは嬉しい、思うております。ふり返りますれば――」

「あんまりふり返るなよ」と赤ら顔。

「ふり返りますれば、高校を卒業してから後より西村商店を継いで、当地におけます農業生活の便利化と、家庭生活の振興とに御尽力して参ってきたのでありますが、本日をもって、不肖西村義治は目出たくウエスト・ビレッジに生まれ変ったことは、何よりのさいさきであります。かくなる上は、旧に倍するおあいこをたてまつらんと、一同首を長くしてお願い申し上げる次第に存じます。

何もございませんが、本日はごゆるりと、御飲食、御歓談つかまつりますよう、お願い申し上げまして、開催の御挨拶に代えさしていただきます。ご静聴ありがとうございました」

盛大な拍手に続いて、水産加工が友人を代表して万歳つきの乾杯の音頭をとった。

「西村義治君、ばんざーい！」「ばんざーい！」

「ウエスト・ビレッジ、ばんざーい！」「ばんざーい！」

「メリー・クリスマス、ばんざーい！」「ばんざーい！」

「かんぱーい！」「かんぱーい！」

たちまちわき起こる騒々しい話し声。子どもらはヨーイ・ドン、でスタートするみたいにサンドイッチと、果物と、きつねずしと、さきいかを山盛にしたテーブルに殺到する。さらにポンポンとビールの栓を抜く音がする。

ぼくらは日の出コーラを飲み干して各自の楽器のところに行き、アンプの電源を入れた。乾杯が終わったらすぐ始めてくれと、よっさんに言われていたからである。小さい音でギターとベースの調弦の具合を確認した後、ぼくらは何も言わずにいきなり《ジングル・ベル》をやり出した。先にも書いたごとく、イントロはレイ・チャールズの《ホワッド・アイ・セイ》だ。しかし、何度やってもこのイントロは素晴らしい。演奏しながら自分でぞくぞくする。ついついテンポが速くなりそうなのを、白井が他のメンバーに向かってあごを上下に振って調整する。つまり指揮者である。

おかげでどうやら無事に最後までいきついた。盛大な拍手。「やーるでないか、こいつら」という、遊び人の一人の声。人前での初演奏は上々の出来と言ってよかろう。

「ありがとうございます」と、富士男がマイクに向かって言った。エコーのせいか、はたまた緊張のせいか、普段と声がずいぶん違うように聞こえる。「ありがとうございます。ぼくらはロッキング・ホースメンといいます。このようなお目出たい席に呼んでいただいて、まことに光栄です」

また拍手。

「一所懸命務めますので、やかましことでしょうが、しばらくご辛抱下さい」

「おお、頑張れよ、こら。お布施《ふせ》はぎょうさんはずむきんの」と、赤ら顔が言った。向こうも富士男のことを知っているらしい。その周りで笑い声が起こった。

「お心づかい、まことにありがとうございます」富士男はさらりと言った。「さて、次はボーカル・ナンバーをお届けいたします。テリー・スタッフォードの大ヒット曲、《サスピション》！」

ぼくは勢い込んで歌い出した。ところが、すぐ声がつまってしまったのだ！　リズムも外しそうになった。頭にかっと血が上《のぼ》った。コードも二ヶ所、ウソを弾いてしまった。あがってヘマをやったのは、しきりに自分で心配していた岡下ではなくて、大丈夫じゃ、とそれを励ましていたこのぼくなのだ！

しかし、白井がすぐ横で身を乗り出すような恰好で懸命に首を上下に振ってくれたおかげで、ようやく歌の九小節目から曲に乗ることができた。小声でもしゃもしゃ歌ってたのを本来の声量に戻した。バックのリズムもよく聞こえるようになった。ギターのボリュームを歌いながら調節する余裕も出てきた。——何十回となく歌った曲でもとちることがあるのだと思い知った。

歌い終えて盛大な拍手を聞く。それは、賞賛と、あぶなっかしい歌がうまく終わってほっとしたという気持の入り混じった拍手だったろうが、とにかくこの拍手を受ける気分は本当に格別である。バンドをやってよかったと、つくづく思った。

次の曲からはぐっと落ちついてやれた。サーチャーズのレコードからコピーした《ラブ・ポーション・No.9《ナンバー・ナイン》》はいい演奏だったと思う。言葉の多いこの歌は、速く歌わなきゃ、と思うあまり、ついつい走り過ぎるようになりがちなのだが、じっくりとやれた。

四曲目は、ゲリーとペースメーカーズの《マージー河のフェリー・ボート》をやった。オリジナルは、ハスキーで中性的な高音のボーカルだが、自分で言うのもなんだけど、ぼくはかなりうまく真似できてたと思う。

五曲目は再びインストルメンタルで、ベンチャーズの《Yellow Jacket《イエロー・ジャケット》》。シンプルな曲だが、センスが良くて、ロックというものをよーく知っているベンチャーズのいい部分が充分に現われている佳曲である。（辞書によれば、yellow jacket は、スズメバチのことらしい。そういえばこの曲ではギターの低音弦がぶんぶんうなりを上げる。）

この後、メンバーの紹介をして、またボーカル・ナンバーの、ポール・リビアーとレイダーズの《キックス》をやったころから、子どもがうろちょろし始めた。

七曲目はゲーリー・ルイスとプレイボーイズの《This Diamond Ring《恋のダイアモンド・リング》》。おばはん達がざわざわし始めた。

かまわずにぼくらは八曲目の、タートルズの《Elenore《エレノア》》をやった。タートルズにはこの曲とよく似た《Happy Together《ハッピー・トゲザー》》という大ヒットがあるが、ぼくはこの《エレノア》の方が好きである。

九曲目、レンとリー・キングズの《ストップ・ザ・ミュージック》をやろうとしたとき、プレイボーイ若旦那の一人、トムラのマスターが大あくびして言った。「ほんまにやっかましのー」

すると、おばはんの一人がもう一人のおばはんに大きな声でこう言った。

「ほんまにやかましなー。ジャズばあーっかしじゃなー」

聞こえよがしというわけでもなかったろうが、この年ごろの観音寺の婦人は地声が大きいから、その声は部屋中に響きわたった。

当然のことながら、懸命に演奏していたぼくらはカチンときた。急遽相談して、十一曲目に予定していたスウィンギング・ブルー・ジーンズの《ヒッピー・ヒッピー・シェイク》を繰り上げて演奏してやった。これは今までの曲の中では一番「やかましい」曲である。おまけに、しゃっくりのような歌い方をする部分もある。

「お前ら、もうやめーっ」と、赤ら顔がどなった。「もうええわ!」

ぼくらはむっとした。むっとして黙っていた。

「やるんやったら、もちっと静かなんやれや」と、若旦那の一人が言った。

「わしがやったろか」と、赤ら顔が言った。

「何か歌うんですか?」と、ぼくは岡下のように口をとがらして言った。

「ギターじゃが。ギター弾かしてみんきゃ(みなさい)」

ぼくらは顔を見合わせた。

赤ら顔は椅子から立ち上がり、少しゆらゆらしながらぼくらの方に近づいてきた。

「お前ら、どっちかギターちょっと貸してみい」と、赤ら顔はぼくと白井に向かって手を突き出した。

白井の顔から血の気がさーっと引いた。あ、また白井が火の玉になるかな、と思ったとき、富士男がぼくの背中をこづいて小声で言った。

「おい、お前のギターを貸してやれや」

ぼくだってこんな赤ら顔に愛用のギターを触《さわ》られるのはいやだったが、ここでもめてはよっさんに悪いから（また、ガラの悪い赤ら顔一味が少々恐かったこともあったが）、ストラップ（ギターを肩にぶら下げる帯なり）をはずして赤ら顔に手渡した。

「ほー、意外と重たいもんじゃの」などと言いながら、赤ら顔はステージ脇の椅子に腰を下ろして弾き出した。

ぼくは泣きたくなった。

電気ギターを弾いたことのない読者もいようから、少し説明すると、電気ギターは電気の力によって、大変に大きな音が出る。だから、弾くときはあまり力を入れないで、ごく軽くピックで弦を弾《はじ》く。（ピックとは弦を弾くための道具だ。いろんな種類があるが、一辺三センチくらいの三角形の板で、プラスチック製のものが多い。普通、電気ギターは指でなくこのピックで弾《ひ》く。）ピックが弦にひっかかったり、つっかえたりすると、ひどく大きな音が出たりして実に聞き苦しい。これは生ギターの場合でも同じだが、電気ギターの場合はとりわけすさまじい。そういうわけで、電気ギターはバイオリンと同様、へたくそな人が弾くと、もはや立派な拷問具である。

そして赤ら顔はへたくそだった。弾いた曲（あるいは弾こうとした曲）は、どうやら《禁じられた遊び》のようだった。以前に少し練習したことがあるのだろう。クラシック・ギターの曲だから、彼はピックは用いずに指——というか、伸び過ぎたきたない爪で弦を弾《はじ》いていたが、しょっちゅう間違ったところを押さえて、弾くべき弦の隣の弦を弾いた。聞けたものではない。聞けたものではないから、こちらはこっそりアンプのボリュームを落とす。すると向こうは、大きな音を維持しようとしてさらに強く弦を弾《はじ》く。ボリュームを落とす。さらに強く弾《はじ》く。最後はもう弾くというより爪で弦を引っかけて、強引に引っぱり上げる、といった感じだ。

こんなことのくり返しのうちに、ようやく演奏は終わった。彼の仲間とおばはん達が笑いころげながら拍手をしている。赤ら顔は両手を上げてそれに応えながら、意気揚々と自分の席に帰って行ったが、その際、よろめいて、二本あるボーカル・アンプのスピーカーの一方を床に倒してしまった。ぼくらはあわてて駆け寄って抱き起こす。幸い、どこも壊れてはないようだ。

ホストのよっさんがやってきた。

「すまんの。こらえてくれや、の？ ほんでの（それでね）、どうも曲が客に合わん——というか、客が曲に合わんみたいじゃきに、あと、二曲にしといてくれ。頼《たの》ま（頼むよ）、の？」

ぼくらはもうやりたくなかったが、ここでやめて帰ったのでは気まずいし、しまらないから、よっさんの顔を立てて、最後に二曲やることにした。

赤ら顔がぞんざいにアンプにたてかけたぼくのギターを手にとると、ネックがなんだかネバネバしているようで、一瞬ぞっとした。ぼくはギター・ケースからフェルトの布を取り出して、「くそっ、くそっ」と口の中でつぶやきながら力を入れてネックと指板をぬぐった。

まず、ぼくと富士男のデュエットで、ビートルズの《アイル・ビー・バック》をやった。彼等の書いた曲のうちで最も美しいものの一つである。これを歌いながらなんだか泣けそうになった。

ぼくらの招待客たちと、兄ちゃんと水産加工が立ち上がって拍手をしてくれた。

小さな男の子が二人、ステージに近づいてきて、そのうちの一人が言った。

「あののー、にいちゃんや（達《たち》）、《宇宙少年ソラン》でけんの？」

ぼくらは顔を見合わせた。

「でけん」ぼくは首を振った。

「ほんなら、《コギッネ・コンコン》は？」と、もう一人の子が訊いた。

「それもでけんわ」とぼくは答えた。「すまんの」

「ふーん」と言って二人は母親のところへ駆け戻っていった。

「皆様、ながらくの御静聴、まことにありがとうございました」と、富士男がささやかな皮肉を交えて挨拶した。「それでは、早くもいよいよ最後の曲となりました。皆様にはどうでもいいことかもしれませんが、これは名曲中の名曲でありまして、ロックンロールを一曲だけあげよと言われたら、ぼくらはためらうことなくこの曲をあげるでありましょう。それでは、ワン、ツー、スリー！」

もちろんぼくらが最後に演奏したのは、チャック・ベリーの《ジョニー・B・グッド》であった。

結局のところ、ぼくらの初ステージは失敗であった。演奏自体は、初めてにしては悪くなかったと思うけど、客の反応があれでは成功とは言えない。そもそも、ああいうところで、ああいう折に、ロックをやるのがまちがっているのかもしれない。いくらがんばっても、「ジャズばあーっかしじゃなー」と言われるのが落ちである。

それでも、まじめに聞いて、楽しんでくれた観客もいたわけだから、ロッキング・ホースメンにとっては、確かに貴重な経験なのであった。それだけではない、よっさんがぼくらに、ギャラ代りに素晴らしいプレゼントをしてくれた。この日用いたマイク・スタンドを二本（神戸屋から借りていたやつ）、ポンと気前よくぼくらにくれたのである。赤ら顔の一件の慰謝料の意味もこもっていたのかもしれない。

ついでながら、それ以後のウエスト・ビレッジはどうなったか、というと、あのよっさんのよき相談相手だった白黒ぶちの雄猫は天寿をまっとうして十年ほど前に亡くなったが、店の方は占い通り大いに繁盛しているようで、よっさんは四、五年前に丸亀の方に支店を出した。その店のマスターは、彼の長男だそうだ。あの夜、「にいちゃんや、《宇宙少年ソラン》でけんの?」と尋ねた子かもしれない。なにしろ、あれから二十年以上経つ。

Supplement

（補遺）

1　It was fascination, I know

（ほうなんじゃ、魅惑されてしもたんじゃ）

——*Nat King Cole*;《*Fascination*》

さて、ここで、話の本筋とは直接関係ないけれども、わたくし藤井竹良《ちっくん》の音楽的精神史に於て、少なからざる意義を有するある事柄について、ちょっと書いて置きたいと思う。書こう、書こうと思いつつ、つい今までその機会がなかったのである。お急ぎの読者には申しわけないが——と言っても、本書をここまで読んでこられた方はどうせ暇な人だろうから、どうだろう、乗りかかった船、しばらくのお付き合いお願いできまいか？

ときに、ぼくという人間は幼いころより相当の外国かぶれで、特に欧米の流行歌を熱愛しておった——ということについては読者のみなさん先刻ご承知であるが、それでは日本の流行歌についてはいかに、というに、別に憎んでいたわけではない。当時、雨後の筍さながらに次から次へと出てきた「グループ・サウンズ」や、「和製フォーク」の一派に対してはかなり冷淡だったが、歌謡曲の中にはわずかだけれど大好きなものもあったのである。

そもそもぼくの記憶している限りでは、覚えて歌った最初の歌は春日八郎の《お富さん》だったのである。学校にも上がらぬ小児が回らぬ舌で「いきなくろべえ、みこしのまあつに」と歌うのを聞いて、近所のおばはん達は大いに面白がったそうだ。そう言えばあの美空ひばりも、栴檀は双葉より芳しのたとえ通り、文字を覚えるより先に笠置シズ子などの歌を、みかん箱の上で巧みに歌って周りをうならせたという。ぼくも栴檀だったと言うつもりはないが、とにかく双葉のころはまあ芳しかったんだろうと、勝手に思っている。（ちなみに、笠置シズ子という人は、「ブギの女王」と呼ばれた偉大な歌手で、わが郷土讃岐の大先輩だそうだ。蓋《けだ》し讃岐というところは、ブギとかロックとかいった洋モノ音楽に、なにやら目に見えぬ深い因縁のある土地なのであろう。）

それ以後も、神戸一郎や、フランク永井や、石原裕次郎などの歌を次々に覚えて得意になっていた。得意になってはいたが、いろんな大人の歌を覚えて歌える、ということが快感だったので、その歌が大好きだった、とか、心底惚れ込んでいた、とかいうこととは違っていたように思う。たとえば、フランク永井の《西銀座駅前》という歌の、「A・B・C・X・Y・Z、これがおいらの口癖さ」という文句や、裕ちゃんの、「砂山の砂を指で掘ってたら、真赤に錆びたジャック・ナイフが出て来たよ」という、《錆びたナイフ》の文句は、子供心にもなんだか馬鹿々々しいと思っていたような気がする。

本当にこれはすごいと思った最初の歌は、菊地正夫という、もともとカントリー畑の歌手の歌った《スタコイ東京》という歌だった。まだぼくは中学生になってなかったと思う。

ぼくの知る限り、「菊地正夫」のヒット曲はこれだけだ。彼は何年も後に城卓也と改名して《骨まで愛して》を大ヒットさせたが、こっちの方は別に感心しなかった。ただ、「ほー(ホ)ねま(ヘ)で、あい(ヘ)し(ヒ)てー、ほ(ホ)ーし(ヒ)ーのよー」という一種奇怪な唱法が、彼の昔なじんだカントリー・ヨーデルていた。

に影響されたものであることを思い、「まだ病気が治っとらんなー」などと言いながら一人面白がっ

《スタコイ東京》の方は、タイトルからも察せられるごとく、一種のコミック・ソングで、たぶん東北のある村から東京に出てゆく純朴な息子に、老母が、「東京っていうとこさスタコイとこだで、あっちゃさ行ったら気をつけろ」、「伜《せがれ》や、伜や、分ったな」と、門出にあたって切々と言って聞かせる、という形式になっている。この歌の魅力は、何よりその怪しげな東北弁歌詞にあると言えようが、菊地の日本民謡風・カントリー風の歌唱の見事さ、歌と語りが交互に現われる構成の面白さ、そして、電気ギターを巧みに用いたカントリー・ブギのリズムによる伴奏のアレンジの、はっとするような新鮮さにも、ぼくは深い感動を覚えるのだ。

と言っても、この曲を聞いた当時は、ここに書いたように分析的に吟味したわけではない。（なにしろ中学生にもなってなかった。）ただ、なんと愉快な歌じゃろうと、そう思ったに過ぎぬ。もちろんぼくはこの曲を覚えたかったが、歳が歳だからレコードを買おうという気も起こらず、そんな金もなく、たとえ買ったところでうちに蓄音機もなかったから、もう一度ラジオから流れてこないかなと、心待ちにしていることしかできなかった。結局、この歌を聞いたのは二度か、あるいはせいぜい三度くらいのものだったろう。だからぼくが覚えたのは、

ハア〰〰、おらが東京さ来るときに
故郷《くに》のおッ母《かあ》の言うことにゃ、
東京っていうとこさスタコイとこだで

という出だしの部分と、

アーア、スタコエー、スタコエッ！

というかけ声のような文句だけだった。

そしてぼくは三年前（一九八五年）に、ようやくこのレコードを高田馬場駅近くの古レコード屋で見つけた。ロックやポップスに気を取られてつい探し回ってやれなかったが、ぼくはこの名曲を忘れたことはなかったのだ。代金を払うのももどかしく、ぼくはアパートに飛んで帰るや、この日本歌謡曲史上屈指の、それでいてあまりにも顧みられることの少ない名曲に、くすくす、くすくす、押し殺さんとしても洩れて出る笑いに息を詰まらせながら、くり返し、くり返し耳を傾けたのであった。作詞、作曲、編曲はすべて一人の手になるもので、その人の名は「北原じゅん」という。ぼくにはなじみのない名前だが、ものすごい人である。

もう十年前にもなるのだろうか、平田満という歌手が《愛の狩人》という歌を歌っているのをテレビで観たことがある。やはり東北弁（あるいは訛）を取り入れたコミック・ソングだ。《スタコイ東京》には及ぶべくもないが、これもちょっと面白い歌だった。この作者もまた《スタコイ東京》が好きだった人ではあるまいかと、ぼくは推察している。

また、今をときめく吉幾三の作品の中のあるもの、たとえば《俺《お》ら東京さ行ぐだ》にも、この名曲の反響を聞く思いがする。

次にぼくが魅惑されたのは、《スタコイ東京》とは全く異なったタイプの曲だった。ぼくは強烈な衝撃を受け、ひそかに好きになった。「ひそかに」と書いたのは、その歌なり、そのアーチストなりが好きになることが、ぼくの日頃の言動に照らし合わせると、われながらはなはだ奇妙に思われて、長い年月の間、好きなのに好きと公言できなかったからである。たしかにぼくは不誠実で、偽善的であった。友人なんかには、わざわざこの歌を話題にして、「へっぱくげな（珍妙な）歌じゃ」などと言ったりしたものだが、実のところはどう考えても好きだったのに違いないのであって、わざわざ「へっぱくげな」と強調したのは、むしろ、その歌と人に魅かれている自分が奇妙に見えたということの、そして、それを自分で認めたがらなかったということの、ねじくれ返った表現であったのだろう。ぼくがこうしてこの補遺をしたためていることには、そうした偽善の罪の清算の意味もある。その歌とは《松の木小唄》であり、その人の名は三島敏夫という。

よくは知らないのだけれど、ぼくの聞いたり読んだりした限りでは、三島敏夫はもともとハワイアン畑の人で、バッキー白片のバンドにいたらしい。後に歌謡曲に転じて《面影》という、なんだか不似合な純愛歌謡曲を出し、その後自分のバンドを組んで「三島敏夫とそのグループ」と名のった。うまく説明できないけど、これは実にバンドの雰囲気によく合った名前だったと思う。

三島敏夫を初めて見たのは、たしか高一のころ、「髪の素」が提供しているテレビの歌謡番組だったと思う。ぼくは居間のテレビの前に寝そべって、見るともなしに画面を見ていた。あーあ、日本の歌は詰らんのー、と思いながら見ていた。それならテレビなんか見ないで何かほかのことをすりゃいいのにと、自分でも思うけど、詰らん詰らんと言いながらもほかのことをする気になれないで、だらだらだらだら見ているというようなところがぼくにはあって（別に特別なこととも思わんが）、そのときもだらだらと見ていたわけだ。

そのとき、突然異様な集団が舞台に登場した。たぶん司会者の紹介があったんだろうが、そんなのはろくに聞いてないから、「突然」登場したと感じたのだろう。

「異様」と言ったが、その集団はこれまでの日本のミュージシャンとは全く異なった雰囲気を漂わせていた。寝っころがっていたぼくは、一体何事かと思って半ば反射的に身を起こして座り直した。彼らはまさに「非お茶の間的」なにおいをぷんぷんまき散らしていたのである。

（たぶんギブソンの）大型ピック・ギター（ギター・マイクのついてないやつ）をかかえたリーダーらしき男は、髪を短く刈り込んだ、三十半ばとおぼしき男だった。ひょっとしたら本人はスポーツ刈りのつもりだったのかもしれないが、ぼくの目にはヤクザ刈りとしか映らなかった。ばらばらと各自の持場に散った子分たち――もとへ、メンバーたちも（電気ギター、電気ベース、電気オルガン、フルート、ドラム、タンブリン）、申し合わせたように非お茶の間的ご面相の方々だった。

こら（これは）何事ぞと見守るうちに、彼らは、人をおちょくるような、真面目に生きている世間の人々すべてをコケにするような、それでいて妙に引き込まれるようなドドンパのリズムでマイナーのイントロを奏で始めた。

〽お山の松の木ゃ何を待つ

と、ややハスキーな声で歌い出した親分――もとへ、リーダーの顔のアップを、ぼくはテレビの画面に近づいて、中腰の恰好で食い入るようにのぞき込んだ。

〽まん丸おッ月さん、出るを待つ
わたしゃ誰待つ、胸で待つ
今夜もあなたの来るを待つ

黒々とした太い眉、はっとするほどに鋭くて、それでいてなんだか温《あつ》く濡れているような下がり気味の大きな目、口の両側の縦のしわ……これらは、ぼくの十七年近くにわたるこれまでの人生で、一度も見たことのないものだった。

〽手紙の返事もナシの花
高嶺の花だとあきらめた
どうせあの娘《こ》は他人《ひと》の花
そっと涙をフキの花

と、かすかな巻き舌のフレージングで二番まで歌ったところでリーダーは後ろに下がり、電気ギターとタンブリンが前に出て間奏を弾き出した。ギターは、ブリッジを右手の腹の端っこで押さえて音を殺すピチカート奏法（ミュート奏法とも言う）だ。エコーを利かしてあるから、ピテピテ、ピテピテというような音だ。なんていやらしい音だろうとぼくは思ったが、タンブリン・マンの姿ときたらそれどころではなかった。小柄でずんぐりしたタンブリン・マンは満面に笑みをたたえ、腰をぐっと落として、思い切って強調したドドンパのリズムに合わせて踊りながら、右手に持ったタンブリンを体の様々な部分に打ち当てて、シャンシャン、シャンシャンと鳴らした。右の手のひらに打ち当てた。左の肘に打ち当てた。左の膝頭に、右の膝頭に、そして、腰の右側に打ち当てた。その姿は、遠くから見ると、幇間《ほうかん》がお盆を持って卑猥な踊りを踊っているように見えたかもしれない。リーダーは後方からその派手なステージ・アクションを見ながら、「しょうがねえ野郎だなァ」とでも言っているような顔つきで苦笑した。

ぼくは両手を膝に当てて中腰の上体を支えながら、息を殺して見つめ続けた。こんなに一所懸命に日本の歌手をテレビで見たことはなかった。そりゃ、可愛《かわい》娘《こ》ちゃん歌手を食い入るように見たことはあるが、そのときは、「そなな目玉はくり抜いてほかしてしまえ」とイエスが言ったような目で見たのであって、このグループを見たときとは全然気持が違う。

そしてリーダーが、

〽あなたの背中へ指で書く
好きという字をカナで書く
読んで頂戴　さかさまに
女ごころのなぞだもの

と、最後のスタンザを歌い終えたとき、ぼくは「いやらしー」と思わず叫んで、耳たぶが熱くなった。これはかなわん！　これはごっつい！

司会者がまた登場して（たぶんコロムビア・トップ、ライト両氏だったと思うのだが、こちらの記憶はおぼろである）、「三島敏夫とそのグループのみなさんでした」と言って拍手したので、この一団の名前が判った。名前は判ったが、このグループの演奏を見、そして聞いたことの意味を、ぼくはどうにも自分の中で消化することができなかった。もちろん、一個の芸術作品を鑑賞した、ということには違いない。しかし、これはまた一体何という芸術であろう！　ぼくはそれまでこのような芸術が存在し得るということを夢にも思ったことがなく、現にそれに触れた後も、信じられない思いでいたのである。

それ以後、この曲のイントロや、間奏のギターのピチカートや、タンブリン奏者の卑猥なアクションが、そして、三島敏夫の、ハスキーでありながらソフトで、しかもクリアーであるという、ちょっと不思議な美声が、ぼくの脳裡に、悪夢のように繰り返しよみがえった。そして、この歌と、童謡の、

仲よし小道はどこの道
いつも学校へみよちゃんと
ランドセルしょって元気よく
お歌を歌って通う道　（《仲よし小道》）

という歌のメロディーがどことなく似ていることをふと発見して、気色悪いような、気色いいような、なんとも言えんセンセーションを覚えて思わず身ぶるいしたのである。（互いの歌詞を入れ替えてそれぞれの節で歌ってもぴったり収まるから、おひまの向きは試してみられるがよい。）

このグループの演奏シーンを見たのは後にも先にもこれ一度きりであるが、このとき受けた強烈な印象は、二十余年後の今日なお鮮明である。ほんとにこれは一体どういうことなのであろうか？

強引に分類すれば、ムード歌謡コーラス・グループということになろうが、このグループは際立って異色である。先輩格の和田弘とマヒナスターズもけっこういやらしさを持ってはいたが、彼らがいくら「お座敷」や「ネオンまたたく銀座」や「東京ナイトクラブ」を賛美しようと、「愛してはいけない人」を「愛して愛して愛しちゃったのよ」と宣言しようと、彼らのいやらしさは世のお茶の間の受け入れうる許容範囲の内にあった。かくしてマヒナは大成功を収め得たが、三島敏夫のグループは、いやらしいと言っただけでは足りない、挑発的なまでに卑猥で下品で、その音楽の指し示す世界は、日常的・お茶の間的世界のはるか彼方というか、はるか下方にある。この世界を受け入れることは、日常的・お茶の間的世界からの逸脱を意味するわけであり、したがって、三島敏夫が天才的直感によって構築した音楽美学は、陰気で猥雑な諧謔の雰囲気に包まれていながらも、一種の恐怖と戦慄を引き起こす力を有していたわけなのだ。

そして、三島敏夫のマスクは、あるいは玄人筋《くろうとすじ》のおばはんなら、「男前じゃわあ」と言うかもしれないが、普通の主婦や娘さんなら、「何え、この人!?」と言って顔をしかめかねないものだ。ぼく自身はこの人の顔が好きである。いくら見ても見あきない。とすると、ぼくは十代の半ばにして玄人筋のおばはん的感受性を身につけていたということになるんだろうか。それはともかく、このグループが広く世間に受け入れられなかったのは、この面から考えても無理ないなと、ぼくも思う。

結局のところ、三島敏夫は、日本という社会が隠蔽しようとしている根元的な快楽と恐怖を掘り起こし、それを日常世界に投げ出して、賞賛のかわりに反発を得たわけである。ずぬけて優れた思想家や芸術家がときとして味わう非運というべきなのだろうか。

　他方に目を転ずるに、たとえばローリング・ストーンズもまたそろって異相の持主で、十戒はあらかた全部破ったような顔つきをしているが、彼らには陽気さと、一種の可愛らしさがあった。三島のグループにはそんなものはない。

「I can't control myself《わし、もーしんぼたまらんげや》」と歌ったトロッグスは充分に下品だったし、若者の破壊的な情熱を、その歌詞や、舞台の上でギターやアンプをぶち壊す演出によって表現したザ・フーは、ふんだんにヤバイ雰囲気を漂わせていたけれど、彼らには若さのもつスカッとしたストレートな明朗さがあった。三島のグループにはそんなものはない。

　されば、日本のグループに、三島敏夫的なものを持っているものがあるか？

　グループ・サウンズや、フォーク・グループは論外。ただ一つ、デビューして間もないころのスパイダースには、特にかまやつひろしのステージングには、おや、と思うような好ましいいかがわしさが漂っていたが、知ってか知らずか、彼らは人気が出るにつれて自らそういう要素を排除していって、おしまいには無害なお子様向けバンドになった。

　しからば、ムード歌謡のグループは？

　先に触れたマヒナスターズは、巧みに三島的要素を抑制した。ムード歌謡史上、おそらく最も洗練されたグループなんだろう。つまり、和田弘と三島敏夫は、ともにハワイアンを出発点としながら、ある地点から真反対《まはんたい》の方向に歩み出したのである。

　南有二（この人の顔を見るとぼくはいつも阪神の村山監督を思い出すのだが）とフルセイルズは？

けっこういいグループで、ヒット曲《おんな占い》はとってもいいやらしいのだが、攻撃的・挑発的要素、あるいはヤバさに欠けるため、いやらしさがくすぐり程度で終わっているのが惜しい。

内山田洋とクール・ファイブは？　いやらしさはないが、ぎらりと光る暗さがあった。しかしこのグループもスパイダースと同様、自分たちの本当の価値を、お茶の間に取り入ろうとして、自ら放棄してしまった。

鶴岡雅義と東京ロマンチカは？　そもそもいかがわしさの価値というものとは無縁の、純音楽的・審美的グループなり。リーダーの人柄なんだろう。

ロス・インディオスは？　いやらしいんだけど、そのいやらしさは男くささの全くない弱々しいいやらしさで、OLなんかは好むかもしらんが、食い足りない。

《宗衛門町ブルース》の、平和勝次とダークホースは？　騒々しい下品さはちょっと魅力があるが、それだけ。

結局、三島敏夫とそのグループが《松の木小唄》で築き上げた異様な美の世界を共有するミュージシャンは、ついに出なかった。いまだにいない。これだけミュージシャンがいるのだから、一人、一組ぐらいいてもよさそうなものなのに、いない。なぜか？

簡単に言ってしまえば、みんなテレビを通じてお茶の間に受容されることをねらったわけであり、要するにお茶の間的世界に迎合したのである。これまたテレビの文化に及ぼす害悪の一例であろう。だから、ことによると、テレビ局からお座敷がかからないグループ、キャバレーやクラブで、ろくに音楽なんか聞いていない酔客の前でしか演奏できないグループの中には、異様の音楽美を現出せしめ得るものもいるのかもしれない。だけど、一般には知られようがない。キャバレーやクラブに行く金がなかったから、ぼくも知らない。なんとも割り切れない世のあり様《よう》である。

そして、孤高の芸術家、三島敏夫も、正確な年代は知らないが、まもなく「そのグループ」を解散したようである。

その後、彼は再びソロ歌手として、《人妻椿》をヒットさせた。ぼくの持っている楽譜集にはコピーライトの年代はないが、「松平晃——唄」と記載されているから、たぶんこれは古い歌なのだろう。実際、楽譜を見る限り、前奏も、歌のメロディーも、そして歌詞も、はっきりいって実に古くさい。(この歌の楽譜が《二人は若い》と《人生の並木道》に挟まれているところから考えても、これは相当の年代もんであろう。)ともあれ、この曲がTBS制作のドラマ、『人妻椿』の主題歌に選ばれて——というか、あるいは、よく知らんけど、《人妻椿》を主題歌とする『人妻椿』という映画かなんかがかつてあって、それをTBSが改めて連続ドラマ化したのか、はたまた、この古い歌のタイトルをヒントにして新たに連続ドラマが制作されたのか、とにかく、その主題歌を三島敏夫が歌ったわけで、要するにリバイバルである。

そして三島敏夫はこの古くさい歌を本当によみがえらせた《リバイブ》のである。この曲における三島の歌唱はまさに絶品だ。《松の木小唄》にみられたかすかなぎこちなさは全くなく、ややハスキーな声は、いっそう甘く、ソフトで、しかも、あくまでクリアーである。特に、

〽 仰ぐみ空に　照る月は

の部分は、このてのナツメロにはさほど興味のないぼくでさえ、切なくてなんだかぐっとくる。しかも、実に素直な、ゆったりとした歌い回しで、何のけれんもない。三島の非お茶の間的な造作の顔

は画面に出ないから、歌だけ聞いている当時の主婦も娘さんも、きっと惚れ込んだことだろう。三島敏夫は、日本歌謡曲史上、屈指のボーカリストである。

しかしながら、《人妻椿》は、結局のところ上出来の歌謡曲というにすぎない。歌謡曲でありながら、従来の歌謡曲には見られなかった要素を勇敢に、あるいは厚かましく、ばんばん放り込んで、結果的に歌謡曲を突き抜けてしまった《松の木小唄》の持つ、あの戦慄の美はない。野放図なディオニソス的陶酔はない。暗く、切なく、やるせなく、という歌謡曲の伝統的な美意識にのみ支えられた、一佳曲というにすぎない。それだけでも大した価値なのだろうが、ぼくはあきたりない。

三島敏夫は天才的な歌手だが、おそらく自覚的・自意識的・分析的な歌手ではない。《松の木小唄》は、彼の直観と、気まぐれと、あそび心と、様々な偶然の奇蹟的な結合の産物である。彼自身、この曲の価値をどこまで自覚していたろうか。——少なくともぼくの見る限り、《松の木小唄》は、三島自身のレパートリーの中に於ても、際立って異質でユニークな作品なのだ。三島自身にとっても、歌謡界全体にとっても、《松の木小唄》は一つの事故《アクシデント》であり、奇蹟なのである。

とは言うものの、当時のぼく自身、このことがよく解ってなかった。ただぼくの中で、先にも触れたように、奇怪な一種の魅惑として自覚されていたにすぎぬ。そして、同時に、それを魅惑と認めることに抵抗を感じて、友人たちの前では、はなはだ失礼ながら、この名曲を「へっぱくげな（珍妙な）歌じゃ」と言い、この天才歌手を「あんじゃるげな（気味の悪い）おっさんじゃ」などと評したりもした。もう一度、演奏を見てみたいとひそかに思っていても、なぜかレコードを買おうとはついぞ思わなかった。そして、いつしかこの曲について考えることもなくなった。

しかし、この曲は、防寒敷きワラの下の苗のように、ぼくの心の奥で生き続けていたのだった。高校を卒業して東京に出てきたぼくは、金もないのによく酒を飲んだが、ある日の夕暮れどき、立川駅近くのキャバレーだかクラブだかのショーの看板がなぜかぼくの目を引いた。そしてそこに三島敏夫の名前を見て、ぼくは笑い出した。おかしかったのではない。懐かしかったのである。懐かしくたって人は笑う。

しかし銭がないからそんなところには入れない。ぼくはアパートの近くの行きつけの飲み屋へ行って、女将に頼んで有線にリクエストしてもらった。

「あんた、若いのに変な歌が好きなのね」と、ぼくの注文に従ってこんにゃく、厚揚げ、ロール・キャベツにげそ巻きを皿に盛りながらママは言った。

「ぼくの青春の愛唱歌です」とぼくは答えた。

ところが、かかったのは、二宮ゆき子のバージョンだった。（こっちの方のタイトルは、《まつの木小唄》と表記するのが正しい。）

〽まつの木ばかりが　まつじゃない
時計を見ながら　ただひとり
今か今かと　気をもんで
あなたまつのも　まつのうち

こちらはただのお座敷ソングである。

ぼくはもう一度あらためてリクエストし直した。「三島敏夫の《松の木小唄》をお願いします」と、今度はぼく自身が受話器に向かって一語一語区切るようにして言った。

何年ぶりかで三島敏夫の歌声を聞いた。ぐっときた。陳腐な言い回しだが、ほんとに、ぐっときた――そうとしか言えない。

一時間ほどしてまたリクエストした。ママさんはあきれていた。

「あんた、ローリング・ストーンズが好きだったんじゃないの?」

「ステーキも好きだし、サツマも好きです」とぼくは答えた。

「なーに、サツマって?」

「カマスやなんかの白身魚の焼いたのを、身をほぐしてすり鉢ですって、味噌を混ぜて、さらにすって、それをダシでのばして飯にぶっかけて食うんです。青ネギの刻んだのもふりかけて」

「ふーん」とママさんは鼻の頭に小じわを寄せて言った。「おいしいの、それ?」

「うまいですよ。丼四杯はいける」

三島敏夫とサツマが似ているというのではない。酔っていて、何か気の利いたことを言いたかったんだろうが、我ながら詰らんことを言ったと思う。(しかし、とっさに「サツマ」が出てきたのはなぜだろう? ややこしい食い物の代表として思いついた、ということなんだろうか?)

ぼくはレコード屋を何軒も歩いた。《人妻椿》はあったが、《松の木小唄》はなかった。この当時は、古レコード屋というものがあまりなかった。少なくとも、ぼくはそういう店をよく知らなかった。

機会があるたびに有線にリクエストしたが、ついに有線の方でも、「その曲はございません」と言うようになった。なんでレコードを買っておかなかったかと、あらためて後悔した。

それから十年以上もたって、ぼくはついに《松の木小唄》を手に入れた。今から五年前のことだ。

ぼくの話を聞いていた友人が、古レコード屋でたまたま見つけて、買ってきてくれたのである。B面は、《京の木屋町夢の夜》という曲。(しびれるタイトルだなァ。)

ぼくは何度も何度もこのレコード(A面)を聞いた。ヘッドホーンをつけて、プレーヤーをリピート演奏にセットして繰り返し聞いているうちに、いつの間にか眠り込んで、目が覚めたら朝だった、なんてこともある。

ただ、このレコードは、三島敏夫が、コロンビア・オーケストラと称するコンボをバックにして歌っているもので、「三島敏夫とそのグループ」の演奏によるものではない。そういうバージョンのレコードがあるのかないのか知らないが、あればさぞかし素晴らしかろうと思う。知ってる人は教えて下さい。持ってる人は譲って下さい。

ところで、このレコードを手に入れて間もなく、子守り歌代りにこの歌を聞いて眠った翌朝、寝床でテレビを見ていたぼくはびっくりして飛び起きた。その三島敏夫が、朝のニュース・ショー番組に登場したのである。「そういう因縁めいた不可思議の偶然をシンクロというのだ」と、ユングの著書を愛読している友人が教えてくれた。シンクロったって、なにもお姉さんが二人、いきなり水の中からザバッと飛び出してきてニカッと笑うという、あのシンクロナイズド・スイミングのことではない。なんでも、正しくは「シンクロニシティー」とかいって、むずかしい学問用語らしい。(ポリスというバンドがそんなタイトルのアルバムを出してたっけか。)そのむずかしい学問的の意味の方は、なんじゃよう知らんが、なにしろユングなんだから、これはどうも大したことなのだ。

それはさておき、その番組の司会者との会話によれば、なんでも近々デビュー三十五周年だかの記念リサイタルをやる、シングル盤も発売する、というのだ。それは、《浅草しぐれ》という曲で、「ど演歌です」と三島は言った。ど演歌でも何でもいい、ぼくは早速リサイタルの切符を買った。

当日、会場では、女性ファンというか、おばファン（おばはんファン）の姿が目立った。おばファンは、三島敏夫のセクシーな美声に引かれるのか、それとも非お茶の間的にセクシーなマスクに引かれるのか、あるいはその両方なのか、ぼくにはよく判らない。とにかく、予想以上の盛況で、ぼくもうきうきする。

先生は（と、おばファンなら呼ぶんじゃなかろうか）着流し、ハワイアン風のコスチューム、スーツという具合にお色直しを入れて、たっぷり歌ってくれた。ぼくの目当てはもちろん《松の木小唄》だが、この名曲を、先生はわりと始めの方で（着流しのとき）、ごく気楽にあっさり歌ってしまった。もったいぶって後《あと》の方に残しとかないで、さっさと歌っちゃうというさりげなさがまことに心憎いと、少々熱に浮かされたような頭でぼくは考えた。

ところで、実はこの曲のイントロが始まるや否や、ぼくはかなり後ろの方だった自分の席を立って、身をかがめて中央の通路を進み、舞台から二、三メートルのところにしゃがんで、一心にその着流しの姿を見つめた。どうしてもそうせずにはいられなかったのだ。ぼくは、レッド・ツェッペリンや、CCRや、T・レックスや、ポール・サイモンなど、様々なアーチストのコンサートに出かけたが、こんなことをしたのはこれが最初で最後である。先生もぼくの姿に気づいたと見えて、ちょっと驚いたように大きな目をさらに大きくして、ぼくの姿を見た。先生にしてみりゃ、なんだか変な男が通路を這うようにして舞台のすぐ下までやってきて、しゃがんでじっと自分を見つめているのだから、さぞ気味が悪かったろう。しかし、とにかく、三島敏夫がこのぼくをまじまじと見たのである。ぼくは胸がどきどきして、桜田淳子じゃないけれど、思わず、くっくっくっと笑った。驚いたり、とまどったり、恥ずかしかったりしたとき、娘さんがよくこんな風に笑う。三十過ぎて取り返しようもなくおっさんになってしまったぼくも、くっくっくっと笑った。

このときの《松の木小唄》は、二十年前にテレビで見たものとも、レコードとも違っていた。先生は、わりとぽってり甲に肉のついた両手でマイクを挟むようにして持ち、ときどき手拍子の恰好に手を動かしながら、淡々と歌った。それは至極おだやかな、落ち着いた、軽やかな《松の木小唄》だった。それはそれでいいのだ。二十年前の、奇蹟のような、異様の美は、先生にだって取り返せはしない。だが、それはそれでいいのだ。

ぼくは力いっぱい拍手して、また自分の席に戻り、ゆったりとした気持でリサイタルを楽しんだ。そして先生は新曲の《浅草しぐれ》を二度歌った。

厳密に言えば、ぼくは三島敏夫のファンというより、三島敏夫の《松の木小唄》のファン——あるいは、《松の木小唄》を歌う三島敏夫のファンなのかもしれない。だけど、ぼくにとってこのリサイタルは、最初から最後まで、とても楽しいものだった。そして、もちろん、会場を出るとき、即売場で《浅草しぐれ》のレコードを買った。あまり聞かないかもしれないが、それはそれでいいのだ。

去年（一九八七年）の夏の末、地下鉄丸の内線の電車の中の広告で、三島敏夫が赤坂の東急ホテルでディナー・ショーをやったのを知った。それは八月一日のことだったから、あいにくぼくが旅行していたときだ。デビュー四十周年記念公演ということで、料金は一万四千円とある。他の日にショーをやる他のアーティストたちの場合は七千円だから、破格も破格、倍の料金だ。残念ながら見ることはできなかったけれど、三島敏夫が元気に活躍していること、そして、当然のことながらその価値をちゃんと認識している人がいることを知って、ぼくは素直にうれしかった。

と、まあ、いうわけで、二つの珠玉のごとき名歌謡曲、すなわち、《スタコイ東京》と、《松の木小唄》は、洋楽ポップスの選り抜かれた古典的傑作と並んで、ぼくの心の中の、The Music Hall Of《ザ・ミュージック・ホール・オブ》 Fame《フェイム》（「音楽の殿堂」という意味で、「有名なミュージック・ホール」という意味ではない）に入る資格を見事獲得したのである。

後に喜納昌吉とチャンプルーズの《ハイサイおじさん》も、（邦楽としては三番目に）殿堂入りしたが、それはぼくが大学を卒業してから五年もたってからのことで、その曲については本書では解説の限りではない。もっとも、有名な曲だからその必要もなかろう。

ただ、最後に一つ言っておきたいことは、これら三曲が、いずれも外国の軽音楽（カントリー、ハワイアン、フォーク、ロック等）に造詣の深いアーチストによって作り出されたものだということ、そしてその音楽美が、こういった洋楽のエッセンスと、邦楽（つまり、民謡とか、お座敷ソングとか）のエッセンスとの、まさに奇蹟的な渾然一体の結合の上に成立しているということである。そのような試みはそれほど珍らしいものではなく、また、評価すべき成果をあげている例も少なくあるまい。しかし、これら三曲ほどの高処《たかみ》に（あるいは深淵《ふかみ》に）到達したものを、ぼくは他に知らない。しかるに、これらは一種の「ゲテモノ」としてのみ受けとられるのであり、それを思うとき、ぼくは何とも名状しがたい感慨を抱くのである。

Part III

1967 • 4—1968 • 3

1 We —— love you!

（わしらはみ——んなあんたが好きじゃ！）

——*The Rolling Stones*；《*We Love You*》

一九六七年四月、白井と岡下は物理、ぼくは世界史の追試を受けねばならなかったが、一応ぼくらは全員三年生になった。「あーあー、あーあーあー、高校三年生」と、舟木一夫が歌った輝かしい学年である。

一九六七年といえば、この年の夏、ビートルズは《Sgt. Pepper's Lonely Hearts Club Band《サージェント・ペッパーズ・ロンリー・ハーツ・クラブ・バンド》》というこりにこった（それでいて不思議にすっきりしたサウンドに仕上がっている）傑作アルバムを発表し、一方ローリング・ストーンズも、負けじと同年の末に《The Satanic Majesties《サタニック・マジェスティーズ》 Request》という奇怪な前衛的アルバムを出してファンを面くらわせた。ぼくらがバンドを始めたのはほんの二年ほど前のことだけど、そのころと較べても、ロック・ミュージックは信じられないくらい大きく、また激しく変化したのである。

こういったアルバムの曲の大半は実に複雑で、コピーしようと思っても、もはや四人編成の田舎高校生バンドの手には負えない。特にビートルズは、以後も次々に新しいことをやってぼくらの耳と心をつかんで放さなかった。現在のぼくは、こういった変化をすべてよしとはしないけど（失ったものも大きかったから）、当時のぼくらはただびっくりし、興奮し、賛嘆した。彼らがこれからどんなことをやりだすのか、見当もつかなかった。天才が流れにのったときは、凡人の思いも及ばぬことをやるのである。

しかしながら、我らの第二軽音楽部も、四月の新学期開始とともに大きく様変りした。一、二年生がぞろぞろと九人ほど入部してきてすっかり大世帯になり（後に一人やめたけど）、やっと「部」らしくなったのである。二年生の部員はフォーク・ソングのバンドを作り、一年生の連中はグループ・サウンズの曲のコピーをやっていた。ともに、白井や富士男やぼくにはあまり興味のない種類の音楽だが、技術的な面で質問を受ければ親切に答えるように努めたつもりである。

部員が増えたことでよかったのは、何と言っても、互いに楽器の貸し借りができるようになったことだ。（と言っても、ぼくらホースメンは貸すことよりも借りることの方が多かった。）

たとえばぼくらは二年生の十二弦や六弦の生ギターを借りて、ビートルズの《You've Got To Hide《悲しみは》 Your Love Away《ぶっとばせ》》、《I've Just Seen A Face《夢の人》》、《Michelle《ミッシェル》》とか、ストーンズの《Back Street《バック・ストリート・》 Girl《ガール》》や、《Lady Jane《レディー・ジェーン》》、そして、《Sittin' On A Fence《シッティン・オン・ア・フェンス》》などアコースティック・サウンドの曲を練習した。こういうのも楽しい。

そして、一年生の部員の中には、フェンダー・ツイン・リバーブというアンプを持っていたのがいた。これは何十万もするアメリカ製の高価なアンプで、とても高校生に手の出るものではないが、彼の父親が歯医者と聞いてなるほどと思った。「音楽家として大成しようと思ったら、まず親を歯医者にするべきじゃのう」と富士男は言った。この持主は白井に心酔しきっているから、いつでも気前よくこのアンプをぼくらに使わせてくれた。使ったことのある人は御存知だろうが、実に実に、もう信じられないくらいきれいな音が出る。

といった具合で、我々の音楽活動状況は、まさに順風満帆だった。しかも、時あたかも陽光の惜しげもなく万物に降り注ぐ春である。ときおり、卒業後の進路の問題に関する不安が、青空を舞うはぐれ鴉《がらす》のように、ぼくの心をよぎることもあったが、ぼくは本当に幸せだった。きっと他のメンバーも、名誉メンバーのしーさんもそうだったろう。ただ、ぼくらの周りには、それほど幸せでもない人たちもいたのである。

我らの名ドラマー、岡下巧君のばあーちゃんについては、先に少し触れた。ドンック・ドンドン・ツクドンのうちわ太鼓によって、彼に名ドラマーへの道を歩ませる最初のきっかけを作った、あの、「うーちの、たーくみーがなー」のばあちゃんである。

ばあちゃんは名を「ムメ（＝梅）」といい、もう七十代半ばで腰もかなり曲がっていたが、脚だけはしごく達者であった。それは普通、大いに結構なことであるはずだけれども、ムメさんの場合、そうとばかりは言いきれなかった。

ばあちゃんが岡下を溺愛していたことも、すでに触れたが、その傾向は歳《とし》とともに強まる一方で、しかも彼女の頭の中においては、「たーくみー」はしだいに若くして肺結核で亡くなった彼女の一人息子の「まーつおー（松雄）」、すなわち「たーくみー」の父親と、分かちがたく混じり合うようになってきた。つまり、「たーくみー」は「たーくみー」であるのみならず、ときに「まーつおー」にもなったのである。「まーつおー」は十四年前、三十三歳のときに突然彼女の前からいなくなった。それで、そのうち「たーくみー」もいなくなるのではないかと、ばあちゃんは心配でたまらなくなった。

脚腰の達者な彼女は、しょっちゅう「たーくみー」を探してあちこち歩き回るようになった。彼女にはもう「たーくみー」しか目に入らなくなった。交通信号も、自転車も自動車も、目に入らなくなったのである。

岡下の母親や、仕事を手伝ってくれている遠縁の宇津木（姓）のおばちゃんが気をつけてはいるのだが、ばあちゃんはいつの間にか家を抜け出して岡下を探しに出る。

そんな風にしてばあちゃんは三、四回、学校にもやってきたので、すっかり学校中で有名になった。岡下は先生の許可をもらって、ばあちゃんの手を引いて家まで送って帰る。そんなときのばあちゃんは、にこにこ、にこにこ笑って、ほんとうに遠足に出かける小学生のようにうれしそうだ。

「傍《はた》から見りゃほほえましい光景じゃが、大変じゃのう、岡下も」と、富士男は二人の後ろ姿を四階の教室の窓からながめながら言った。

ばあちゃんは学校に来るだけではない。「たーくみー」を探して一里も離れた桑山（地名）まで歩いて行ったこともある。そのときは、近くのスーパーに練物製品を配達しにきた近所の人が、じっとブドウ棚の下をのぞき込んでいるばあちゃんを見つけ、助手席にのせて連れて帰ってくれた。

標高六十メートルほどの、琴弾山《ことひきやま》のてっぺんにある神社の境内にいたこともある。「腰の直角に曲がったおばあが、あれだけの石段をようも上《のぼ》ったもんよの」と、近所の人はみな感心した。このときは、報せを聞いた白井の兄ちゃんが、ドライブウェーの方からオート三輪で上って、乗せて下りてきたのである。

怪人二十面相さながら、その他さまざまの思いもかけぬ場所にばあちゃんは出現した。家族は心配でたまるまい。四六時中見張っているわけにもいかず、といって監禁しておくわけにもいかない。岡下の母親は毎日毎日こんこんとばあちゃんに言って聞かせた。

「なあ、ばあちゃん、巧《たくみ》はどこへも行かせん（行きません）。学校《がっこ》行ってな、勉強習《べんきよなろ》てな、夕方にはちゃんと家に帰ってくるきにな、なんちゃ（何にも）心配せんと家に居《お》ってつか（下さい）。一人で探しに行ったらいかんどな。黙って出て行ったらいかんのどな。とばとば（ふらふら）歩っきょって（歩いてて）車にはねられたら大事《おおごと》がいくきんな（大変なことになるからね）。家に居ってつかよ。ええな？　解ったな？」

「わーかっとらいな、へえ、わーかっとらいな」と、ばあちゃんはにこやかに答えて、いつの間にかいなくなる。ぼくらも何度か捜索隊に加わった。

「どうぞそのうち事故に遭わなえんじゃけど（いいのだけど）の」と、岡下はよく言っていたが、これは彼の母や宇津木のおばちゃんの、常に念頭を去らぬ切なる願いでもあったろう。しかしながら、ばあちゃんはとうとう事故に遭った。五月の連休が明けたころのことだ。はねたのが自動車でなくて、五十ccの、「カブ」と呼ばれる小型のバイクだったのが不幸中の幸いであった。

ばあちゃんは、仁尾《にお》街道という車の往来の激しい大きな道路を横断しようとしてカブにぶつかり、真後《まうし》ろにひっくり返って後頭部を打ち、気を失ったのだが、頭の方はさいわい脳震盪《のうしんとう》だけですんで脳に損傷はなかった。しかし、左の大腿骨を複雑骨折し、股関節を脱臼したからこっちは相当な重傷で、ばあちゃんは結局、三豊総合病院に三ヶ月余り入院した。

はねたカブに乗っていたのは、農協に勤めている五十過ぎのおっさんであったが、このおっさんは誠実な人で、病院の費用はすべて負担し、かなりの額の見舞金を出したのみならず、二日とあけずに病院にやってきては、寝くたびれたばあちゃんの体をさすってやりながら気長に話の相手をした。ただその折に持参するのがいつもりんごとはくせこ（大型の落雁《らくがん》。通常桃の実、菊の花などを型どり、赤や緑で毒々しく彩色している。仏事の供え物になくてはならぬ品）だったのは、一体何を考えてのことだったのだろう。いつ行っても枕もとに積んであるりんごとはくせこを見て、「まるで仏壇じゃのう」と、富士男はぼくに小声で言った。

ともあれ、この事故のおかげ、というのもなんだけど、入院中はもちろん、退院後もばあちゃんの放浪はなくなった。以前のように自由に歩き回れなくなったということもあるが、入院中、それこそ可能な限りの時間、岡下がばあちゃんにつき添ってやったことが大きかったのではないかと、ぼくは推測している。二人分の手足の指を用いて初めて数えられるほどの夜、岡下はりんごやはくせこを食いながら、ばあちゃんのベッドと、上高野《かみだかの》（地名）のおっさんのベッドの間の、リノリュームの床の上に布団を敷いて寝た。ばあちゃんは、「たーくみーがそばにおってくれたら、なんちゃ（ちっとも）痛《いと》ない」と言うのだそうだ。

つき添っているときに、岡下とばあちゃんの間でどのような会話があったのか、ぼくは知らない。特別の場合以外、両者とも寡黙なたちで、しかもずいぶん間のびした喋り方をするから、話の分量自体は大したことないと思うけど、他人には窺い知れない豊かな心の交流があったことはまちがいなかろう。「まーつおー」と「たーくみー」がばあちゃんの心の中で分かち難く溶け合っていたことは、以後も変りなかったが、ばあちゃんは、「たーくみーはもう遠いとこへは行かん」ということを確信したらしく、また、同時に、「おらんようになったまーつおーも戻ってきた」と考えるようになった。これみな「阿弥陀《あみだ》さんと、お大師《だいっ》さん（弘法大師のこと）と、ホーレンゲーキョと八幡《はちまん》さんのお導き」なんだそうである。

そして退院した岡下ムメは、春霞のかかった讃岐平野のように穏やかな晩年を過ごし、天寿を全うして数えの九十で逝った。カブにはねられてから十六年後のことである。

人生が放浪だというのはしょっちゅう耳にする紋切型だけど、ばあちゃんが、せつなくいとおしげな徘徊をくり返していたのとほぼ時期を同じくして、はたで見ていてもやりきれないような陰惨な長時間の散歩を、雨の日も風の日も欠かすことなく続けていた人がぼくらの近くにいた。

それは、ブラスバンド部と、第一及び第二軽音楽部の顧問をしていた佐藤先生の奥さんと、三歳と一歳の二人の娘さんであった。どうやら彼女たちには、「阿弥陀さん」も「お大師さん」も付いていてくれなかったらしいから、さぞや荒涼とした散歩であったに違いなく、ならばもう放浪と呼んだ方がいいかもしれん。

それにしても、いったいなにゆえの放浪かと言えば、「居ても立ってもいられない」からなんだそうだ。なんで「居ても立ってもいられな」かったのかを語るためには、先生の夫婦仲について多少立ち入ったことも語らねばならない——ということで、以下、先生から折に触れて聞いた打ち明け話を適宜要約して手短かに記す。なぜこんな内輪のことを大人の先生がぼくたちに語ったのか、ちょっと不思議な気もするが、とにかく先生はぼくらに相当親近感を抱いていてくれていた。たぶん先生は音楽に熱中していたぼくらの中に、若いころの自分を見ていたのではないかと思う。

さて奥さんは、佐藤令夫人となる前は、ほんまもんの令嬢であった。先生の芸大時代の恩師の、末のご令嬢だったのである。学生時代に佐藤先生がアルバイトで彼女のピアノと音楽理論の教師をしていたことが縁で、二人は互いに好き合って、彼女が高校を出るとまもなく結婚した。

佐藤先生は、周りから大いに将来を嘱望されていたクラリネット奏者だった。その「周り」の中にはもちろん理砂夫人（彼女はこういう素敵な名前の持主で、現在はともかく、当時の観音寺にはこんなハイカラな名前の夫人は他に一人もいなかった）も入っていた、と言うより、彼女自身、最も熱烈に夫の将来を嘱望していたんではないかと、ぼくは推測する。

ところが、佐藤甲造《こうぞう》青年（先生の名だ）は友人の気軽な勧めで聞いたジャズのレコードに「愕然」とし、すっかり「魅入られちゃった」んだと言う。彼は本業のクラシックの勉強はそっちのけで（当時は大学院生だった）次々とジャズのレコードや生演奏を聞きあさり、やがてはクラリネットをサキソフォンに持ち換えて、自分でジャズを演奏するようになった。もともと大した音楽家だったから、ジャズの方も「めきめきうまくなって」（と本人は言うが、きっとその通りだったろうとぼくは思う）、ダンス音楽のバンドに加わったり、トリオやカルテットを組織してナイト・クラブで演奏するようになった。歌謡曲のレコーディングに呼ばれたり、けっこう有名なジャズ・メンと共演したこともあるらしい。

「銀座や赤坂や新宿なんかをうろうろ」して、「ずいぶん面白おかしい暮らし」をしたそうだ。佐藤甲造自身、放浪の時代だったのかもしれない。「けっこう稼いでいた」とはいうものの、夫の将来を大いに嘱望する理砂夫人にとっては、面白くもおかしくもない生活である。夫婦仲は前衛音楽のようにぎくしゃくしてくるが、やがて長女が生まれる。

「そりゃあ、結婚してれば子供もできらあ」と、先生はなんだかちょっとむきになって弁解がましく言った。なぜ弁解がましく言わなきゃならんのか、当時のぼくには解らなかったが、解らんなりにちょっとおかしかった。

いぜんとして夫人は、そのうち夫がＮＨＫ交響楽団だか、読売交響楽団だかの団員になるものと思い込んでいたが、一向にその気配がない。いやいや、そのうちきっと、と思い思いして待ち暮らすも、気配の気《け》の字も出てきやしない。このまま「古典音楽の《まっとうな》」職もないままにずるずると「米国娯楽音楽《ジャズ》」なんぞに引っぱられていたのでは、将来を嘱望どころじゃない、先行き大いに不安で仕方がない――というわけで、ついに実父に相談。実父は、嫁にやった先の家庭のことには口を出すまいと考える常識人だったが、実は日頃より心配していたことでもあったから、愛娘の再三の懇願に負けた、という恰好にして、婿にひざ詰め談判、ところが婿は思いのほかすんなり折れて、岳父の知り合いのお役人の斡旋で「ひとまず都落ち」してわが観音寺一高に音楽教師として奉職することを承知したという次第。観一の側から言えば、以前からしっかりブラスバンドの指導のできる有能なる音楽教師を欲しがっていたから、これはまさに、東の空から鶴が飛んできたというか、西の海から海亀が上がってきたというか、実に実に願ってもないめでたい話なのであった。

　佐藤先生がかくも易々とジャズマンの道をあきらめたのは、もちろん様々のファクターを考慮してのことに違いなかろうが、まず何よりも、自分のジャズ演奏家としての才能に見切りをつけたからであるらしい。「めきめきうまくなった」ような人だから、先を見通すのも早かったのだろう。

「いっくらやっても――たくらんで、熟考してやっても、そのとき、そのときの気分で行きあたりばったりでやっても、ぼくのアドリブじゃ結局だめだって、そのころはしょっちゅうそんなことばかり考えてたからね」と先生は言った。「そのときはいい気分でも、あとでテープを聞いたりすると、ほんとに情けなくなった。編曲《アレンジ》のアイデアにしてもそうだ。ぼくのはけれんが過ぎていやになるか、あまりに陳腐凡庸で悲しくなるか、どちらかだった。ぼくはそのうちコピーしかやらなくなった。コピーはうまかったと思うけどね。しかし、コピーだけのジャズマンというのは、少なくともあのころのぼくの考えでは、プロの世界じゃあ大して存在価値はない。そんなのは他にもいっぱいいるからね。岳父《おやじ》に説得されたというんじゃない、それがきっかけですっかりふんぎりがついたんだ。才能がないのはどうしようもない」

この最後の科白を聞いてぼくはどきりとした。

「すると、ね」と先生は続けた。「そう決意してみると、今まで熱中していたのがまるで嘘みたいに、ジャズに対する興味が、すっかりとは言わないが、あらかた消え失せてしまった。ぼくがひかれていたのがジャズという音楽自体だったのか、それとも、ジャズを核とした生活の形式、あるいは無形式の生活——つまり、その自由で気ままで面白おかしい非社会的な生き方だったのか、ぼくには判らなくなってきた。そして、とにかく、二日酔いのアルコールが抜けてしまったように、ぼくは一種の爽快感をたしかに味わった。ところが面白いことに——ったって実はちっとも面白かないんだけど、ぼくはジャズだけじゃなく、クラシック音楽に対する興味もなくしていることに気づいた。ジャズをやってる間はクラシックの方は忘れていた、そして、ジャズを失うと同時にクラシックも失ったというわけだ。こんな男が音楽の先生をやってるんだ。ひどい話だね。……いや、ひどいのはぼくだけじゃない、学校の音楽教材も、ずいぶん、だよ」

先生はそう言って、たまたまバトンのように丸めて手に持っていた音楽の教科書を苦笑しながらぱらぱらめくった。

「いやあ、生徒はつくづく可哀想だねー」

ぼくは一年前の音楽の授業で、日本製の混声合唱用歌曲を習ったことをふと思い出した。よく憶え

てないが、たしか、

かんぴょー、かんぴょー
かんぴょー干してる
あの空、この空
かんぴょーは白いねー

とかいう歌だった。これが、教える音楽教師と教わる男女高校生を愚弄するためでないとしたら、ぼくには作者の意図が解らない。

「こっちに来てからは」と先生は言った。「しばらく酒はやめてたんだけどね、また飲み出した。近ごろはずいぶん飲む。とってもうまいんだよ、困ったことに」

先生が観音寺のささやかなネオンの巷にひんぱんに出没するという話はぼくらの耳にも入っていた。先生の行きつけの店は、『妙《たえ》』という和風スナックで、この店は現在もある。後にぼくも二、三度行ったことがあるが、五十過ぎくらいのおばはんがやっている何ということもない店だ。先生のことを訊いたらちゃんと覚えていて、「あい（ああいう）男前はちょっと居《お》らん」、「ふと一緒に駆け落ちしとなるような人じゃった」と評した。そのためなんだろうが、ずいぶん勘定を「まけたげ（まけてあげ）たんどな」ということである。

「別に酒に逃げてるつもりはないんだ」と、先生は言った。「酒が何の助けにもならないことは自分でもよく解ってる。そもそも、何かに助けてもらわなきゃならんほどせっぱつまった状況に自分がおかれている、という気もしない。神の恩寵を失うってのはこういうことかしらん、とそんな妙なことがふと頭に浮かぶこともあるが、別に恐くも、苦しくも、悲しくもない。ぼくはクリスチャンじゃないから、失おうにも恩寵なんかはなからありゃしない」

「近頃はレコードも全然聴かないし、テレビも見る気がしないから、時間をつぶすには酒を飲むくらいしかない。毎日学校でこんな歌を教えてるんだから、酒くらい飲んだっていいんじゃないか。ね？だけど、酔っぱらって戻ってくると、また生まれた赤ん坊が泣く、女房は、『あなた、お酒が過ぎると、将来の大切なお仕事にさしつかえますよ』なんて、相変わらずやさしくたしなめてくれるもんだから、ああ、おれはやっぱり逃げてんのかな、なんて気になる。そうすると、いやになる。いやになるから水をいっぱい飲んで布団をかぶって寝ちゃう。女房は枕もとに座って、『ねえ、あなた、今夜は〈妙〉でどんなお話してきたの？』なんて静かな口調で尋ねる。何のつもりでそんな下らんことを訊くのかわかんないけど、ますますいやになってくる。今はもう、『うん、うん』としか言ってやらないんだ」

そんなことがしばらく続いた末に、とうとう奥さんの放浪散歩が始まったという。昼食後、三歳の長女の手を引き、一歳の次女をおんぶして観音寺市内を、ゆっくり、ゆっくり、どこへ行くでもなく、何をする為でもなく、歩き回る。「いても立ってもいられないから」だと、理砂夫人は夫に答えたそうだ。

夫人と娘さんたちは何度か学校の方にもやってきた。岡下ムメさんみたいに校門に入ってくることはなく、学校の回りをゆっくりと一周する。たまたま昼休みにプールのフェンスに寄りかかって下の通りを眺めていた白井とぼくは、散歩中の彼女たちの姿を見たことがあるが、このときのことは今でもよく覚えている。

理砂夫人はまだ二十代の半ばだったろう。観音寺ではちょっとお目にかかれないタイプの、顔の小さな色白の美人で、長い髪を濃緑色のベルベットのリボンで束ねたところは、ちょっと映画女優のジョアナ・シムカスを想い出させた。ただ彼女はひどく無表情で、その目はじっと前方を見つめたままだった。手を引かれた女の子も、愛くるしい顔をじっと前方に向けたままだ。まだまだ十里も歩かなきゃなんないんだからいそいでもしょうがない、と、親子して考えているような顔つきで一歩、一歩、歩いていた。背中におぶさった子の顔はよく見えなかったけれど、少しも手足を動かさずにいるところを見れば、やはり同じような顔つきではなかったろうか。

そしてこのとき妙にぼくの注意をひきつけたのが、きゃしゃな夫人の、不釣合いに豊かな胸の谷間でXの形に交差している深紅のおんぶ紐だった。彼女がリボンと同じ濃緑色のブラウスを着ていたから、このX印は浮き上がるように鮮明だった。失敬千万なことに、ぼくはふとホーソンの《緋文字》を連想した。また、まるでこの紐は罪人の縛《いまし》めのようで、彼女は昂然と胸を張って市中を引き回されている八百屋お七のようでもあるなと、そんなことを考えたりもした。彼女たちの後ろ姿が角を曲がって視界から消えたとき、白井もぼくも「うーん」と低くうなった。こんな凄愴の美にあふれた母子像は後にも先にも見たことがない。

佐藤先生の飲酒癖を、ちょっとだらしないなあと考えていたぼくは、無理ないところもあるのかもしれんなあと、少し意見を修正した。

学校の近所を歩き回ってるぶんにはまだよかった。彼女たちは次第にその旋回範囲を広げて、観音寺港の突堤の方へも行くようになった。行っても別にかまわないようなものだけど、暗くなっても家に帰ってこないこともあるとなると問題である。

　ある土曜日、めずらしく早く帰宅した先生はさすがに心配になって、町中あちこち自転車で探し回った。探し回った末に、ふと夫人が海が好きだったことを思い出して港に行ってみると、突堤の先端にそれらしい母子のシルエットが小さく見える。自転車をおりて先生が近づいていっても母子は振り返らない。声をかけると、上の子だけが振り返った。母親とおぶった子はじっと沖の方を見つめている。

「正直言って、あのときはぞっとしたよ」と、先生は少し顔をしかめて笑いながら言った。「まさか、身投げしようと思ってたわけじゃないだろうけどね。でも、あのときはそんな気がした。下を見ると、ちょうど潮が引いてたけど、びっしり牡蠣《かき》だか藤壺《ふじつぼ》だかのついた大きな岩がごろごろしてる。胸が悪くなった。ぼくはこわごわ、できるだけ優しく声をかけた。『ほら、もう日が暮れるからね、散歩はおしまいだよ』ってね。なんだか間が抜けた科白だけど、ぼくは必死だったんだ。今にも、ぴょんと跳ねやしないかってね。二度同じことを言って、やっと女房はぼくの方を見た。そして、何も言わずに手を出すんだよ。ぼくはその手を取って歩きながら、女房が可哀想で泣けそうになった。なんでこんな風になっちゃったんだろう、ってね。もちろん、ぼくがだらしないからに決まってる。だけど、なんでこんなにだらしない人間になっちゃったんだろうって、一所懸命に考えた。結局分んなかったけど。ただ、ただ自分が情けなかった。

「それで、あくる日の日曜日は、朝から古い楽譜をひっぱりだして読み始めた。また勉強し直そうか、あるいは、し直そうかという気が起こらんもんかと思ったんだ。しかし十分と続かなかった。こんなものを読むくらいならエロ週刊誌かお経でも読んだ方がましだと思った。（ここで富士男とぼくは顔を見合わせた。)

「大あくびをすると、つつーと涙が流れた。その日は昼間から書斎でウイスキーを飲んだ。女房と子供? いつものように午後一時きっかりに散歩に出かけた。カントみたいに几帳面だね。

「昨日の反省の気分はきれいさっぱり消えていた。ぼくは手入れの行き届いてない庭を見ながら、むしろ満ち足りた気持で飲み続けた。女房たちがいつ戻ってきたのか知らない。ぼくが目を覚ましたのは月曜の朝だからね」

こんなことまで先生はあけすけに話してくれた。たまたまぼくらの練習をのぞきにきてくれたときのことで、雑談がどんどん発展してこんな話になった。今にして思えば、このような話を教師が生徒に語って聞かせるのは少なからず異常である。人によっては不心得で不謹慎だというかもしれない。教師は常に生徒とは距離を保つべきだ、と。一般論としてはその通りなんだろう。だが我々は一般論だけを後生大事に捧げまつって一生を送るわけではなかろう。

先生がぼくらに対して大いなる親近感を抱いてくれたということ、また、おそらくロックに熱中するぼくらの姿に、かつての自分の姿を見ていたのだろう、ということとは先に述べたが、とにかく先生はぼくたちの前で、ごく自然に、何の気取りもてらいもなしに自分をさらけ出してみせた。(もちろん、さらけだしているという意識はまるでなかったろう。)「昨日帰りに雨に降られてね、車もつかまんなくて弱ったよ」なんていう調子で語ったのだ。そしてその姿に、聞いているぼくらはうたれた。現在こんな打ち明け話を友人に聞かされたら、ぼくはどうするだろうか? ただ腕組みしてうなるだけだろう。しかし、このときはうたれた。自分たちを一人前に扱ってくれたことに感激した。

そして、先生を本当に可哀想に思った。音楽への興味を失うとは、なんてひどいことだろうと思った。先生の言うように、それは「神の恩寵を失う」ようなもんだろうと考えた。それまで、ぼくには世のいわゆる「苦しみ」というのがどういうものなのか、理解できないでいた。自分の中のどこを見わたしても、そんなものが見あたらなかったからである。このことをぼくは恥ずかしいことと感じていた。そして、この先生の苦しみは本物だと思って、同情しつつ尊敬の念をあらたにした。しかも先生はこんな本物の苦しみを抱きながら、少しも苦しそうな顔もせずにいるではないか！

現在のぼくは当時の先生よりも年上である。だから当時のように素直に同情する気はない。ただ、「そら、そいこともあろぜのー（そりゃあ、そういうこともあるだろうなー）」と思うだけである。苦しみは苦しみかもしれないが、苦しみだからといって別にありがたがることもなかろう、と思う。現にこのぼく自身、音楽に対して、すりきれるほどレコードを聴いていた当時の情熱はもはや持ってはいない。毎日でも大盛り三杯は食えたカレーに対する熱愛の情もない。肉体、つまり胃袋の能力としては可能でも、べろがそれを欲しないのだ。要するにこれは精神の老化の一つの形なんであろう。三十になるやならずで精神が老化する人もいようし、八十越えて死ぬまで老化しない人もいよう。しかし、おそらくこの世では老化する人の方が圧倒的に多かろうから、「そら、そいこともあろぜのー」と言ったまでである。

また、そのように、あるものに対する興味を失うことはちょっと淋しいことではあるが、たぶん格別に苦しいことでもない。欲していないものを摂取できぬことは苦しいことではない。だからあのころの先生は、苦しんでいる、というのではなかったのかもしれない。先生自身言ったように、「ただ、ただ情けない」と思っていただけで、それが若いぼくの目には、まぎれもなく貴い苦しみと映った、ということだったのかもしれない。

とは言うものの、当時のぼくの考え方や感じ方と、現在のぼくのそれとではどちらが正しいのか、実際のところよく分らない。外側にいる者には、内側にいる者には解らんことが解るかもしれないが、逆もまた真でありうるからだ。たとえば、《アイ・フィール・ファイン》の「真実」を、今のぼくが当時のぼく以上に深く認識しているとはとうてい思えない。知恵の成熟が、実は感受性の鈍化に過ぎぬ場合も多くあろう。

ただ、現在もなお変わらないのは、佐藤甲造という人間が好きだということである。

さて、夫人と娘さんたちの放浪散歩は以後も続いた。「まったく見っともねえ話だよな」と先生は言っていたが、どうやら事故とか、「妙な考えを起こす」とかいったこともなさそうなので、「心配するのはやめにした」そうである。少なくとも、ぼくらが卒業した翌年に先生が観音寺一高を退職して四国を去るまでは、放浪散歩は続いていたようだが、それ以後の詳しいことはぼくにも分らない。

しかし、先生の生活は、ぼくらにうち明け話をしたころから、少し変化していったように思われる。『妙』に行くのも少なくなった。その直接的きっかけが何であったか、といえば、ぼくが思うに、先生とぼくらの間でかわされた次のやりとりであった。

「ほんなら先生《せんせ》」と、富士男は言った。「わしらのバンドに入らんな（お入りなさい）。ジャズとクラシックにあきたんなら、ロックをやらええ。先生《せんせ》はわしらの顧問でもあるんじゃから、ブラバンばっかしひいきせんと、わしらにも付き合うて下さい」

「わしもそれ考えとった」と白井が言った。

「ええわい、それがええわい」と岡下が言った。

「ふーん」と先生は言った。「可哀想がられてしまったかな、こりゃ」

「いや、そんなんと違う」としーさんが言った。「実は前から考えとったんです」

「前から?」と先生。

「ピアノ・マンを探しとったんです」とぼくは言った。「ピアノが入ると音楽に幅《はば》ができる。ジェリー・リー・ルイスや、レイ・チャールズの曲もばんばんやれます」

「おまけに」と富士男が言った。「先生はサックスも吹けるから、ビル・ヘイリーの曲もやれる」

「《ロック・アラウンド・ザ・クロック》かい?」と先生。

「先生《せんせ》、知っとったん?」と岡下。

「実はロカビリーもちょっとだけやったことがある」

「ごっついなあ!」とぼくたち。「やろやろ、先生! ソロもとらしてあげるきに」

「うーん」と先生は一つうなって言った。「面白そうだな」

「やったあ!」とぼくたち。

学校の先生と仲良くジャンジャカやるなどもってのほかで、きさまらはロックバンドの風上に置けんやつだ、と考えるロックファンもいるかもしれないが、ぼくらはそんなことには全くこだわらなかった。なにもロックンローラーがすべて反社会的・反体制的・反学校的でなければならんという法もあるまい。

先生はちょくちょく時間を作って、ぼくらの練習に参加してくれた。先生と一緒だと、グランド・ピアノのある音楽室で、大いばりで練習ができる。

最初にとりあげたのは、ビートルズ・バージョンの《ロック・アンド・ロール・ミュージック》。先生のピアノは思っていた以上に見事なもので、楽譜を見ながら二、三回レコードを聞いただけで、すんなりぼくらの演奏に溶け込んできた。クラシックくささもジャズくささも全くなく、すっかりロックン・ロール・ピアノになり切っている。二番目は先ほど話に出た《ロック・アラウンド・ザ・クロック》。先生は家から持ってきたテナー・サックスを気持よさそうに吹いた。

「これは簡単だけど、けっこう楽しいね」と先生は言った。「何も考えなくていいところがいい」

さらに、ジェリー・リー・ルイスの《ホール《Whole》・ロット《Lot》・オブ《of》・シェイキン《Shakin'》・ゴーイン《Goin'》・オン《On》》を取り上げた。この曲も先生は以前に聞いたことがあるそうだ。先生は立ったままばんばんピアノを弾いた。少々だらしなくても大した人なのだ。

先生が観音寺一高を退職したと先に述べたが、現在は大阪のある短大の教授となっている。また、高校のブラス・バンドの協会の役員もやっていて、全国のいろんな高校を回ってブラス・バンドの指導をしたり、大きなコンクールで審査員長を務めたりしているそうだ。有名なオーケストラの団員にはならなかったが、こんなに活躍しているんだから、夫人の荒涼たる放浪散歩も、きっととうにやまっているのではあるまいか。

先生自身の音楽に対する情熱がどのようなものであるのか、ぼくの知る限りではないが、少なくとも音楽を愛する青少年を育てる情熱はすこぶる旺盛なのに違いない——しからば、これもまたロック・ミュージックによる魂の救済の一例と言えるのではないかと、ぼくはひそかに考えている。

そして、先生はときおり、自分の短大のロックバンドをバックにして、頭をついてブリッジをしながらテナー・サックスを吹いたり、足でピアノを弾いたりすることもあるんじゃなかろうかと、ぼくはほほえみながら勝手に想像する。もう二十年もお会いしてないが、いつかまた先生とセッションをやってみたいものである。

2

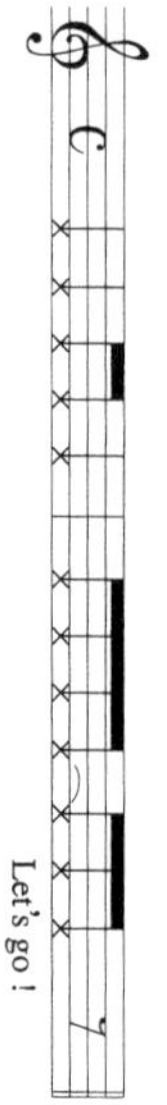

（ドンドンドドドン・ドドドドン・いったれ！）

——*The Ventures ;*《*Let's Go*》

第四十九回の、夏の甲子園大会の県予選が近づいてきた。

我が母校の香川県立観音寺第一高等学校は、創立は明治の昔でけっこう古いのだが、先にも触れた如く、野球はあまり強くない。何年か前には、甲子園行きの切符を手に入れかけそうになったこともあったそうだけど、ぼくらが入学してからはさっぱりふるわかなった。どうも我が母校が甲子園に行くのは、金持が天国へ行くのと同様、らくだが針の穴をくぐる以上の難事かもしれん。

だから「どうせ今年じゃってあくかー（今年だって駄目だよ）」というのが、学校全体のムードであった。しかしながら、ぼくらホースメンは、少なくとも今年ばかりは我が母校の闘いぶりに冷淡、無関心ではいられない立場にあった。その理由は三つある。

第一の理由は、先の「オゲ」のいやがらせのくだりで出てきた、当時の野球部のキャプテン、神田《こうだ》さんとの約束だ。彼は、「ブラバンと一緒に野球部の応援してくれや」と、オゲの前で我々に頼んだのだったが、これは、我々が彼の庇護の下《もと》にあることの宣言にほかならない。おかげでぼくたちは二度とオゲのいやがらせに遭うことがなかった。神田さんには大きな借りがあるわけだ。

神田さんは高校を、彼の言葉によるなら、「延長十一回、さよならポテン・ヒット」によってようやく卒業した。（つまり、数学の追試の追試を受けて、あてずっぽうの数字を書いたらそれがたまたま正解だったのである。）

卒業後、総領息子の彼は、高松のノンプロ・チームのそれほど熱心でもない誘いを断わって、親戚の人の経営する地元の製材会社に就職したが、ときおり会社対抗の軟式野球の試合に出場するほかは、野球への断ちがたい情熱をもっぱら母校の後進の指導にふり向けたのだった。

彼はほぼ毎日、仕事を終えたあとオートバイで学校にやってきて、監督の手足となってノックバットを振り、サイン・プレーのこつを教え、ピッチャーの球を受けてアドバイスした。

神田さんが来ると、野球部員はみんな「気をつけ」して「おーっす」と挨拶する。ぼくはこの運動部式の挨拶が好きではなかったが、いつのまにかぼくも（そして他のメンバーも）神田さんを見かけると、「おーっす」と言うようになった。なんとなく野球部員になったような気がして、ちょっと愉快であったのは我ながら妙である。

練習もちょくちょく見るようになった。見ているうちに野球部に対する愛着がわいてきたが、これは人情である。神田さんの方はあの「約束」のことを全く口にしなかった。きっととっくの昔に忘れてしまったんだろう。しかし、ぼくたちは、今年は楽器を持って球場にのり込んで、力一杯応援してやろうと思った。

第二の理由。今年の野球部の中心メンバーに、ぼくの小学校時代からの友人がいた。

萩山茂《はぎやましげる》という名で、ハゲヤマと呼ぶ者もいたが、大方はハギパンと呼んでいた。家がパン屋さんだったからだ。

どう呼ばれようと、いつもにこにこ笑っているおとなしい子で、あの偉大な喜劇役者の石井均にちょっと似た、口の大きい愛嬌のある顔だった。そして、とにかく運動神経が群を抜いてよかった。

ぼくらが小さいころの讃岐の男の子の遊びで最も人気があったのは、御多分に漏れず、野球であったが、ぼくの記憶している限りでは、ハギパンはいつもキャッチャーをやっていた。そしてぼくは、こんなうまいキャッチャーを目の前で見たことは、後にも先にも一度もない。子供野球のピッチャーの球はどこに飛んでくるか知れたものではないが、右にずれようと左にそれようと、高すぎようが、ショート・バウンドだろうが、機敏に動けば手の届く範囲の球なら、ぼくの知る限り、彼は一球たりとも捕りそこなったことがない。

野球をやったことのある人なら誰でも知っていようが、特に、速いショート・バウンドは、まず普通の小学生には捕れない。普通の子は、ショート・バウンドだと、顔をそむけてやみくもにグローブ、あるいはミットですくい上げようとする。まぐれでグローブやミットの中に入ることもあるが、大方は後ろにそれるか、ももや腹に当たる。運が悪いときは金玉に当たる。だからショート・バウンドだと判ったとたんに逃げ出す者も少なくない。ところがハギパンは、平然として、ノーバウンドのときと少しも変わらぬように、順手、逆手と的確に使い分けて何でもないように捕る。

そんな子だから、キャッチャーだけでなく、ピッチャーでもショートでも、どこでも人並以上に立派にやれたろうが、彼はキャッチャー専門だった。いつのころからか、キャッチャーはハギパン、と決まっていたようである。

子供の野球なら、うまい子は誰でもピッチャーをやりたがる。にもかかわらずハギパンがピッチャーをやらなかったのは、彼の奥ゆかしい性格の故《ゆえ》に違いない。四国の田舎都市にだって、こんな見事な男の子がいたのだぞと、自慢したいくらいのものである。

ハギパンは住んでいる場所の関係で、ぼくとは別の中学校に行った。中学校では野球部に入ってなかったようだが、それはどうも体の具合が万全でなかったかららしい。（詳しいことは聞いてない。）しかし、我が観音寺一高に入学すると同時に彼は野球部に入り、入部すると同時に正選手になった。一年生のときは、一学年上に正捕手の神田さんがいるから、彼はショートやセカンドを守った。このころの観一の試合は見たことがないが、ハギパンなら何度もショートやセカンドで美技を披露したことだろう。それでも観一は弱かった。野球は九人でやるものだから仕方がない。それから二年生になると、ハギパンが正捕手になって、神田さんは控えに回った。誰が見てもハギパンの方がずっとうまいのだから仕方がない。神田さんも、ちっとも気を悪くすることなく後輩にその地位を譲ったのだが、このことは前にちょっと触れておいた。

三年生になったハギパンは正捕手で、四番バッターで、おまけにキャプテンである。小さいころのハギパンは小柄で、むしろきゃしゃだった。今でも背はそれほど高くないが（百七十センチあるやなしや）、体全体がずいぶんたくましくなった。フリー・バッティングでは、けっこう鋭いライナーをカンカン飛ばしている。

「うまいでないか、お前」と、ヘルメットを脱いで坊主頭の汗をふいているハギパンにぼくは言った。

「おお、ちっくんか」と、ハギパンは言った。「入部しに来たんきゃ（来たのかい）？」

「レギュラーにしてくれるか？」

「おお。球拾《たまひら》いのレギュラーにしてやる」

「やめとくわ。それより、どうじゃ、今年は？　行けるか？」

「どこへ行くのい？」

「甲子園」

「行けんやろの」ハギパンはにこにこしながらあっさり言った。

「今からそなんこと言よってどうするのい」

「どうもしやせん。あかんもんはあかん」

「今年はわしが盛大に応援してやるきに、がんばって何とか行け」

「ちっくんが応援してくれるんなら、がんばるきんどの（けどね）、わしが四番打っとるようではのー」

「一回戦はどことあたるのい？」

「詫間《たくま》の電波高校」

「ほんなら一回戦はまず大丈夫じゃろ」

「いや、そうとも言えん。電波はこのごろ強なっとんで（強くなっているのだよ）」

「電波ならいけらいの（大丈夫だよ）」

「まあ、しゃんと応援してくれや」

ハギパンは臑当《レガース》てと、腹当《ボディー・プロテクター》てと、面《マスク》をつけて守備練習に回った。内・外野手が、ときどきあまり美しくない大声で、景気づけの声をかける。「せーら、こいよ、こいよ」と言っているように聞こえるが、実際には何と言っているのか、ぼくは知らない。

折しも、センターの向こうにある同窓会館（試合が近づくとここが野球部の合宿所になる）から、白い運動着のほっそりした少女が、大きな青のポリバケツをしょっちゅう左右に持ちかえながら、こちらに運んできた。たぶん氷水なんだろう。その姿をちらと見たハギパンの、ふだんから赤い耳がさらに赤くなるのをぼくは見た。

この少女は観一高野球部初の女子マネージャーである。そして彼女こそ、我々ロッキング・ホースメンが野球部に肩入れする第三の理由なのだ。彼女はしーさんの妹、谷口悦子さんなのである。

神田《こうだ》さんとしーさんが幼なじみであることはすでに述べたが、しーさんより二つ下の悦子嬢、通称えっちゃんは、高校入学と同時に野球部のマネージャーを志願した。小さいころからよく知っている神田さんの野球への情熱にうたれたためなのだろう。神田さんはえっちゃんと入れ替わりに卒業していったが、先述のごとくOBとして熱心に後輩の指導にあたっている。彼女はなんとかその手助けをしたいと願っているのに相違ない。純な乙女の美しい真心である。

ただ、そういう真心は、どうもぼくたち少年には、本当のところは理解しがたいものである。

「なんで好《す》き好《この》んで、あの汗くさい泥もぶれの連中の世話をしたがるんやろなあ?・」と、しーさんは言った。「あいつ、兄のわしのパンツもきちゃながって、よういらわん（さわれない）くせに」

「お前のパンツならわしもよういらわんわい」と富士男は言った。

「わしやっていやじゃわ」と岡下も言った。

「わしのパンツのことはどうでもええわい」としーさん。「あいつ中学校では水泳やっとったんど。けっこう速かったらしいし、高校でもなんぞやりたいんなら、水泳部に入って、わがが（自分が）活躍すらええ思うがのー」

「神田さんが好きなんじゃろかの?・」と、ぼくは少しつっかえながら言った。

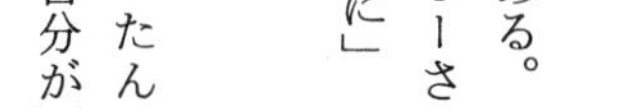

「神田さんが好きでも、現在の野球部員が好きなわけでもなかろに」と、しーさん。「あんまり器量のええのはおらんようじゃし」

「女の子いうんは、自分のためよりも好きな人間のために何《なん》かする方がうれしいんかなあ」と、白井がギターの指板の上に、指をタカタカタカとさざ波のように走らせながら言った。

「そう言や、女子運動部の男子マネージャーいうのは聞いたことないの」としーさんは言った。

「なりたがるのはいっぱいおるやろけどの」と、富士男は上唇をペロリとなめて言った。

「おるやろか？」白井が驚いたように言った。

「そらおらいや（そりゃいるとも）」と富士男。「わしやって、洗濯でも何でも喜んでするがの」

「気色わるーっ！　エッチじゃの、お前」と岡下は言った。

「女《おなご》みたいにぬかすな」と富士男は言った。「お前や白井は子供じゃから解らんのじゃ」

「坊さんの卵のくせしてから、なんちゅうことを」とぼくは言った。

「お前ら凡夫《ぼんぷ》は解らんじゃろがの、悟りというのは、煩悩と反対の方にあるんではない、煩悩の道をずーっと辿って、迷いに迷うて、ついにそれを越えていったところにある。嘘じゃと思うんなら、親鸞でも、一休さんでも、アウグスチヌスでもええから、そういうえらいお人の伝記でも読んでみるがええ」

「なんや知らんけど」とぼくは言った。「えっちゃん、大変やろの一。しんどかろの一」

「そやろの一」としーさん。

「お前」と、富士男はぼくの左側のあばら骨を、彼の右手の中指の第二関節でこづきながら言った。

「このごろ何ぞ言うたら（何かと言えば）えっちゃん、えっちゃん言うとるの。いっそのことえっちゃんのマネージャーになったらどういや（どうだい）、えー？」

「あほ言え！」と、言おうとは思ったが、言葉が出なかった。マネージャーのぼくが、えっちゃんのなにやらかにやらを洗濯している情景が頭にうかんで、一瞬ぐっときたからである。人のことは言えない。そう言えば、ぼくは富士男のポルノ道の弟子であった。ぼくも悟りが開けるかしらん。

とにかく、以上の三つの理由によって、ぼくらは野球部の応援をすることになった。思えば妙なりゆきである。というのも、そもそもぼくは野球は好きだが、わが校の野球部は、これまでのところ、あまり好きでない、と言うより、むしろ嫌いだったからだ。とにかく、うちの野球部は横暴で、弱いくせにグラウンドを独り占めしようとする悪い癖があった。昼休みなども、一年生部員がトンボ（地ならしの道具なり）を持ってグラウンドをうろうろして、一般生徒がソフト・ボールやサッカーをやるのを邪魔するのだ。何度かトラブルもあったようである。彼等にしてみれば、大事なグラウンドの整備のつもりかもしれないが、学校のグラウンドは野球部だけのものではない。昼休みにまで占領しようとは、大きに心得違いだ。それに、どうせぼろぼろエラーばかりするんだろう。グラウンドが荒れてイレギュラー・バウンドしたところで、関係あるまいが。弱いチームに限ってつまらんかっこをつける――とぼくは思っていた。しかし、先にも言ったように、義理やらなりゆきやらで練習を何度も見ているうちに、次第に情が移ってきた。そして、今年ばかりは精一杯応援してやろうと、ひねくれているようでやっぱり高校生のぼくは、素直に思ったものである。

さて、ブラスバンドは電気がいらないから、室内でも球場のスタンドでもあらよっと演奏できるが、ロッキング・ホースメンはそういかない。コンセントがないと全くのお手上げなのである。しーさんの作ってくれた、自動車のバッテリーで鳴らすアンプだけでは、いささか心もとない、と、そんな

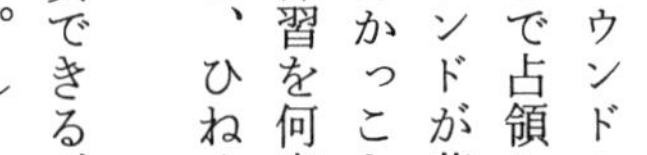

ことをあれこれ考えていたところ、白井の兄ちゃん経由で話を伝え聞いたウェスト・ビレッジのよっさんが電話をかけてきて、「そんなら、重油で回す発電機を使《つこ》たらよかろがい」と教えてくれた。

「へー、そななもんがあるんですか?」とぼくは言った。

「おお、あるじゃっぎゃ（うん、あるのだよ）。キャンプやか（など）するときん（ときに）使う小型の発電機をわしの友だちが持っとるきん（から）、借《か》ってやるわ」

「すんません、ありがとうございます!」

「わしは観商《かんしょう》（観音寺商業高等学校）の出《でえ》じゃけど、お前らには世話んなったきんの」

翌日しーさんに、そういう機械でアンプが鳴らせるかと問えば、「そら、鳴らせるじゃろ」とあっさり言う。「ちょっとやかましかもしれんけどの、その分、楽器をにんぎょし（にぎやかに）すらよかろわい」。それなら電源の問題は解決だ。

ぼくらは応援用の曲選びの相談をした。校歌やマーチの類はブラバンに任せることにして、景気のいいロックのインストゥルメンタル・ナンバーをやろうということになった。（ボーカルもんはやらない。スタンドで歌ったらあほみたいだから。）それでピックアップしたのが次のような曲である。

ベンチャーズのレコードから、
◎《レッツ・ゴー》
◎《ローンチー》
◎《Action《アクション》》
◎《バンブルビー・ツイスト》

◎《青い渚をぶっとばせ》
◎《ワイプ・アウト》
◎《Mariner No. 4《夢のマリナー号》》
◎《ドラムを叩け》

スープトニクスのレコードから、
◎《空の終列車》
◎《Havah Nagila《ハバ・ナギラ》》

トーネイドーズのレコードから、
◎《テルスター》

ジョニーとハリケーンズのレコードから、
◎《Red River Rock《レッド・リバー・ロック》》

こういうのをブラバンの演奏の合い間にやろうというのである。大半はもうすでにマスターしてレパートリーに入れてある曲だから、準備は簡単だ。球場でやれば、さぞかし新鮮で、大うけにうけることだろうと思って、ぼくはワクワクした。（ハギパンは、スープトニクスの《霧のカレリア》をやってくれと言ったが、こういう哀愁のメロディーをやっていたのでは負けてしまうと思って除外した

のである。)

ブラバンと応援部の部長とは、富士男が話をつけてきた。富士男の人脈はこういうときに大いに重宝する。

機材は、水産加工が自分のトラックで、高松にある県営球場に運んでくれるという。

かくして、あとは試合の日のくるのを待つばかり、となったが、思いもかけぬことを学校が言い出した。その試合のある日に、三年生のみ、英、国、数三科目の実力テストを実施すると言うのである。当の野球部はもちろん出場してもよいが、応援の方は一、二年生でやりなさい、と言う。応援部やブラバンは部員が豊富だから、三年生抜きでも何とかなるだろうが、ロッキング・ホースメンは三年生ばかりなのでどうにもならない。

教務主任の鷲見《わしみ》先生(通称、わっしゃん)に談判したところ、なんでも、今年の三年生は例年と較べて成績がかんばしくないので、学校側は大いに危惧しており、今回の臨時実力テストもそのことを考慮して職員会議で決まったのであって、今年の夏休みの補習は、このテストの結果にもとづいての、特別のクラス編成で、「ぐいぐいしぼんりゃげ(しぼり上げ)てやる」が、「これは、お前、みーんなお前らのことを想《おも》ての、親心ぜ」と、こういうことらしい。

「それに、お前」と教務主任は言った。「初戦は電波じゃろうが。応援してやらいでも勝てらいの」

「どうしても実力テスト受けないきませんか?」と、ぼくは食い下がった。「まだ大学行くとも行かんとも、ぼくらは決めとらせんのですけど」

「全員受ける。ぬけこやか(サボリなど)したら、謹慎にするぞ、こら」と、わっしゃんはうれしそうに言った。

謹慎はただのおどしだろうとは思ったが、結局、ホースメンは初戦の応援は断念した。わっしゃんの言うように、初戦は「応援してやらいでも勝て」るだろうし、機会はまだいくらでもある、難敵とあたるときこそ、応援のしがいもあろう、と判断したからである。

要するに、ぼくらはいたって素直で従順な高校生であったわけだ。そしてぼくは今、そのことをしごく残念に思っている。クリーデンス《C》・クリアウォーター《C》・リバイバル《R》やレオン・ラッセルも歌っているように、「明日とい《Sometimes》う日が《tomorrow》来ない《never》こともある《comes.》」のだ。「いくらでもある」はずの機会は二度と訪れなかった。観一は初戦に敗れた。しかも、七回コールド・シャットアウト負けだ。世間では暑い夏がこれから先二ヶ月も続くというのに、我が観音寺一高野球部の熱闘の夏は、梅雨の明けるのさえ待つことなく、県大会開幕第一戦で終わったのである。

三科目実力テストの最後、国語の試験終了のベルが鳴った後、校内放送が入って我が校の初戦敗退を報じたとき、教室内では一斉に弱々しい失笑とため息が洩れた。

「あーあ、しっかし、弱いのー！」

「七回コールドやて！」

「詫間《たくま》の電波に！」

「情けなー！」

「もう廃部にしたらええんじゃ！」

「監督は、一回戦は問題ない、二回戦でたぶん坂出《さかいで》商業とあたるから、そっちの方の対策を練《ね》んりょる（練っている）、なんちゅうて言よったげなど（らしいよ）」

「わしらがちんまい（小さい）頃は、もっと強かった思うがのー」

「ユニフォームも新調したのにのー」
「観中（観音寺中学校）の野球部の方が強いんちがうか」
先述のごとく、うちの野球部はかなり横暴で態度もでかかったから、先生にも生徒にもあまり可愛がられていなかった。それがこういうみじめな敗北を喫すると、こんな風にぼろくそに言われるのである。

一、二年前ならぼくも同じように面白がって悪態をついたろうが、先に述べた事情により、悪態はつかず、ただ小さなため息を三つ、ついただけである。一つは、仕事を休んで部員と一緒に球場に行った神田さんや、ハギパンや、えっちゃんの心中を察しての同情のため息であり、もう一つは、またしても拍手喝采の渦に包まれそこなったロッキング・ホースメンの非運（やっていればぼくらの応援はきっとうけたはずなのだ）に対してであり、三つ目は、やはり七回コールド負けと評し得る、ぼくの試験の不出来に対するため息であった。なかでも数学がひどい。ぼくは数学という学問を決して嫌ってはおらず、特に微分・積分の魔法とも思える力に対しては、心から賛嘆しているのだが、今回の試験問題は、ぼくを嫌っているとしか思えぬ不愉快な問題なのであった。

まあ、ぼくの試験のことはどうでもよい。弁当を食った後、ぼくはホースメンの練習に少し遅れる旨を白井に告げて、観音寺駅に行った。敗軍の一行を迎えてやろうと思ったのだ。

駅では見覚えのある女生徒が数人、玄関口付近に立っていた。彼女らも出迎えに来たのだろう。でこぼこ頭の坊主刈りだろうが何だろうが、スポーツをやってるともてるというのは本当らしい。

二時間近く待って、時計の針が三時を十五分ほど回ったころ、やっと敗軍の一行が到着した。

選手たちの顔には別に涙のあとはない。妙に晴れ晴れとした顔をしている。負け方が負け方だから、まだ悔しさがわいてこないのかもしれない。

　選手たちの列の後ろに、神田さんがいた。神田さんはぼくの顔を見て、照れくさそうに「おお」と言った。ぼくは小声で「おーっす」と言って軽く会釈した。

　神田さんの後ろを、アイスボックスを両手で体の前に持って、えっちゃんが歩いていた。えっちゃんはぼくに向かって軽く頭を下げた。その顔が普段にも増して驚くほど可愛らしく見えたのはなぜだろうとふと考え、少なくとも彼女だけは泣いたのに違いない、とぼくは思った。

　その後ろを、三メートルくらい離れて大きなバッグとバットケースを持ったハギパンが、とぼとぼ歩いてくる。荷物を下級生に持たせないところは、さすがにハギパンだ。しかし、彼はいつものように大きな口をほころばせてはいるものの、歩くのがなんだか大儀そうであまり元気がない。そりゃそうだろう。

「おい」とぼくは声をかけた。

「おお、ちっくんか」

「ご苦労さんじゃったの」

「やっぱりあかなんだ（だめだった）」

「あかなんだの」ぼくは無意味なあいづちをうった。

「うん。あかなんだ」と、ハギパンはまた言った。「パスボールをやってもた」

「お前がか?」ぼくは驚いて言った。

「それで一点入れられた」

　じゃけど、十一点のうちの一点でないか、と言ってやろうかと思ったが、おそらくハギパンという

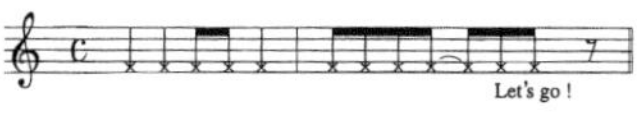

男にとっては慰めにはなるまい、と思ってやめた。ぼくはただ、「ふーん」と言った。

「やっぱり――」と言ってハギパンは口をつぐんだ。「あかなんだ」と続けたかったのだろう。

「これからどうすん（どうする）？　ひまなん？」とぼくは尋ねた。

「いったん学校に戻る。一、二年生は猛練習じゃ。わしらがへたこいた分しごかれるのは気の毒じゃけどの。三年生は勝手に帰ってええ。秋にも少々試合があるけど、事実上三年生はお払い箱じゃ」

「ちょっとつきあわんか？」とぼくは言った。

「ええけど、何《なん》すん？」

「わしらの部室に寄っていけ」

「うん」ハギパンは素直に承知した。

たった一人の観客の前で、ロッキング・ホースメンは一所懸命演奏した。《レッツ・ゴー》と、《バンブルビー・ツイスト》と、そしてハギパンの大好きな《霧のカレリア》である。ハギパンは何も言わずに目を閉じて、ぼくらの演奏に耳をかたむけていた。そのまぶたの奥には、白球と、えっちゃんの笑顔が浮かんでいた――というのはぼくの想像である。

卒業後ハギパンは、父親の親方筋にあたる神戸のパン屋に修業に行き、数年後戻ってきて父親の店を手伝うようになった。現在は父親が隠居して、彼が店の主人である。休みの日には自分の二人の息子や近所の子供たちと野球をやるんだそうだ。ここでも彼はキャッチャー専門だということである。

あの大きな口の、愛嬌のある顔にほほ笑みをいっぱい浮かべて、やさしく、熱心に、いろんな技術を教えてやっているんだろう――と、こんなことを書いていると、ハギパンの焼いたグローブ型の、おいしい、おいしいクリームパンが、また食べたくてたまらなくなった。

3　What am I, what am I supposed to do?

（あー、どうしょうに、どうしょうに?・）

——*The Beatles*；《*Anna*》

高校に入って三回目の夏休みがやってきた。夏の暑いのはあたりまえだが、この年の夏が特別に暑かったのを、二つの珍事のためにぼくはよく覚えている。

ある日の昼下がり、二階の自分の部屋で机にうつぶせになっていねむりしていたぼくは、汗びっしょりで目がさめた。机の天板に水たまりをつくっているのはよだれではない、首すじを伝って落ちた汗である。

ちょっとぐらい風が入らんもんかと、窓辺に立って外を眺めるともなしに眺めていると、窓下の三十メートル四方くらいの空地をへだてた向こうの道路を、コカコーラの大型トラックがやってきた。コカコーラのトラックは別に珍しくもないが、ぼくの目はそのトラックに引きつけられた。その速度が、異常なほど、田んぼ仕事でくたびれ果てて家路を辿るときの牛の歩みほどに、のろくさかったからである。

あれあれ、大丈夫かいな、と思って見守るうちに、トラックはのろのろ、のろのろと動き続けて、古い木の電柱に、どっしん、とぶつかり、電柱はわりわりと折れた。トラックはさらに一メートルほど進んでやっと止まった。まるで熱い葛湯《くずゆ》のような空気の中の、スローモーションのような出来事だった。

さいわい誰もけがしたものはない。そのトラックの若い運転手と、折れた電柱の近くに住むステテコをはいただけのおっさんが、大儀そうに何やら話をしていた。それから小一時間以上、四国電力の人も、お巡りさんも、野次馬もやってこなかった。話をしている二人と、今では椅子を窓辺に寄せてそれを遠くから眺めているぼく以外は、観音寺中の人が昼寝をしていたのに違いない。

それから二、三日ほどたった日も、相変わらずくそ暑かった。ぼくがやはり二階で漫画を読みながらうたた寝していたとき、ふと、妙な音が耳に入ってきた。

カシャ、カシャ、カシャ。へー、へー。

何じゃと思って、体を起こして音のする方を見れば、我が家の愛犬、トチだ。(トチとは名横綱、栃錦《とちにしき》にちなみて命名したるものなり。)カシャ、カシャは、猫のように爪を引っ込めることのできぬ犬が、不器用に板張りの廊下を歩き回る音で、へー、へーの方は、暑さにあえぐ息の音だったのである。花火や雷が鳴るときなどに、恐がって家の中に入ってくることは以前もあったが、しんと静まり返ったまっ昼間に二階に上がってきたのは初めてだ。涼を求めて歩き回るうちに、暑さも暑し、とうとう道に迷ったのに違いない。

トチも思いがけなくぼくの顔を見て、驚いたような、恐縮したような顔をしている。その口もとが、「坊っちゃん、あんたがなんでここに?」と言いたげだったので、ぼくは頭をなでてやりながら答えた。

「なんでここにったって、お前、ここはわしの部屋じゃがい」

そして、やさしく言って聞かした。

「なんぼ暑てもの、こなんとこ来たらいかん。さあ、下りんか、下りんか」

犬は尻尾を下げて素直に言いつけに従った——のはよかったが、もと来た階段を下りるのではなしに、開いてある窓の手摺のすきまからぽんと飛び出した。自分が二階にいる、という状況を全く把握しておらんのである。

ぼくはあわてて跳ね起きて、窓に駆け寄った。運よくトチは地面に落ちておらず、うんと広がったミニスカートのような恰好でぐるりと二階の部屋の裾をとり巻いている庇《ひさし》の上をまたカシャ、カシャと不器用な音を立てながら行ったり来たりしている。下に落ちたら、身の軽い犬だって脚くらい折るだろう。ぼくはほっとすると同時におかしくなって、懸命に地面に下りる道を探して行きつ戻りつしているその姿をしばらく眺めていたが、とうとう犬がクーン、クーンと鼻鳴きし始めたので、庇に下りて行って犬を抱きかかえ、部屋に戻り、階段を下りて下に連れ戻してやった。跳び移るべき桧の木が近くにあったけれど、猫ならぬ犬の身では、助けなしでは永久に下りられやしない。

という次第で、コカコーラが葛湯の中で電柱をへし折ったり、犬がカシャ、カシャ、ヘー、ヘー、クーン、クーンと庇を歩き回るくらい、暑い夏だったのである。

そして、この暑い夏の休暇に、ロッキング・ホースメンのリード・ボーカリストにしてサイド・ギタリストのぼくが昼寝のほかに何をしたかと言えば、一年の夏休みと同様、アルバイトをやったのである。ただ、今度はあの農機具工場ではない。「サマータイム・ブルースはもういやじゃ、なんぞほかにええのんはないか」と富士男に相談すると、「ないことはないけどの」と言う。いつもながら頼りになる男だ。

「あるんなら紹介してくれや」

「ちっと（ちょっと）遠《と》いぞ」

「ちっとぐらい遠《と》うてもええ。どこや？」

「五郷《ごごう》じゃ」

五郷は讃岐山脈の奥にあって、観音寺からバスで三十分ほどかかる。前にも書いたがぼくはバスに弱い。

「五郷か……」

「『五郷渓温泉ヘルスセンター』で、ガーデン・レストランの給仕を探しとる。お盆前後の十日間だけじゃけどの。泊まり込みで。日給八百円じゃが、飯つきじゃから、まあまあ、かの。やってみるか？やるんなら頼んでやるぞ」

「やる」

「しかし、お前んとこのお父《とう》やお母《かあ》が許可するかの？　お前このごろ成績さっぱりじゃろが？　もうクラスのどべつんこ（ビリ）になったか？」

「まだ、どべつんこまでいとらせんわい。とにかく、親の方はおがみ倒して何とかすら（するよ）。しかし――」

「しかし、何じゃ？」

「なんでお前はそう顔が広いのい？　ひょっとしてまた檀家の――」

「おお。ヘルスセンターのボイラー室長《しっちょう》がうちの檀家副総代じゃ」

「お前んとこの寺はそこら中に魔手を広げとんじゃの」と、ぼくは半ばあきれながら言った。

「おかげさんで日々躍進を続けよらい」と、暑い夏でも涼しい顔で少年僧は言った。

ぼくがどうしてもアルバイトをやりたかったのは、決して遊ぶ金欲しさからではない、やむを得ずしてこさえた借金を一日も早く返すためなのである。

Part II でも述べたことだが、ぼくらはこの秋の文化祭でコンサートをやることに決めていた。そのために、中古でも何でもいいからまともなボーカル・アンプが欲しいなと思っていたところ、丸亀の質屋の流れもんで、二万八千円のがある、と、無線機の部品を探しに行ったしーさんが教えてくれたので、すぐさま白井の兄ちゃんに一万五千円を借り、自分の貯金と合わせて二万八千円作って、白井と一緒に丸亀に買いに行ってかついで戻ってきたのであった。兄ちゃんはいつでもいいと言ってくれてるが、性分で、一日も早く返済したいのである。

富士男も、文化祭出演のために、まともなマイクを二本買うと言う。だが、富士男は日ごろから坊さんをやって小遣いを稼いでいるから、ヘルスセンターのアルバイトはやらない。（それに、お盆のころは彼にとってかき入れどきである。）

白井は家の魚屋を手伝って給料をもらい、エコー・チェインバーを借りる代金に充てると言う。これは電気楽器のエコー効果を高めるための、小さな黒い手さげ金庫みたいな外見の機械で、新品なら十万円もする。神戸屋楽器店には一台置いてあるが、誰も買わない。あるいは、買えない。なら、貸し出してくれんかと神戸屋の親父に交渉したところ、存外かんたんに「かんまんで（かまわないよ）」となったのである。一日の使用料が三千円だから、いい商売だ。

岡下は、シンバルの大きいのを買いたいが、「テンプラあげるん以外の仕事をしてみたい」、しーさんは、「ひまじゃ」、ということで、結局、岡下、しーさん、ぼくの三人がヘルスセンターで働くことになった。

と言っても、岡下は、例の「うーちーの、たーくみーが、な」のばあちゃんが心配するといけないので、泊まりは一日おき、ということにした。

心配と言えば、ぼくの場合、富士男が予想したごとく、簡単には親の（特に母親の）許可がおりなかった。「成績が下がり放題に下がっとるのに、泊まりがけのアルバイトとは、何ちゅうこっちゃ」、というわけだ。「言う通りさしてくれんのなら、バタコ（オートバイ）に乗りまくって死んでやる」と言って親をおどす知恵がなかったから、懸命に頼み込んだ。

「なー、頼まい（頼みます）」と、ぼくは両親の前に正座して、額を畳にすりつけながら言った。「この秋の文化祭に、わしら出演するんじゃ。どうせ出るからには、こじゃんとした（ちゃんとした）ことやりたい。足《た》らん機材を買いそろえたいんじゃ。この晴れ舞台のために、わしらがんばってきたんじゃきんな。今までの活動の総決算じゃ。なー、頼まい。さしてつか（下さい）。その代わり、文化祭が終わったら、一日中《いちんちじゅう》、朝から晩まで勉強するきに。げー吐いて血《ちい》のしょんべん出るまでやるきに。なー、頼まい」

この「なー、頼まい」を根気よく百回もくり返してやっとOKが出た。しかし、「文化祭の後は、げーを吐いて血のしょんべんを出すまで猛勉強をいたします。もしげーも血のしょんべんも出さずに大学受験に失敗した場合は、浪人はしないで、どこぞに奉公いたします」という一筆を入れさせられた。いつものことながら、妙な親である。

仕事の方はずいぶん楽だった。横森農機とはえらい違いである。ヘルスセンターの広々とした中庭に作られた日本庭園の一角が、三十ほどテーブルを並べたビアガーデンのような野外レストランになっていて、ぼくらはそこでウェイターとして料理やビールを運んだり、ときには「狩場焼《かりばや》き」という名の、当ヘルスセンター自慢の和風バーベキューをこさえたり、奥で洗い物をしたりした。もちろん客がたてこんだときは忙しかったけれど、野外レストランは夕方からのオープンだったから、朝から午後の四時ごろまではずっと暇で、大きな団体客が来て手が回らない場合に、掃除や布団の上げ下ろしに駆り出されるときをのぞけば、ぼくらはたいていあてがわれた六畳間で、ごろごろ寝そべってお喋りをしたり、歌や、ギターの練習（もちろんアンプなしで）をしたりしていた。ぼくはギター、岡下はドラムのスティックを持参していたのである。

教科書と参考書も持参していたが、ついぞ開くことはなかった。親のことを思い出して少し胸の痛むこともあったが、「なに、文化祭が終わったらげー吐いて血のしょんべんが出るまで勉強するんじゃきに」と、胸の中でつぶやき、つぶやいたとたん、そんなことがこのぼくにできるじゃろかと、不安になった。

まあ、仕事の方はそんな具合で助かったし、食べ物もよくて、狩場焼きも食いあきるほど食わしてもらった。横森農機の木下スエ子さんみたいな人がいなかったから、スリルとかアバンチュールなどというものは薬にしたくも無かったが、その分、おだやかな気持で過ごせた。

それだけではない。ちょうどお盆のころに、大阪から漫才師たちの一行がやってきて、大広間で公演したのだが、ぼくらは昼間暇なのをいいことに、ちゃっかり客のような顔をして舞台の真ん前に陣どって、腹の底から愉快な時を過ごさせてもらった。このときは、白井や富士男にも声をかけておいたので、ひさしぶりにロッキング・ホースメンが勢ぞろいした恰好だった。おまけに白井と富士男は、ただで大浴場に入り、狩場焼きをたらふく食って帰った。（富士男は、団体旅行のおばはんみたいに、三度も風呂に入った。）

このときに、ぼくは生まれて初めて一流の漫才を見たのだが、ロックをやらないとしたら漫才をやろうか、と思ったほど感動した。もちろん、一流の漫才師になるには天与の才が必要で、凡人にはなろうったってなれるものではないが、そう思ったほど彼等の芸は素晴らしかったのである。

若井はんじ、けんじがいた。宮川左近ショーがいた。太平トリオがいた。横山ホットブラザースがいた。

特に、楽器を使っての音楽漫才の四人組、ホットブラザースの熱演は圧倒的な迫力があった。テレビ出演の場合なら四回分にも相当するネタを、惜しみなく一回の出演で披露してくれた。これらのネタはどれもすでにテレビで見たことのあるものだったけれど、生で間近に見るのは格別だった。「おっちゃん」と呼ばれるリーダーが、（たしか他の三人は彼の実の息子たちだったと思う、）あほなことをやって引き下がるときに、「ハッハー、お邪魔しました！」と言うのが、彼らのギャグの一つであるが、この言葉を生で聞いたときは本当に嬉しくなってしまった。そしてこのおっちゃんは、三味線、ラッパ、太鼓など、いっぺんに何種類もの楽器を演奏することのできるすごい人で、三人の息子をこんなに立派な芸人に育て上げたのだ。やがておっちゃんが眼鏡をはずして十八番《おはこ》のゴリラの真似をやりだすと、舞台の前をうろちょろしていた子供たちが真顔で逃げまどうのを見て、ぼくたちは大笑いしたのであった。

それ以外で特に強い感銘を受けたのは、宮川左近ショーの三味線プレーヤーのハイ・テクニックと、太平トリオの「おけいちゃん」（たしかそう呼ばれていたと思うのだが）がひょいと口にした、ある台詞である。

太平トリオはギターの男に、三味線の女が二人の三人組だ。その女の一人が、「おけいちゃーん」と呼ばれて「あいよー」と絶妙のタイミングで返事して、長いしゃくれ顎をふりたて、ふりたて、舞台を面白おかしい恰好で歩き回る。（数年後、ローリング・ストーンズの《Rocks Off《ロックス・オフ》》という曲のイントロの、「イェー」というかけ声を聞いたとき、このおけいちゃんの「あいよー」のタイミングを思い出したのである。）

さて、そのおけいちゃんはさんざんおかしな恰好で歩き回った後、客席に向かって一声、こう叫んだのだった。

「笑わば笑え、こちゃ商売じゃ」

もちろん客はこれ聞いてまた笑った。ぼくも笑った。この台詞は妙に強く印象に残った。そして、以後も、折りにふれてこの台詞を思いだした。しかし、どうしてこの台詞がこれほど気になるのか、ぼくにはよく解らなかった。「そうだったのか」と、ぼくが得心したのは、何年も後、ルキノ・ヴィスコンティが監督した、トーマス・マン原作の《ヴェニスに死す》という映画を、新宿のミラノ座で観たときのことである。（映画を観る前に本も読んでいたのだが、そのときは別におけいちゃんのことを思い出しはしなかった。）

この映画には（原作にも）、歌芸人の一行が、主人公グスタフ・フォン・アッシェンバッハや（それにしても、なんとご大層な名前だろう！）、美少年タジューの泊まっている高級ホテルの中庭にやってきて、野卑で滑稽な歌を歌いながら小銭を集めて回るシーンがある。その芸人一行の、ギターを抱えたリーダーの男（おそらく、芸術家という存在を、いかにもマンらしく、あざとく自虐的に戯画化した人物だと言えようが）、こいつが帰りしなにホテルの客に向かって（それは同時にまた、カメラ――つまり、映画の観客に向かってでもあった）、真赤な、長い大きなベロを思い切りつき出して、あっかんべーをやったのである。

この真赤な舌には、芸人（あるいは芸術家）の、観客に対する悪意を含んだ軽蔑と、プライドがこめられている。おけいちゃんの台詞も本質的には同様のことを表現したものであろう――とは言っても、彼女の台詞には、このヴェニスの芸人の持つ毒々しさはこれっぽっちもない。ほんとにおかしくて、ちょっと悲しくて、いじらしい、芸人の意地がこめられていたのである。

そして、公演を終え、ひと風呂あびて、野外レストランの方に食事をしにきた、おっちゃんを始めとする素晴らしい芸人一行の給仕を務められたことが、ぼくは本当にうれしかった。

そして、アルバイトを八月二十日で切り上げた後、ぼくらは二十二日から四日間、富士男の寺の本堂に寝泊まりして、自炊しながら合宿練習をした。毎日学校に行って練習してもよかったのだが、どうやら合宿なんかをする機会はもうなさそうだったから、多少の不便を忍んで浄泉寺でやることにしたのだ。（富士男のお父っつぁんの浄信さんも、もうあきらめていたのか、何も文句は言わなかった。もちろん練習は、いつものように富士男の離れで雨戸まで閉め切ってやった。）自炊ということだから、必然的にぼくらは四回連続で夕食にカレーライスを食うことになった。（あのころのたくましいわが胃袋を思うと、ぼくはときどきいとしくてたまらなくなって、喉から取り出して抱きしめてやりたくなる。）

それで、くそ暑くも楽しかった一九六七年の夏休みも終わり、ということになるのだが、実は、最後に一つだけ、忘れがたい体験をした。つまり、ぼくは生まれて初めてデートをしたのである――とは言っても、詳しく書くのはてれくさいから、走り書きにとどめておく。

　コニー・フランシスの歌に、《Follow The Boys》《渚のデート》というのがある。実はぼくのも渚のデートなのだが、その言葉の暗示するがごとき浪漫的《ローマンチック》なものではなかった。なら、どんなんじゃと問われても言葉に窮するような、何とも言いようのないデートであった。

　八月三十日の朝の十時過ぎ、まだ寝ているぼくを母が叩き起こした。文字通り、頭を平手で叩いて起こしたのだ。

「こら、起きい」

　ぼくが、消え去らんとするすけべな夢に、なおもすがりついて起きようとしないので、母はぼくの髪の毛を引っぱった。

「起きんか、こら」

「痛いなあ！　何《なん》な？」

「お客さんじゃ」それだけ言って母はトントンと階段を下りて行った。

　客とは誰じゃ、富士男か、白井か、と怪しみつつ、パジャマのズボンをはいただけの恰好で玄関に出て、ぼくの眠気はいっぺんにふっ飛んだ。白いワンピースに、馬鹿げて大きな白の木綿の帽子を被った唐本幸代《とうもとゆきよ》が、手に籐《とう》のバスケットとビニールのビーチバッグを持って立っているではないか。

　ぼくはあわてて身を隠し、柱の横から首だけ出して尋ねた。

「何《なん》やー？」と言ったその口調が岡下のようだ。

「海水浴しにきたん」と、唐本は平然と言う。

　ぼくに好意を抱いているとは感じていたが、白い帽子に白いワンピースを着て、バスケットを持って訪ねてくるような種類の好意とは、まるで考えたこともなかったので、ぼくはあせった。「あー、海水浴場は、この前の道を左に曲がってな、グランドつっきって行ったらあらい（ありますよ）」と、ぼくは早口でつっかえながら言った。

「何べんも来とるきに知っとらい」と言って唐本は笑い、妙に力強い声で続けた。「あんたを誘いにきたんじゃ」

「あー、あんた一人《しとり》え？」と尋ねた声が、また岡下に似ている。

「ほうじゃ。はよ行こ」

「あー、どうしょうに！」と、ぼくは胸の中でつぶやきながらふらふらと二階の部屋に戻り、後ろから誰かに背中をどんと突かれたような具合に、倒れ込むようにしてタンスに歩み寄って、中から海水パンツを取り出した。普段なら海へは海水パンツ一つで行く。（前にも書いたが、ぼくの家は海のすぐそばである。）しかし、今日は女の子と一緒だから、さて、どうしよう？　彼女にも上がってもらって、風呂場で水着に着かえてもらい、二人そろって海水着で行くか？「いえ、いえ、それはなりませぬ」という文句が、《歌を忘れたカナリヤ》のメロディーに乗って、なぜか口から洩れて出た。あわてていると人は妙なことを口走る。水泳パンツを手に、しばし考えたのち、ぼくは衿に校章をつけたままの白のYシャツを着、制服の黒ズボンをはき、そのポケットに水泳パンツを押し込んだ。普段着がないわけじゃない。あわてていると人は妙な服を着るのだ。

また階段を駆け下りてきたぼくを見て、母は、

「出かけるんか？」と言った。

「うん」と、ぼくは何気なささを装って答えたつもりだったが、「海に行くだけじゃ」と、つい変に防

御的な言葉を続けてしまった。「ほーお」と母は言った。様々の思いがこもった密度の濃い「ほーお」であると、ぼくには感じられた。そして、

「あれ、誰や？」と問う。

「クラスの子《こお》じゃ。ほんなら行ってくらいな」と放り出すように言って、また、「はよ戻るきんな」とつけ加えた。気が弱いから。

「ごはんは？」と、母。

「海でうどんでも食べる」

「気いつけての」と、母は言った。

あれは何に「気い」つけよと言ったんだろうかと、ずいぶん後になってふと考えたが、この時はこの言葉の簡潔さがありがたくて、ぼくはサンダルをつっかけると、逃げ出すように玄関を出た。まごまごしてると、また一筆入れさせられそうな気がしていたのだ。

海でうどんを食うと言ったものの、ぼくは金を持たずに家を出た。おまけにタオルも忘れてきたが、それに気づいたのは海について、着換えをする段になったときのこと。ぼくは脱衣場の使用賃を唐本に借りねばならなかった。

着換えをしながら、なぜか、「とうとう……とうとう」などと、ぼくはしきりにつぶやいていた。鶏を追うのではない、漢字で書けば「到頭」となる。しかし、とうとう何《なん》なのか、自分でも分っていなかった。「とうとうデートをするのだ」くらいの気持だったんだろうが、それ以上のことも浅ましく考えたのかもわからない。そのあたりのことは忘れた。なにしろ混乱していたので。

海岸線に沿って二百メートルほども伸びている海の家は、端の方から取り壊しが始まっていた。そして天気はいいのに海水浴客はほとんどいなかった。毎年、お盆を過ぎると急激に浴客の足が遠のくのである。ぼくらの他には、中学生のグループが二、三人、水遊びをしているだけだ。その代わり、クラゲがいっぱい浮かんでいた。

「ゆず湯みたいじゃな」と言って唐本は笑った。

ぼくはゆず湯というものに入ったことがなかったけど、なんだかおかしかったのでつられて笑った。その笑い声とともに二人の間の硬さがほぐれて——と言いたいが、その笑い声はほおばった綿菓子のごとく、晩夏の熱い大気にとく溶け去って、あとはまた黙りがちのぎこちない雰囲気。一九六七年時《じ》分《ぶん》の田舎の高校生の硬さは、そう簡単にほぐれるようなやわなものではない。

およそ潮が七分通り引いたところだったので、膝を少し越えるほどの深さの水をじゃぶじゃぶ渡ると、沖の方にまた砂地が現われている。波が気ままに流れるような曲線のストライプを印した、その遠浅の砂地の上を、ぼくらはどんどん歩いて、再び水の中に入ってゆく。今度は次第に深くなってゆく。

最初のうちは、腕を軽く曲げて両の手を肩の高さに持した恰好の彼女が先に立って歩いて行ったが、彼女がおそるおそる歩を運ぶたびに、青い水着の下からはみ出している尻の肉がもりもり動くのを、つい眺めるうちに気持が悪くなって、ぼくは追い越して先に立ち、今はもう股に達する水の中を、怒ったようにぐんぐん速足で歩いた。気持が悪くなったのは見苦しいからではなく、その反対で、胸がうずいて息が苦しくなったからだ。怒ったように速足で歩いたのは、意に反する肉の自己主張のせいで歩きにくいのを無理に歩いたからで、また、一刻も早くへそより下を水中に没し去りたかったからで、男なら覚えがあろう。

乳の深さのところに達してやっとほっとする。ふり返れば、何のつもりか、彼女はまだ両の手をかかげたまま、なんだか真剣な顔つきで近づいてくる。鈍重とも優雅とも見える身のこなしだが、このときはもっぱら後者の印象のみを得たのは、ぼくが十七歳の少年だったからだろうか。

大きく息を吸い込むと、ぼくはざばと頭を水中に没して、得意のバタフライをやりだした。ストロークするたびに、手に顔にクラゲがぽんぽんあたる。彼女の視線を意識ながら、一気に五十メートルほど泳ぐ。陸上でやるとこの泳法はすこぶる卑猥ならんと、ふと考えつつ、ついに苦しくなって泳ぎを中断すれば、足がたたない。あわてて平泳ぎでより浅いところに戻り、顔をぬぐって空を仰いだとたん、すっと意識が失せかけて、空の青が一変した。そう言えば、クリフ・リチャードの歌に《Blue Turns To Gray《ブルー・ターンズ・トゥ・グレイ》（青、灰に変ず）》というのがあった。（作者は、ストーンズの、ジャガーとリチャードのコンビである。）

もちろん、灰と見えたのは、ぼくの軽い一時的貧血のせいで、空はすぐまた青に戻った。思えば泳ぐのは一学期末の体育の授業のとき以来、それをいきなり力まかせにバタフライなんぞをやるから、くらっとしたわけで、我ながらあほかいなと思う。

彼女はいぜんとして両手をかかげたまま近づいてきた。

「あんた、泳ぐん（泳ぐの）、うまいんじゃなあ」

「いや、しんどて、もうちょっとで溺れよった」別に謙遜でもなしにぼくはそう言った。

「あんだけ泳げるのに、溺れやかするかい（溺れなどするものですか）」と彼女は言った。

「あんた、泳がんのえ?」とぼく。

「泳ぐけど、日に焼けるきに」と、彼女はなんだかよく解らんことを言う。泳ごうと泳ぐまいと、海に来たのなら日に焼けるのは同じだ。

「せっかく来たのに、日に焼けても泳いだらよかろがな」と、ぼくもつられて間の抜けた返事をする。

「ほんなら、教えてつか」と言って彼女は両手をぼくの方に差し伸べる。「足、バタバタするきに」

ああ、どうしょうに！　と、ぼくは心の中で叫んだ。女の子の手など小学校の遠足のとき以来握ったことがない。

「バタバタする」と、彼女は幼女のごとき口調で手をとることを促す。

ぼくはふらふらと彼女の両手をとって、海の中を後さがりする。彼女は思いきりバタ足をやる。

タイガースの《シーサイド・バウンド》や、ブルー・コメッツの《ブルー・シャトウ》が、貸ボート屋の丸太の柱にとりつけた拡声器から繰り返し流れている。ぼくらの姿を双眼鏡で見ているボート屋のおっさんが、気を利かしたつもりのサービスか、それともひやかしの口笛代わりなのか。もうこうなったら、どっちでもよろしい。ぼくたちは日本晴れの空の下、ゆず湯のごときクラゲの海で、辛抱強く二十分近くもバタ足のおけいこに励んだ。えんえんと後さがりしながら、こんなところを富士男が見たら何と言うだろうかと、ぼくはふと考えた。

それからしばらくの間、水をかけ合うでもなく、追っかけっこをするわけでもなく、なーんとなく海中のアオサを拾い上げては頭上にかざし、それを透かして空を眺めたりなどして（別にそうするのが面白いわけじゃない）時を過ごした後、彼女は言った。

「お弁当《べんとう》にしよか」

「えー」とぼくは岡下調で言った。「わし弁当持っとらんが……」

もちろん、彼女が弁当をぼくの分まで持参していることは容易に推察できたが、すんなり「うん」と言ったのでは、厚かましくも、なれなれしくも、彼女の弁当を食うことを、はなから当然のことと考えていたかに受けとられかねない、と思って、田舎高校生らしく一応気の利かぬ遠慮をしてみたのである。

ということを彼女は見抜いたのか、見抜かなかったのか、とにかくぼくの返事にはおかまいなしに、また両の手をかかげてさっさと陸の方に歩き出した。あの歩行姿勢は一種のしなだったのかしらん、と今なら思うが、当時はただ「女《おなご》くさいのう」と心中感嘆し、その「女くさい」という言葉に、また息がやや苦しくなったりした。

海の家の中ほどにある無料休憩コーナーのところで、「ちょっと待っとってな」と言って彼女は小走りに駆けてゆき、脱衣小屋にあずけてあったバスケットを持って戻ってきた。

「どこ行こ?」と彼女は言うが、バスケットを持った水着姿の女をどこへ連れてゆくのが一番いいのか、当時のぼくは知らなかった。(いまだに知らない。)

しかし彼女の方は、バスケットを持った水着姿の女をどこへ連れてゆくのが一番いいのかを知らない気の利かぬ男をどこに連れてゆくのが一番いいのか、よく知っていたようで、「さあのー(さあねー)」などと言いながらまたふらふらと海の方へ戻りかけたぼくの左の肘をつかまえて、「松林の方へ行こ」と言った。なるほど、かんかん照りの日を浴びながら弁当を食うのは間が抜けている。

本書の始めの方で紹介した「寛永通寳」、つまり、海辺の砂地にうがった銭形のわきの松林の中に、ぼくらは歩み行った。

「ここがええわい」と、彼女は少しもためらうことなく、ある松の大木の下をその場所と定め、あたりを這い回っている山蟻を、脱いで右手に持った片方のサンダルで四方にさっさと掃き飛ばし、婚礼の引出物をくるむビニールの風呂敷を二枚、並べて敷いて腰を下ろした。「ありゃりゃんりゃん」という富士男の口癖がふと頭の中に浮かんだ。

ぼくも引っぱられるように、彼女と同じ方向を向いて、風呂敷の端っこに腰を下ろし、両膝をかかえて膝頭に額をのせた。がさごそと隣で音がしている。こんなことでどきどきしていて、ぼくは将来結婚できるんだろうかと、そんなあほなことまで考えた。

「はい、どうぞ召し上がれ」の声でそちらを見れば、のりとごまの握り飯が十二個に、ピーマンとウィンナーの炒めたの、卵焼き、黄色がやけに鮮やかなタクアンが、黒い漆の重箱に美しく並んでいる。この、漆の重箱、というのが、何とも言えん。

次々とプラスチックの小皿に盛ってくれるおかずと握り飯を、ぼくは夢中で食べた。食い物に集中することによって心の平静をとりもどそうとしていたのかもしれない。結局、握り飯は八つか九つ食ったはずだ。やや小ぶりの俵型とはいえ、そんなに食えば気分も悪くなる。茶が飲みたかったが、彼女は、フタがコップになっている水筒のみで余分のコップは持参してないようす、なら、ぼくは飲むわけにはいかないと、うらめしい気持で赤地に白いうさちゃんが跳ねている水筒を見たところ、彼女はさっさと赤いフタのコップに冷たい麦茶を満たして、ぼくに差し出す。

ぼくがためらったのを見て、

「かんまんがな（かまわないわよ）、お飲み」と、彼女は笑って言った。十七の乙女は鋭敏な心理家である。

飯を食い終えてようやく落ちついたぼくと彼女は、ぽつぽつと（学校におけるほど気軽くではないが）話し始めた。

「あんたや（あなたたち）文化祭に出るんえ？」

「うん、出る」

「がんばりよ、応援してあげるきん」

「うん、がんばる」

そのとき、ぼくらの後方二十メートルほどのところにある道を、小学生の一団が、あるいは駆け、あるいは自転車を駆って通り過ぎざま、こっちを見て口々に叫んだ。「おー、アベックじゃ、アベックじゃ、見てみー」と言うのがいる。「ほんまじゃ、アベックじゃ」ともう一人が言う。「キスしよったか？」と後《あと》から来たのが仲間に尋ねる。追っかけて行って一人ずつ頭をはりとばしてやりたくなった。

彼女はちょっと恥ずかしそうに苦笑して、

「すかん」と言った。

ほんまに、すかん、とぼくも思った。

「海が近《ちこ》てええなあ」と彼女は言った。「毎日海水浴に来られるなあ」

「子供のころは、いっつも海で遊んびょった（遊んでた）」

「冬も？」

「冬はあんまり来んけどな」

「泳がんときはどやって《まて》（どんな風にして）遊ぶん？」

「魚突いたり、馬刀掘ったりする」

「マ、テ、っちゃ何え？」

「十センチぐらいの長細い二枚貝」

「ふーん」

「馬刀掘るんは面白《おもっしょ》いで」

「どなんして掘るん？」

「海が引いとるときにな、鍬《くわ》で砂をけずり取るようにして掘って回る」

「クワで？　お百姓さんみたいじゃな」

「そう言や、そうじゃな」

「ほんで？」

「小《ち》っさな小判型の穴があいとったら、それは馬刀の穴よ」

「ふーん」

「その中に、アイス・キャンデーの棒で塩すくうて入れる」

「お塩？」

「塩壺を腰にぶら下げとるんよ。こう、キャンデーの棒さいて（さして）」

「塩入れたら、マテ死ぬん？」

「死なせん。ぴょこっと顔を出す」

「顔があるん？」

「顔か頭か知らんけど、こう、ぴょこっと出てくる」

ぼくは人差し指を立ててその様《さま》を示した。

「それをつかまえるんじゃな?」

「いや、最初に出てきたときは、そのままなんちゃせんと(何もしないで)見逃す」

「ふーん」

「必ず、もういっぺん出てくる。二回目出てきたときの方が出てきかたが大きょ《おっ》いんよ。じゃから、人差し指と親指をその穴のふちのところにかまえとって、にゅーっと出てきたところを、ぱっとはさんで、そろそろ引っぱり出す」

「そろそろ、え?」

「急に引っぱったら、下の足のところがちぎれてしまうじゃ。その足が一番うまいきんな」

「ちぎれた足はどうなるん?」

「砂の中をどんどん、どんどんもぐって逃げる。そうなったら、なんぼ掘っても追っつかん」

(この馬刀の足を、子供らは、びろーんと伸び縮みするその形状から、普通「チンポ」あるいは「マテチンポ」などと呼んでいるのだが、もちろん、彼女にはそんなことは教えなかった。)

「殻や頭を置いて?」と、彼女は大きな目をさらに丸くして尋ねる。

「そう」

「足だけ逃げてどうすんじゃろ? また殻や頭が生えてくるん?」

「さあ……」

「夏にも居《お》るん?」

「そら、居ろでは(いるのではないだろうか)」

「ほんなら、マテ掘りに行こ。面白《おもっしょ》げなわ(面白そうだワ)!」

そう言って彼女は勢いよく立ち上がった。

またバスケットをあずけて海へ行き、馬刀貝を掘る。鍬《くわ》も塩壷もなしで手で掘るのだから、どうだかなとは思ったけれど、しゃがんで一所懸命にそこいら中掘り返した。

彼女もぼくのかたわらにしゃがんでその作業を見守る。フロイト大先生が見たら何か言いそうな、象徴的な光景であったかもしれない。彼女の位置によって、ときにぼくの視線が行っちゃいかんところに行きそうになるので、これはいかんと、鎖で引っぱられるのをいやがる犬みたいに、無理な恰好に首をねじ曲げて掘っていたから、しまいに腰、腕、指先のみならず首まで痛くなった。首まで痛くなったが、馬刀貝はとれず、かわりに小さな白貝が三つとれた。

「きれえな貝じゃな」と、彼女は淡いピンクの掌《たなごころ》に白貝をころがしながら言った。

「まだ小《ち》っちゃいけどな」とぼくは言った。

「もっと大《お》っきなるん?」

「こんくらいになる」と、ぼくは両手で直径十センチくらいの輪をつくって言った。

「食べられるん?」

「そら、食えるけど、大してうもない（うまくない）。持って去ぬえ？」

「大してうもない」小さな貝を三つ持って帰ってもしょうがないと思ったからか、サンダルで掃き飛ばすくらい山蟻には邪険でも、白貝にはやさしい性質《たち》だったからか、彼女は、

「逃がしてやろ」と、笑って言った。

ぼくはまた白貝を砂の中にうずめた。

それからまた水に入ってアオサをとったり、クラゲを集めて砂の上に並べたりした。

「お餅みたいじゃな」と彼女は言った。丸餅を箱に並べたところを連想したのかしらん。

そのうち潮が満ちてきた。

薄茶色まじりの白い泡に、並べたクラゲ餅の最後の一個が呑み込まれてしまうのを見届けて、彼女は、

「上がろ」と言った。

拡声器から、黛ジュンの《恋のハレルヤ》が流れている。

〽 ハレルヤー　沈む夕陽はー
　　ハレルーヤー　とめらーれないー

一日の務めを終えた伊予柑《いよかん》色の太陽は、今まさに沖の伊吹島《いぶきしま》の上にどっこいしょと腰を下ろすところである。

ぼくのうちの方に行く路地の手前で、

「ほんなら帰るきんな」と彼女は言った。

「ほうえ」とぼくはさえない挨拶をした。「そこまで送って行こえ?・」と言うだけの機転も勇気も、当時のぼくにはなかったのだ。

「顔がひりひりする」と言って苦笑しながら、別れぎわに手を振った白いワンピース姿の唐本幸代は、「足、バタバタするきに」と言ったときと違って、なんだかほんとに幼女のようだった。

これが、ぼくのこれまでの人生における、最初で最後の「渚のデート」である。

「おお、もんたんか（戻ってきたのか）」と母が言った。「どしたん（どうしたの）、顔、真赤じゃが」

「日に焼けたんじゃろ」とぼく。

「そなに焼けるまで日向《ひなた》におったりして、ほんまにあほたれじゃの。あの娘《こ》もか？」

「うん」

「二人ともあほたれじゃの」と言って、母は楽しそうに笑った。

晩飯を食った後、二階で寝ころがっていると、電話がかかってきた。富士男からだと母から聞いて、ぼくは「ははん」と思った。

「弁当《べんと》うまかったか？」と富士男は言った。

「何で知っとん？　やっぱりお前のさしがねか？」とぼくは言った。

「楽しかっとろがい」

「しんどかった」

「初心者はしんどいもんじゃ」

「いったい、どういうことや？」とぼくは尋ねた。

「唐本幸代が、ひまなんかしらん、ゆうべ電話かけてきての、何じゃかんじゃ話ししよるうちに、高校最後の夏の思い出を作りたいっちゅうて言い出したから、ほんなら弁当こさえてチックンと海でも行てこい、言うてやったんじゃ。あいつ、お前に気があるげなの（らしいのを）わし前から感じとったしの」

「そうじゃろか？」

「わざわざ女《おなご》の方からデート誘いにくるんじゃから、そうに決まっとらいや」

「そやろかの」

「とにかく、ありがと思え」と、富士男はいばって言った。

「とにかく、ありがと」と、ぼくは笑って言った。

「ほんまに、うちのメンバーはどいつもこいつも朴念仁《ぼくねじ》ばーっかしで、手《てえ》がかかってしょんがない」

「しかし、どしてわしのところに直接電話してこざったんじゃろ？　わざわざお前に相談せいでもよかろになあ」とぼくは言った。

「それが解らんからお前は朴念仁じゃと言うんじゃ。ええ夢見いよ」と言って富士男は電話を切った。

唐本幸代がぼくに好意を持っているのはどうやら確からしいけれども、それがどの程度の好意なのかは、やっぱりよく解らなかった。「恋」という言葉が、便所蝿のようにわんわん耳の回りを飛び回っていたが、どうもそこまでは行ってないように思えた。ひるがえってぼくの心中はいかに、というに、さらに解らなかった。海辺での彼女の顔は日頃に増して可愛らしかったし、見えないようにしていたってどうしても目に入ってしまったその水着姿には、大いに圧倒された。現在恋はしていないとしても、こんなことからにょきにょき素敵な恋が芽ばえるのかしらん、などと、そんなことを変にうきうきしながら考えたのだった。今にして思えば、そういうぼくのうわついた頼りないところを指して、母は「気いつけての」と言ったのかもしれない。

ともあれ、腰、腕、指先、首と、全身が痛くなりはしたけど、やっぱり楽しい体験には違いなかった。富士男のみならず、唐本幸代にも、「ありがと」と言いたかった。——にもかかわらず、「もうデートはけっこうじゃ」と、ぼくは胸の中でつぶやいた。「少なくとも、ここ数年はいらん。しんどてかなわん。当分は、歌の中に出てくる数々の『薄情女』、『けなげな女』、『可愛い娘』に恋することにしとこ」

富士男に言われたからでもあるまいが、その夜ぼくは夢を見た。どんな夢だったかは、恥ずかしいから書かない。

4　It's gotta be Rock'n Roll music!

（やーっぱりロックでなけらいかん！）

――Chack Berry;《Rock And Roll Music》（reprise《ぶりかえし》）

その1

二日間にわたる文化祭の初日の、九月二十九日にザ・ロッキング・ホースメンは出演することに決まった。コンサートの時間は午後一時から二時までの一時間。早過ぎも遅過ぎもしない、おそらく最もいい時間帯である。

なぜこんないい時間帯がおさえられたか、と言えば、それは決して偶然などではない。文化祭の運営委員をつとめる（したがってプログラム全部決めちゃう）生徒会の、その会長が、わが第二軽音楽部の二年生部員だったからなのである。

そして、彼、すなわち、鳥尾光友《とりおみつとも》君が生徒会長になったのも、また決して偶然ではない。かと言って鳥尾君の意志でもない。それは実は第二軽音のある三年生部員の意志であった。この先輩は、秋の文化祭のコンサートを最大限に成功させるために――ということは、要するに、言うことを聞いてくれる人間を生徒会に送り込んで、ホースメンの便宜をはからせるために——「いやじゃ、いやじゃ」という鳥尾君にたくみに因果を含めて会長選に立候補させ、人脈を様々に動かして、不利との一般の予想を覆して見事当選させたのであった。（と書けば鳥尾君がいかにも可哀そうだけど、本人も後に「ええ体験じゃった」と言ったものである。）その第二軽音の権謀に長《た》けた先輩が誰であったか、言うまでもあるまい。富士男以外にそんなことをやる者（あるいは、できる者）はいない。

　夏休みが明けてから、ぼくらは最初の、そしておそらく最後のコンサート目指して、仕上げの猛練習をやった。学校でもやった。家でもやった。コンサート前の一週間というもの、ぼくの場合だと、一日に少なくとも八時間はギターを抱えていたような気がする。すでに硬くなっていた左手の指先の皮がぽろりととれて、その下の薄皮がまた盛り上がって踵《かかと》のように硬くなった。

「わしら、フリッツ・フォン・エリックの手《てえ》みたいになったのー」と、ベースの富士男が、ぼくと自分の指を交互に見較べながら、満足げに言った。フリッツ・フォン・エリックというのは、テキサスのダラスを根城にする有名なプロレスラーで、その人の得意技というのが、「クロー」と呼ばれる技、要するに、相手の顔といわず、頭といわず、肩といわず、腹といわず、金玉以外ならどこもかしこも、つまんでつまんでつまみまくって、ついには流血、悶絶に至らしめるという、まあ実におそろしい技なのだが、その人の指先に負けぬくらい我々の指先も硬くなったろうと、こう富士男は言ったわけである。ギターの鬼、白井清一は言うもさらなり、スティックを揮《ふる》う岡下巧の手のひらだって、雑巾なしで雑巾がけができるくらい皮が厚くなっていたのだ。

　ブラスバンドは前夜祭にコンサートを開くことになっており、その指導で佐藤先生は忙しかったが、ぼくらのコンサートにもつき合ってくれと頼んだところ、ほんとに二つ返事でＯＫしてくれた。

「OK《オッケー》、OK《オッケー》。何やればいいの？」

「先生には、最後の方に登場してもろて、サックスで二曲、ピアノで一曲やってもらいたいんです」

とぼくは言った。

「それからアンコール曲でピアノを弾いて下さい」と白井は言った。

「要するに、全部で四曲やれってわけか」と先生。「よし、解った。今まで一緒に練習したことのあるやつばかり、だよね？」

「一曲だけ、先生と一緒にやったことのないやつがあります」とぼくは言った。「《ワイプ・アウト》という、インストゥルメントの曲ですが、ブルースのコード進行ですから、すぐ合わしてもらえると思います。先生には、二《ツー》コーラス、気が向いたら三《スリー》コーラスでも自由にアドリブで吹いてもらいます。これをラストにもってきたい」

「ほう！」先生はちょっとおどけて言った。「めきめきやる気が出てきたぞ」

「つまり、先生と白井のアドリブ合戦という恰好《かっこ》ですわ」と富士男は言った。

「アドリブいうても」と、白井はかすかに頬を染めて言った。「ぼくのは大体ベンチャーズの、ライブからのコピーですけど」

「いやー、わくわくするなあ！」と、先生はうれしそうに言った。

「やったあ！」と、岡下もうれしそうに言った。

「アンコールは、《ジョニー・B・グッド》をやります」とぼくは言った。「こっちは、練習のときと同じように、ピアノでつき合って下さい。あとの二曲は決まったらお知らせします」

「よーし、ばんばんやるぞ！」と言ってほんとに楽しそうに笑った先生の顔を、ぼくは今でもはっきりと思い出すことができる。

内村百合子と、羽島加津子と、(あの)唐本幸代の三人組が、何か手伝いたいと言ってきたので、ポスターとチラシ作りをやってもらうことにした。

「センスええあんたらに全部まかすきんな、精出して、好いたようにやってつか。頼りにしとるどな」と、富士男はたくみにお世辞をまぜて言った。

「いやー、わたしらが?」と内村は言い、「いやー、できるじゃろか?」と羽島は言い、「いやー、どうしょう?」と唐本は言ったが、なんの、その実自信満々で、ためらってみせたのは、讃岐婦人一流の心にもない謙遜のポーズである。実際、彼女らは、嬉々として、七色のマジック・インキで念の入った大判のポスターを五枚描き、ガリ版のチラシを四百枚も刷ってくれた。ポスターはいずれも同じ体裁で、ビートルズみたいな衿無しのスーツを着たホースメンが花園で演奏しており、空からは何本も、小さな花を折り込んだモールが垂れ下がっている。

「けっこいのー!」と、岡下は一目見るなり感嘆の声を上げた。「ものすごけっこいいぎゃー(ものすごくきれいじゃないか)!」

中の人物が全員おちょぼ口なのはちょっと気色悪かったが、ぼくも大いに気に入った。

「わしは坊主刈りなんじゃけどのー」と、富士男は言ったが、別に文句を言っているのではない。

「これに冠《かぶ》かなんぞ被してヒゲ生やかしたら、トランプのジャックじゃ」

上の方には大きく英語で「Concert/The Rocking Horsemen」とあり、下の方には横書きで「9月29日・午後1時開演　於・体育館」とある。

照明監督はしーさんだ。しーさんはステージの脇で、ステージの上の照明やフットライトのスイッチを適宜入れたり切ったりするほか、しーさん特製のワイヤレス・マイクで左右のスポットライトの係に（この二人は特製のヘッドホーンをつけている）、必要に応じて指令を送る。このスポットライト係は、二年生の岸上《きしがみ》君と、一年生の岩田君が担当してくれた。彼等は機材の修理、チェック、そして照明のリハーサルを、熱心に何度も何度もやってくれた。

ぼくらは前景気をあおるために、コンサートの前日、体育館の入口のコンクリートの階段のところで、三曲ほどデモンストレーションした。

その日は授業は午前中でおしまい、午後は文化祭の準備にあてられた。大きな立て看板、紙の造花、机、椅子、展示のための様々な品物を持って右往左往する男女生徒たちの姿を見ながら、ぼくらはアンプとドラムをセットして、ゆっくりとチューニングをした。ゆっくりやったのは、その音を聞いて人が集まってくるのを待つためだ。つまり、アイス・キャンデー屋のベルや、紙芝居屋の拍子木みたいなもんである。

ぴーん、ぴーん、とギターが鳴り、ぶん、ぶん、ぶん、とベースがうなる。ぴーん、ぴーん、というのは、ハーモニックスで調弦する音だ。ちん、ちん。とことこ。どんどんどん、と、岡下もときどきシンバルやドラムを鳴らしてみる。

音につられてしだいに集まってきた生徒たちの中から、「早《はよ》やれや」とか、「こーら（これは）、本格的じゃのー」などと声がかかる。ざわざわ、がやがや、わいわい。

頃あいやよしと見て、白井が岡下の方を向いてうなずいた。

岡下はスティックを打ち合わせてカウントした。

かん、かん、かん、かん――

「ちょい待ち」と白井が叫んだ。「速すぎる、速すぎる」

「岡下クーン、しっかりー！」と、背後で見ている内村、羽島、唐本の三人が声をそろえて励ます。

あらためて、
かん《ワン》、かん《ツー》、かん《スリー》、かん《フォー》——

白井が最低音弦を、ミュートした十六分音符刻みのトレモロで弾きだした。《ウォーク・ドント・ラン・'64》である。

ぼくのパートはサイド・ギターだから比較的簡単だが、リズムを「正確に、しかも歯切れよく」と、これまで何度も白井に言われた言葉を頭の中でくり返しつつ、懸命に弾いた。

フェンダー・ツイン・リバーブのアンプを使っている白井のギターは、素晴らしい音色だった。それを聞いていると、我知らず、にたーっと笑みがしみ出してくる。ところが、顔はやっぱり緊張でこわばっているから、はたから見れば、ぼくはきっととんでもなくおかしな顔をしていたことだろう。頬骨から口もとのあたりは、般若のお面みたいになっていたのではあるまいか。

最後のジャーンが鳴りやんだとき、今はもう二十人ほどにもなった見物人の間から、一斉に拍手が起こった。「いけるどー！」と、ぼくは心の中で叫んだ。校舎の窓からも、生徒たちが顔を出してこちらを見ている。

「サンキュー、サンキュー」富士男が拍手に応えて言った。

「ありがとうございます。それではサービスにもう一曲」

ここで白井は、神戸屋から借りたエコー・チェイバーのスイッチを入れた。（例の、黒い小型千両箱みたいな形をした、エコー効果強化装置で、ギターとアンプの間に接続する。）次の曲はサウンズのる。）

《さすらいのギター》だから、めいっぱい、エコーを利かせるのである。（この曲は後にベンチャーズも録音したし、我が国の小山ルミ嬢も歌詞をつけて歌った。いかにもヨーロッパ・エレキ・サウンドという感じでメロディーが安っぽいとか、まるっきり歌謡曲みたいだとか言う人もいたが、ぼくらはわりと気に入っていて、特にぼくと岡下の大好きな曲だったから、ここで演奏することにしたのであ

ぼくらはもうすっかり落ちついていた。曲に合わせて女生徒が首を軽く左右に、あるいは上下に振ったりするのや、男生徒が足で拍子をとったり、手拍子を入れたりするところも、ぼくにはよく見えた。終わるとさっきよりもさらに大きな拍手がどっときた。

三曲目は、エコーの利かしついでということで、アストロノーツの《太陽の彼方に》をやった。とても単純な曲だが、やっぱり名曲だと、ぼくは改めて思った。うけたか？　うけた、うけた！

続けてもう一曲くらいやりたかったが、予定通り、ぼくらはこれで切り上げた。ぼくらの周りには、もう百名近い生徒が集まっていた。前宣伝デモンストレーションは上々の首尾だ。

「サンキュー、サンキュー」と、富士男は手で拍手と口笛を制しながら言った。「これ、ちょっと喋らしてつか（下さい）！　えー、本日はほんの小手調べ。どうぞ、明日一時よりの、われらロッキング・ホースメンのコンサートに、友人、知人、親戚の人、隣のおっさんもおばはんも、みーんなお誘い合わせの上、万障、なにがなんでもくり合わして、にぎにぎしくご来臨下さいますよう、一同心よりお願い申し上げます」

「もうしまいかー？」と、柔道着を着たのが言った。「もっとやらんきゃ（やりたまえよ）」

「明日も《太陽の彼方に》やるんか？」と、左右の手にスチールの折り畳み椅子を四つずつ持ったの

が言った。

「それは明日のお楽しみ」と富士男は答えた。「ほしてな、みなさん、今日はやらなんだけど、明日は、エレキ・ナンバーだけでなしに、ビートルズその他の楽しい歌つきロックも、ぼんぼんやるでー。くり返しますが、コンサートは明日の一時開演ですので、遅れんようにな。ええかな? みんなで来てよー。頼んだどなー」

またまた起こる大拍手。こんな挨拶をさせると、富士男はさすがにうまいものだ。ちょっと讃岐弁なども入れて愛敬をみせたのも、大いに効果的だったと思う。

ぼくらは機材を部室に持ち帰ったのち、手わけして各教室を回り黒板に、「ロッキング・ホースメンのコンサート/二十九日、午後一時開演/乞来場」と書いた。一、二、三年合わせて三十六クラスあるからけっこう大変だが、内村百合子たち、それに下級生の部員も手伝ってくれたので、思ったより簡単に片づいた。

それから、内村たちのつくってくれたポスターを、校舎の入口の掲示板や、食堂、体育館のガラスの扉などに貼りつけて回った後、四階にある音楽室のグランド・ピアノを運び下ろして体育館まで運び、ステージ脇の控えの間に置いた——と、文字で書けば簡単だが、なにしろグランド・ピアノだから、ほんとに信じられないくらい重い。結局、十四、五人で、寄ってたかって「よいしょ、よいしょ」と、三十分もかけてやったのである。力持ちのハギパンや、山岳部の矢木始《やぎはじめ》(祖谷《いや》の合宿の折に我々に古いテントを都合してくれた男で、今は部長である)たちが手伝ってくれなかったら、どうにもならないところだった。

こんなことをしているうちに、もう六時を回った。

部室に一年生部員を留守番に残して、ぼくらはひとまずそれぞれ家に帰った。夕食をとってまた学校に戻ってくる予定だ。留守番をつけたのは、ぼくたちの大切な楽器及び機材が全部置いてあるからで、鍵をかけとけばまず大丈夫なんだろうけど、どうも心配でならなかったのである。そして今夜は、メンバー全員としーさんが部室で泊まることになっている。寝袋は、矢木が部長をしているから、山岳部からうまく借りられた。

そして明日は、五時起きして、体育館で簡単なリハーサルをやる。音響の具合をチェックしておくためだ。(佐藤先生も六時頃に顔を出してくれる由。)もちろん、リハーサルの時間は、今日の昼間にもとれたのだが、あまり手の内を知られたくなかったので、人のいない朝の五時からやろうということになったのである。(だから、今日のデモンストレーションでやった曲は、いずれも本番の演奏曲目には入っていない。)体育館の鍵は、二年生部員の生徒会長、鳥尾光友が持っていて、生徒会の役員も全部今夜は泊まり込みで会場警備にあたるから、朝五時にリハーサルをやることには、別に何の支障もない。

「お母ちゃん、すぐご飯食べられるえ?」と、ぼくは家に駆け込みながら言った。

「食べられるけど、風呂はどうすん?」

「風呂は入らん。出がけに髪だけ洗う」

リード・ボーカルが風邪をひいては台無しになるので風呂はやめにしたが、ぼくの髪はベタつきやすいので、髪だけは洗うのである。

「出がけっちゃ何のこと? また出かけるんか?」

「うん。今夜はみんなで泊まり込みじゃ。楽器の番もせないかんし、明日は五時起きでリハーサルをやる」

「おさらいするんか」

「うん」

「ほんなら、はよ食べ。弁当もいるんか?」

「うん、作ってつか(下さい)」

母はびっくりするぐらい物解りがよかった。もう何を言うてもいかん、と思ったのか、それとも、一世一代の晴れ舞台にかける息子の胸中を察したのか。

夕食はカレーライスだった。ぼくはじんときて、心の中で、「お母ちゃん、ありがと」と礼を言った。

口はおいしいのに、なかなか喉を通らぬのを、せかせかと無理矢理二皿つめ込んで、流しの水道で髪を洗い、よくタオルでふいて頭をブルブル振り続けた。速く乾かすためである。(ぼくはヘア・ドライヤーを持っていないのだ。)

やっと乾いたところで、洗面道具と、着換えの下着とYシャツと(ステージ衣裳は全員このYシャツ、つまり夏の制服だ)、それから中学の修学旅行のときに買ってもらった毛糸の腹巻きをタンスから出して風呂敷にくるみ、ぼくは玄関から駆け出した。いそぐ必要など別にありはしなかったが、体の方が矢も楯もたまらん、と言っているのである。

自転車にまたがったときに、父が戻ってきた。

「お、また行くんか?」

「うん」

「あ、プログラムはぼくのカバンの中にある。かんまんきに（構わないから）、開けて見てつか」

「ほうか」

「ほんなら、行ってくらい（行ってきます）。今夜は帰らんきにな」

「ほうか。いよいよじゃの」

「うん、いよいよじゃ」

「いよいよじゃ」

「いよいよじゃの」

父もまたひどく物解りがよかった。

財田川にかかる三架橋のあたりで、なんだか胸が苦しくて、ぼくはいったん自転車を下りた。今日は一日中、胸が苦しくなったり楽になったりが、周期的に続いている。歌ってるときに苦しくならなければいいが、と思いながら川面を見る。

カキ料理を食わせるという屋形船が、橋から十メートルほど先に浮かんでいる。洗って軽くなった髪の毛を、もう冷たくなった夜風が吹き分けて、エメロン・シャンプーのにおいを漂わせる。月も星も明らかだから、きっと明日は晴れなのだ。ぼくは大きく深呼吸してまた自転車に乗った。

部室には、もう白井と岡下が来ていた。留守番をしていた一年生たちは、もうお役御免になったようだ。白井は楽譜を見ていた。すっかりぼろぼろになった楽譜を見る必要もないのだろうが、やはり、何かせずにはいられないんだろう。岡下は、新しいスティックの手で持つ部分に、肥後守《ひごのかみ》で軽く切り込みを入れている。ちょうど、ウィンナー・ソーセージに包丁で切り込みを入れているような恰好だ。

汗ですべってスティックを落とすといかんから、ということで、岡下は新しいスティックを手に入れると、いつもまず最初にこれをやる。

白井がバッグの中から、新しい電気ギターの弦を二セット取り出して、一つをぼくの方に投げてよこした。買っといてくれるように頼んでおいたものだ。

「これは今夜中に張り替えとこ」と、白井は言った。「朝張り替えたんでは、ひょっとして途中で狂うかもしれんきんの」

「そうじゃの」とぼくは答えた。

ギターの弦というのは生物《なまもの》みたいで、どんどん音色が落ちてゆき、一週間もするとかなり音が悪くなるから、まめに取り替えるのが望ましい。しかし張り替えたばかりの弦は、巻き取ったところにどうしてもゆるみがあって、そのために狂い易いから、しばらくなじませないといけないのだ。今夜寝る前に張り替えておけばちょうどいいだろう。六弦と十二弦の生ギターは、フォークをやっている二年生の上野高志《うえのたかし》が貸してくれる。彼が今夜弦を張り替えて、明朝持《ごて》ってきてくれることになっている。

ほどなくしーさんが、予備の電気コードや、ペンチやハンダ鏝の入った大きな道具箱と、着替えの入ったナップサックと、風呂敷包みを持ってやってきた。風呂敷の中身は手作りのクッキーで、えっちゃんの差し入れだそうである。

八時を回ったころに富士男がやってきた。出がけに二件、法事の打ち合わせで檀家の人たちが来たために遅くなったのだそうだ。富士男はポケットからトローチの箱を取り出して、ぼくに手渡した。

「喉がいがらっぽに（いがらっぽく）なったと思たらの、これなめとけ。うがい薬もあるぞ」

そう言って富士男はボストンバッグの中から小さなビンを取り出して見せた。イソジン・ガーグルである。富士男は実に気が利く。今夜のぼくは、絶対に風邪をひいてはならないのだ。

九時過ぎに、生徒会長の鳥尾が部室にやってきた。

「どうえ？　調子ええな？」

「おお、ええ調子じゃ」と、ぼくは答えたが、また胸がどきどきし始めた。

「誰か一緒に夜間見回りに行かんえ？　夜中の学校《がっこ》いうんも面白《おもっしょ》いで」

ぼくと岡下は、鳥尾と書記の高井八重子さんと一緒に、懐中電燈を持って校内を回った。ひとりきりだと気色悪かったろうが、ぼくらは互いにおどかしたり、おどかされたり、きゃっきゃっ言いながら楽しく巡回した。

まだ展示の準備を終えていないクラブもあって、ぼくらは縄文時代の竪穴式住居の建造を手伝ってやった。

「明日がんばって下さい」と、考古学クラブの一年生の女生徒が、ぼくらが立ち去ろうとするとき、顔を真赤にして言った。

岡下もぼくも頬を染めて答えた。

「うん、ありがと。がんばるきんな、あんたも観に来てつかよ（下さいね）」

「はい、行きます。全部ほったらかして行きます。今日の演奏、ものすごよかった」と言って、彼女は竪穴式住居の中に駆け込んでしまった。

十時ごろ、突然非常ベルが鳴ったので、何事かと、みんなあわてて駆け出したが、副会長の伊藤昌江さんが、点検中あやまってボタンを押したものと判った。

「ごめん、プラスチックのカバーがはずれとるん、知らんかったん」と、集ってきたぼくたちに向かって泣きながら謝った彼女の姿が、可愛くていじらしかった。もちろん、怒っている人間は誰もいない。なにしろ、明日は文化祭なのだ。ここに集まっている者たちは、みんなこの大事業を成功させよう、という一つのことだけを考えている同志だからである。

そして、あのベルのおかげで、むしろぼくの胸苦しさが、かえってほぐれたような気がした。

それから、みんな生徒会室に集まって、ティーバッグの紅茶を飲みながら、えっちゃんがたんと差し入れてくれたおいしいクッキーを食べた。特に、アーモンドがのっかっているやつがおいしかった。

十一時。白井とぼくは新しい弦を張り替えて、チューニングした。そして、(時間が時間だから)アンプなしで明日の曲を四、五曲、おさらいした。岡下はスティックで、床に重ねて敷いた新聞紙を叩く。ぼくは軽く歌ってみた。小さくしか声を出さないから高音は出にくかったが、喉の調子は別に悪くないようだ。

白井とぼくは予備のピックをそれぞれ二枚、両面テープでギターの尻に貼りつけた。ピックを落とすこともないとは言えないからだ。

ぼくらが楽器を部屋の両側に寄せて、寝袋の仕度をしているときに、宿直の臼田先生が回ってきた。(一年のときに、富士男や岡下やぼくのクラスの担任だった先生である。)

「お前ら、泊まるんか」

「はい。ちゃんと届けも出しとります」と富士男が答えた。

「ほうか。もう寝《ね》ーよ。お前、十二時が来るど」と言った先生の口調が、妙になつかしかった。

「はーい」とぼくたち。「おやすみなさい」

「おお。おやすみ」と先生。

「先生」と、ぼくは言った。

「何《なに》や？」

「先生も観に来てつかよ（下さいよ）」

「おお。有明《あんりやけ》のへんどの子ぉの晴れ姿じゃけんのー、耳栓持って観に行くぞ」と、先生は笑いながら言った。


しーさんが、持参の馬鹿でかい目覚まし時計を五時にセットし、電燈を消したが、寝られるものではない。明日早いから寝なくちゃと思うが、なかなか眠れない。そのうち、

「いよいよじゃなー」と、富士男がぽつりとぼくの父のようなことを言う。

「うん」とぼくは答えた。

「ロッキング・ホースメン、最初で最後の晴れ舞台か」と富士男は言った。


これは、この数日というもの、ぼくがつとめて考えないようにしていることだった。「最後の」という言葉の方である。ぼくらは来年の三月で卒業だ。その先メンバーがどういう方向に進むのか、ぼくは考えたくなかったし、そういうことを話題にするのも避けていた。永遠に先に延ばしておきたい問題だったのである。

「いよいよじゃなあ」と岡下も言った。「総決算じゃなあ」


ぼくは富士男と岡下をちょっと憎たらしく思った。そんなこと言わなくたっていいじゃないか。

「早《は》よ寝よで」と白井が言った。「明日《あした》早いんど」


そうだ、そうだ、とぼくは思った。どうせするんなら、もっと楽しい話をしてほしい。

眠ったのがいつのことなのか、ぼくは知らない。二、三時間も寝袋の中でうちにくい寝返りをうっ

ていたように思うが、確かなことは分らない。とにかく、眠ったと思ったら、すぐ目覚ましのベルが鳴った——そんな感じだった。

顔を洗って、各自持参の弁当を食べようとしていたとき、内村百合子、羽島加津子、唐本幸代の三人組が、サンドイッチに紅茶を入れた魔法ビンを持ってやってきた。

「こーら、ごっつぉ（ごちそう）じゃなあ！」と岡下は言った。

「食い切れんで」と富士男。「わし、握り飯も余分にようけ（たくさん）持ってきたし」

「何言うとん」と内村。

「あんたらだけの分とちがうよ」と羽島。

「わたしらも食べるきに」と唐本。

かくして、和洋とりまぜての豪勢な朝食となった。少し寝足りないな、という気もしたが、体中がうきうきしている。とても気分がいい。ぼくは口笛で《アイ・フィール・ファイン》を吹いた。

「ちっくんは朝からのりまくっとんな」と富士男が言った。

「いよいよじゃもの」と、ぼくは自分でも意外なほどさばさばした気持で答えた。

六時前に体育館に行ってアンプをセットしているうちに、佐藤先生がサックスのケースを持ってやってきた。

「いやー、眠い」と先生。

「こういう時間に演奏するのは初めてですか?」とぼくは尋ねた。

「夜中から引き続いて、というのは何度もあるけどね、ラジオ体操の時間に起きて吹くのは初めてだなあ」

「どうもすみません」とぼくたち。

「いいから、ちょっとやってみよう。ぼくが一緒にやったことのないのは何だったっけ？」

そこでぼくらは《ワイプ・アウト》を始めた。

「ここで先生のソロになります」と、白井は弾く手を止めて言った。「ぼくがギターのネックを、こう上へぐいっと持ち上げて垂直に立てるのが合図ですから」

「キーは、Cだね？」

「はい」とぼく。

「コード進行は十二小節のブルース、と」

「はい。それで二回通りでも三回通りでも、自由にやって下さい」と白井。

「解った。なんとか入れられるだろう。ぼくのソロが終わったら、君の方に向くからね」と言って、先生はサックスをかまえて白井の方にくるっと向き直った。「こんな風に」

「はい、解りました」と白井。

先生は何度か、ピラパラ、ピラパラと音を上下させた。

「こんな調子かな？　もっと派手にやろうか？」

「もっと派手に」とぼく。

「よし。うんと派手にやる。ソロでないときは、ドラムに合わせて適当にリズムを刻んどけばいいね。あとは？」

「《ロック・アラウンド・ザ・クロック》でサックス、《ロック・アンド・ロール・ミュージック》と、アンコールの《ジョニー・B・グッド》でピアノをお願いします」と富士男が言った。「この三曲はもう何べんも一緒にやっとりますから」

「それで、演奏はこの順番になります」ぼくは全曲目のリストを手渡した。

「はんはん」先生は目を通しながら言った。「よし、解った。一時からだったね？　それまでには楽屋に入るよ」

そう言って先生はちょっとにやりと笑った。「楽屋」という言葉を口にして、ふと昔のことを思い出したのかもしれない。

そのとき、二年生部員の五味真《ごみまこと》と、一年生の木川健二《きがわけんじ》（フェンダー・ツイン・リバーブの所有者なり）が、体育館に入ってきた。五味は大型の懐中電燈と、木川は、いろんな色に塗り分けた五十センチ四方のボール紙を六枚、腕に抱えている。昨日、この「モニター・ボード・システム」を思いついた富士男が、彼らに依頼しておいたものである。

「こんなもんでええですか？」と、木川が富士男に見せながら言った。

「おお、上等《じようと》、上等《じようと》」と富士男は言った。「サンキュー、ご苦労さん」

つまり、こういうことである。

ステージで演奏中のぼくらには、全体の音のバランスがわからない。そこで、この二人の部員に体育館の一番後ろに居てもらって、モニター役を務めてもらおうというわけだ。すなわち、ボーカルが弱いときは赤のボードを、リード・ギターが弱いときは青、同様にサイド・ギターなら紫、ベースなら黒、ドラムなら緑、サックスやピアノの場合は黄色、という具合に、彼等の判断で適宜高く掲げてもらい、暗くて見えにくいような場合には、もう一人が懐中電燈でそれを照らす。逆に強過ぎる場合なら、そのボードを大きく左右に振ってもらう。それを見て、ぼくたちは音量を調節《アジヤスト》するという方式だ。

一通り説明を聞いた先生は、首を振りながら感心して言った。「考えたもんだねー」

先生が眠い目をこすりながら職員室の方に去るのと入れ違いに生ギターを持った上野がやってきた。ぼくらは八曲ほどリハーサルした。モニター・ボードによれば、普段よりほんの少しサイド・ギターを強めた方がよさそうである。体育館は思ったより反響が強いが、「人がいっぱい入ったら大丈夫じゃわ、心配いらな（いらないよ）」というのがしーさんの意見だ。しーさんが言うのだからそうに違いない。

ぼくらはセットしたアンプをまた片づけて、ステージ脇の控えの間の、ピアノの下に置いた。午前中は、英語の弁論大会と、本校出身の歴史学者の講演がある。「戦後日本の資本主義の変容と土地政策」というのがその演題である。四国の田舎の高校生にとって実に興味深い講演であったか否かは、残念ながら聞いてないのでぼくは知らない。

その二

手わけしてビラを全部配った後、十一時ごろにみんなでバザーのうどんを食べに行った。

学校の前のうどん屋さんが、石川五右衛門でもゆでられそうな大きな釜を持ちこんで、それを校舎の脇の空地に据え、薪をばんばんたいてうどんを作り、女生徒がウエイトレスをやる。運んでくるのがおばはんでなくて、制服にエプロンをつけた可憐な、あるいはどういうわけだか可憐に見える女生徒だからなのか、このバザーのうどんは特にうまい。ぼくは大のうどん好きだから、いつもの年なら軽く三杯はいけるが、この日ばかりは一杯しか食えなかった。白井は元来小食だからやはり一杯だけだったけれど、富士男、しーさん、岡下は、ぼくの目の前でうまそうにずるずると三杯平らげた。こういう人たちがうらやましい。

まだ楽屋入りするのに時間があるから、ぼくらはぶらぶらと、展示を二つ、三つ見物した後、体育館の横を通ってプールの方に行った。体育館の脇の便所を通り過ぎながら、ああ、この壁にもたれて富士男と一緒に強引に岡下を勧誘したのだな、などということを思い出した。あれからおよそ二年半も経つ。月日の経つのは早いものだ、というのは紋切型だけど、ほんとうに早い。

プールにはまだ水がはってある。水泳部はまだ練習しているらしい。どんな部員がいるのか知らないけれど、頑張れよ、と、ぼくは心の中でつぶやいた。

とても暖い日だったから、ぼくらは並んでプールの縁に腰を下ろし、素足を水にひたした。いつもならきっと眠くなるのに違いない。真夏のころ以上に水面がキラキラまぶしく光るのはなぜなのだろう。

「ちっくん、顔が白いの」と、岡下が言った。「うどんも食わざったしの」

「一杯食うたがい」とぼくは答えた。「朝飯ちょっと食い過ぎたきにの」

「人並みに緊張しとるな、お前」と富士男が言った。「よし、わしが有難いお経を誦えてやる」

富士男はあぐらに座り直し、指を組んでくるぶしの上に置くと、目を閉じて「有難いお経」を誦え始めた。

おん　あぼきゃ　べいろしゃ

なう　まかぼだら　まに
はんどま　じんばら
はらばりたや　うん

最初に吹き出したのはしーさんだった。続いて白井、岡下も笑い出し、つられてぼくも笑い出した。ついには笑いがとまらなくなった。短いお経らしく、右記のくり返しである。

……まかぼだら　まに
はんどま　じんばら
はらばりたや　うん
おん　あぼきゃ　べいろしゃ
なう　まかぼだら……

三回繰り返して富士男は合掌した。

「どうじゃ、気分がすーっとしとろ?」

「おかして、おかして腹が痛《いと》なった」としーさんは言った。

「何ちゅうお経や?」と岡下は尋ねた。「ごじゃ（でたらめ）言よんとちがうん?」

「ごじゃやであるか（などであるものか）」と富士男。「これは『光明真言《こうみょうしんごん》』というての、おのれを空《むな》しゅうして一心に誦《とな》えたら、まよいの霧がおのずからはれるという、有難いお経ぞ」

「『般若心経《はんにゃしんぎょう》』なら」と岡下が言った。「ばーちゃんがいっとき（ひところ）毎日誦《よ》んみょったきん、わしも少々ならついて言えるけどの」
「よし、それも誦えてやる」と言って富士男は再び目を閉じて誦え始めた。それに小声で岡下がつっかえつっかえ続く。

佛説摩訶《ぶっせつまーか》般若波羅蜜多心経《はんにゃはーらーみったしーんぎょう》

観自在菩薩《くわんじーざいぼうさ》行深般若波羅蜜多《ぎょうじんはんにゃはーらーみった》
時照見《じーしょうけん》五《ご》蘊皆空《うんかいくう》………

………

………

故心無罣礙無罣礙《こーしんむーけーげーむーけーげー》故無《こむー》
有恐怖遠離《うーくーふーおんりー》一切《いっさい》………

この有名なお経も聞いているとつくづくおかしい。またまた笑いがとまらなくなった。ついて誦《とな》えていた岡下も笑い出した。しかし富士男は相変わらず真面目くさった顔で、顎を突き出して一心に誦える。
「ぎゃーてー、ぎゃーてー、はーらーぎゃーてー、はらそーぎゃーてー、ぼーじーそわかーはんにゃーし〜〜〜〜んぎょっ」

誦え終えて富士男はまた合掌し、深々と一礼する。その間、他の四人は人造石板《スレート》敷きのプールサイドで、芋虫のようにもつれ合って笑い転げていた。

やっと笑いを押さえつけた白井が尋ねた。

「どういう意味のことを言うとんや、このお経は？」

「そら、お前、要するに、『はんにゃ』がの、『はらみった』なんよ」と、富士男は訳の解らん返事をした。説明するのが面倒だったんだろう。

しかし、なるほど、『光明真言』といい、『般若心経』といい、まことに有難いお経である。本当に胸のつかえがすっと下りて、実にすっきりした気分になったのだから。

みんなで連れしょんをした後、ぼくらは体育館に行った。これが十二時四十分。プログラムによればもう講演の終わる時刻だが、講演者はまだ熱弁をふるっている。聴衆は先生方と、五、六十人ほどの生徒と父兄。両側に七、八十人くらい椅子席が設けてあるので、生徒や父兄はそこに座り、生徒たちはござの上に腰を下ろしている。（椅子席は一般来場者及び職員用で、生徒たちは座ってはならないのだ。）広々としているから子供は大喜びで走り回っている。

ところが、体育館の各入口の前では、もう生徒たちが列を作り始めていた。ぼくらのコンサートが目当てなのは明らかだ。

「やった、やった、ほれ見てみー！」と、富士男が歌うように言った。ここで佐藤先生が楽屋入り。

結局、講演は一時ちょっと前に終わった。講演者の退場を見とどけて、ぼくらは幕を引き、ステージの準備にかかった。

まず、控えの間のピアノを、先生も加わって十二人がかりでステージに運び上げる。それからドラムと、ギター・アンプ二台、ベース・アンプ、そしてボーカル・アンプ（これはしーさんが改造してパワー・アップしている）をしかるべくセットして、マイク・スタンドを二本、ステージ前面に二メートルほどの間隔をあけて立てる。さらに、ピアノの低音側、高音側にも、マイクを（これは学校の備品）それぞれ一本ずつ、中の弦をのぞき込むような恰好に立てる。ぼくたちのマイクはボーカル・アンプにつなぐが、ピアノのマイクが拾った音は、（先ほどの講演と同様）ステージ両サイドの壁の、上の方に取りつけたスピーカーで鳴らすようになっている。

大あわてで以上のセッティングを終えたのが、一時十五分。予定よりかなり遅れているが、学校の文化祭だからかまうもんか。（ぼくらのコンサート自体も、予定の一時間をいくらかオーバーする予定なのだ。）

ぼくらのギターとベースのチューニングを改めてチェックする。まず、ピアノのAの音をギターとベースのA弦に合わせ、あとはハーモニックスで調弦する。移動したためにピアノの調弦が狂っていたらどうしよう、と思っていたが、先生がひと通り鳴らしてみて、「OK《オッケー》」と言った。先生が言うのならまちがいあるまい。

幕の向こうの客席（と言っても、床にござを敷いただけのものだが）から聞こえてくる話し声が、しだいに大きくなる。ひっきりなしに口笛も鳴る。「はよやれーっ」という声や、「白井さーん」、「岡下よー」、「ちっくーん」という声、「ワン、ツー、スリー、ぼーずーっ！」などと、声を合わせて叫ぶ者もいる。

やっとチューニングを完了。「よし、がんばれよ」と言って先生がステージを下りる。大きく深呼吸した白井が、舞台の袖に立っているしーさんにうなずいて見せた。しーさんもうなずいて、ステージの脇、客席側に臨時に設置した照明コントロール・ブースに走る。

次の瞬間、照明が全部消えた。ぶ厚い黒のカーテンですべての入口、窓を被っているから、場内もステージもたちまち闇の中だ。アンプのパイロット・ランプだけが、黒猫の目のように光っている。

幕が開き始めると同時に、それこそほんとに拍手の嵐！　その拍手の音が、渦を巻き、凝集し、巨大な岩のように舞台に向かって転がってくる。口笛の音が、その岩の回りを飛びはねる火花のように見える——不思議なことだが、そんな風にぼくの耳には聞こえた。

岡下がスティックでカウントした。

カン《ワン》、カン《ツー》、カン《スリー》、カン《フォー》
デンデケデケデケ〰〰〰〰！

白井のギターが雷鳴のごとく轟きわたった。オープニングはこれだ、とぼくは強硬に主張したのだった。そもそもぼくをこの世界に引き込んだ呪いの曲、《パイプライン》だ。

スポットライトがまず白井とぼくを、そして富士男と岡下を狙い撃った。スポットライトの中では客席はよく見えない。ただ、でこぼこの黒い絨緞から、青白い炎がゆらゆら燃え上がっているように見える。そして再び、
デンデケデケデケ〰〰〰〰〰〰！

ステージの天井のライトが点く。またもや拍手の大嵐！

最後のEマイナーのコードをストロークし終えたぼくは、天井を仰いでたまらず「ウーッ！」と叫んだ。「やったどー！」という意味である。

拍手が鳴り終わるのを待って、富士男がマイクの前に立った。

「みなさんの大好きな《パイプライン》でした。続いて、ビートルズのナンバーから——」

ビートルズと聞いてまたまた拍手。最前列に陣どっているハギパンが、大きな口を開けて笑っているのが見える。その隣は山岳部長の矢木始だ。

「何演《や》ると思う?」と、富士男は笑いながらちょっとじらしてみる。「そうです、《アイ・フィール・ファイン》!」

富士男が喋り終えるや否や、白井がAの音を「ボム」と鳴らし、すぐギターのボリュームをしぼった後、弦をアンプのスピーカーに向けたまま、しだいにまたボリュームを上げていった。ささやかな情報をもとに、白井が苦心して会得したフィードバック奏法だ。これを通しで聞くと、おなじみの、「ボム…………グヮ!」となる。続いて、あの、転がるような絶妙のイントロ。(ビートルズの演奏では、リード・ボーカルのジョン・レノンがリード・ギターを弾いているが、ぼくは指が短くてきついので、白井に任せてある。)

ぼくはマイクの前に進み出て歌い出した。

Baby's《ベイビーズ》 good《グッド》 to《トウー》 me《ミー》, you《ユー》 know《ノウ》,
She's《シーズ》 happy《ハッピー》 as《アズ》 can《キャン》 be《ビー》, you《ユー》 know《ノウ》,
She《シー》 said《セッド》 so《ソウ》!

富士男が加わって、

I'm《アイ》 in《ミン》 love《ラヴ》 with《ウイズ》 her《ハー》 and《アン》 I《ナイ》 feel《フイール》 fine《ファイン》.

声は気持よく出た。アンプのエコー以外に、体育館の天井の反響があるので、少しとまどったが、自分が何を歌っているのかよく分る。客席の後ろに立っている五味が、赤のモニター・ボードを掲げたので、ぼくと富士男はさらに声を強めた。ボードが下りる。大丈夫だ。声の調子は申し分ない。

歌い終えてまた拍手。口笛。ぼくは、ステージから見て左側の三列目あたりに、岡下のばあちゃんが、岡下の母ちゃんにつきそわれて、ペタンと座り込んでいるのを見つけた。ぼくが軽くおじきすると、ばあちゃんは何やらつぶやきながら丁寧に頭を下げる。後から聞いたところでは、なんでもばあちゃんが、「うーちーの、たーくみー」の晴れ姿がどうしても見たいと言うので、連れてきたのだそうで、岡下もまさか来るとは思っていなかったらしく、少々驚いた様子。ばーちゃんの年代からすればさぞうるさい音楽だろうと思うが、ちょっと耳が遠いらしいからちょうどいいのかもしれない。

「サンキュー。サンキュー・ベリ・マッチ！」と、富士男は讃岐アクセントの英語で言った。「えー、ここらで、我々ザ・ロッキング・ホースメンのメンバーを紹介いたします。まず、舞台の中央にでんと腰を据えて、いばって太鼓を叩いておりますのが、仮屋《かんりや》（岡下の住んでる所）の産んだ今世紀最高の名ドラマー、三年八組の、岡下巧！」

やんや、やんや。「せーの、岡下よー！」という合唱の声。彼のクラスメートたちだ。

「続きまして、えー、なんや（なんだか）恥ずかしげにして端っこでギターを弾いておりますのが――これ、ちょっと前に出なさい。正面向いて。そうそう。こう見えて、この男はギターの天才というか、鬼というか、悪魔というか、ぼくらの音楽のお師匠《っしょ》さんでもあります、リード・ギターの白井清一、三年五組！　そう、深々と礼をして、はい、よくできました」

やんや、やんや。笑い声。ぴーぴーと口笛。「白井さーん！」という女生徒たちの声。

「さて、わたくしの隣につっ立っております、このおカッパの、変な顔じゃが、可愛いでしょ、こいつが、サイド・ギターでリード・ボーカルで、なりゆきで我々ロッキング・ホースメンのバンド・リーダーもつとめておりますところの、三年十組——何の因縁か、こいつとわしは三年間同しクラスじゃ——ちっくんこと、藤原竹良！」

やんや、やんや。「ちっくーん」と、ハギパンの隣の隣に三人並んで座っている、内村百合子、羽島加津子、唐本幸代が、声を揃えて声援を送ってくれた。ありがたいことである。

「さて、最後に控えまするこのわたくし、ベースと、サイド・ボーカルと、無頼集団ロッキング・ホースメンの良識を担当いたしております、三年十組の合田富士男であります。どうぞ我々ロッキング・ホースメンの演奏を、最後までごゆっくりお楽しみいただきますよう、一同を代表いたしまして、おん願い申し上げます」

拍手、声援はひときわ高まって、やんや、やんや。ぴーぴー。やんや、やんや。「がんばれー、くそぼーずー！」というめちゃくちゃな励ましの声も聞こえる。

富士男が白井に向かってうなずく。白井が小声でカウントする。

「ワン、ツー、スリー、フォー」

ラビン・スプーンフルの、《Summer In The City《サマー・イン・ザ・シティー》》だ。このコンサートのために特訓した、名曲中の名曲である。

この曲を終えたころには、ぼくはもうすっかり落ちついていた。観客の顔も、一つ一つ、よく見える。四列目の右端には、神田《こうだ》さんとえっちゃん。そのなめ後ろには、あの考古学部の一年生の女の子。「全部ほったらかして」来てくれたのだ。反対側の左の方、三列目あたりには、岡下の初接吻の相手、石川恵美子がいる。中央七列目くらいのところに、「白いべべ着た恋する乙女」だった引地めぐみ嬢がいた。今日はおだやかなまなざしで、スピッツの代わりにＥＳＳの部長をつれている。

椅子席は、と見るに、右側の方の席には、ちょっと驚いたことに、校長、教頭を始めとして数人の先生方。その中には、前夜宿直だった臼田先生の姿も見える。約束を守って「有明のへんどの子ぉの晴れ姿」を見にきてくれたのだ。そして目を細めてその後方を見れば、「有明のへんどの子ぉ」の両親がにこにこ笑いながらこちらを見ているではないか。父はぼくに片手を振ってみせた。思わずぺこりと頭を下げたぼく。

そして、先生たちや両親の反対側、つまり、左手の椅子の三列目に、白井の兄ちゃんと水産加工が並んで腰を下ろしている。水産加工は相変わらず——というか、これまで以上に嬉しさまるだしの顔である。二人の仲はかなり進展しているのだろう。その水産加工の隣には、彼等の友人で我々の恩人、ウエスト・ビレッジのよっさんがいて、両手をメガホンにしてぼくらに向かって何か叫んだ。声は聞こえなかったが、またぼくはぺこりと頭を下げた。

さらに、その五列ほど後方には、（これには本当に驚いてしまったが、）あの横森農機のバインダー工場長（残業王）と、デビル・ウーマン、木下（現在は吉田）スヱ子さん夫妻が、仲睦まじく並んで座っているのだ。そのすぐ後ろでは、「姫買いランスロット」の伊藤倫胤さんが、火の点いてない煙草をくわえ（きっとエコーだ）、腕組みしてこちらを見ている。（後から聞いたところでは、富士男が吉田残業王あてに丁重な案内状を出しておいたのだそうである。）そして、ぼくと目が合ったとき、スェ子さんは右手を上げて振った。ぼくは一瞬はっとしたが、今度はいつぞやの意味深長なる「グー」ではなくて、イノセントな「パー」であった。多少驚いて、どぎまぎもしたけれど、彼等が来てくれてぼくは本当にうれしかった。

さて、四曲目にぼくらは、ロス・ブラボスの《ブラック・イズ・ブラック》をやった。メンバー全員大好きな曲だ。観客もそうらしい。

そして、ピーターとゴードンの、《アイ・ゴー・トゥー・ピーセス》

ビートルズ・バージョンのコピーで、《のっぽのサリー》（どうしてもやれ、としーさんが言った。）

スウィンギング・ブルー・ジーンズの、《ヒッピー・ヒッピー・シェイク》

このあたりでボーカルが多少しんどくなってくるので、インストゥルメンタル・ナンバー、スプートニクスの《空の終列車》

続いてベンチャーズの《キャラバン》（白井の腕前には、みんな本当に驚いたようだった。）

ここで白井とぼくが、ギター・マイク（ピックアップともいうらしい）を取りつけた十二弦と六弦の生ギターに持ち換えて（二年生の上野に借りたやつ）、ビートルズの《アイル・ビー・バック》

バーズのアレンジで、ボブ・ディランの名作、《ミスター・タンブリンマン》

タートルズの《エレノア》

そして、また電気ギターに持ち換えて、リッキー・ネルソンの《ハロー・メリー・ルー》

バック・オーエンズとバッカルーズのアレンジで、《アクト・ナチュラリー》

富士男がマイクの前に進み出て言った。

「さあ、ここでみなさんに素晴らしいゲストをご紹介いたします。我らの、佐藤先生でーす！」

佐藤先生は黄金に光り輝く三十七万円也のテナーサックスとそのスタンドを、無造作に手に持って登場した。明るい青の半袖のポロシャツに、黒のぴったりしたズボン、といういでたちだ。大拍手と口笛。女生徒たちが、「うわーっ佐藤先生《せんせ》じゃ、佐藤先生じゃ！」などと叫ぶ。
拍手に片手を上げて応えた後、先生はサックスをピアノの脇に置いて、ピアノの前に座った。「O《オッ》K《ケー》」
白井の、歯切れのいいEセブンスのストロークに続いてぼくは歌い出した。《ロック・アンド・ロール・ミュージック》だ。

……………………

Just《ジャスト》 let《レット》 me《ミー》 hear《ヒア》 some o'《サモ》 that《ザット》 Rock'n《ロックン》 Roll《ロール》 Music《ミュージック》,
It's《イッツ》 gotta《ガタ》 be《ビー》 Rock'n《ロックン》 Roll《ロール》 Music《ミュージック》,
If《イフ》 you《ユー》 wanna《ウンナ》 dance《ダンス》 with《ウイズ》 me《ミー》.
If you wanna dance with me.

……………………

様々にせわしなく点滅する照明に負けじとばかりに、先生のピアノは思い切って派手だった。ビロビロ、ビロビロと、指の爪の方で景気よく鍵盤を撫で上げ、撫で下ろした。観客は、先生のこの荒っぽいが、実にタイミングのいい華やかなピアノ・プレイに度胆を抜かれたようだ。
次に先生は拍手を浴びながら、サックスを首にかけ、前に進み出る。富士男が自分のマイクを下げて、サックスのラッパの部分の高さに合わせる。先生はそのマイクから八十センチほど離れて立って、ぼくに向かってうなずいた。

ぼくがマイクの方に向かって歌い出そうとしたとき、ふと目のはしっこに、赤い「X」の印が飛び込んできた。ぼくは一瞬はっとして、それから先生の方を見た。

「うん」と言って先生はちょっと照れくさそうに笑った。

先生の奥さんは、上の女の子の手を引き、二番目の子を赤いおんぶひもでおんぶして、舞台左手に臨時に設置したコントロール・ブースの傍らに立っている。ブースのしーさんがにこにこしながら奥さんに何か言った。奥さんの今日のブラウスは、いつぞやの濃緑色ではなくて、明るい青だった。奥さんはしーさんに向かって軽くうなずくと、上の子の背後にしゃがんでその両手をとり、ほほえみながら拍手させた。女の子は笑ってぼくらに向かって何か叫んだ。

ぼくは歌い出した。

One《ワン》, two《トゥー》, three《スリー》 o'clock《オクロック》, four《フォー》 o'clock《オクロック》 Rock《ロック》,
Five, six, seven o'clock, eight o'clock Rock,
Nine, ten eleven o'clock, twelve o'clock Rock,
We're gonna Rock Around The Clock Tonight!

ビル・ヘイリーとコメッツの、《ロック・アラウンド・ザ・クロック》だ。（みなさん御存知のごとく、映画《暴力教室》の主題歌である。）

なるほど、「ロカビリーもやったことがある」、という先生のプレーは申し分なかった。ブリッジして吹きまくる、なんてことはやらなかったが、「ブッブッブッ、ブッブッブブー」とリズムを刻みながら、それに合わせて左右に体の向きをスイッチするステージ・アクションも、まさにロック・サックス奏者のものだ。

やんや、やんや。また、やんや、やんや。

富士男がぼくのマイクで言った。

「さて、いよいよ最後の曲になりました」

「もっとやれー、もっとやれーっ！」の声。

「ラスト・ナンバーは、この素晴らしいロックンローラー佐藤先生と、ロッキング・ホースメンの誇るギターマン、白井清一との、火の出るようなアドリブ合戦です。また、我らが名ドラマー、岡下巧のダイナミックなドラム・ソロがふんだんにございます。どうぞ、固唾を呑んでご見物下さい。では——ええかな？　はい、岡下君、いって下さい。《ワイプ・アウト》おー！」

岡下のドラムがドロドロドロと鳴り響いた。つくづくうまくなったなあ、と思う。

最初のアドリブは白井が続けてツー・コーラスやった。ベンチャーズの、日本でのライブ演奏からのコピーだ。（ベンチャーズの演奏ではワン・コーラスずつ分かれて、別々に現われる。これはぼくらの特別アレンジなのだ。）そして、この華麗で、実にむずかしいフレーズを、白井はやすやすと弾きこなした。きっと何百回も弾いたことだろう。

白井がネックを高く掲げるのを合図に、先生はいきなりDの高音《ハイ・ノート》からソロに入り（これは実に意外な音である）、長く引き伸ばして二小節半、吹いた。それから急激に下降しかけて、ブレークし、今度は思い切って低いところから「ブオッ」ときた。実にスリリングである。そして、きらびやかな十六分音符の上昇と、下降、リズムを刻んで、《ワイプ・アウト》のキー・フレーズを崩しつつなぞってツー・コーラス目に突入。そのツー・コーラス目は、思いがけないブレークと、強引なシンコペーションの連続、ジェット・コースターの中で、放り出されるまいとして必死で目の前の取っ手にしがみついているような心地である。ぼくは、コードをまちがえないよう、一所懸命カウントしながら、「正確に、しかも歯切れよく」ストロークすることだけを心がけた。

ツー・コーラス吹き終えた先生が、くるっと白井の方に向き直る。白井にアドリブを渡す合図である。白井は今までぼくの聞いたことのないフレーズを弾き出した。あざやかな速弾きと、先生と同じように、体が前方に引っぱっていかれるようなシンコペーションを巧みに取り入れた、ベンチャーズのアドリブに匹敵する、見事なフレーズだ。この日のために、ぼくらにも教えずに、日夜みがきをかけていたものだろう。

先生は、驚いたね、と言うように首を振りつつ、にこにこ笑いながら拍手し、観客に向かって、このギター・ボーイに拍手を送るよう、手招きのような身振りで要請した。たちまち大拍手が起こる。白井がこのアドリブのツー・コーラス目を弾き終えようとするところで、先生は白井に耳うちした。「今度は一緒に」と言ったのが、近くにいるぼくにも聞こえた。白井は大きくうなずいた。

先生と白井は掛け合いの形で――夏空に舞う二羽の隼《はやぶさ》さながら（実際の隼がどんなふうなのかよく知らないけど）互いのフレーズをなぞり合い、追っかけ合う形で演奏した。どうしてこんなことが、とっさにやれるんだろうと、ぼくはびっくりしてしまった。ぼくは今、実に素晴らしいミュージシャンと一緒に演奏しているのだ、と思って、頭がくらくらした。しかし、手の方はあくまでも、

「正確に、しかも歯切れよく」

そして、もとの《ワイプ・アウト》のキー・メロディーに戻り、岡下のドラム・ソロ、そして、エンディング。

「サンキュー。サンキュー・ベリマッチ」と、富士男が叫んだ。「ありがとうございました。さよならーっ！」

このときの拍手はすごかった。幕が閉じても衰えない。「もっとやれー、もっとやれーっ！」の男生徒の大合唱。かたや女生徒たちは、「佐藤先生！」、「白井さーん！」（もちろん、岡下や富士男やぼくの名を呼ぶ声も聞こえる。）

ここで拍手が少ないといけないから、念のために一、二年の部員や、内村たちに、サクラになって拍手の「さそい水」をやるよう頼んでおいたが、その必要は全くなかったようだ。

また幕が開いた。ぼくらは再び所定の位置につく。先生は今度はピアノだ。

「ありがとうございます」と富士男が言った。「サンキュー・ベリマッチ。ではアンコールにお応えしてもう一曲、演奏いたします。はいはい、解りました。やります、やります。やるちゅーとんのに！では、ロックの中のロックを。もしロックの中から一曲だけあげてみい、と言われたら、わたくしはためらうことなくこの曲をあげるでありましょう」（同感だ！）「それでは、みなさん、《ジョニー・B・グッド》でーす！」

何百回聞いても聞きあきないギターのイントロに続いて、ぼくは力一杯歌い出した。世界一のロックの名曲を。

Deep《ディープ》 down《ダウン》 in《イン》 Louisiana《ルイジアナ》, close《クロウス》 to《トウー》 New《ニユー》 Orleans《オーリンズ》,
'Way《ウエイ》 back《バッ》 up in《カッピン》 the《ザ》 woods《ウッズ》 among《アマング》 the《ジ》 evergreens《エヴァーグリーンズ》
…………………
Go《ゴウ》！ Johnny《ジョニー》, Go《ゴウ》, Go《ゴウ》！
Johnny《ジョニー》 B.《ビー》 Goode《グッド》！

この曲にはロックのすべてがある。——スピード感、ドライブ感、軽快さ、歯切れよさ、聞く者の体を揺さぶるシンコペーションのうねり、そしてユーモア……。ぼくは一小節、一小節を噛みしめるように味わいながら、ギターを弾き、歌った。（と言っても、出す音はあくまでも「正確に、しかも歯切れよく」）

もう何も見えなかった。青や赤の明滅する光と、うねるような音の流れの中で、ぼくだけが——いや、ぼくの声だけがとびはねていた。

…………………
Go, Go, Go, Johnny, Go！
Go！ Johnny B. Goode！

演奏を終えたぼくたちは、観客席に向かって深々と一礼した。なんだか足がガクガクする。ハンカチをズボンのポケットから取り出そうとしても、指に力が入らない。一度、二度、三度と、幕が閉じては開き、開いてはまた閉じる。拍手、歓声は少しも小さくならない。大成功だ！　ぼくらは互いに握手し合い、肩や背中や頭やほっぺたを叩き合った。

「よかったぞ」と、佐藤先生はぼくらに言った。「大したやつらだな、君たちは」

岡下は泣いた。ぼくも泣いた。白井の目も赤い。富士男は無言でじっと天井を眺めている。

しーさんがコントロール・ブースからアナウンスした。

「ありがとうございました。これをもちまして、ロッキング・ホースメンのコンサートを終わらせていただきます。ご声援、ありがとうございました。ほんとうにありがとうございました」

5 I wish, I wish, I wish in vain……

（願《ねが》うて詮ないことじゃけど……）

——*Bob Dylan*；《*Bob Dylan's Dream*》

文化祭が終わって二、三日したころ、台風が大雨と同伴で出勤してきて、かすかな夏の名残《なごり》をきれいさっぱりさらっていった。その後はあざやかなまでにきりっとした秋、琴弾山《ことひきやま》の裾を取り巻くハゼの木の紅葉も、例年より二、三週間早かったろう。

秋が早けりゃ冬も早い。南国讃岐に十一月の末初雪が舞った。その後、小春日和《インディアン・サマー》にめぐまれたといっても、冬は冬。いつしかインディアン・ボーイは一人もいなくなって、十二月の中頃には、琴弾公園の噴水が風であおられて、岸辺の枯草に小さな小さな樹氷をいっぱい作ったから、ぼくはあきれてしまった。

とんとんと、こんな風に話を進めるのは、もはや書くことがないからで、この章は本書の最終章、はかなく消え入るが如きしめくくりの口上である。

白井の兄ちゃんと水産加工の結婚式は、五月の連休のころと決まった。白井が白井鮮魚店を継ぐ。兄ちゃんは、白井が大学に進むことを強く希望していたが、白井の方は前々から魚屋になることを希望していた。聞けば、高校に入ったころからだという。

「別に無理しとるわけではない」と、この天才ギター・マンは言った。「勉強にははなから興味ない。魚屋やって自分で銭もうけて、本物のフェンダーとギブソン（ともに有名なアメリカのギター・メイカー）を買うんじゃ」

別に大学に行ったからとて勉強せねばならんということはないし、アルバイトだってできるではないかと、そう言って説得したとしても無駄だったろう。いったんこうと決めたら、誰が何を言おうと、考えを変える白井ではない。

岡下は知人の口ききで観音寺信用金庫に就職することが決まり、有明の自動車教習所に、自動二輪の免許を取るべく、通い始めた。スクーターで観音寺の町を走り回る日々に想いを馳せて、胸おどらせているのか、常にも増して機嫌がよい。教官に口汚くののしられるらしいが、一向に気にならんと言う。

ばあちゃんは本人以上に喜んでいたらしい。

「うーちーの、たーくみーがなあ、あーんた、月給取《げっきゅうと》りになるんどな。そーれも、あーんた、銀行《ぎんこ》どな」と、ばあちゃんは両隣の年寄りに、同じことを百ぺんも言って聞かせた。

しーさんは阪大の工学部を受験するという。これまた高校に入ったころからの志望で、国語と社会の成績をちょいと上げれば、充分以上に可能な線だと、担任の先生は保障した。しーさんなら、きっと受かるだろう。

富士男は、彼の宗派にゆかりのある京都の坊さん大学に行く。彼の成績からすれば、女子大以外なら日本のどこの大学でも行けるだろうが、国立大学の東洋哲学科ではなくて、あくまでも坊さん大学に行くと言う。つまり、学者として外側から仏教を研究するのでなしに、一人の僧として仏教の内に身を置き、先達の様々な宗教体験を巡礼のように辿るのだそうだ。そして将来、ぶ厚い本を著《あらわ》すのだ、と言う。彼なら著すだろう。

さて、わたくしちっくんはと言うに、どうしていいのかさっぱり分らなかった。

できることなら永遠に高校生をやって、ロッキング・ホースメンのメンバーとして活動し続けていきたかった。他のメンバーは次々と、着実に、己れの道を歩み出している。ぼくは一人取り残されて、いたずらに憂鬱の海を漂っている。どうしてみんな、こんなにあっさりとバンドを捨てられるのだろうと、ぼくは恨めしく思った。

今まで強引に頭の中から閉め出しておいた問題が、手下げかばんと請求書を持って毎日うちにやってきて、どんどん、ばんばん、戸を叩く。

「あんた、居《お》るんやろ？　居留守つこたらじょんならんな。さあ、きっちり始末つけてつか。こら、居るんやったら返事せんか。逃げられやせんのど！」

高校に入ったころは、漠然と、将来は東京の大学に行くのだろうと考えていたが、それが今はまったく味けないことに思える。東京にはいろんなものがそろっていて、ロックをやるにしても、むしろ田舎にいるよりずっと便利かもしれない。大きな楽器屋もレコード屋もあるだろう。輸入の楽譜も簡単に手に入れられるだろう。いろんなコンサートも観られるだろう。競うべき若きミュージシャンもたくさんいるだろう。——しかし、ロッキング・ホースメンはいない。ぼくにはロッキング・ホースメンを抜きにした音楽活動は考えられないのだ。

ロッキング・ホースメンの活動は、文化祭公演をもって打ち切りと、誰が決めたわけでもないのに、ぼくらの活動はしだいにすぼんでいった。魚屋の商売の勉強や、自動車教習所に通うことや、大学受験の準備で、みんな忙しいのだ。

ぼくは補習をサボっても、週二回の定期練習には必ず顔を出したが、メンバーはいつだって一人、二人、ときには三人も欠けていた。ぼく一人のときは、火の気のない部室で、ポケットに手をつっ込んだまま、じっと目をつぶって座っていることがよくあった。下級生の部員は、文化祭までのぼくらの三分の一も熱心でなく、だらだらと和製フォークや、グループ・サウンズのへたくそなコピーをやっていたが、十二月に入るとまったく顔を見せなくなった。また暖かくなってから練習するんだそうだ。

佐藤先生が今年度限り、あるいは遅くとも来年度限りで退職するらしいという噂を聞いたりすると、ぼくだって卒業するにもかかわらず、ますます力が脱けていった。

「ちっくん、お前勉強しよるんか?」と、正月に遊びにきた富士男が言った。「大学行くんじゃろ?」

「あんまりしよらん」と、ぼく。

「いかんでないか。せえよ、お前」と富士男。

「どうせ、やっても落ちるやろしの」と、ぼくは少しすねて言った。

「国立か、私立か?」と富士男。

「国立はとうに(とっくに)あきらめた」

「なんであきらめるのい?」

「理科にわしは嫌われとる」

「ふん。ほんで、私立の何学部受けるのい?」

「さあ、やっぱり文学部やろかのー」

「頼《たよ》んないのー。ほんで、なんで文学部受けるのいや?」

「X大の文学部は社会科を選択せんでええから」

「社会やか(など)、暗記したらそれでええでないか?」

「やっぱり社会科もわしを嫌とるげなんじゃわ」

「ほんなら、とにかく三科目だけみっちりやったらええんでないか」

「うん」

「英語と、国語と、あと、ほしたら、数学か?」

「うん。数I」

「じゃったら、何とかなろがい。受験勉強いうのは、けっこう追い込みがきくで。やれよ。及ばずながら協力したるきに」

「うん」と答えたものの、どうでもええわ、という気持が強かった。そのぼくの顔つきをまじまじと見て富士男は言った。

「なあ、どうせお前は大学行かないかんのじゃろ? お前みたいななまけもんの根性《こんじょ》なしには、岡下みたいな勤めができるわけはない。白井みたいに家業を継ぐか? お前んとこの家業は先生じゃから、やっぱり大学行かないかん。親が大学やってくれる、言よんじゃろが? ありがたいことぜ。あきらめて本腰入《い》れいや、の? お前はわしらのバンド・リーダーなんじゃきに、もちっとしっかりしとろで(していたまえよ)」

それだけ言って富士男は帰っていった。「そのバンドはどこにある?」と言い返したかったけどやめた。我ながらめめしいと思ったからだ。
それでも、ぼくは、東京の兄の手紙によるアドバイスにしたがって、一応受験勉強を始めた。こんなアドバイスである。

今さらじたばたしても仕方がない。落ちたら来年がある、来年落ちたら再《さ》来年がある、ぐらいに思ってやりなさい。と言っても、あまりそう思い過ぎてもいけない。肉切り包丁を持ったやけくそのおっさんに追っかけられているような気持も、心の一方では持っていること。

そんな器用なまねができるか、と思ったが――

〔英語〕
一年から三年までの教科書とノートを丹念に読み返し、あらゆる単語、熟語、語法をあらたにノートに書き写して、全部暗記すること。なに、一度授業でやってるんだから、大丈夫、全部覚えられます。余力があったら、やさしめの副読本を何冊か読んで、長文の流れをつかむカンをみがくとよい。今からぶ厚い参考書など、買うのでないよ。
〔国語〕
現代文の場合、やはり教科書とノートを全部めくってみて、漢字、熟語を新しいノートに整理して全部覚えなさい。今さら読解力をつけようなどと思わぬこと。論説文なら、あらさがしをする気持で読んでいけばいい。文学史も一通りおさえる。古文の場合だって、もちろん教科書を読み返す。しかる後に、『源氏物語』はあっさり捨てて（むずかしすぎていやになるといけないからね）、『枕草子』、『徒然草』、『方丈記』、『土佐日記』、『今昔物語』などの有名作品にちょこちょこ目を通して気休めをしなさい。ただ、捨てた『源氏』については、解説をよく読み、あらすじや登場人物の名前をできるだけ頭に入れておくこと。漢文については、やっぱり教科書を再読、三読し、返り点の規則や、初歩の初歩の文法事項を整理しておく、ぐらいしか打つ手はない。でも、それでけっこう効果はあるはずだ。満点をとる必要はないのだから。

つまらん作業と思うかもしれないが、学問というのはどうやらつまらん作業の積み重ねらしいよ。

〔数学〕

やはり数Ⅰの教科書とノートを見ながら、問題と解答をもう一度自分で書き写してみる。そして、教科書中の問題なら、全部そらで解答をすらすら書けるようにしておきなさい。むずかしい問題集を買いこんで、ねじり鉢巻でうんうんうなる、などということは絶対するな。それから、一度使った問題集の、やさしい問題を、解答を隠してもう一度やってみなさい。解んなけりゃ、また教科書に戻れ。

なお、早寝早起きを心がけ、快食快便快眠の三快主義を確立しなさい。お前のロック狂いは、急には治るわけがないから、気分転換に、遠慮なく聞いたり歌ったりするがよかろう。その程度の時間はきっとあるはずだよ。ただ、せめてテレビぐらいは自粛するがいい。ほんのしばらくのことなんだからね。

これだけの言いつけを守ってやれば、きっと受かる。大丈夫、わしが保証するから。

これだけけったって、ずいぶんあるじゃないか、気楽なことを言ってやがる、と思ったが、仕方がない、兄を信じてやり出した。結局、言われたことのすべてはもちろんやれなかったが、あのころの自分としては、最大限に近い努力はしたと思う。

冬休みが明けて三学期が始まった。欠席がずいぶん目立つようになった。どうやら、学校で授業を受けるよりも、自分で整理した方がためになる、と考えて休むらしい。そうかもしれないとぼくも思ったが、朝からずっと家にこもっていると、それこそ肉切り包丁を持ったおっさんに追っかけられそうな気がして、ぼくは休まずに学校に通った。そして、なんてぼくは弱いんだろう、なんて淋しがり屋の甘ったれなんだろうと思った。

また、機械的に勉強はしていたものの、一体なんのためにこんなことをしているのだろう、大学に入れたとしても、一体それが何だというのだろう、などと、またまた情けない、めめしいことを考える始末。今のぼくなら、「それなら大学受験などさっさとやめにして、音楽家の道を目指すなり、どこぞに奉公に行くなりしたがよかろう」と、一喝してやるところだ――とは言うものの、そもそも当時のぼくはかなりおかしかったのだ。なにしろ、ビートルズやストーンズのレコードを聞いては、しょっちゅう涙ぐんでいたのだから、これはどう見てもまともでない。だから、当時の自分をあまり責めるのも、ちと酷かとも思う。

肉切り包丁のおっさんじゃないが、勉強のはかどらぬまま、時間はどんどん過ぎてゆき、とうとうあさっての朝、七時三十七分の汽車で、東京めざして観音寺の駅を発つ、というところまできてしまった。
衣類や布団は、もう東京の武蔵境《むさしさかい》にある兄の下宿に送ってある。もういつでも出発できる。さあ、もうどうなとなれ、の、どんとこいじゃ、と思うかと思えばさにあらで、ぼくは逃げ出したくなった。《Yesterday《イエスタデイ》》の文句で言えば、「Now I need a place to hide away《どこぞ隠れるところがほしいのう》」である。入試の不安のためか、東京の味けない生活を怖れ、いとう気持の故か、はたまた自分一人取り残され、アニマルズが歌うところの《Outcast《アウトキャスト》（ほかされ男）》になり果てたような心地のせいか、いずれとも判然しない。とにかく、いても立ってもいられない。

寝汗をびっしょりかいて朝の五時にはね起きたぼくは、買ってもらったばかりの白のダスター・コートを着て、机の中の八千円をポケットにねじ込むと、寝ている両親に何も告げずに、ふらふらと家をさまよい出たのである。

冬だから朝のくせにまだ夜で、いやになるくらい寒い。一晩中ついている門燈に照らされて、息が箸に巻きつける前の綿菓子のようだ。ぼくはぼーっとした頭で、「ほけ（湯気）が白い。ほけが白い」とぶつぶつ言いながら、海の方に行く。

去年の夏、唐本幸代と馬刀貝《まてがい》を掘ったりクラゲを並べたりした海は満潮で、気味の悪い重油のような色をした波が、ざんぶり、ざんぶりと、浜辺を打ちすえる。「馬刀貝もクラゲもこごる冬の海」という、俳句のような文句がふと浮かんで消えた。古文の参考書で見た芭蕉の、「いきながら一つに冰《こほ》る海鼠《なまこ》哉」の句が頭にこびりついていたためだろう。

きびすを返して歩いて行くうちに、いつの間にか三架橋を渡って学校の前まで来た。佐藤先生の奥さんみたいに、あてもなく学校の回りを一周し、ふと、この門を乗り越えると愉快だろうなと思ったので、実際に乗り越えてみたが、別に愉快とも思わなかった。

水のないプールの端っこにしばらく腰を下ろしていると、富士男の誦《とな》える『般若心経』の声が耳の底によみがえってきた。今日は大して有難いお経とも思わなかった。

体育館の方へ行って、体育館を一周。どの扉もびくともしない。中をのぞいてみるが、ぶ厚い黒のカーテンがきちんと引いてあるから、何にも見えない。一ヶ所だけすき間があったので、「これ、これ」と言ってのぞいてみる。(何が「これ、これ」なのか自分にも分らない。) 黒いものが見える。かすかな外の光を反射してきらりと光るものがある。背に取っ手のようなものがついている。何のことはない、体操の鞍馬《あんば》だ。鞍馬なんか見たってしょうがない。馬の死骸を見る方がなんぼかましだ。

トイレの横を通って本館の方に向かう。この壁にもたれて、富士男と一緒に岡下を説得したんだった。あのときの壁は熱かったが、今日はとても冷たそうに見える。あたり前のことだけど。

本館の入口のドアが、運よくだか、なんだか、押すと開いたので、中に入って階段を昇る。しだいに明るくなってきた。光の具合か、壁も、床も、ほこりだらけのように見える。こんな小汚いところに三年間もいたんだろうか?

四階の、音楽室の隣の部室の前に立つ。入口の戸には大きな南京錠がぶら下がっている。鍵は新部長となった二年生の五味真《ごみまこと》に渡したんだった。「したがってぼくには入れない」と、ほんとに声に出して二度言った。「したがってぼくには入れない」

ぼくはいつの間にか泣いていた。きっと見苦しい顔をしているんだろうな、と思って自分に腹が立った。腹が立ったおかげで涙は引いたが、「ぐい」、「ぐい」、という音が不随意的《ふずいいてき》に喉から洩れ出して、しばらく止まらなかった。

ぼくは観音寺駅で阿波池田行きの切符を買った。駅にはもう仕事に行くおっさんや、汽車通学の高校生の姿が見られた。

いつの間にか眠っていたのか、それとも目を閉じて考えていたのか、よく覚えていないが、はっと気がついて反射的に飛び下りてみれば、そこが阿波池田の駅だった。

祖谷《いや》行きのバスに乗り込む。「ほんとに乗るんか?」という声が頭の中でしたので、「ほんとに乗るんぞ」と、思わず口に出して答えて、一番後ろの席に深々と腰を下ろした。三十分ほどしてやっとバスは発車した。客は、おっさんとおばはんの二人連れと、ぼくだけである。

バスは天に昇る長い長い龍の背中を這うように、山腹を切り開いて作った道を、がたぴし音をたてて走った。今日はなぜだかバスに酔わない。酔ったってかまうもんか、と思っているからだろうか。ときどき客が乗り込んで、ときどき客が下りる。何度か客がぼくだけになったこともある。

冬の山道の、一面暗緑色の眺めも悪くない、などと考えた。まともではない精神状態の上に、ふてくされていたのかもしれない。

祖谷渓谷に到着。店はどっこも開《あ》いてない。いつぞやの茶店はちゃんとあるが、そこのおっさんの姿はどこにもない。あたりをぶらぶら歩き回ってみるが、桃をくれたおばはんの姿も、ぼくらを叱りつけたおばはんの姿もない。白い祖谷《いや》川の最上流の流れと、やはり白い消え残った雪と、一面の暗緑色と、河原の丸石があるばかりだ。

ぼくはあの日のテントをはった中州《なかす》に渡って行こうかと思ったが、やめた。水がとても冷たそうだったからで、そのぐらいの分別は残っていたと見える。

ぼくは岸の大岩に腰を下ろして、小一時間もその中州を眺めていた。ぼくらの演奏の幻聴が生じるのではないかと、期待していたのだ。なんだか聞こえてきたような気がしたときに、ぼくの背後の土堤道を一人のおっさんが、チェーンとチェーンカバーがいやというほどこすれて、ひどい音をたてる自転車に乗って通り過ぎたので、出かかった幻聴はぱあになった。おっさんは何度も振り返って、ちらちらぼくの方を見る。生じつつある楽しみをぱあにされて、あんな目で見られていりゃ、世話はない。

ぼくは帰りのバスに乗った。

もう何をする気も起こらなかった。ぼくは額を、前の席の背もたれにのせた両手の甲にあずけて、外を見なかった。バスが揺れると、がちがち歯が鳴った。少しくらいかけたっていい。

汽車に乗り換えても同じこと。頭を背もたれと壁の作る九十度のすみっこにもたせかけたまま、ずっと目を閉じていた。多度津で乗り換えた後も、同様。見るものなんかありゃしないのだ。祖谷にも西讃岐にも。

いつの間にか眠っていた。(今日は「いつの間にか」ばっかりだ。)そして夢を見た。渚のデートの後に見たような、人に言えない、楽しい夢ではなかった。

気味の悪い笑みを浮かべた阿弥陀《あみだ》さんが、ぼくの、まだ顔も見たこともない恋人をさらって、有明浜から三日月形の舟で逃亡するという、あの入学直前に見た夢の姉妹編のようだった。

「こら、ぼく(君)よ」と、阿弥陀さんはぼくの顔を見てにたにた笑った。「ついてこられるもんなら、ついてきてみいや」

そう言うと、阿弥陀さんは、手をまた刀のようにさっと水平に振った。

ガッシャーン。

大きな音をたてて列車が止まった。讃岐弁のアナウンスによれば、停車信号が出たんだそうだ。十分ほど後に観音寺駅に着いた。もう暗くなりかけている。なんていう日だろう。自分が悪いんだろうけど。

改札口を出た瞬間、にこにこ笑っている四人の男子高校生の姿が目に入った。

「お帰り」と、白井がにこやかに言った。

「寒《さぶ》かったやろ」と岡下が言った。

「風邪ひかざったか?」と、富士男が言った。「今年はあほでもひくげなど」

「ほーんまに、長い散歩じゃったのー」としーさんが言った。

「お前ら、ここでなんしよん?」と、ぼくはあっけにとられて尋ねた。

「待っちょったんよ」と富士男。「お前の帰るんを」

「どして? どしてわしがここに帰ってくるとわかったんでや?」

「お前が朝から姿がいんめん(見えない)が、つい(ひょっとして)お邪魔しとらせんかしら、言うて、お前とこのお母さんが電話してきたんじゃ」と白井。

「そんで、白井んとこから、わしんとこに電話がかかってきた」と富士男。「しーさんとこにも、岡下のとこにも行っとらん、ということが判った」

「そうか」とぼく。

「一応学校《がっこ》にも連絡しとかんならんな、思て登校してみたら、目撃者がおった」としーさんが言う。

「うん」と岡下。「羽島の加津子がの、お前が学校のフェンスを乗り越えて、駅の方に歩いて行くんを見とったんよ」

「立小便《たちしょんべん》しよらんでよかったの」と富士男。

「ほして」と白井が引き取った。「駅でお前が『阿波池田』言うて、切符を買いよるんを、汽車通の熱田《あつだ》が見とった。あいと（あいつ）、川之江《かわのえ》（伊予、すなわち愛媛県の地名）じゃきんの。気づかなんだか?」

「いや、気づかなんだ」

「わしはぴんときたな」と富士男は言った。「ちっくんのやと（やつ）、ロッキング・ホースメンのゆかりの地を、巡礼して回っりょるんじゃな、とな」

「そんで、ここで待っちょったんじゃ」としーさん。

「待っつっちゅうても、いつ帰るか分らんじゃろ?」とぼくは言った。「ひょっとしたら帰らんかもしれんし」

「いや、必ず今日中に帰ってくると思とったで」と富士男は言った。「お前に家出する根性《こんじょ》やか（など）ありゃあせん」

「悪かったな」ぼくは情けない気持で苦笑した。

「悪うない」と富士男は言った。「家出するような奴なら、もうとうに（とっくに）見放しとらい」

「しかし、なんで待っとってくれたん?」とぼくは尋ねた。「子供でないで」

「お前に終身バンド・リーダーの称号を授与するためじゃ」と白井が言った。

「終身バンド・リーダー?」

「ほうじゃ」と岡下は言った。「満場一致で決まったんど」

富士男が胸のポケットから四つ折りにしたルーズリーフを取り出して、読み上げた。

「えー、藤原ちっくん殿——」

「ちっくんか!」とぼく。

「そう。藤原ちっくん殿。貴殿は我々ロック気違いどもを率いて、バンド・リーダーとしての職責を見事に果たされました。我々がこの上なく有意義に高校生活を送れたこと、そして、今日《こんにち》の輝かしい栄光がロッキング・ホースメンにもたらされたことは、これすべて貴殿の常軌を逸した熱意と奮闘のたまものであることをここに認め、貴殿を我々ロッキング・ホースメンの終身バンド・リーダーに任命するものであります。昭和四十三年、聖バレンタインの祝日。名誉メンバー、谷口しーさん、平メンバー白井清一、明石の——もとへ、岡下巧、合田富士男」

ぼくは泣き出してしまった。手放しで泣いた。おいおい泣いた。

「あー、水洟《みずばな》もたれてきたど」と、富士男が下からぼくの顔をのぞき込んで言った。ぼくは泣きながら笑い出した。

「ありがと。ありがと!」ぼくはしゃくり上げながら言葉を押し出した。

「礼には及ばんちゃ」としーさんは言った。

白井がぼくの肩をたたき、岡下が頭をなでてくれた。

「わし、お前らに、ほんとに甘えてしもとるの」と、ぼくは止まらない涙をダスター・コートの袖でぬぐいながら言った。「恥ずかしわ。ほんまに、じょんならん(どうしようもない)甘えたれじゃの、わしは」

「甘えたらええがい」と、富士男はやさしく言った。「甘えたいときは甘えたらえんじゃが(いいのだよ)。年がら年じゅう切磋琢磨ばあーっかししよったら、お互いすりちびてまうわい」

「解った」ぼくはうなずいた。「ありがと。——しかし、せっかく終身バンド・リーダーにしてもろても、ホースメンは事実上解散じゃなあ」

「大学にはの」と白井は言った。「夏休みも、冬休みも、春休みもあるんど」

「休みにもんて（戻って）きたら、また一緒にロックやれるが」と岡下。

「お前、いっちょ東京《とうきょ》でばりばりやれるだけ音楽活動せえよ」としーさん。「いろんなことをいろんな人間から吸収しての」

「歌も書けーや」と富士男は言った。「歌詞もメロディも、今んとこはまだまだじゃが、面白《おもっしょ》いもん持っとるとわしはにらんどる。わしにはとうていまねができん。いつぞええ歌こっしゃえて（こしらえて）聞かしてくれ。伴奏するど」

「とにかく大学に入らんとな」とぼくは言った。「じゃけど、まず浪人するんじゃろな」

「Prescription《プリスクリプション》の意味は？」と、突然富士男は訊いた。

「……えっと、処方箋じゃったかの」

「よし、ほんなら、『耽溺《たんでき》』を書いたのは？」

「岩野泡鳴」

「『いいだくだく』を漢字で書けるか？」

ぼくは空中に指で書きながら言った。「たぶん」

「$6x^2+7x-3$を因数分解せよ」と、今度はしーさん。「暗算で」

「あー、ちょっと待てよ。えー、2・3が6じゃから、……$(3x-1)(2x+3)$か？」

「さあ」としーさん。しばし虚空をにらんで、「合うとる。大したもんじゃ」

「よう勉強した。受かるわ」と富士男。

「ごっついのー!」と、岡下は感心してくれた。

「がんばれよ」と、白井としーさんが言った。

翌朝、ぼくは大きく深呼吸して七時三十七分発の急行列車に乗り込んだ。ボストンバッグの中には、英数国の教科にまじって、ぼろぼろになった手書きの楽譜集がある。これから先の人生で、どんなことがあるのか知らないけれど、いとしい歌の数々よ、どうぞぼくを守りたまえ。

【参考文献】

本書執筆にあたっては、数々の、書物、レコード解説（ライナーズ・ノート）、楽譜集を参照した。その著者、筆者、解説者、訳者そして編者の方々には、この場を借りて深くお礼を申し上げたい。

なお、レコード解説や楽譜集については、枚挙にいとまがなく、非礼ながら割愛させていただいて、以下、書籍のタイトルのみを掲げておく。

1　ポップス黄金時代　青柳茂樹編集（シンコー・ミュージック）
2　ロック革命時代　青柳茂樹編集（シンコー・ミュージック）
3　ビートルズ現役時代　青柳茂樹編集（シンコー・ミュージック）
4　ロック・オブ・エイジズ　アメリカ編　住倉博子著（シンコー・ミュージック）
5　ロック・オブ・エイジズ　ブリティッシュ編　住倉博子著（シンコー・ミュージック）
6　アメリカン・ポップス　チャールズ・ベックマン著　浜野サトル訳（音楽之友社）
7　ビルボード・ナンバー1・ヒット（上・下）　フレッド・ブロンソン著　かまち潤監修（音楽之友社）
8　ビートルズ・サウンド　CBS・ソニー出版編（CBSソニー出版）
9　ローリング・ストーンズ大百科　越谷政義著（CBSソニー出版）
10　ビートルズ事典　香月利一編・著（立風書房）
11　ロック名盤・レコード&ビデオ・ガイド　PLANET（鳥井賀句、桂まり）編集（立風書房）
12　ROCK&ROCK　講談社出版研究所編集（講談社）

13　ポピュラー音楽のたのしみ　浅井英雄著（誠文堂新光社）
14　世界映画名作全史（戦後編）　猪俣勝人著（社会思想社）
15　ヨーロッパ映画作品全集（昭和47年12月10日発行、キネマ旬報増刊12・10号）（キネマ旬報社）

あとがき

自分の作品はどれも可愛いのですが、『青春デンデケデケデケ』は、ぼくにとって特別な作品です。自分の一番好きだったことを、故郷を舞台にして、「母国語」の讃岐弁を用いて書いたのですが、これほど楽しく遊べた小説はありません。

注文があったわけでもなく、出版のあてがあったわけでもありません。だからそんなふうに書けたのだとも思いますが、のんびりとおよそ二年かけて完成したその分量は、四百字詰めの原稿用紙で七八三枚、無名の新人作家が出版してもらうには、いささか多すぎる分量のようでした。

しかし、書いたものはぜひ世に出したい。そして、できるだけ多くの人に読んでもらいたい。ではどうやって出せばいいのかと、あれこれ考えて、結局、河出書房新社の「文藝賞」に応募することにしました。

その応募の条件の一つが「四百枚以内」ということで、ぼくは書き上げたものを半分に縮める作業にかかりました。これに要したのが半年。せっかく書いたものをカットするのは実につらいものですが、ぼくはなんとか規定内の分量に縮めました。

そしてぼくの『デンデケ』は、少年たちがバンドを作って、練習して、文化祭でコンサートを開いて、主人公が旅立っていく、という、主筋のみを残した恰好になりましたが、結果的にはずいぶんとまとまりがよくなって、すっきりして読みやすいもの（ぼくの作品としては、ということですが）になりました。削除の作業ではぼくはベストを尽くした覚えがありますし、その出来ばえについても、作者として不満はありません。「つらい」思いをした甲斐があって「文藝賞」を受賞し、さらに翌年には思いがけなく「直木賞」も受賞できました。そして多くのみなさんに楽しんでいただけました。これ以上は望みようもないほどの幸運です。

にもかかわらず、ぼくは望まずにはいられませんでした。カットした部分だって、作者としては同じように（楽しいながらも）苦労して書いたもの、このまま人の目に触れることなく埋もれるのでは、いかにも不憫です。いつか、最初に書き上げたときの形で活字にできないものだろうかと、ぼくはずっと考えていたのでした。

そして、その希望がついにかなえられることになりました。それが、この『私家版・青春デンデケデケデケ』なのです。

作品としての出来ばえについては、読者のみなさんの判断にお任せするほかなく、ただ『河出版』と同じように多くのみなさんに楽しんでもらえることを祈るのみですが、ぼくは今、この作品に対する長年の借りをようやく返しおえたような満足感でいっぱいです。

最後になりましたが、今回『私家版』を出すにあたって快く諒承して下さった河出書房新社に、そして、ぼくの希望——あるいは、わがまま——を実現して下さった高木有氏をはじめ作品社の方々に、この場を借りて心から御礼申し上げたいと思います。

一九九五年三月八日

芦原すなお

『新装〈私家版〉青春デンデケデケデケ』へのあとがき

『青春デンデケデケデケ』（一九九一年河出書房新社刊）の、ノーカット・フル・バージョンの『〈私家版〉青春デンデケデケデケ』が作品社から刊行されたのは、一九九五年。二十六年前のことです。そのきっかけは、作品社の髙木有氏の、「せっかく書いたんだから、フル・バージョンも出そうよ」の一言でした。

そしてこの度、その〈私家版〉が装いを新たにして再刊されることになりました。そのきっかけは、『デンデケ』の続編、『デンデケ・アンコール』が、やはり髙木氏（現在は同社顧問）の強力なプッシュによって同じく作品社から刊行されることになったことです。そしてまたまた髙木氏はおっしゃいました。「続編が出るんだから、〈私家版〉も再刊しようよ」と。

こんなにすんなり決まっていいんだろうかと、ふと作者が不安になるほどの素早い決断です。芦原という作家をそこまで信頼して下さった髙木氏に、ただただ心より感謝するしだいです。そしてしみじみ思います。『デンデケ』よ、お前のように幸せなシリーズがあるだろうか、と。そして、その作者みたいに幸せな作家がいるだろうか、と。

芦原すなお

二〇二一年八月九日

【曲名索引】

芦原すなお（あしはら・すなお）
一九四九年、香川県生まれ。早稲田大学文学部卒業。同大学院博士課程中退。一九九〇年、『青春デンデケデケデケ』で文藝賞受賞。翌年、同作品にて直木賞受賞。主な著書に、『山桃寺まえみち』（河出書房新社）『松ヶ枝町サーガ』（文藝春秋）『スサノオ自伝』（集英社）などがある。

新装〈私家版〉
青春デンデケデケデケ

二〇二一年一〇月二五日第一刷印刷
二〇二一年一〇月三〇日第一刷発行

著者 芦原すなお
装丁者 小川惟久
発行者 和田肇
発行所 株式会社 作品社
〒一〇二-〇〇七二
東京都千代田区飯田橋二ノ七ノ四
電話 (〇三)三二六二-九七五三
FAX (〇三)三二六二-九七五七
https://www.sakuhinsha.com
振替口座 〇〇一六〇-三-二七一八三
本文印刷・製本 中央精版印刷㈱
落・乱丁本はお取替え致します
定価はカバーに表示してあります

ISBN978-4-86182-868-3 C0093

デンデケ・アンコール

ロックを再び見出し、ロックに再び見出された者たちの物語

Ashihara Sunao

芦原すなお

直木賞受賞から30年。

「これから先の人生で、
どんなことがあるのか知らないけれど、
愛しい歌の数々よ、どうぞぼくを守りたまえ！」

ロック少年たちの
様々な人生！